秋叶奇案文学丛书之二

幽灵球队

赫连佳新　著

中国文联出版社
http://www.clapnet.cn

图书在版编目（CIP）数据

幽灵球队 / 赫连佳新著 . -- 北京：中国文联出版
社，2018.11（2023.3 重印）
ISBN 978 - 7 - 5190 - 3969 - 1

Ⅰ.①幽… Ⅱ.①赫… Ⅲ.①科学幻想小说—中国—
当代 Ⅳ.①I247.5

中国版本图书馆 CIP 数据核字（2018）第 241906 号

著　　者　赫连佳新
责任编辑　周小丽
责任校对　贾文梅
封面设计　春天·书装工作室

出版发行　中国文联出版社有限公司
地　　址　北京市朝阳区农展馆南里 10 号　　　邮编　100125
电　　话　010 - 85923025（发行部）　　　85923091（总编室）
经　　销　全国新华书店等
印　　刷　三河市华东印刷有限公司

开　　本　710 毫米×1000 毫米　　1/16
印　　张　22.5
字　　数　292 千字
版　　次　2023 年 3 月第 1 版第 2 次印刷
定　　价　95.00 元

目 录

前　言

　　"秋叶奇案系列文学"丛书，是作者科学幻想小说的系列文学作品。作者秋叶先生力图从日新月异的科技发展着手，用带有前瞻性的科学预见，来把握小说故事情节的发展，使整个故事充满了神秘和科幻的色彩，令人目不暇接，引人入胜。但是，作者十分注重故事的逻辑性，所有发生的细节，就像在你身边出现的那样极为可信。对社会道德伦理和价值观，都是极为严谨和坚决维护。科学的假说就是敢于幻想，人们将自己的认识从已知推向未知，进而又把未知变为已知，这个必不可少的思维方法，就是推动科学发展的一种重要形式。

　　我们知道，科学为人类生活带来了巨大改变和进步，表现的只是人类社会飞跃的步伐。作者和很多科学家一样，担心科学进步节奏的加快，会带来步伐的紊乱，那将是人类的灾难。因为任何科学从来不能向人类保证和为我们承诺—科学技术一定会为我们带来和平和幸福。我们已经能够清晰地感觉到，科学技术的一味前行，它对我们人类的那种无动于衷的冰冷的情感是多么的可怕……对人类由此产生的悲哀和损失不闻不问。可是我们只能设法和科学生活在一起，因为没有任何力量，能够恢复被它摧毁的幻觉。像那些核子武器，机器人的发展，对 DNA 技术的嫁接，军事科技在相互竞争中发展……我们应该担心对科技成果的滥用，以及对未来缺乏规范的科技创新，这些都将会给人类带来致命的威胁。

　　沃什达士曾经一针见血地指出："真正反人类的，恰恰是人类自

己的短期需求。人们在自然科学上所有不懈努力的结果，就是用自己的智慧去创造敌人，然后再由它们来毁灭人类本身和我们的星球。"

当然，面对这些现实我们不是毫无办法，伟大的科学家爱因斯坦说过："在人类无法运用和控制其余所有宇宙上的那些与我们作对的能量之后，我们迫不及待地需要一种能量来滋养我们。如果想要自己的物种得以存活，如果我们发现了生命的意义，如果我们想拯救这个世界和每一个居住在世界上的生灵，爱是唯一的答案。"

引　言

　　我今年 28 岁，名字叫布里斯·叶赫（Bruce），叶赫是中国的姓，布里斯是法国名字，具体就是一座森林的意思。这是我的法国名，我是华人，所以还有一个中国名字叫叶赫兴安，当然是兴安岭的那两个字。看这个中国名字，你就会懂得我为什么会起一个布里斯的法国名了。我是一名 90 后，出生在中国吉林小兴安岭的长白山。从小就爱看那些侦探小说，如《福尔摩斯探案集》，英国女侦探小说家阿加莎·克里斯蒂的作品《东方快车谋杀案》和《尼罗河谋杀案》，还有日本大师松本清张、森村诚一的推理小说，就连日本漫画家青山刚昌创作的侦探动漫《名侦探柯南》，也是每集必看。实际上我小学只读了三年，就考上了初中，到初三的时候，我已经把高中的课程全学完了，最后被一家科技大学的少年班录取。在大学里我读了最喜爱的计算机专业，家里人希望我去当医生，在奶奶的压力下又同时兼修医学三年。16 岁时我以医学和电脑两个专业的双学士毕了业，然后考上美国斯坦福大学的心理学硕士。七年后在获取心理学博士学位离校的同时，我也戴上了本校计算机工程专业的博士帽。中国来的同学们都说我是"神童"，其实他们那些人一点都不笨，只是整天游手好闲不愿意学习而已，而我是按照自己的目标去刻苦攻读的。按理说这个时候我的前途基本就确定了，在美国有很多公司需要我这样的人才，以后可以衣食无忧地来往于美国和中国，慢慢地娶妻生子其乐融融。家里人都以我为自豪，可是他们万万没有想到，我却偷偷地跑到法国，在 23 岁的年龄，考取

引言

1

了法国的警察学院。为什么专门考取法国的警察学院？因为国际刑警总部在法国的里昂。你们一定奇怪地想："这小子一定是疯了……"其实我是在实现自己的理想："做一个像我太爷爷、爷爷和父亲那样的神探……一定要先当一名国际刑警。"这可不是英国007那样的风流间谍，而是美国华裔神探李昌钰那样的人。在美国的时候，我得知了刑侦领域"李昌钰"这三个字的分量，他相当于篮球界的乔丹、流行歌曲界的杰克逊、喜剧电影界的卓别林，要是把他形容为神探，说是一骑绝尘一点儿也不为过。李昌钰一共侦破了八千多起案件，是美国刑侦最厉害的鉴识专家，同样是美国警界迄今为止职位最高的亚洲人。连他主演的电视剧都拿过两次大奖。他有二十二个博士头衔，被称为现代福尔摩斯，FBI侦破不了的案件都要请他。大家一定奇怪，"这么说……你家应该是侦探世家？"可不是嘛，我的太爷爷是东北最有名的猎人，他最拿手的就是"打踪"，清朝年间，关外奉天的几桩大案子，像什么"黄金失踪案""北镇闹鬼案"都是太爷爷破的。爷爷是东北张作霖手下警察厅里的刑侦处长，经他手抓到的盗墓贼，没有一个不是对他佩服得五体投地。父亲是中华人民共和国成立后在一个兵工厂里任保卫科长，当地公安局一有什么大案子，就请我的父亲来帮忙。可是到了我这一辈儿，家里说什么也不让我再涉及这个行业了，奶奶老对我说："兴安，老老实实当个医生吧……老家的郎中，那时……可受乡亲们尊重呢。"可是血液里流淌着祖先基因的我，早就暗下决心："你们的叶赫兴安，会成为世界级的大侦探……"随着我办的几个案件，我在法国国际刑警中心局渐渐有了些小名声，当然都是在阿尔弗雷德长官领导下，大家一起侦破的，可我还是得到了国际刑警法国中心局里同事们的认可。

　　足球，在很多人的眼里，那是"世界第一运动"，应该说是全球体育界最具影响力的单项体育运动。标准的足球比赛，由两队各派十一名球员，其中一名是守门员，在一个长方形的草地球场上进行对抗和进攻。比赛目的是将足球射入对方的球门内，当比赛完毕后，射入多的一队则胜出。如果规定时间内得分相同，还可以加时再赛或互射点球，也就是常说的十二码再决高下。作为一个年轻男性，我也是足球的疯狂爱好者。我崇拜的世界足球高手，真的是一长串，不要说那些老将，就是现在的年轻球员就有几十个。像巴西队的卡卡、内马尔，还有阿根廷的梅西、阿圭罗，乌拉圭的弗兰，西班牙的卡西、哈维、托雷斯，法国的亨利、本泽马、里贝里，荷兰的范佩西，葡萄牙的C罗，当然还有好多好多……可是自从荷兰的国际刑警同行们，破获了国际足联以及各国球队的腐败案以后，这个神圣的运动，就在很多人的心里一落千丈。可是中心局长官，却交给我一个涉及欧洲足球界的"黑哨"案件。说实在的，我从内心里极为不情愿，因为足球这类小案子，真的一直都不在我的视野范围之内。不过既然任务交代给我，我的习惯就是马上开始工作。说真的，这是我在法国国际刑警中心局就职以来，所经历的诸多奇特案件中的一个，直到今天，我还在世界的某个角落里，寻找着手中另一些案件的线索。你们知道我不是007那样的间谍，只是一名刑事警察，一个供职于法国国际刑警中心局的年轻警官。因为我继承了家族传统的基因，那就是太爷爷、爷爷和父亲给予的，对于解开各种人间秘密的责任心。

第一章

神奇球队

在法国，从来没有一宗刑事案件会引起这样的关注，那就是申办 2015—2016 年度欧洲杯时，发生的"一号案件"。

——布里斯·叶赫

总统案件

　　这几天，竞选 2016 赛季足球欧洲杯锦标赛举办国的活动，正在三个申办国轰轰烈烈地展开。巴黎同样处在热闹的气氛中，法国总统萨科齐亲自出席会议。街道上巨大的 LED 广告牌，不断滚动播送着总统亲自做的陈述："法国在足球方面有着悠久的历史，两次承办世界杯的经验是非常难得的。而且，法国也曾经两次举办过欧洲杯……分别是 1960 年和 1984 年……在法国主场举办的这次欧锦赛，使法国以二比零战胜西班牙，夺得欧锦赛冠军……"街上的人们，一边开车一边看着街道上的电子广告屏幕，为法国点赞加油。本次主办国投票结果的最终揭晓，将在两周以后那天的上午十一点四十五分开始，到时候，将决定三个申办国：土耳其、意大利和法国，谁来做主场。就在这几天，意大利几家有影响的媒体，忽然开始抛出大量的资料，对法国是否具备举办国的条件表示忧虑："……拳脚相加、酒瓶飞舞、投掷烟火……"这一直是世界各国，对在法兰西举办足球比赛后的印象。曾有两届欧洲杯在法兰西举办，可是人们不会忘却，就在 1984 年开幕前两天，这些看上去像是黑社会对打的场景，就开始在法国多个欧洲杯举办城市上演，而演出这些暴力戏码的人，正是来自不同国家的球迷。连续多天，英格兰和俄罗斯、德国和乌克兰，尤其是法国和克罗地亚球迷之间，相继爆发严重的冲突。在尼斯举行的波兰战胜北爱尔兰的比赛期间，北爱尔兰球迷也卷进了与当地人的冲突斗殴。这都说明了法国的社会环境和维护治安能力的软弱，我们不认为是法国偏袒本国球迷……或者会纵容各国足

球流氓胡作非为……可是最终的结果……却让人大跌眼镜。人们明白这是各国在选战时,贬低别人的惯用手法。紧接着另一个举办申请国土耳其的报纸和电视台,开始大量地转载意大利的文章。偏偏在这个时候,摩纳哥的报纸和电视台登载了一则消息:"法国著名足球裁判阿尔贝先生一天前死于悬崖之下……"紧接第二天,意大利的媒体用大号字体登出更加血腥的照片:"意大利海军发现,一艘民用船只被人洗劫,船上六十多人全部被害,一级裁判阿尔贝的两个助理,也惨死在利比亚近海……"接着一个更大的新闻在欧洲各国开始传播:"法国费萨俱乐部球队全体人员忽然失踪……究竟是被杀害……还是被绑架?"一时间整个欧洲都轰动了,各国的主要报纸和电视台都登载出他们的疑问:"法国真的有能力举办这一届欧洲杯足球赛吗……"

这件事激怒了法国政府最高层,总统萨科齐亲自主持内政部和国防部联席会议,会议把这些事情汇总,要求立即查清媒体所登载的是否属实。还要求内政部每天把"工作进度上报总统府",所以法国人一谈论到费萨俱乐部的事情,就把它称为"一号案件"。内政部把案子交给了大巴黎警察局和宪兵队,没想到很快他们的结论就见报了:"国际犯罪集团把黑手伸进欧洲各国,国际足联和欧洲足联均有人涉黑,尤其在罗马……雅典……伊斯坦布尔,各种线索正在集中,此案正在深入挖掘中……"然后隔几天在《巴黎人报》和《费加罗报》上,就讳莫如深地发一下小豆腐块儿,言及"大网已经撒开,绝无漏网之鱼……"一天《世界报》发出一个消息:"据巴黎内政部消息灵通人士透露,对于那些犯罪集团的成员,以及与他们有联系的组织和个人,正在逐一核实……根据情况,很可能要发出红色通缉令……"渐渐地意大利的风向转了,甚至在西西里岛人人皆知其背景的《巴勒莫周报》上,竟然也出现了"坚决支持巴黎举办欧洲杯足球赛……"的新闻。土耳其媒体再也看不到质疑法国的文章,欧洲各国的舆论也风平浪静了。

今天就是欧洲杯投票的日子，昨晚为了观看德国足球甲级联赛的重播，我一直熬到夜里。那心随着黑白相间的足球飞来飞去，到了两三点才睡觉。再一睁眼已经是早上五点半了，我匆匆忙忙洗漱完毕，开车直奔自己办公的地方——国际刑警法国中心局。六月的清晨，天空缓缓地发出淡淡的蓝色，我照例开着汽车，满心愉悦地走过一条又一条街道。大文豪海明威说过："假如你有幸年轻时在巴黎生活过，那么你此后一生中不论去到哪里，她都与你同在，因为巴黎是一席流动的盛宴。"我对他的这段话有着极为深刻的认识，因为我居住的警官宿舍离上班的中心局，有一个多小时的路程，早晨出门上班，在那段最堵的时间，观看巴黎的街道和天空。路过一座知名的尖顶教堂，总能从房顶颜色的变化感觉到季节的更替。不远处有一座大大的水池，一个就像大卫那样的美男子石雕矗立在喷泉的中央，大概管理人员关闭了流水，所以那个石雕看着肩上空空的水罐在发呆。路上有很多急匆匆的步行者，使我能在清晨就欣赏到很多打扮入时花枝招展的巴黎女郎。大街上的汽车，就像一条慢吞吞的长龙滚滚向前，这是巴黎每天街道最堵的时候。汽车行驶的速度很慢，可以使我随意地左顾右盼。在某个岔路，我看到那条街道两侧的住宅楼沿着坡道向上攀爬，而圣心大教堂就在路的尽头，露出了它圆圆的白色屋顶。巴黎的街道随着山势而行，道路进入巴黎较高的地方，环顾四周俯瞰巴黎，能感到这个不夜城似乎还未从昨晚的香槟狂欢中苏醒。

我匆匆来到自己的办公室，好像今天的一切都与足球有什么联系似的，伊娃警官送来了由处长阿尔弗雷德长官签发，指定由我侦办涉及费萨足球队的"一号案件"的材料。我心里很奇怪："报纸上已经多次公布……案件不是大巴黎警察局侦办的吗……人家已经收网了，红色通缉令也发了，我们干吗还插手呢？"我又想："再说了，这通天的案子，也应该由重案处去接手，阿尔弗雷德长官怎么会同意局长的意思，由我们小组来处理这样的案子？"伊娃是个漂亮的混血女警，和露西娅一样

都是我们局里的美人胚子。在共同侦破"电脑骑士"案件中,我和伊娃、露西娅生死与共,现在都说不清她们究竟是我的下属还是我的姐妹……或者是……伊娃把我的桌子整理了一下,还给我沏好一杯咖啡,然后扭着屁股走了。

自从侦破电脑骑士案子之后,那位以身相许"公主"的死去,使我内心受到很大的打击,同事们在我面前说话,都小心翼翼地避开"公主"这个词汇。我每天都在努力按照伟大的巴尔扎克说过的话那样去做:"遗忘是一般刚强有创造力人的法宝,他们会像自然一样的遗忘,自然界就不知道有什么过失了……"以使自己努力地振奋起来。小组还叫"唐·吉诃德",我是组长,组员露西娅、伊娃,还有一个新来的见习警察叫萨科齐,和现任总统的名字一样,自然他的外号也就是"总统"了。不知道怎么回事,我忽然想起中国宋朝诗人陆游的一首诗:

晚春感事

少年骑马入咸阳,鹘似身轻蝶似狂。

蹴鞠场边万人看,秋千旗下一春忙。

风光流转浑如昨,志气低摧只自伤。

日永东斋淡无事,闭门扫地独焚香。

能感觉到,这首一千年前的诗,简直就是为我写的:"你看他这第一二句诗,不就是说我开着车在巴黎街上狂奔吗?第三四句,是说当年京城踢足球、打秋千热闹得不得了……这不就是比喻今天的巴黎吗?后面自然是说我一事无成,连自己的爱人都保护不了……"我忽然想起"公主"和他的两个弟弟,内心的痛苦油然而生。我感慨着:"世事难料啊,我现在竟然沦落到和一千年前诗人陆游诗里描述的一样,难道我这28岁,就到了知天命的时候?……怎么刚想起一点事情,它们就接踵而来了呢……"

6

翻开案卷，发现这是去年，也就是2014年欧洲联盟杯资格赛，在预赛晋级中发生的事情。要知道在欧洲，除了每四年进行一次影响世界的欧洲杯外，每年还要进行各种各样的足球比赛，像欧洲冠军联赛、欧洲联盟杯赛、国际托托杯、联盟杯资格赛、欧洲超级杯，除此之外还有冠军联赛、冠军VS联盟杯冠军联赛。其余的就是各国的什么西甲、英超、德甲、法甲、意甲、葡超等等，还有各国的杯赛，像德国杯、德国联赛杯、英格兰足总杯等十多种赛事。只要一打开电视，好多的频道是足球赛，简直让人眼花缭乱、目不暇接。

这个案子原来是大巴黎警局接手办的，转移交办是"因为牵涉到很多国际犯罪线索……"他们就顺水推舟地交到国际刑警法国中心局了。我们这个处以侦破电脑类技术刑事案件为主，处长阿尔弗雷德就是警界著名的电脑专家。我仔细地看着案情，"法国一个名不见经传的费萨足球俱乐部，新组织了一个球队，从来没有人见过他们在哪个足球场做热身赛，更是不知道在什么地方苦练呢。年初，俱乐部从非洲塞内加尔引进了一个外籍球员叫鲁菲克，虽然大家觉得这个黑人运动员行为有些古怪，但是由于挑不出他身体和精神上的毛病，只能允许他参加足球俱乐部的淘汰比赛。在4月份比利时的预赛场上，那些球迷和体育小报的记者，就发现这个鲁菲克有些不一样，他看似懒洋洋地站在中线附近，可是当他接到球以后，就像闪电一样冲到对方的球门，那球保证万无一失地进入对方大门。这次比赛结果自然是很清楚的——费萨俱乐部从外围直接晋升到欧洲联盟杯赛的候选队里面。"奇怪的是预赛总裁判阿尔贝特别关心鲁菲克，总是在他身边问这问那，甚至在他的身上摸来摸去。后来那些不甘心失败的荷兰球迷们就到处嚷嚷："阿尔贝是黑哨……他一定收了什么人的好处……"这次比赛之后，那个足球新星鲁菲克就不见了。俱乐部经理对记者们说："他非要回老家，只能放他走了。"我嘀嘀咕咕地说："这不是报纸上说的那样啊……这叫什么案子……人口失踪？"听到身边有人说话："这个案子交给

你来办，就是因为它是一个……疑点太多的案件。大巴黎警局确定，这是一个具有谋杀和非人道行为的案件。"我抬头一看马上起立敬礼："长官，您好……"原来是处长，不知道他什么时候来到我的身边。阿尔弗雷德长官用手点着桌子："你再看看后面的材料，既不像新闻媒体宣传的那样，也不是你想的那样简单。"在后面的第二份材料里，是巴黎警局关于一级裁判阿尔贝，2014 年三月开着自己全新的宝马赛车，掉下了靠近"列支敦士登公国"的公路山崖下，那个车祸的现场勘察报告。关于两个助理裁判，却坐船去了非洲，据说船只在接近利比亚港口时，被一群持枪的人登上船，抢劫后打死了。船上所有的人无一幸免。那些血淋淋的照片，让人看了实在是不舒服。"好了，布里斯警官，我不打扰你了，一号案件是总统指定的，它的重要性你应该明白，有什么新的发现及时向我报告。"长官走后我继续看下去，"哦……这是第三份材料，什么？塞内加尔内政部证实，根本没有鲁菲克这个人……所有关于他的资料都是伪造的……"再看下去，那疑问加着疑问更是让人大吃一惊："费萨俱乐部，上月初宣布放弃所取得的名次，不再参加欧洲联盟杯比赛，全部人员遣散……后来失踪不知去向。"我点着头："怪不得意大利的报纸把事情渲染得那样可怕，原来这里面还真的有些原因啊……"我把案卷接着向下翻开："最为震惊的是那个曾经与费萨球队比赛的荷兰球队，本月初乘飞机去南非比赛，在南非换乘一架小客机从德班飞往约翰内斯堡却意外失事，造成机毁人亡，荷兰球员无一幸免。诸多复杂而又交错的线索，大巴黎警察局初步认定为反人类谋杀案……"我看到有一段批复："因为涉及很多国际线索，国际刑警组织和法国内政部，都同意将案件移交法国中心局侦结。"我翻来覆去地看了好几遍，对这个案子才算是定下了神儿一这确实不是一般的刑事案件，"能感觉到……这里有更大的阴谋，案件里的秘密还在等着我们一一揭露"。

十一点四十五分，正是大家都在饭堂里用午餐的时候，电视机的画面全部变成了欧洲足联宣布欧洲锦标赛举办国的画面。欧足联主席，曾经的法国球星普拉蒂尼，面带微笑公布了最终投票的结果——法国战胜了另外两个竞争者——意大利和土耳其，成为2016年欧洲杯的主办国。饭堂里的人们不顾嘴里都是食物，高兴地欢呼，有的还跳起了舞蹈。我一下子明白了："噢……这一个多月，由意大利挑起争夺欧洲杯主办国的媒体大战，虽然法国当时仓促应战形势危急，可是意大利人咄咄逼人的内部消息，抵不过法国警察局好像抓住了谁的把柄，那吞吞吐吐带有威胁的半句话……其实，从警局的第三次公布以后，那些投票的委员们，就知道只能投给巴黎了，否则……"想到这里我不由得感慨："足球那一黑一白的样子，是多么形象啊，在欧洲，人们的生活甚至大家所喜爱的足球，都像白天黑夜一样，具有黑白的两重性。不过对足球的热爱，真的可以说是占了欧洲人生命的一半……"这时大家唱起了歌曲《足球》：

足球

赛场上的足球，
被奔跑的力量推动，
飞起一道优美的弧线，
轻盈地划过天空。
不同颜色的人们，
像海浪那样的进攻。
运动员熟练的技巧，
让足球在空中姿态轻盈，
奔跑中展示强健的体魄，
获得一次又一次破门。
谁能在激烈的竞争中获胜，
只有高超的技巧远远不够，

还要有所向无敌的勇猛，

带着善良和忠诚，

才是获得胜利的冠军。

　　我可顾不上和大家一起高兴，脑子里开始梳理着足球案件的各种情况。我觉得明显的疑点很多，巴黎警局资料里那些耸人听闻的词句，会把人的每一根神经都绷紧。饭后我把组员们召集过来，详细地交代案情，同时加以分析。当我把案情说完以后，他们那个惊讶的程度可想而知。露西娅瞪大了她那双蓝色的眼睛说："一号案件？……为什么所有的人都找不到了？"伊娃眯着眼分析说："一看就是个无头案，线索那么多又都断了。为什么叫反人类谋杀案？巴黎警察局整了个天大的名堂，自己倒推了个一干二净。"那个见习警察萨科齐和别人不一样，他有些手舞足蹈地说："这可是个好案子啊，足球……"伊娃马上顶了他一句："什么……你说好？那就交给你来解决好了……博士，没有事儿了，我们是不是该散会了？"那个二十岁出头的小伙子脑袋立刻就耷拉了下来，躲在一边再也不敢说什么了。组里的这两位姐们儿，平时对我就以"博士"称呼，你要是质疑，她们总是振振有词地说："谁让你有那么多的博士帽子，你要是不喜欢就送给我们吧。"不过在正式的场合，她们会表情严肃地叫我长官，我知道她俩的嘴里不会有好话，后面一定在默念什么"小猫长官……小狗长官……"

　　伊娃是组里的文员，她拿起那厚厚的一摞材料强调说："什么叫文员，就是博士的秘书，是他身边的人……我们之间是没有距离的……嗯，你懂的……"露西娅也不甘示弱："你是工作秘书，我嘛……自然就是生活秘书了，也是身边的人……当然了，你更懂的……"然后两个人互相挤着眼睛，看着我哈哈大笑起来。我早就习惯了她们的表演和戏弄，和两个警察姐姐在一起真的好开心，她们的性格开朗诙谐，可是所有的话都是在开玩笑，你可千万不要当真。

伊娃把具体案情认真梳理了一下，按照巴黎警察局的文件罗列出重点：

一、大致情况

1.案件名称：一号案件

2.案件定性：反人类谋杀案（特级谋杀）

3.案件当事人：阿尔贝，一级国际足球裁判，已死亡（年月日，车祸）。

4.案件当事人：阿尔贝的裁判助理，两人，已死亡（年月日，死于利比亚客船）。

5.当事一方，费萨俱乐部球队：解散，人员失踪。

6.费萨俱乐部人员：失踪。

7.费萨球队外籍球员：鲁菲克，失踪（塞内加尔内政部否认其存在）。

8.当时另一方，荷兰某俱乐部球队：飞机失事全部死亡（死于南非）。

二、目前能够与此案联系起来的线索

1.费萨俱乐部的历史情况，资金来源，出资人。

2.费萨球队人员的组成，教练员领队，所有人员的国籍、照片、姓名。

3.费萨球员鲁菲克，国籍，个人情况，塞内加尔内政部的函件。

4.费萨俱乐部宣布退赛、取消已有成绩的真实性。

5.主裁判阿尔贝所有资料，死亡证明。

6.助理裁判两人所有资料，死亡证明。

7.荷兰球队飞机失事，当地警察局和航空公司的证明。

经过大家讨论分析，一致认为"一号案件"确实有很多问题，还要深入调查。

需要调查的问题：

1.法国费萨足球俱乐部。

2.2014 年 4 月比利时预赛报名过程。

3.一级裁判阿尔贝的所有资料。

4.车祸调查。

5.助理死亡调查。

6.鲁菲克失踪。

7.费萨球队人员。

8.比赛情况。

9.荷兰球队飞机失事认定。

我做事向来雷厉风行，马上把小组分成两部分，伊娃和露西娅解决（1）（3）两项工作，去了解费萨俱乐部和阿尔贝，我嘱咐两位美女："要把他们所有的细节都找到……"而我和"总统"一那个见习警察萨科齐，先解决（2）（8）两项，去比利时了解去年 4 月份赛事报名的具体细节，以及比赛过程的其他情况。

我们坐火车去布鲁塞尔，萨科齐这个小伙子，对足球的热爱显然和欧洲很多的年轻人一样，近乎狂热。他对我说："真的太高兴了，竟然第一个案子就是足球！"看着他在车上手舞足蹈的样子，我只是微笑了一下，心里附和着："是啊，足球……多么迷人的运动……"这一路上，我都在心里过滤着已知的各种情况。萨科齐还向我不断地提供着各种资讯："比利时人口一千一百二十万，有一百三十五万人是各种体育俱乐部的会员，足球是该国的第一运动。比利时有三十四家职业足球俱乐部，每年有八个级别的足球联赛。"

到了布鲁塞尔，我们直接来到皇家足球协会，了解到去年4月份的比赛，是在布鲁塞尔的海瑟尔体育场进行的。"总统"脱口而出："海瑟尔，这可是个出名的地方……啊。"1985年，海瑟尔球场曾经发生过英国球迷和意大利球迷的斗殴，造成了重大人员伤亡。我们找到了主办联赛的比利时足协（RBFA）下面一个临时机构"联赛联络会"，一位自称是协理的谢尔曼先生。他同时也叫来一些工作人员，大家挺着笔直的腰板儿，给我们讲述了整个比赛的过程。"欧足联联赛简称欧洲联赛，也叫欧罗巴联赛，是由欧洲足联每年举行的，由欧洲俱乐部角逐的淘汰制赛事。在欧洲洲际级别比赛中重要性仅次于欧洲冠军联赛。去年开始，增加一轮外围比赛。我们主场进行的是模拟外围赛，按照欧罗巴联赛的规则，提前海选新的球队。"他眼睛也不眨一下地说着，"去年的比赛虽然不是正式的比赛，但是每个俱乐部都很积极，法国就有四个俱乐部报名参加。"其实他说的规则我们都懂，但还是耐心听着他的介绍。"第一轮有九十六个俱乐部的球队参加，随后逐步淘汰，到第三轮晋级的时候，就有法国的费萨俱乐部球队。"我做了一个抱歉的表示，然后打断他的话问道："您看过这支球队的比赛吗？"谢尔曼回答："看过，我对他们的印象可是……不太好，整个球队都是默不作声阴沉着脸，球队没有阵势，球员互不配合，每个人从来不和其他人交谈。他们的领队和教练加上那些球员，就像对谁都满怀着深仇大恨似的。"萨科齐问："他们的球技……就是脚上的功夫……怎么样？"谢尔曼的表情，说不出是钦佩还是莫名其妙："完全是一种新的踢法，尤其是那个塞内加尔的外援，那脚上的功夫真的不得了，我从来没有见过……那样进球的。"我问他："有比赛的录像吗？"谢尔曼立刻就说："有，我们都会留下资料的，请等一会儿，我去资料室拿来。"一会儿，这位个子高高腰杆笔直的绅士，为我们拿来了光碟和电脑："请看吧，所有的比赛过程都录在这个里面了。"可是奇怪的是，当我们打开电脑看的时候，除了摄像时外部的嘈杂声，凡是涉及费萨球队的比赛，光碟里竟然什么影像都没

有……我不满地小声发着牢骚："欧洲的足球没落了，除了腐败……就是官僚主义的作风。"一位工作人员领着我们来到海瑟尔体育场，在那绿茵茵的场地上，一个少年足球队正在比赛。那些少年们跑着跳着，踢球时活跃的气氛，把萨科齐吸引得两条腿都不想动了。我们随着那位工作人员在球场走着，我问他："你对法国费萨俱乐部球队的印象如何？"他想了想："没什么印象，他们来得晚，在比赛的前两分钟才到，踢了两场之后连澡都没洗就走了……"萨科齐琢磨着问："他们是不是还在赶场，参加另一场比赛呢？"那个比利时人嘀嘀咕咕地说着："那就不清楚了……反正没有人喜欢这支球队。"

七彩光盘

看来问题严重了，我们找到布鲁塞尔国际刑警机构，要求他们使用技术手段，复原和找出问题所在："究竟是用什么办法，抹掉了这些影像记录？"没想到最终的结果却令人瞠目结舌："没有任何人为消除的痕迹，只能说明在拍摄过程中，这支球队并没有留下任何痕迹……"为了做更进一步的分析，我们要求把原始的几盘录像光盘，都作为物证带回巴黎。在布鲁塞尔火车站"总统"对我说："这次联赛预选，电视台应该转播呀……"我觉得确实应该去了解一下，于是我们坐上一辆的士，又向比利时国家电视台驶去。经过了解，他们的体育频道还真的转播了整个比赛的过程。我们如获至宝地找到那张光碟，急切地要求电视台为我们打开看一下。这一回我们看到整个赛场的情况都有，不过更为奇怪的是，只看到一方的队员在场上奔跑，偏偏看不到对方的球员和那颗足球。电视台的总编，是一位冠以亲王头衔的比利时王室成员，"亲王"惊奇地大声呼叫："这……怎么可能……难道他们是和幽灵在赛球吗？"他的一句幽灵提醒了我，"这大概是被人使用了幽灵软件，它们自动消除了被摄制的场景……"于是我招呼着萨科齐，"走吧，我知道了，应该是升级版的电脑幽灵软件在作怪……"我们向电视台借来了他们的光盘，告别电视台的工作人员就返回了巴黎。路上"总统"问我："头儿，这电脑幽灵是怎么回事？"我简单地对他解释了一下所谓的电脑幽灵："一般的幽灵软件运行以后，就可以自行记录被控制电脑的鼠标键和键盘的动作，同时可以定时、定项记录，并控制软件的运行时间，以及启

动热键和存储文件路径等多项功能，还可以随时查阅对方记录，并通过被控制电脑，在互联网发送各种记录文件。""总统"问："那……难道说把自己所需要的删掉，也是幽灵软件做的吗？"我对他说："当然，制作这个幽灵程序的人，应该是个能力更大的黑客，人家的目的是什么我们目前还不清楚……"不过在我的印象里，幽灵软件十分精细地删除画面的一部分，这还是从来没有遇到过的。

回到巴黎的办公室，伊娃和露西娅很快就回来了，两个姑娘打扮得花枝招展，浑身上下香气四溢，一进到我的办公室，就熏得新来的小伙子，一个劲儿地"阿嚏……阿嚏"，喷嚏打个没完。她俩认为这是年轻人成心在贬低自己，于是翻着白眼，在他身边转来转去，恨不得拿脚下的高跟鞋，狠狠地踢萨科齐两下。"这是香奈儿香水，还是去年博士掏钱给买的呢……"伊娃和露西娅仰着脖子得意扬扬地说着，然后一块儿坐在我办公桌的前面。"总统"捂着脸强调他的鼻子过敏，跑到角落里待着去了。两位姑娘把了解到的情况作了详细报告："费萨俱乐部，是由一个叫作波诺瓦的人，去年年初用五百万美元购买的，然后在法国足协变更注册。这是个成立已经三十年的小俱乐部，原来叫施瓦德俱乐部，他们的球队早就解散了。这个费萨俱乐部的名称，还是人家购买后重新命名的。"萨科齐捂着鼻子又喊了起来："啊……用五百万美元，买一个不起眼的小俱乐部的足球队？那得多有钱啊……"我不满地看了一眼大惊小怪的年轻人，然后转过身来等着姑娘们讲述后面的情况，伊娃继续讲下去："购买了俱乐部以后，老板雇用了一个经理人，他就遣散了所有的雇员，重新组建自己的球队，可是很多前来报名的人，都被拒之门外并不录用。费萨球队和教练员、领队都是谁都不认识的新人。"我问她们："在法国足球协会里难道没有登记那些人吗？"伊娃说："有花名册和照片，名字显然都是化名……我们查阅的时候，不知道什么原因，他们照片全部没有，就这样竟然通过了审核。"露西娅补充说："这个老板波诺瓦其实也是用的假名，我们找到了真正的波诺瓦，他是个领取退休金的教师，也不知道什么人盗用他的名字，当然对收购俱乐部的事情更是不清楚。"露西娅开始介绍阿尔贝的情况："阿尔贝，四十一岁，巴黎朗贝尔体育专科学校毕业，足球类国际一级裁判。"那个年轻人又开始抢话："啊哈，国际一级裁判，了不起，真的了不起……"露西娅这回可不客气了，站起来走到他的身边使劲扇着自己的裙子，"先生，请您闻一下，这里可是带回了阿尔贝的信息。"那个萨科齐一连十几个喷嚏，"啊嚏……啊嚏……"弄得他都快上不来气了。我虽然觉得好笑还是劝阻道："好了好了……我们继续工作吧。根据伊娃和露西娅掌握的情况，阿尔贝性格孤僻不善于交往，在整个欧洲足球界，他的口碑还算好的。对于他新购买的那辆宝马赛车，以他的工资收入是完全能负担得起，但是蹊跷的是没有阿尔贝购车银行付款的记录。"大家说出了很多的可能性："朋友新车，阿尔贝试驾……出事，说得过去""付现金……购车……""打赌赢的……合理合法""朋友送的……出了事，别人也不愿意出面……"那次车祸摩纳哥和法国警察部门已经确定，是酒后驾车掉下悬崖造成的惨案。伊娃对我说："现场我们也去了，这是几个月前的事情，什么痕迹都没有了。"接着她又说："新车来源也找到了，摩纳哥的一个高档车行，对方承认是他们的车，阿尔贝自己看好了车，交定金开走的。事故以后，由于有保险，车行的损失也就极少。"露西娅最后说："尸体已经下葬，看来只好确认警察的交通肇事决定……"年轻的见习警察真是嘴快："这看起来也没有什么不对头啊……"我苦笑了一下说："看来只能这样确认，即便推理是他杀，现在也没有任何现场证据能说明这一切了。"

　　我把在比利时收集到的情况，和遇到的蹊跷都讲了一遍，所有的人都认识到问题的严重性，露西娅好像在做总结似的说了一句话："电脑幽灵？……所有这一切不都说明这个球队，就是个幽灵球队嘛。"

　　费萨足球俱乐部所有的人都不见了，甚至包括他们的影像，由此在

第一章　神奇球队

17

我的心里，一直徘徊着那个"幽灵球队"的名称。"看来我们眼前的线索只有两个，一是死去的阿尔贝，了解他的出身、成长和周围结交的人。二是解开幽灵程序，重现费萨球队人员的形象，再分析他们的破绽在哪里。"我派三个手下专门调查阿尔贝，"细节越多越好，必要时可以向局里申请，要求当地宪兵协助搜查他的住宅……和一切私人用品。"伊娃向我挤了挤眼睛："博士，也包括他私人生活的细节吗……我们报告的时候要多细致呢？"然后两个女孩儿哈哈大笑地走出去，那个饶舌的"总统"也乖乖地跟在后面。

我向阿尔弗雷德处长报告了案情的进度，关键是如何破解电脑幽灵软件。处长听了我的报告笑了笑："亲爱的布里斯博士，这回又要看你的手段了，我和局长要去内政部，巴黎现在受到恐怖威胁越来越严重……"

我决定彻底检查一下比利时相关的网络系统，这本身就是我最熟悉的事。当然是用各种工具来实现入侵他们的网站，其实当年在美国的大学里还有一种叫法，把这种入侵网站的人叫"脚本小子"。我先是用工具来扫描各个网站，通过扫描筛选出网站的漏洞，然后顺利地找到网站的数据库。他们的数据库都在 admin 的目录之下，然后就是破解它。破解成功后，就可以随意地浏览和修改这些网站。记得在大学里我还有一句名言："没有入侵不了的电脑……"至今倒成了黑客们的名言。很快我打开了他们的几个相关网站，检查他们的漏洞和后门，以及"中标"（病毒入侵）的特征。随后我进入了比利时国家电视台和足球协会的后台管理，他们的网站没有 robots.txt，也不是通过 FTP 来上传管理的。自然他的网站存在后台，我用 Google 黑客技术，扫描网站后台关键地址，扫描网站结构工具，获得了网站的结构，找到了后台登录文件夹，以及数据库文件夹和 conn 文件信息。通过下载数据库和网站脚本漏洞，在 SQL 注入 ewebeditor 编辑器漏洞，然后上传漏洞，cookies 欺骗漏洞以后，获得了网站后台管理员的密码。再找到后台登录页登录后台，在后台可以通过数据库备份，和后台自带的编辑器漏洞，上传了一个大马（开锁病毒），最后获得 webshell 权限。通过我的病毒，建立用户提升为管理员权限，逐步渗透到网站服务器，从而把整个网站拿下来。应该说进入他们的网络，是很轻松的事情，但是经过检查，并没有我所担心的"幽灵删除软件"我还解析了自从 2000 年以来，在世界肆虐的著名电脑病毒，比利时的网站确实没有感染。我这时有些感觉："看来，这回不是幽灵软件惹的祸。"我琢磨着："再仔细地检查一下获得的物证吧……"于是我来到局里的技术室，这里所有的仪器都是最近更新的。打开足球比赛的画面，我采取了修复画面的措施。经过两三道程序处理，虽然提高了画面的清晰度和超分辨率，可是整个画面里就没有经过处理的蛛丝马迹。我终于可以断定："真的不是幽灵软件的问题……"

足球对于欧洲人来说，它的吸引力是非常大的，我开始播放比利时国家电视台的光盘，技术室里所有的眼光都转向了我这儿。局里一位年龄较大的电子工程师站在我身后，奇怪地问我："布里斯警官，这是什么时候的比赛……不对，这是球队的训练场吧？"我提醒他："您再仔细一点，认真地看……听解说……"那位工程师惊讶地说："啊，是比赛……奇怪，那支球队呢？"我耸了耸肩回答他："这不，我也正在寻找他们……这可是隐形录像。"老工程师开始认真了："哦？……这倒是个新鲜事儿。"这时，就听到比利时国家电视台的体育解说员开始讲解了："场内场外的各位观众，这里是比利时国家电视台，我们在布鲁塞尔的海塞尔体育场，对欧洲联盟杯预赛第五轮法国的费萨俱乐部足球队与荷兰……俱乐部队的比赛进行现场直播……我是纽塞尔。"我的身后发出了声音："呵，这可是比利时有名的足球解说员啊……"我仔细地看着荧屏的画面，耳朵伸着生怕漏掉解说员的每一句话。"费萨俱乐部球队是一支全新的队伍，今天他们穿着鲜艳的球衣出现在大家面前……现在两个队都入场了……"接着就是："发球……

比赛开始了……""大家注意到，费萨球队的队员们十分的灵活……荷兰……俱乐部球队的人员根本靠不到身前，他们的灵活度是前所未有的……那个非洲的外援简直就是个进球的机器……又一个球被踢进去了，现在是上半场二十分钟，已经是五比一了……这支球队在这个赛季，就是一个奇迹。"很快进入了下半场，比利时的纽塞尔还在伶牙俐齿地解说着，"这场球赛的结果已经很明显了，奇怪的是那个进球机器好像出了什么问题……主裁判阿尔贝总是在他的身边，还对他说着什么……这可是从来没有的情况啊……"接着又说，"现在是下半场的最后五分钟，胜负已经毫无悬念……这个法国的后起之秀费萨俱乐部足球队，将会赢得比赛而晋级到联赛……"能看到赛场上好像飘来了一阵雨雾，忽然那个解说员大声地喊了起来："真是奇迹……获得胜利的费萨俱乐部队出场时，一块阴云飘来，阳光照在他们的身上，发出了彩虹般的七色光芒。快看，他们又变成了精灵一样的蓝色，太神奇了……难道是上帝也在祝福这支球队吗……"我顿时冷静了："七色彩虹……光影？蓝色……这些令人奇怪的地方，不就是我们应该寻找的破绽吗？"

说实在的，对于光影的定义我还是很清楚的："光是人的眼睛所能观察到的唯一一种电磁辐射。而我们看到的其他景象，则是由于眼睛接收了物体反射，所以说光影像是人对视觉感知的物质再现。"没想到那位老工程师嘴里念叨着："影像可以由光学设备获取，也可以人为创作。影像也是一种视觉符号，通过专业设计的影像，可以发展成与人沟通的视觉语言。"我听着他的自言自语："这个录像就是人为创作的作品……"忽然，他的话引起了我的思索："……光影除了由录像设备获取，也可以人为创作……我光想着他们是如何地抹去自己，怎么没想到也可能是人为的添加呢……"我转过身站起来和老工程师进行交流："您听到刚才那位解说员的话了吗……彩虹光影……变成蓝色……这里是不是有些蹊跷？"人们都知道造成彩虹的光学原理，彩虹是因为阳光射到空中接近球形的小水滴，造成色散及反射而成。阳光射入水滴时会同时以不同角度入射，在水滴内亦以不同的角度反射。当中以四十度至四十二度的反射最为强烈，形成我们所见到的彩虹。可是在同样的条件下，另一支球队却没有同样的色彩现象，这就不由得让人有些捉摸不透了。电子工程师也在思索着刚才的话题："变幻莫测的光影的确比较难以捉摸，我们不妨通过一个模型，可以让问题显得简单一些。"我知道他以前曾在巴黎一所大学任物理学助教，不由得心想："还是大学教师的理论水平高……"只见他拿来一张足够大的白纸铺在地上，把一个圆形的移动音响放在白纸上，"我们设想这个模型，就放在空气洁净的室外自然光下。这是一个晴朗的下午，主要光源为太阳。同时蓝天提供非常不同的第二个光源，一些光也正在白色卡片和白色球体之间相互反射，这是形成的第三个光源。"接着他继续解释，"最明亮的光自太阳并且是从一个小点，散发的白色光使它投射的阴影非常锐利。第二个光源，蓝天，是一个非常大的光源，而且有非常软的阴影，这主要是来自太阳的直接光线被遮蔽了，所以说越小的光源，阴影越为锐利。"老工程师看着我说："来自蓝天的光线投射有非常强烈的颜色，影响着场景中的一切。球体被蓝色的天光所照明，所以它的投影是蓝色的。球体屏蔽了来自太阳的白色光线，它自身未被阳光直接照到的部分会呈现出天光的蓝色色调。最后被反射在卡片和球体之间的光也主要是蓝色的，两个比较靠近的表面能够比较远的区域更多地接受这个反射光。这个区域叫作明暗界限。"我问道："难道那个球队全体人员身上的颜色是由蓝色天空决定的……"老工程师没有正面回答我，却说："有人一定会问，难道不是身上的运动装，就是那些运动衣裤的质料形成的吗？我可以肯定地说，根本不可能，这是由光线的波长决定的。就像这个球体部分有对比的效果，受光的面比较亮，而背光的面则相对较暗。这就是那个球队在阳光下发出七彩光芒，而转过身来开始慢慢变成蓝色……的原因。"

　　老工程师就像是在大学的课堂上给学生们讲课，自问自答地说："这些散射光是怎么来的？球队为什么偏蓝？说明他们被短光波所控制……要知道可见光是电磁波的一种，根据波长的不同，就会呈现不同的颜色。"最后他下结论说，"根据光学理论，散射光强和波长的四次方成反比，在这种情况下，散射主要影响波长较短的光，也就是蓝色光，所以天空本身呈现出蓝色。"这些话我听着有些不明白，老工程师接着说，"应该了解几个问题，一、比赛当天太阳相对赛场日照的角度，二、天气的情况，三、四个方面的观众各自对赛场上的印象。"我又增加总结了几点："四、他们对隐形球队所有人员，在赛场上的运动状态的评价。五、荷兰球员对法国球队在比赛中的印象。"接着这位老工程师哼哼起一首流行歌曲：

黄昏的太阳

那些穿透了空气的阳光，

散射着，向着四面八方，

自此没有了纯洁的色彩，

就是那无边湛蓝的天堂。

夕阳追求着黄色的灿烂，

在短短烟霭中金碧辉煌，

落日的颜色短暂却壮丽，

这就是人类追求的理想。

啊，灿烂而短暂的黄昏，

把邻近天空也染成异样，

落日缓缓消失地平线上，

天穹才明白自己的彷徨。

进入黑夜人间没有亮光，

即使太阳之后出现月亮，

只有贴近地平线的云层，

还惦记太阳微弱的光芒。

　　我和他打了个招呼就离开技术室，心里还在想："在欧洲，人们表达情感往往是矛盾的，就像这首歌……他们到底想要说些什么呢？"

天外来客

按照我新调查计划的五个方面，了解足球赛现场观众，是首要的问题。已经是下午五点，为了抓紧时间，我也不考虑巴黎到布鲁塞尔三百公里的距离，只是算计着："在路上吃点东西，休息一下，到了布鲁塞尔，就要求当地警方寻找一下那天的观众……这样第二天就会进入调查了解阶段。"于是我驾车驶向布鲁塞尔，很快就进入比利时境内。我发现，这条高速公路大概是世界上唯一一条按照城市道路设计的高速公路了。在道路的两边每五十米设有一个路灯，高高的灯杆上伸出一个手臂一样的横杆，挂着一盏很大的白炽灯，在夜里也可以灯火通明地，直达比利时的布鲁塞尔。我的车是一辆小排量的"雷诺"，用专业的话说就是1.6cc两厢轿车，速度跑不快，只能按照最低限速的要求，保持不低于每小时九十公里行进。忽然我看到一个黑乎乎的东西在天上飘浮着，大概有几分钟的样子，就"扑通"一下砸在我的机器盖儿上，没等我反应过来，那家伙嗷嗷叫着滚下去跑了。"这高速公路上怎么会飞进来一只狗……"汽车的前部已经被砸得瘪了下去，我放慢速度向四周看着，这下可好，竟然看到右侧路边一个灯杆的上方，悬浮着一个活人，大概一分钟的样子就掉了下来，正好挂在灯杆伸出来的弯臂上，手足乱动地挣扎起来。我马上靠边停下车，迅速拨打112向报警台说明了情况。我注意到上面的人渐渐地动作慢了，"不好，他会窒息死亡的……"我不顾一切地爬上那个华丽的灯杆，看到一个大胡子，穿着白色的袍子，脖子上围着围巾，头上还有一块儿包头的厚布。要知道现在欧洲到处都是非洲难民，"这分明就是个难民，可他怎么飘起来又挂到这五米高的电杆上来的呢？"我爬到距离他一米多的地方，能看到他被自己的围巾吊在路灯伸出的弯臂上，舌头一伸一伸地在喘气，我心想："不好……这个人快不行了……要马上采取行动。"我从横杆下面攀着过去，然后使劲做了一个引体向上再来一个杠上翻身，就跨上了公路旁边的电杆，我使劲又向前挪了一下，把那个大胡子卡在灯罩上的围巾揪了下来，被吊着的大胡子立刻就栽了下去，仰面朝天地摔在我的汽车顶上，把我的小汽车砸了个大坑，然后躺在那个坑里大口大口地喘气。这个时候来了两辆比利时警车，把他从车顶上弄了下来，我也从路灯架子上下来了。我向比利时警察出示了证件，同时把发现的情况讲了一遍。等到问那个大胡子的时候，才发现他一直闭着眼睛，嘴里嚷嚷地念叨着什么。接下来的事情真是匪夷所思，我们用法语、德语和西班牙语几种语言向他询问，他完全听不懂。比利时警察肯定地说："他不是北非的难民……"最后用英语与他交流，这个人还能听懂几句。我向他问候："Good afternoon！（晚上好！）"没想到他点点头，含混不清地说："Good morning！（早上好！）……camel（骆驼）……desert（沙漠）……"两个比利时警察觉得此人十分可疑，正好比利时在全境宣布，加大应对暴恐袭击的级别，所以也不管他听懂听不懂，向大胡子宣布了他的权利，然后给他戴上手铐押上警车疾驰而去。

　　这时候我想起了刚才看见的事情："那只狗和这个人，都在天上飘着然后掉了下来……这可是第一次亲眼所见啊……"关于人体在空中飘浮，我看过英国的卡莱曼思教授和印度的科学家写的论文，他们指出："在印度的《佛经》里早有记载，两千年前，佛教的高僧们就能毫不费力地飞向天空，将空中所看到的景色绘成巨画。印度考古学家们曾发现一幅巨大的石雕，它绘制的是印度两千年前，恒河流域的曼达尔平原景色，完全是以高空鸟瞰角度绘制的。"当时没有直升机，人们怎样从高

空来绘制的呢？所以科学家一直把印度古《佛经》中的记载当作神话，后来当他们亲眼目睹了人体飘浮升空，才不得不承认记载是事实。我知道依据一些历史真实记录，和部分近年来的实例，飘浮者似乎具有一种超凡能力，可以克服地心引力将自己的身体慢慢地飘浮起来。《英国大百科全书》中将这些人的飘浮能力称为"拟等位反式"现象。科学已经实现了舞台艺术中的悬浮，能够实现悬浮的不再是磁铁，可以是板球甚至是活的动物。当悬浮动物时，磁场力量还是必不可少的。我奇怪地想："难道他自身具有……特异功能……"

　　这时候我发现刚才那条从天上飞过来的狗，不知道从哪里又钻了出来，汪汪叫着跟在后面，追那两辆比利时警察蓝白相间的汽车。我把车开快了，跟着那条黑色的大狗，慢慢地它追不上前面的汽车了，趴在高速公路上大口地喘气。我放慢速度打开车门，没想到这条黑狗"嗖"的一下就上来了，坐在右边的座儿上伸着舌头看着前方。我有些好笑："嘿，你倒是不客气啊，走吧，看来刚才那个大胡子是你的主人……"这条狗一看就是在野外生活的动物，大概从来没有洗过澡，浑身的毛蓬松杂乱，身上带着草棍草籽和沙土粒。和欧洲人养的宠物截然不同。我怎么也解不开这个谜团："这条狗和他的主人……是怎么来到比利时这条高速公路上的？那个男人对欧洲人的语言……大部分不懂，我是当事人，应该配合他们了解一下情况。我尾随着前面的警车，一直到了布鲁塞尔中心区警察局。那条狗看到大胡子，并不像一般狗见了主人那样扑上去舔他的脸，而是紧紧地靠着我的腿，夹着尾巴，我断定这条狗从天上掉下来，"一定是摔怕了……现在它对主人已经不相信了……"可是大黑狗对我的亲热劲儿，真的比对那个北非人的感情要深。一开始我和比利时的两位同行，欲了解那个大胡子的情况却无法和他交流，最后我想起一个办法，找来世界地图，让他用国旗来确定自己的国家。别说这一招还真灵，他指着一个旗子点头，不停地说一个词："贝都因……贝都因……"我明白了，他说的国家是埃及，他是埃及南部的贝都因人。那是个以氏族部落为基本单位，在沙漠旷野过游牧生活的阿拉伯民族。主要分布在西亚和北非广阔的沙漠和荒原地带，属欧罗巴人种地中海类型。"贝都因"为阿拉伯语译音，意为荒原上的游牧民，是逐水草而居的，他们是在非洲东撒哈拉沙漠边缘的一个地方。我对比利时警官说："他们是东撒哈拉地区的贝都因人，想办法找到懂阿拉伯语言的专家吧……"就在等语言专家的同时，我和他比画着用英语进行了交谈，由此有了大概的印象："是他在家乡……沙漠里放骆驼，忽然旁边的房子烧起来了……噢，就是着火，他跑过去看……嘭，爆炸了……他和狗就莫名其妙地来到这里了……"我看着眼前的大胡子，他身上没有任何被烧被炸的痕迹……我心里想着："这可奇怪了……如果他说的不是胡话，那……沙漠里一定有什么神奇的地方……可那里距离欧洲的比利时有几千公里哪……"可看着那只黑狗的样子，我不由得相信他的故事……忽然我想到："这事已经交给比利时警方了，也该忙忙自己的事情了。"我把拟定的调查提纲交给他们的局长，没想到还真的就解决了我的难题。那位穿着防弹背心的局长笑着对我说："你这里除了第五条需要征求荷兰球员的意见之外，我们都能给你一个满意的答复。"原来比赛当天，他局里的警员专门负责赛场安保，就分配在四个方向监控，"好啦，你先休息一下，喝一杯咖啡，一会儿我亲自来解决你需要问的那些事情。"一个年轻的警官把我让到他们的会议室，还给我端来了咖啡和一些小点心，可是我的脑子总是离不开外面的那个神秘大胡子和他的黑狗。终于，布鲁塞尔警察中心局局长领来了他的几个部下，开始向我介绍足球赛场当时的情况。

一、比赛是在当天下午，我们观察哨的电子望远镜上的记载，结束的时候太阳相对赛场日照的角度是40°夹角。

二、天气的情况，晴朗，只是在退场时天空有云朵飘雨，很快散去。

三、关于对赛场上的印象，我们对你所关注的法国那个俱

乐部球队人员，在赛场上的运动状态的评价是这样的：

1. 旁若无人。

2. 面无表情。

3. 似乎不是和眼前的球队，而是在和另一个球队交手。

4. 这个球队相互配合不好，每个人都不传球给他人。

5. 一个十分奇怪的现象，就是有时候法国球员会让人感觉他们的轮廓模糊，好像眼睛一下子变成了老花眼。

6. 只有一个攻球手，他们的踢法从来没有见过。

唯一主裁判特别关心那个塞内加尔球员，引起了众多的非议。

听了他们的证词我做好了记录，准备告辞比利时同行回到巴黎去。这时懂得贝都因语言的专家来了，我正要离开警局，路过那个大胡子待着的房间，就看到他向我招手求助。那条黑狗也跑到我的腿边，摇着尾巴蹭我的裤子。看到贝都因人那无助的样子，我还是停下了脚步，"听听他的故事，究竟是怎么一回事……"我坐在一张椅子上，默不作声地听着他们的对话，然后翻译把大胡子哆哆嗦嗦的叙述又翻译过来，讲给记录员和在场所有的人。他的叙述是这样的："我叫艾哈迈德·本·乌尔德，今年35岁，读过书，上学到十年级。我的家在东撒哈拉沙漠的边缘。家里有两个妻子和四个孩子，有两群羊和八十头骆驼……"我想这是个非洲普通的牧人，"但是以他的财产，在当地算是富有的人了。"后来他的讲述和我们俩交流时一样，"……莫名其妙的爆炸……稀里糊涂地来到这个不认识的地方……"

因为他讲的是埃及阿拉伯语，还夹杂着苏丹阿拉伯语，那位翻译也要琢磨一阵儿，才能判断他说话真正的意思。看着警官们的好奇，翻译也给警察们讲解了什么是"贝都因人"："贝都因人酷爱自由，他们决不接受约束的生活。豪爽和行侠仗义，是这个游牧部落衡量每个人道德的最高标准。姆鲁族一词的意思是极为勇敢，为氏族利益能够勇于冲锋陷阵，不惜牺牲性命就是指贝都因人。贝都因人宁愿过艰苦的游牧生活，也不肯过定居的城市生活。"一个年轻的比利时警察问道："那他们岂不是成了中世纪欧洲的游侠鲁滨逊那样的人了……"翻译笑了："只有世界上很少的民族，还像贝都因人那样，不承认部落传统以外的任何法律。而且除了本部落的酋长外，不服从任何政权，不承认任何政治制度，没有纪律秩序和权威的概念，也没有定居社会所具有的政治组织。"人们面面相觑："那……他们就没有遵循的准则吗？"翻译说："他们只遵循前人的习惯，受部落惯例的节制，只要大家同意认可的事情就是合法的。他们所处的社会被称为没有政府的社会。只有血缘关系的氏族，是他们的社会基础。"

比利时警方需要时间来落实大胡子的情况，决定把他暂时安置在收容所，那里有很多由于各种原因滞留在比利时的外国人。至于那条黑狗也得另行安排，没想到那条狗说什么也不离开我，它对那些警察咆哮着。这时本·乌尔德对我说了一长串话，翻译对我说："他请求先生代他看管几天牧羊犬……"我一蹲下，那只黑色的大狗就乖乖地卧在我的身边，我无可奈何地说："哎哟，你倒是不嫌弃新朋友啊……"我在布鲁塞尔警察局办了手续，领着我的新宠—那只黑色的非洲牧羊犬，开车回巴黎了。

在回去的路上，我在高速公路的休息区，为我们两个买了巨大顶级的汉堡，还买了一份《最新消息报》，那是比利时最畅销的报纸了。那个黑家伙吃得香极了，一会儿就吃光了它的那份，又眼巴巴看着我手里还剩下的半个汉堡，"真是没办法，谁让我答应照看它呢。"等黑狗把我那半个汉堡又吃得干干净净后，才舔着嘴巴满意地卧在我的腿旁。"我也不知道你叫什么，既然是天上掉下来的……我就叫你外来客吧。"没想到我一说"外来客"，那家伙的耳朵就竖起来了，眼睛一直看着我，当我一喊"外来客"，它一下子就钻到我的汽车里了。

　　回到巴黎的公寓，已经是夜里一点了。我看着"外来客"那个脏兮兮样子，叹着气说："今晚只能这样了……你老实点吧，明天再给你洗澡。"那条狗倒是真乖，就在门口的地垫上一卧。听着它的呼噜打得震天响，不由得令人感觉十分好笑。

　　我从上学开始就养成了一个毛病，睡觉以前必须看点儿什么。到警察局工作以后，总是把手头的案子再翻几遍，这已经是多年养成的习惯。我打开《最新消息报》，里面的一则消息令我惊诧不已："美国康涅狄格州的加里·戈尔卡，是一名电子工程师，他经营着一家电子设备公司。2004 年，他的长女梅丽莎十七岁时，在回家途中遭遇一场车祸离世，给全家带来无尽的伤痛。痛失爱女几天后，加里全家都开始觉得身边常有一些不同寻常，并且难以解释的状况发生。加里认为，在日常生活中，他们时时都能感受到梅丽莎的存在。加里深信不疑，并开始着手研究如何制作一台特殊的仪器，让他和女儿进行交流。最后，他制造出一台电磁感应装置称作灵魂探测仪，并且以女儿的名字和出生以及离世年份来命名。他相信这台名为梅丽莎 -8704 的仪器，是他与亡女之间的沟通桥梁。加里表示他曾经探测到女儿对他说：'爸爸，我爱你！……'加里·戈尔卡发明的灵魂探测仪，能够探测电磁频率，因而能接受到一定的声音……"这则消息使我有了一种冲动："难道用它能和已经逝去的人……再交流？"这一夜，朦胧中我好像和一个女孩儿说了一夜的话，我知道那是"公主"，在梦中我能清楚地意识到："是我想她了……我永远都忘不了她。"

第二章

迷雾重重

　　"知天知地，胜乃可全。"意思是通晓天时，熟知地利。如今，伴随着现代航天测绘技术的发展，"千里眼""顺风耳"甚至"瞬间来"也已变为现实。

——沃斯达士

休达遇险

　　早上起床之后，我就在浴室里给"外来客"洗了个澡，它身上脏得不得了，掉下来的草棍把我的浴盆都堵了。总算是把这条公狗弄得像个绅士了，我才洗漱和清洗自己的身体，然后从冰箱里取出一节香肠给"外来客"，我们又匆匆赶往局里去上班。在中心局的院子里，"唐·吉诃德"小组那两个仙女，瞪大了眼睛打量着我的车，"博士……你的车怎么变成这个样子……是有人袭击你……还是在车顶上过度浪漫……"说着转过身来装模作样地假装要检查我的身体："那个重要的地方……没有受伤吧？"我严肃地说："别在院子里嘻嘻哈哈的，叫长官们看见，要说我们的工作态度不认真了……"两个美女警察又过来看着"外来客"，她们一边逗着牧羊犬，一边对我抛着媚眼："哎哟，我们的博士怎么领回一个先生来，您需要的是……一个，不，是两个美眉啊……"奇怪的是，"外来客"只是瞪着眼睛站在旁边看热闹，动都不动。我拍了它一下："噢……你也是个色鬼呀，看见美女就六神无主了……"别看它是牧羊犬，这狗真是有灵性，好像也知道这里是警察局，进了楼里一声不吭地跟着，到了我的办公室才转来转去地闻着嗅着，最后在我的办公桌旁找了一块地方趴下来，这算是它的领地了。

　　该谈工作了，伊娃和露西娅不再嬉笑，安静地坐在我的对面，听着我昨天去比利时的遭遇，以及得到的调查结论。看来那个非洲贝都因人在空中的飘浮，真正地吸引了大家。我对他们说："据说中国的僧侣们，

也可以轻易地将身体飘浮在空中。科学家一直尝试解开,人体是如何摆脱地心引力飘浮在空中的。这种抵抗地心引力似乎看上去没有任何理论基础,却在现实生活中存在着,一直令人困惑不解。"我环顾了一下三个人的面部,都是那种极为不相信的神色。我接着讲:"俄罗斯医师伊维格涅·普德科特诺维对此十分感兴趣,他将一个盘子,冷却在 T67。的电磁场环境下,随后在特殊装置控制下,将这个盘子以每秒 3000 转的速度飞速旋转,这个时候,放在盘子里的物品开始悬浮起来,已达到失重状态。"三位警察惊奇地"啊……啊……"个没完,露西娅又在大黑狗旁边蹲了下来,"外来客,你是怎么出现的呢?"那只黑狗倒是不认生,伸出舌头舔了舔她的手,又老实地躺在那里不动了。我把自己的事情讲完,然后对着三位组员两手一摊:"现在说说你们的调查结果吧……"看来那个见习警察是改不了自己的毛病,他张嘴就来:"长官,两位警官只是让我在门口,用鼻子分辨味道,简直恶心死人了,还抱着被调查人那些无关紧要的衣服……站了一下午。"我强忍住笑没有作声,伊娃和露西娅也不理他,掏出准备好的本子开始了她们的汇报。以下是汇报记录:

露西娅警官首先发言:

我们根据已知的线索,经过调查初步得到了一些新的补充:

(1)费萨俱乐部老板叫波诺瓦,经过调查,是冒名顶替一个退休老教师的名字,显然他不愿意被人知道自己的身份。幕后人在巴黎银行开立一个临时账户,用层层转账的形式,存入了五百万美元。然后委托马赛的一家律师事务所,作为代理进行了交易,收购了这家俱乐部。经过调查,马赛那家律师事务所也是在网上接受的授权,签署了合同。

(2)费萨俱乐部球员和领队全部都使用假名,我们把他们的身份登记发往各地警局核实,内部信息网反馈回来,一部分是已经死去的人的名字,另一部分不存在。

（3）关于塞内加尔进球手鲁菲克，也是假名，我们又核实了塞内加尔大使馆，他们把该国内政部的函件副本递交了我们，再一次进行了确认。（副本附后）

（4）场上两个裁判助理，分别叫亚伯拉罕和阿道夫，工作年限三年，是阿尔贝的助手，那两个人是"同志关系"2014年秋季赛事结束以后，相约去埃及旅游，在利比亚近海遇到海盗，被抢劫以后遭到杀害。

（5）主裁判阿尔贝，由于在场上关心鲁菲克的情景，而被荷兰球迷举报他存在吹黑哨的嫌疑……

这时我提出两个问题："律师合同所用的是 A 方名字？"露西娅回答说："是波诺瓦。"我随后又问："为什么去埃及？能知道是谁邀请的吗？这个需要调查一下。关于遇到海盗，是什么人提供的，还是后来推测的结果？"

对于阿尔贝，我们专门申请重新搜查令，对他的住房和私人物件进行了物证检查。伊娃警官接着报告："我们首先检查了阿尔贝在足球协会的办公室，询问了他的几个同事，大家对他的评价还不错，'工作认真，在绿茵场上不徇私情，和同事们关系不远不近，不管闲事没有至交'。我们在中心局特警队的协助下，搜查了他位于十五区埃菲尔铁塔附近的住宅。可惜的是，在此之前巴黎警局和宪兵队在调查阿尔贝的死因时，把两个地方已经翻了好几遍，并没有什么有用的线索。我们调查了他的银行账户和信用卡，确实没有多余和超收入的钱，他在各个航空公司、轮船公司，三年内都没有购票记录，近几年几乎没有外出过。"我询问道："他的家庭情况？"伊娃警官补充说："阿尔贝结过一次婚，没有孩子。由于他的过失，妻子走了。"我又问："什么样的过失？"露西娅警官回答："他是粉色共济会的成员，那是一个男性同性恋组织。"

　　时间已到中午，我们结束了上午的工作。露西娅掏出一张被脚印弄脏了的照片，放在我的办公桌上："不过，我们发现了这张被扔掉的照片，可以肯定他外出还有其他的方式……"我拿起照片，那是阿尔贝在一个豪华游艇上照的，游艇还有一面私人家族的旗帜。但是在照片上，还无法断定港口的位置。我夸奖道："这就对了，两位美女应该受到表扬……中午我请客。"伊娃得意地继续说下去："我们发现，他的衣服喷了香水，都是巴黎顶级的牌子。可是阿尔贝的内裤里，却有阿拉伯香精的味道……那种王室人员才使用的……提神的香精。我知道她们说的阿拉伯香精，是指那些阿拉伯贵族秘不外传提高性功能的东西。"这时候，露西娅大笑起来，用手指着伊娃："她……还把……那条短裤……放到鼻子前面闻……呀闻……真的好享受呢，哈哈哈。"我知道她俩鬼花招多，就冷眼看着，心想："哼，想套我上钩……没那么容易。"没想到人家伊娃一本正经地说："大作家巴尔扎克说过，生活的智慧嘛，大概就在于遇事问个为什么……我闻男人的裤头，也就是在问为什么他会有阿拉伯香精？因为这在市面上是根本买不到的……说明他在近期与阿拉伯的王室成员，有过密的交往。而且刑侦手册上说，对于特殊物品是要由经办人亲自认定的。再说，我也是得到上级批准的。"露西娅假装问着："上级批准，你指的是谁……"伊娃对我敬了一个举手礼，然后说道："当然是博士……我们的组长，他说过对生活用品……要……认真仔细……"露西娅睁大眼睛："真的？"我觉得这样说无可厚非，就点了一下头："是的。"两个姑娘跳了起来，转身走向见习警察，一起说："怎么样，你输了，二百欧元……拿来。"那个萨科齐可怜兮兮地掏出钱来："小姐们，可怜可怜我这个冒名的法国总统吧，一个见习警察月薪才三千欧元哪……"露西娅不依不饶地说："打赌时说好的，我们每个人二百欧元，你还想赖账吗……"原来她们俩又在作弄这个新来的萨科齐，就像我刚到的时候一样，拿着条例和长官指令吓唬人，逼着我请她们去了好几回高级饭店。

这一回非要逼着见习警察，闻阿尔贝的裤头，今天算是她俩又占了便宜。我问她们："那你们的结论呢？"露西娅看了伊娃一眼回答说："第一步追查私人游艇属于谁的，然后进一步调查阿尔贝去过哪里，做了些什么？"我随后在自己的电脑里对案情又增加了一条："阿拉伯王室所用的男性香精……"

我们把那张照片通过国际刑警网络，散发到欧洲各国的警察部门，很快就有了结果，西班牙警方通报："照片上的港口标志是直布罗陀海峡的南岸，西班牙管理的休达港。"这个信息非常重要，本来这是由伊娃和露西娅负责的事项，但是她们到列支敦士登海岸，去了解阿尔贝的车祸事故了。虽然已经是下午，我立刻带着萨科齐动身赶往马赛港，同时电话通知了露西娅和伊娃，要她们把比利时警局那桩案子的结果了解一下。我们赶到马赛，正好有一班客轮是开往葡萄牙首都里斯本，中间停靠海峡南岸的休达港。

匆匆忙忙上了船，我们停留在甲板上，看着蓝色的地中海，真是十分壮观。在阳光下那波光粼粼的海面，潮水不断地掀起蓝色的波涛，太阳渐渐向西滑去，整个大海沐浴在一片金色之中，我们靠在船帮的栏杆，欣赏着地中海所拥有那世界上最美的日落。此时夕阳的余晖变成了橙色，轮船荡漾在大海之中，感受着柔和的海风和美丽的落日，那种浪漫的感觉让人十分惬意。

萨科齐在甲板上很激动，这个年轻人比较单纯，从小由单亲母亲带大，一直没有离开过巴黎郊区的家。是他母亲决定让他去当警察，他母亲对他说："我要你锻炼成一个真正的男子汉。"我给他讲述了直布罗陀的故事："世界上有很多重要的海峡，比如连接黑海与地中海的博斯普鲁斯海峡，还有台湾海峡等等，但是当年最重要的海峡，就是直布罗陀海峡。直布罗陀海峡位于西班牙最南部和非洲西北部之间，长58公里，最窄处仅13公里宽，是连接地中海与大西洋的咽喉。三百年前，它是沟通地中海与外界的唯一通道。如果没有它的存在，大西洋海流无

法吹进地中海，那么封闭的地中海，将会成为一个萎缩的盐湖，地中海沿岸也就不会有，如此美丽的风光和宜人的气候。既然这个海峡当年是地中海的唯一出口，卡住它就等于卡住了地中海沿岸国家进出海洋的咽喉。"萨科齐问我："海峡不是西班牙和摩洛哥之间的吗，怎么成了英国和西班牙共同管理的？"我笑了笑接着讲下去："当年的大英帝国看出了问题的重要性，趁 1700 年西班牙王位之争引起的战争，英国通过乌德勒支和约，割走了直布罗陀海峡北边一块土地称英属直布罗陀。英属直布罗陀的面积只有将近六平方公里，人口约三万多一点，这个弹丸之地战略位置极为重要。西班牙无奈，便转而把目光指向直布罗陀海峡南边的摩洛哥。1688 年，西班牙在南岸的摩洛哥取得了休达市的统治权。休达市位于直布罗陀海峡的南岸，面积 28 平方公里。这个重要的海峡，就被英国和西班牙两国控制了。"

　　第二天早晨，轮船到了直布罗陀南岸的休达，在一个蓝蓝的港湾我们下了船。这个几万人的小城景色非常美，体现着蔚蓝色的浪漫情怀，有着海天一色艳阳高照那种纯自然的美。沿着港口的道路向城里走去，晶莹剔透的海水拍打着海岸线，能看到一些果园在附近的小山上，周围是被树林拥抱着的洁净的海滩。出了港口我们走在曲径通幽的小巷里，拐了几道弯就来到一个热闹的集市。临街的小铺摆满了地中海各国特色各异的旅游小商品，当然那些西班牙的手工饰品居多。一些游客坐在露天的街边咖啡馆，喝着大杯的冰咖啡，看着他们优哉游哉的样子，真是让人羡慕不止。到处都是散步的鸽子，走到你的脚边捡食面包屑，眼前一条小狗，横卧在街道中央打盹儿，让我们这些每天忙忙碌碌的人感慨万分："真是让人羡慕的悠闲啊……"向前走去，狭窄的小路上，我们和那些游客摩肩而过。我回过头来，大家相互报以宽容的微笑。

　　我们预订的旅馆，靠近休达那座叫蒙特·哈卓的小山，房间都是各自独立的，错落着盖在小山的旁边，通过那些木质的拱廊串联着。略微休息了一会儿，我领着萨科齐爬上小山的顶峰，从这里可以俯瞰休达的全景。休达位置非常好，有一个良好的港湾，整个城市的色调，都是白灰泥墙，连续的拱廊与拱门，陶砖、海蓝色的屋瓦和门窗，是典型的"地中海风格"在山丘的侧面有一个碉堡，那是西班牙军队的瞭望点。蒙特·哈卓山，还有那座摩洛哥最北部的杰布勒·穆萨小山，就是希腊神话中讲过的赫拉克利斯海角。警察局在小山脚下，当地警察局一个叫埃雷拉的警长接待了我们。埃雷拉警长特别热情，对我们的来意询问得十分细致，接下来自然是十分地配合。我客气地把需要了解的情况资料，和国际刑警西班牙中心局的答复向他出示了一下。西班牙人的效率真高，埃雷拉对此事并不了解，他找来了负责调查的警察，那个年轻人随后把准备好的材料交给了我，还提示说："那艘私人游艇的名字叫易卜拉欣，船主自称是阿迈德王子，可没有他的姓名。我的这份比较详细，港务局里也有近三年的船舶进出港记录……"

　　我向他致谢以后，就回到旅馆的房间去分析资料，同时派萨科齐到港口实地核实一下"易卜拉欣"号游艇在过去十八个月内的进出港记录。我刚坐下没几分钟，来了一位手里拿着一大串钥匙的摩洛哥人，自我介绍说是旅店的老板，他再三赔不是："刚才我不在接待室，接待小姐是新来的，把那间不应该出租的房子租给了你们，实在是对不起……"原来，那个房间的号码是 13，13 这个数字，欧洲人是比较忌讳的。这个旅店的老板，非要立刻给我们调整房间，我对他说："那位萨科齐先生出去了，等他回来马上就去找您……好吗？"可那位老板非要拉着我，去看看人在不在。我只好随着旅店老板，到大约二十米远萨科齐住的房间。我特意看了一眼门上的号码——31，回头对老板指了一下："这……"他摆摆手，叽叽咕咕："门牌挂反了……就是那个数。"房门锁着，打开以后，能看到他的箱子随便地放在床边，他的衬衫和裤子扔在床上，但是浴室的门从里面反锁着，能听到里面哗哗的流水声。我对老板说："他在洗澡……一会儿我们就去换房子。那个老板在房间里转了几圈，

眼睛滴溜溜地转了几下，我也就随着他转身回去了。

等了十几分钟，还不见萨科齐出来，我又来到他的房间，门没有锁一推就开了，我把屋门关上，看着床上萨科齐的衣服，心里觉得有些奇怪："这个小伙子洗澡不能没有一点儿动静啊……"我敲了敲门，喊着萨科齐的名字，里面并没有人回答也听不到流水的声音。"不好，出事了……"我习惯地去掏枪，可是腰上空空如也，"唉……忘了，这是在西班牙。"我对着浴室的门使劲地踹了几脚，终于把门蹬开了，可是里面空空的并没有人。倒是地上的水还没干，满屋子浴液的味道。这间浴室有十几平方米，大概四米长。浴盆和淋浴器在一头，洗面台在另一头，特殊的是房顶到地面有三米多，比一般的房屋要高。我检查着屋顶、地面以及四面的墙，并没有什么可疑的地方。我上下打量着，心想："奇怪，他连衣服都没穿，能化作一阵风……不好，是不是被人绑架了？"要知道有一些恐怖组织一直以绑架为手段，用来勒索金钱和用什么条件交换人质。正想着就感觉侧面有一阵小风吹来，"哪里来的风……"我左右打量着，看到在洗面台和浴盆中间，也就是浴室中间的位置，在对着正门的墙上，有一个长条板，那是用来挂浴巾的。"好像刚才的风就是从这里出来的……"我摸着墙看是不是有什么缝隙，手背一下子碰到了木板条上那排铝制挂钩的中间那个，"啪嗒"一声，墙上竟然向外开了一个门，能看到里面黑黢黢的，十分的令人恐怖。我忽然想起了老板那咕噜噜的眼睛，"啊，果然有问题，怪不得旅店老板那样的紧张……"可以断定这个旅店非常可疑，"必须马上报警……"我马上拨通了埃雷拉警长的电话，把情况对他讲了："我是国际刑警法国中心局的布里斯，我的人失踪了，对，那个叫萨科齐的年轻人。在……旅店房间的浴室里发现了秘密地道，请你马上派人把这个旅店控制起来……我就在他们 13 或者 31 号房间……快……"对方一定是蒙了，听着我的话他一直在说："什么，萨科齐？这种事，怎么可能……不可能啊……"我看着手表想："已经有十几分钟……

不能再等了，必须下去找萨科齐……"我把手机的照明灯打开，举着就进入了那个秘密地道。

走在地道里，能感觉到有七八个高台阶向下方而去，我计算着高度，"高低差有三米左右……"地下通道大概高一米六宽一米，我这一米八的个子就难受了，在里面一直哈着腰走，很快脖子就酸了。通道里很凉爽，人走着有点不由自主地向前冲，我明白这是一直在下坡。拿手机的小灯照了照，再敲敲地道的墙壁，能判断出是土和沙石形成的，但是由于年代久远非常坚硬。按照我掌握的考古知识可以判断：这是很古老的通道，不是近几年才挖掘的。前面不时发出一些奇怪的声音，地道里有一些奇怪的味道，仔细闻还能感到一些微微的硫黄味。忽然我想起在意大利城市那不勒斯的西部，有一处地方一直蒙着神秘的面纱，它就叫"弗莱格瑞旷野"。"弗莱格瑞旷野"位于火山多发的高地上，几千米远处即是著名的维苏威火山。这里荒无人烟，地面布满碎石和深坑，坑里冒着呛人的硫黄蒸汽和浓烟，在地缝中，你甚至还可以窥见地下的火焰，一句话：那景象有点儿像地狱，古代的人们相信，一定有条地道通往地狱。我虽然从小就在大森林里长大，在家乡是个有名的"贼大胆儿"，可是，一想到这里和"弗莱格瑞旷野"一样，自己的头发就立起来了，我心里嘀咕着："难道这也是一条地狱之路……"

走了五百米左右，地道开始变得宽了，那种野兽嘶哑的声音时断时续。我忽然觉得能直起腰来，发现地道向左又多了一个通道，形成了一个三岔口的样子。我看到地道的墙壁上有一块牌子，用西班牙文歪歪斜斜写着"西比尔"。在欧洲的历史传说中，古罗马诗人维吉尔有一本长诗《埃涅阿斯纪》，那里面描述一个女巫引导大英雄埃涅阿斯游历地狱，女巫的名字就叫西比尔，而且她的出生地，就在"弗莱格瑞旷野"附近的一个小镇上。我的后背一阵阵发紧，加上地道里冷风飕飕更增加了恐怖的气氛。我手机的电量不多了，"要赶快决定向

哪个方向前进……"最后我还是顺着向右这边走去。地道的设计显得非常独特，走了一段直道之后，突然来个拐弯，然后又是一段直道。来访者只有拐过弯，才能看到第二段直道里发生的事情。我看到里面摆着举行某种神秘仪式的器物，这样的布局给人一种突兀、惊悚的效果。有一个侧洞用一扇小门遮着，为的是不让来访者发现，在没有来访者的时候，打开这扇小门，侧洞还可以当作通风道来使。所有这些都为地道增添了神秘色彩。更大的秘密还藏于地下更深处，那里的温度慢慢升了起来，空气里开始有了硫黄烟雾。在绕过一个转弯之后，发现前方从地下冒出一股滚沸的水流，空气里充满了硫黄的气味。他们后来称其为"斯提克斯河"，古希腊神话中，这是冥河的意思。小溪横穿地道，然后消失在黑暗中。溪流中，从水面上耸出一个石头平台。跨过小溪，另一侧有一条朝上走的过道，通往一个小房间，小房间再过去是一个石阶。石阶出口是一处储水池，并且与温泉浴池相连。"看来这是一个洗温泉的场所……不是我想象的那个通向地狱的通道。"

我转身回去心里还在想："这家伙，把温泉和地狱结合起来，会把洗温泉的人们吓坏的……"我返回去走到三岔口，向那个没走过的地道又走了三百米左右，就在手机自动关闭前一秒钟，找到了那个倒霉的萨科齐。他的手脚被人捆了起来，眼睛被布条蒙着嘴里堵着东西，身上赤裸连裤头都没穿，躺在一条向上攀登的台阶下面。我明白了，刚才那些奇怪的咆哮声，就是萨科齐发出来的。"到底是怎么回事？"我急切地问他，小伙子差一点儿哭了出来："我正在冲澡，从后面上来两个人，捂住我的口鼻我就没有知觉了……等到睁开眼睛，就躺在这里的地上了。"我把自己的上衣脱下来，围在他的身上，对他说："来吧，我们向上走看看能不能出去，不然的话……还要从原路返回去……"萨科齐身上没有受伤，他把我的上衣围在腰上，一声不吭地跟在我的身后。看着他我心想："你小子，这一回够那两个女警会让你难堪几个月的……"

我们向上走了将近五十个高台阶，就到了洞口，那个门一推就开了。我们在黑黑的地道里待久了，一下子见到太阳，阳光刺得眼睛睁不开，我把眼睛闭了好一阵才慢慢地睁开，"啊，这是在小山的背面啊……"这里是一个小的游乐园，有十几个游客带着孩子在那些古怪的电动器械上玩儿，他们看到萨科齐和我，都奇怪地盯着我们看，还叽叽喳喳地议论着。我看着身后光着屁股的小伙子对他说："这个时候，谁都会把我们当作同志（同性恋）的……"我看到那个山洞的门上画着阴森森的色彩，上面写着"地狱之旅"，"原来，这下面的温泉……叫什么地狱……也是游乐园里的一个项目啊……"

我们走下小山回到旅店，看到有一辆警车停在旅店大门外，两个警察和一个四十多岁穿便装的白人，正在萨科齐的房子里检查。我不满地嘀咕了一句："西班牙警察的效率也太高了吧……都一个小时了才到……"没想到那个年轻人回答我一句："五分钟前才接到通知，我们的速度比巴黎出警也不慢啊……"我们向他们讲述了刚才的经历和过程，萨科齐一边穿着自己的衣服，一边提供着证词。我对警察们说："……这个旅店的老板有问题，要立刻控制起来。我看到两个警察那奇怪的眼神，他们一起转过头来，看着那个四十多岁穿便装的人："你……"那位先生对我说道："我叫弗洛雷斯，是这个旅店的老板，您说我……有什么问题？"真是让人一下子就崩溃了，我这才明白，刚才见到的那个摩洛哥人是假的老板，是来配合绑架萨科齐的……"旅店的员工，都是从西班牙本土过来的，绝对没有雇用其他人。"弗洛雷斯对我解释说，萨科齐房间里的地道，是远古时代奴隶们为逃走时挖掘的，距今已有上千年的历史。后来有人在这里盖起了房子做旅游用，十年前我接手了这个旅店，还在山上修了一个小的游乐园，把原来的地下道也利用上了，在下面找到了一小股温泉，修了一个泡温泉的地方。

就这一下子，整整折腾了四五个小时，把我俩都弄得精疲力竭。萨

科齐跑去港口调阅港口的船舶档案，我则回到自己的房间去看刚刚打开的材料。"奇怪，我的调查报告呢？"在房间里找了半天，也回忆不起来文件到底放在哪里，"我是不是把那份材料藏在什么地方了……"萨科齐匆匆地跑回来，他气喘吁吁地说："警官，港口方面关于那艘名为易卜拉欣的游艇，没有任何记载。"我一下子愣住了："没有……任何记载！"看来一切都明白了，是有人利用绑架萨科齐转移我们的注意力，争取时间把所有涉及"易卜拉欣游艇"的资料都删除了。我和萨科齐去当地的警局，那个埃雷拉警长一脸假笑地迎接了我们："我们的法国同事，请问还有什么需要的吗？"我越看他越厌恶，但还是压住内心的躁动对他说："我们的材料丢了，还想把资料备份一下……"警长并没有表示惊奇，反倒得意扬扬地把那个小警察叫来，对他嘱咐了一下。果不其然那个小警察，两手空空地回来了，他有些莫名其妙地说："对不起，刚才还有……不过现在实在找不到了，我再重新做个调查报告吧。"我心想："算了吧，不让你们再糊弄我们了，也让你知道法国国际刑警的手段。"我让萨科齐随着那个西班牙警察，复印了一份休达的城市地图，然后看了看他们警局的电子设备，最后淡淡地表示了谢意，带着萨科齐扭头走了。

到底是年轻人，我没说萨科齐也明白了这一切是怎么回事，"博士，怎么办？"这小子也开始叫起博士来。"这个警局的电子设备全是惠普牌的，你去把他们的打印机和复印机的内存硬盘各买一个，快点……"那个小家伙经历了一次绑架之后，话少了人倒机灵多了，他说了一句："马上办好……"就转身跑了。快到下班的时候，我们拿着一大摞报纸和杂志又来到警察局，向埃雷拉提出要复印这些做资料，看着他不耐烦的样子，"那就让我的小伙子自己去复印吧，放心，关于纸张的费用我会付清的。"那个家伙斜着眼睛说："当然啦，你们是国际刑警嘛……"然后他挥了挥手，对那个值班的警察说："好吧……让他们自己弄吧，不过我们的设备可不是新的，会卡住，那就请您自己修

44

修了……"埃雷拉换上便衣，头也不回地晃晃悠悠下班走了。没想到一会儿工夫那台复印机就停住了，萨科齐大大方方地把硬盘换了下来。接着又使用了他们警署里那台打文件的电脑，把那个硬盘也换了下来。我们吹着口哨离开了休达的警署，连夜坐上去法国加来的轮船，第二天一早就回到法国。萨科齐在船上，再三请求我不要把他在休达的模事说出去，我答应他了。说心里话，这本来就没什么可讲的，因为对我来说也是实在不光彩的事。

回到巴黎中心局，我把硬盘交到资料室，很快我们所需要的文字材料就整理好了。材料里，我了解到："易卜拉欣号游艇，价值一亿美金，在港口登记的是，阿联酋王子。易卜拉欣号游艇在过去三年里，几乎常在地中海各个国家的港口游荡。"我想："阿联酋是以产油著称的海湾沙漠国家，有'沙漠花朵'的美称。反正这些阿拉伯王子就是有钱……想怎么折腾就怎么折腾呗。伊娃和露西娅带着"外来客"来到办公室，找了两把椅子坐下，那只非洲牧羊犬就在她俩的中间卧下来，大黑狗对我眼皮都不动一下，只是扭过来左边看看伊娃，再转过去右边瞅瞅露西娅。我一看，笑着骂道："unconscionable（英语，昧着良心），这才几天就被女色迷惑了……嘿，见了我连招呼都不打了？"没想到露西娅冷冷地说了一句："它可不想接近男色……"萨科齐照例躲着那两个警花大姐，自己坐在角落里的板凳上，静静地等着我讲话。我把两个人到休达的事情，大概地说了一下，自然一个字都没提萨科齐裸身被绑架的事。"现在我们掌握了那艘游艇三年来，在地中海各国港口进出的情况，以及它主人的信息，要尽快落实足球裁判与这艘船的关系，要对阿联酋王子重点关心一下。伊娃和露西娅一声不吭地听着，然后把比利时警局的决定念了一下："艾哈迈德·本·乌尔德，今年三十五岁，国籍埃及，居住在东撒哈拉沙漠的边缘。家里有两个妻子和四个孩子，有两群羊和八十头骆驼……由于莫名其妙的爆炸，在毫无知觉的情况下来到欧洲比利时王国……经向埃及政府核查，确实有

此人及其家族，并无犯罪记录，由此决定在十五日后遣返……"我想了一下，对两个美女说："看来得和你们的情人告别了，这个外来客要还给埃及的乌尔德……呢。"伊娃笑着递给我一个U盘，"请博士鉴别一下，这是一个非常重要的情报"。还主动地插到电脑里，让我看那个内容。当电脑上出现了显然使用手机拍摄的画面，我一看，那不就是萨科齐正用我的上衣裹着他身体吗，我有些无奈地说："萨科齐，快看看你的样子，还有画外音……"能听到那些在游乐场里的人议论着："这些年轻人，应该注意自己的风度……""这是人家爱情的自由，不要胡乱去说……""在我们的国家，这很普遍……不过一丝不挂地走到大庭广众面前，还是非常少的。""真是口味不同……重口味。"一个孩子问："妈妈，什么叫重口味呀？"

　　伊娃走到我的面前，阴阳怪气地问："博士，你什么时候变成这个样子……这个视频在以太网（互联网）上早就传开了，我和露西娅都不相信……现在我们向您表示祝贺。"露西娅小姐更是可恶，她用手使劲地在自己的脸前扇着："我最近总是恶心……极端的恶心，一直没找到原因，本来准备去医院检查一下，现在嘛……知道怎么回事了……不用再去了。"我一下子愤怒了，站起身来，用拳头在办公桌上狠狠地砸了一下，"简直胡闹……你们在说什么！我们这是在开会……"两个美女一看我是真的生气了，瞪着眼睛不甘心地把话咽了回去，慢慢地在椅子上坐下来。我皱着眉头对见习警察说，"萨科齐，这是你的事，快把事情的来龙去脉，对你那两个多管闲事的阿姨讲一遍吧。"这话说得真够重的，算是对那两个胡闹的警官大姐的回击。萨科齐站起身来，结结巴巴地把事情经过讲了一遍："是长官救了我，也是我再三要求长官不要对人讲的，因为我还在见习期，我担心会影响转正……再说一个警察叫人家绑架，也不是什么光彩的事情……"两位女警官的脸开始由阴沉慢慢放亮，她们急切地问："难道我们不需要对那个警长进行监视和调查吗？"我对她们说："没有证据就暂时不要节外生枝了……我们的时间和精力都不允许……"那两个女警低着头走过来，好像要对我说对不起的样子。真是没想到，也不管萨科齐就在旁边，伊娃给我的脸上来了十几个口红印，露西娅可好，干脆用她的嘴唇在我的脸上抹了起来，这时候，我又成了她们的玩具猫，弄得我头发乱蓬蓬满脸口红，两个女警察又兴奋地胡闹起来。萨科齐此时已经被她们的行为惊呆了："难道……难道你们就这样对待长官？在警察学院里这是要被开除的……"

第二章　迷雾重重

真实幻觉

　　按照巴黎警局的判断："大额成交,短暂参赛,匆忙退出,身份造假,全部失踪。"虽然动机尚不明了,但已经出现的一切说明了这里面有重大国际犯罪的可能……根据三名裁判分别死亡,荷兰球队全体空难的情况来看,所有和这个费萨球队有过联系的线索都中断了,这难道是偶然的吗?甚至没有一个人真实的和这些人接触过,而且那些费萨球队的人员也全部失踪。任何一个办案人员,都会不由自主地把问题想得有深度,所以巴黎警局大胆地推测:"像幽灵一样,所有的人员都消失了,不排除被集体杀害……的可能性。"他们前期调查推定:"这将是一个震惊世界的大案。他们的办案材料,一直按照这个思路去引导破案方向。"

　　我的小组经过一段时间的调查,收集线索和证据,不赞成那些推定。因为死亡就认为谋杀,失踪就推断为死亡,这些似乎有些太早,里面的可能性多着呢。我模糊地感觉到:"那支幽灵球队……是不是真的存在呢……"中心局既然交给我的小组,解决案子必须使用新的思路和高科技手段。虽然这些日子的调查,总是有不相关的事情干扰,但是现在的案情,还是要回到已知的几条蛛丝马迹上。

　　一是死去的主裁判阿尔贝,这里可以分出三条线索:

　　　　阿尔贝的坠崖,是否正常死亡　　证据　　线索。
　　　　两个助理裁判在利比亚的意外死亡　　证据　　线索。

阿尔贝神秘外出　　线索——休达港的易卜拉欣号游艇。

二是足球队，从这里可以找出几条线索：

现有的各种观看比赛的证词。

比利时国家电视台的比赛实况转播——幽灵球队。

球赛组委会现场实况录像——什么都没有的"光盘"

　　对于阿尔贝的车祸和两个助理在利比亚的死亡，继续由伊娃和露西娅调查和分析，要求她俩在"易卜拉欣"游艇的港口资料里找出阿尔贝行踪的破绽。"对了，尽快发个通知，要求欧洲的同事们配合我们寻找一下，在比利时球赛的当天，有没有人直接和费萨球队的人说过话，或者肩膀碰了一下都行……按照规定有一万欧元的悬红（奖励）。"

　　而我带着萨科齐，要和局里的技术专家们，找出那些幽灵的影子来。根据现在只有证词的情况下，我提议先确定球队是否是虚幻的。那个萨科齐瞪着眼睛不解地问："虚幻的……这是怎么回事？"我告诉他："就是根本不存在……却又在眼前。"年轻人几乎要跳起来了："那怎么可能？"我笑了："所以要检测一下，是不是符合全息投影的所有条件。"

　　按照正确的常识，从卫星上向地面做 3D 投影，已经是个成熟的技术了。我处理的上一个案子，"电脑骑士"里那几个少年，就利用轨道上废弃的卫星投射 3D 立体影像，使周围的人一直以为他们在德国的工厂是一片荒地。可那是同步卫星投放固定投影，这种动态变化的影像究竟是如何去实现的呢？这些日子，我的脑子里一直在想："按照全息投影原理，和已经研发出来的三维全息投影芯片，只需要一个芯片就可以投射出可以接受的三维全息图像。""我们需要解决的是动态全息投影

的可行性，他们是如何与现实中另一个球队互动的呢？"

几个工程师都同意，先从全息投影技术里寻找答案。因为这个七十年前的发明——全息投影技术已经非常成熟了。全息投影也称虚拟成像技术，是利用干涉和衍射原理记录，并再现物体真实三维图像的技术。全息投影不仅产生立体的空中幻象，还可以使幻象与现实中的人物产生互动，一起完成某一个任务，产生令人震撼的效果。1947 年，物理学家丹尼斯·盖伯发明了全息投影术，他因此获得了诺贝尔物理学奖。全息投影的发明，是盖伯在研究增强电子显微镜性能手段时的偶然发现，这项技术从发明开始，就一直应用于电子显微技术中，但是全息投影技术一直到 I960 年激光的发明，才取得了实质性的进展。低成本固体激光器的大规模生产，使全息投影在短短时间发展起来。这些廉价激光器对全息投影的发展，产生了极大的促进作用。因此使得预算较低的研究者、艺术家甚至业余爱好者，都可以参与到全息投影研究中来。

我们开始进入实验阶段，局里对我的工作总是大力支持的，抽调人员同时拨款，在原有光学物件室的基础上，成立了一个全息投影实验室。我们首先采用透射全息投影，通过向全息投影胶片照射激光，然后从另一个方向来观察重建的图像。第二阶段使用彩虹全息投影，它可以使用白色光来照明，以观察重建的图像。很快大家就进入了第三阶段镜面全息投影的测试，这是一种通过控制镜面在二维表面上的运动，来制造三维图像的相关技术。它通过控制反射光线或者折射光线来构造全息图像，而且大家还重复了盖伯全息投影技术，这是通过衍射光来重建波前的模式。

实验很有效果，一位工程师对我确定："一个体积只有药片大小的三维全息投影仪，分辨率高达 5000PPI，可以精确控制每一个光束的亮度、颜色以及角度。只需要一个芯片，就可以投射出一个可以接收的三维全息图像，只要增加芯片数量，便可以投射出形状更加复杂的三维物体，细节更加翔实。这些投影芯片可以实现全息三维投影，立体影像可以飘浮在空气中，看上去就是真实存在的物体。"随后他又补充说："而且在二次拍摄的时候，有条件控制别人拍不到影像……"我真的有些激动了，虽然还有很多的细节没有想到，可是实验结果已经展示了："现在可以怀疑……那支球队是不是存在，是不是虚拟影像……了。"为了表示我们的工作进度，我请中心局长和阿尔弗雷德处长，以及全处的警官们一起观看了全息投影实验室的工作成果。

实验室的那位工程师，为长官和我们全处的警官们演示了一次全息投影的魅力。在大家的眼前表演了一场从时装发布T台秀中，全息投影技术的运用。在那美轮美奂的全息投影画面中，伴随美妙的音乐，模特们优雅地走着专业的猫步，那些美丽飘逸的服装，就在我们的眼前清晰地飘过去，模特们的香水味道似乎也充满了房间，把大家带到了另一个世界中。没有人怀疑自己不是在巴黎时装秀的现场，我们所有的人体验了震撼心灵的，虚拟与现实的双重世界。接着我们又好像来到梦幻剧场，观看了电影《动漫大师诺曼》。影片里全息投影技术的运用，舞台艺术与电影片断，在同一空间出现了非凡的融合，给我们这些观众展示了世界全息投影艺术最新的创新成果。全息投影技术在这方面的运用，以全新的视角聚拢了人们的眼球，勾起了人们对知识的渴求。

演示结束了，就在人们还没有从眼前形成的幻觉中还原过来，那位英俊的专家，就开始给大家解释了那些神奇的画面："全息影像是指观众可以在发生器的发生口度，即一圈内看到的幻象。全息投影系统将大家看到的那个三维画面悬浮在实景的半空中，再生成图像，这样就营造了亦幻亦真的氛围。看过以后，大家一定会觉得效果奇特，具有强烈的纵深感，而且真假难辨。"人们叽叽喳喳地议论着，那位年轻的工程师听着人们的议论解释说："当然，我们做的还有欠缺，应该时尚美观，还要有科技感觉，顶端透明才是真正的空间成像。"女士们对时装秀印

象特别深，议论着模特身上衣服的色彩和质感。专家解释道："要知道，色彩鲜艳那是由于我们调好了对比度，所以清晰度高让人视觉感觉特别好。大家的空间感、透视感，形成了看到的空中幻象。"最后在局长的赞叹下，我们的专家又补充了一句："下一步在中间可结合实物，实现影像与实物的结合，也可以配加触摸屏，实现与观众的互动。"处长在走出实验室的时候笑着问我："布里斯，这就是说，你的小组初战告捷了？"

　　就在实验室验证我的推论"球队是虚拟的"，一切都在顺利进行的时候，伊娃把两个人领到我的办公室里来，他们都是接触过费萨球队的证人。原来他们是看到了警局发出的征集线索的公告，所以特地前来巴黎报案的。这两个人都是从比利时坐火车赶来，一位胖胖的施密特先生，是汽车司机，45岁。另一位卢卡库先生已经谢顶，当然要更年长一些，他是那个海瑟尔体育场的杂工，现在专门修剪绿茵场上的小草。施密特先生对我说："我是在比利时布鲁日旅游公司工作的，今天一早上从布鲁日赶来，您知道吗……布鲁日（桥的意思），就是比利时著名的旅游城市，我们的城市人称小威尼斯，是一座水城，是浪漫的观光客向往的地方。布鲁日河道遍布城里，很多建筑是依河道而建，所以我们的城市是以桥梁命名的。"我耐心地听着他的介绍，心里想："真是旅游公司一个非常好的员工，到警察局报案，还没忘了介绍城市的风光……"等他停顿的时候，我对他说："您忘了介绍布鲁日还是典型的中世纪古城，有着大量几个世纪前的建筑，现在哥特式建筑，已经成为城市特色的一个部分。当然我对布鲁日的印象是在绘画上，它的绘画与佛兰芒原始绘画流派，有着密切的关系。"看到施密特先生又要张嘴开始他的导游宣讲，伊娃马上抢在前面问了一句："先生，您是怎么见到费萨俱乐部球队那些人的？"施密特停顿了一下，把准备好宣传旅游的话又咽了回去，他看着伊娃："啊，漂亮的小姐，我是旅游公司开大巴车的，是我从巴黎把他们接到布鲁塞尔的。"我一下子头发都竖了起来："什么，您开车送过费萨球队？"他看着我狐疑的目光，肯定地说："是的，是我接他们到布鲁塞尔海瑟尔体育场，而且回去也是我把他们载到巴黎郊区，那个圣丹尼的法兰西体育场。我还用手机留了一个影呢……"施密特把自己的手机递给我，"您看看……"我拿过来看，竟然有皮肤黝黑的人在对着我笑，施密特点着手机说："他叫鲁菲克，是最好的进球手……"我一下子从成功那种燥热的感觉里掉了下来，几乎立刻就冻成了傻瓜，嘴里嚷嚷着："这是真的吗……难以置信……太珍贵了，没想到有这样的收获……这也……太容易了？"

这时候那位卢卡库先生也说话了："我在那场比赛中，临时担任捡球员，我一共捡了八个球，其中荷兰队七个，费萨队一个。费萨队的场外指导是个大个子美国人，当我把球捡过来递给他的时候，那位大个子还给我敬了个礼，那是典型的美国海军陆战队的军礼，好帅呢……""您怎么判断他是美国人？"卢卡库先生说："我在年轻的时候曾经是德国国防军军官，被派到美军基地受训，你知道我们在二战中德国被打败了，可是主要面对的是苏联军队，对于美国人还是不太了解。在美军基地里，我整整待了一年，对他们举手投足行为的细节都非常清楚。这支球队他们就像军队的战术配合，个人素养也不错，虽然脚上的功夫很一般，可他们具有很快的攻防转换意识。绝对是军队教练……训练出来的。能感觉就像军队在战场上的反应，尤其是一旦发现对手的攻击受挫，他们就会立刻抓住时机转入反击……踢得真好，荷兰队根本不是对手。"我有点儿惊讶，"这位老先生的观点……可是和那些比利时人的看法完全不一样啊……"我正要再了解些什么，露西娅不知道什么时候进来了，她对我说："博士……啊，长官，我觉得为了慎重起见，要用一下机器检测……"我知道她可能不相信对方，但更多的是让我有个下台阶的机会，露西娅说的机器是用测谎仪，我犹像了一阵最后还是点头同意了。

测谎器也被局里的人称作多道记录仪，它可以记录被测试者在提问

时的应激生理改变，由此断定被试者是否说谎的多项电子描记器。那两位先生被各自请进技术室的小房间，在他们的手腕上把设备拴好，测谎器分项记录了两个人的呼吸、血压、脉搏、皮肤电反应和反应时等指标，主要是为我们落实他俩的线索，究竟有多大的把握和可靠性。测试的时候，我站在监视器旁边，看到伊娃操作着机器，她向被测试的施密特，提出一些问题让其回答，并没有什么问题，后来露西娅试图激怒他，向施密特说了一些刺激性的词语，"请问，您是不是为了悬红的奖金，才编造了一些谎话来说的……"施密特一开始被这句话问得愣住了："你说什么……什么悬红？再重说一遍？我说谎……你们才是骗子……"他愤怒地想挣脱那些设备的羁绊，我赶快过去安抚施密特，"不是成心要冒犯您，这是设备本身要求的……您看，这里……激怒……"我拿着操作手册给他看，那位好心的司机师傅，才悻悻地坐在椅子上。经过观察和要求他被唤起的反应，同时用测谎器记录，其生理变化和联想反应时间都是正常的。两个人所叙述的都是诚实的话语。我带着小组几个成员，为两个人办好手续，当他俩看到那一摞钱的时候，惊讶地看着我："真的有奖励吗？要是你们个人为了道歉，那我是不会要的……"我把局里的通告给他看，两位先生这才放下心来，高兴地把五千欧元装到兜里，各自回他们在比利时的家了。

我们发给地中海沿岸，各国国际刑警组织的调查函来了反馈，厚厚的几十页A4纸，伊娃给我一边解释，一边把材料分别摆在桌子上，"博士，易卜拉欣号游艇，是阿拉伯一个酋长国王子的，他从2010年开始出现在地中海，三年内主要停泊地点是西班牙的休达港。"就是西班牙警方的记录："由于电脑进入病毒，易卜拉欣号游船在休达的进出记录被删除，但是根据港口和海关剩余资料，该游船曾经长期停泊在休达港。"列支敦士登警方报告："易卜拉欣号游船，在2014年二月底到达三月二十日离开。"埃及刑警通报说："2014年三月二十二日，易卜拉欣号游船经苏伊士运河南下，驶向红海……此后再未出现。我一口气看完了这些材料，静下心来思索着："中国人有一句话叫作，真的假不了，假的真不了……能感觉到，已经有眉目了。"

　　说起来我听了刚才那两位比利时先生提供的证据，并没有什么气馁，反倒一下子就清醒了，心里默念着刑事警察的职责："作为一个刑事警察，就是要做好侦查分析，研究犯罪的基础工作。承担案件痕迹和物证提取、检验和鉴定工作，最终组织和协调侦破案件。既然我们案件又回到原来认识的起点上，看来费萨球队是真实存在的，那就要重新抓住对他们已经掌握的特点继续追踪。"

卫星色彩

两个证人让我们从全息投影的迷雾中清醒过来，确定了费萨球队的真实性。可是种种迹象还是让人觉得，这支球队在比赛中利用了现代光学技术，只不过没有弄清他们为什么这样做？要知道全息投影和卫星光影（也叫裸眼 3D）完全不同，全息投影技术也称虚拟成像技术，是利用干涉和衍射原理记录，并再现物体真实三维图像的技术。而裸眼 3D 则是利用光栅原理，两者采用的原理不同效果也不同。全息投影观看角度没什么特殊要求，裸眼 3D 则对角度和距离，都有比较严格的要求。我在心里总是想："光影……虚幻，对于一个球队来说毫无价值，但是他们为什么要画蛇添足多此一举呢？所以最值得怀疑的就是它，是侦破案件的一个重要方向，我一定要抓住这条线索，不能轻易地放开。"现在继续破解原来的几个疑问：

一、足球队人员身上出现的奇怪色彩是从哪里来的？

二、为什么足球运动员的身上有模糊的轮廓？

三、最令人不解的是那些法国球员，具有无法靠近的灵活性……可以断定也有色彩影像的迷惑。

萨科齐有自己的想法："人体自身带电，就会产生虹光现象，再加上现在的运动服装，无论是纤维还是染色，都会带有色彩放射功能，也应该把这些考虑在内……"我觉得小伙子能动脑子是好事，就没有再阻止他。对于身体和服装所产生的色彩辐射，它们的波长很短，不足以让视觉感受到，这本来就是一个常识性的问题，两个漂亮妞捂着嘴笑着跑出去了。"总统"奇怪地说："怎么，女警官们又牙痛了……她们不是又要琢磨我了吧？"

中心局技术室那位老工程师，被指定配合我工作，经过商量我们对工作的进度有了一致的看法："先以人工形成色彩的思路，查找可能性，在确定之后再寻找结果。"我们选择了卫星视觉能覆盖欧洲大陆的同步轨道卫星，经过逐步筛选，最后留下欧盟发射的一颗地理卫星。国际刑警法国中心局致函欧洲空天局（ESA），申请对这颗地理观测卫星一些功能加以利用，请求该机构大力支持。我们知道任何一个卫星都有一些功能是不能公开的。ESA一开始婉拒了我们的请求，后来法国政府出面施加影响，欧洲空天局提供了大部分参数。我们对这颗地理观察卫星进行了检测，它所摄制的地理影像，大约有八亿平方公里。有效覆盖全球陆地46%，面积为七千万平方公里的各级各类遥感影像数据，是目前已知有效载荷比较高的高分辨率遥感卫星。它搭载了线面混合三线阵CCD相机、多光谱相机和二米分辨率全色相机，有效载荷比高达42%，是目前无地面控制点条件下，国际几何定位精度最高的测绘卫星。在无地面控制条件下的三维几何定位中误差优于一米，其中高程中误差优于三米。技术室的工程师发现，它具备快速甚至实时获取三维地理信息的能力，采用（近）圆形太阳同步、回归、全球覆盖轨道，轨道高度约五百公里。工程师在这里终于找到了所需的技术，这颗卫星可以"获取蓝、绿、红、近红外四谱段多光谱影像，定量反演地物的物理属性。通过多光谱影像与全色影像的融合处理，可以生成彩色或假彩色正射影像"。

我把技术室的工作进度，向大家通报了一下，同时在组里做着结论："可以明确球队的虚幻色彩，不是自身和服装质料的问题，而是人为通过卫星添加的。"伊娃谨慎地说："总算是解决了第一个问题。"露西

娅问："这是不是说明……我们提出的可能性是科学的，可行的……"伊娃从警多年，是个爱进行推理思考的姑娘："根据这类卫星所具有的功能，它获取蓝、绿、红、近红外四谱段多光谱影像之后，就可以定量反演地物的物理属性。通过多光谱影像与全色影像的融合处理，可以生成彩色或假彩色正射影像……还可以转发到地面。"我附和着她的想法："是的，原理是可以这样解释的……"伊娃还在推测："是不是可以这样想，把地面的影像拍照整理，加工……哦，不对，应该是生成新的图像，再转发出去。"露西娅立刻明白了她的推理："可以从 A 地拍照，经过卫星瞬间合成后转发到 B 地，这就需要地面的指挥系统。"伊娃看着我："卫星的地面应用系统要有七个，像任务规划、数据接收、数据预处理、数据管理服务、摄影参数与影像特性检测、定位与测图以及应急保障等。难道那个费萨俱乐部的背后……还有一个拥有卫星的庞大组织来支撑？"露西娅反驳说："不见得，通过个别黑客也可以操作这些动作……"我想她们的说法都有道理，就对大家说："把这些疑点记录下来，然后一步一步地解决。"这时候那个见习警察萨科齐"总统"怯生生地说了一句："长官，是不是还要解决影像的动态传递问题……"我赞许地看了萨科齐一眼，然后点头说："是的，现在我们先要解决影像动态的来源，是同步静止卫星发射动态彩影，还是卫星网络形成的……"伊娃警官想着这个问题："一个足球俱乐部能有这样的实力吗？难道就为了踢几场球获得晋升名次，就搞出这样惊天动地的名堂吗？"其实这个疑问也一直在我的心里存在，"而且就这样草草结束，通过在休达港的遭遇，说明了有人在掩盖事实……那么这些人……难道足球队的那些人真的都被害死了？"

我交代露西娅把那张唯一的照片，尽快地进行一次分析，"一定要查清楚这个鲁菲克的种族、年龄、血型，便于进一步分析他的国籍，来寻找这个球员和整个球队的踪迹"。很快露西娅就来到我的办公室，她把"鲁菲克"的照片分析报告拿来了。法国中心局采用的人脸识别系统是传统的图像识别系统，是由大规模集成电路来完成的，由图形工作站和微计算机来实现设备的驱动和图像采集，这就使图像采集依赖于较大型设备，速度比较慢实时性较差。看到露西娅拿着照片魂不守舍的样子，我琢磨着："又怎么啦……难道那个鲁菲克是外星人？他的脸告诉了我们什么信息……"按理说人脸识别技术，可以识别出你的年龄、性别以及情绪。用专业术语来说，就是"精准定位图中人脸，获得眼、口、鼻等七十二个关键点位置，分析性别、年龄、表情等多种人脸属性"。当我拿到那份报告的时候立刻就傻眼了，报告上清楚地写着："经过对照片扫描鉴定，鲁菲克的面部皮肤和肌肉，是透明且导电的人工肌肉……其实际是高离子强度盐，以及带有正负电荷的聚合物分子结合物做成的，他的眼睛则是超微动电子晶体，和超声波传感器合成的……"我一下子站了起来，激动得手直哆嗦，拿着那份报告问露西娅："小姐……你没有拿错吧？这真是我们送去鲁菲克的报告吗？"我怎么想也不可能："难道是外星人？还是机器人？不对不对……一定是搞错了……"我把伊娃叫来："你和露西娅一起去法国内政部科技中心，他们有最新的设备，再做一次鉴定。"两位女警跑着走了，我知道内政部科技中心，使用的是微软图像识别系统，他们具备完全崭新的数学模型，新型的数字信号处理器DSP，它以其高速准确的性能，用硬件来实现人脸图像识别。即使你戴口罩或墨镜，人脸都可以被PC读取和识别。微软的设备还能看"懂"建筑物，具备"认"字的能力，还能纠正扭曲或变形的文字。

大约两个小时以后，伊娃和露西娅回来了，我一看她们的表情，就知道了——鲁菲克不是人类。

正在我心烦意乱的时候，技术室主任朱莉叫我过去，我示意两位小姐："把这一切都详细地记录下来，我要向上级报告。"来到朱莉的办公室，这是一位从警多年受人尊重的女警官，她的警衔和中心局局长一样。我恭恭敬敬地敬了礼，就站在旁边看着她，朱莉笑了："看看我们

的布里斯，真是越来越帅了……"说实在的，在法国，那些高卢人、日耳曼人、阿拉伯裔和非洲黑人，还有混血的西班牙人和意大利人，他们棱角分明、轮廓清晰、凹眼耸鼻，真的比我们亚洲人圆圆的大扁脸要好看得多，可在局里还是有很多的女士对我另眼看待。对于朱莉，大家一直背后叫她朱莉大婶，当着面我可不敢造次，只能是恭维地称呼她"美丽的朱莉长官"。"美丽的长官，您叫我是有重要的事情吗？"朱莉警官年轻的时候确实是警局的一枝花，可现在已经枝干叶卷，面部和脖子都出现了粗细相间的纹理，不过就像所有的人那样，朱莉听人恭维自己年轻漂亮还是非常愉快的。她笑着对我说："哎哟……美男子，那边有咖啡，你不喝一杯吗？"

说心里话，朱莉警官是我在法国警界最佩服的几个人之一，她的知识十分广泛而且专业。我在美国学习的时候从资料里发现，法国有一位叫作朱莉的女警官，曾经被提名进入那一年诺贝尔物理学获奖候选人名单。来到巴黎以后，才发现朱莉警官的特点—以毫不客气铁面无私著名。2015年1月7日中午11时30分左右，三名蒙面武装人员，持枪支和火箭筒袭击了《沙尔利周刊》总部办公室，造成一死六重伤的严重后果。当那个刚恢复用的内政部长来到中心局，还在大谈巴黎安全的时候，我们的朱莉大婶儿，毫不客气地批评部长："放下您不切实际的夸夸其谈，请您亲自随我们在巴黎的街道上巡逻，检查一下您的计划是多么的无懈可击……"内政部长灰溜溜地走了，在场的所有人，包括其他警种的长官们都鼓起掌来。

喝着咖啡，我主动向朱莉大婶儿介绍起情况："我们现在已经确定了投放色彩的卫星，都是从太空用分辨率高的照相机，取得地面影像再转发的。而我们要寻找的是从高空中发出的动态色彩，与球场上的球员重叠……这是卫星成像的重叠。"朱莉大婶儿接着我的话说："你把注意力放在什么成像模式、常规推扫、凝视视频，整天地钻在微光成像、惯性空间成像，以及动态视频成像里……这是不对的……"她接着对我说："小子，今天把你叫来，是要提醒你一下，目前的破案方向是不完全正确的……"大婶儿面部严肃地说起话来："我来重复一下你确定的重点：足球队员出现奇怪的色彩是从哪里来的？还有为什么足球运动员让人视觉上有模糊的轮廓？再就是法国球员为什么具有无法靠近的灵活性……可以断定也有色彩影像的迷惑。最后的问题是，他们为什么要这样做？"看到我傻呆呆地看着她，大婶儿对我挤了挤眼睛，脸上露出了笑意："你应该明白，现在面临的对象是魔鬼，是双重的幽灵……图像中的色彩和虚幻的影子，这只是其中的一部分，而重要的是那些真实的人，那个球队不管他们披上了什么色彩，事后的空盘以及无法说明的幽灵比赛，这些都是现实中的人来操作的。重要的是当时真实的人对人的足球比赛，这才是你应该去寻找……是活生生的人。"真没有想到朱莉长官说话这样直接，我张口结舌，嘴上没把好门，一下子就溜出了一句话："长官大婶儿……我们得到……最新的结果是，唯一有图像的球员……鲁菲克不是人类……"她听到我的话一愣，但是马上就笑了起来："哈哈哈，小东西吓坏了吧，原来你背后就这样称呼我的？嘿嘿，说出真话了……难道一两个机器人的存在，就能否定整个球队的现实性？我提醒你的就是多重的可能性。"我心想："没管住嘴，这回暴风骤雨就要来了，弄不好……被朱莉大婶儿端上两脚呢。"没想到朱莉看着我亲切地说："长官大婶儿……这个称呼我喜欢，不过你只能在没人的时候叫我，否则……有你好的，去吧。"

混乱清醒

　　费萨足球队的一个球员鲁菲克的照片，竟然把案情折腾了两个来回，我感叹着："这才是中国成语里的峰回路转，你看，从现实的认识……到虚幻的可能……由于证人的指证，我们的思路又回到现实中来……正在调整思路，可是真的没有想到，这个鲁菲克竟然是个非人类……至少是个机器人！现在我和我的组员们，可是有些晕头转向了。"这个消息不知道怎么传到巴黎警局，那里的熟人不断地打来电话询问："机器人？大概是破不了案子……编出来的笑话吧？"阿尔弗雷德长官专门抽出时间，听取了我们案件变化的几个转折，他笑着说："哈哈，这一回你才知道，那个唐·吉诃德的名字可是不好叫的，今天你又碰到大风车……那个魔鬼了吧？"人们都知道西班牙塞万提斯的小说《唐·吉诃德》，是说乡村里有一个神经质的人叫唐·吉诃德，把想象的事情推理成生活，把虚幻当成现实，在实际经历中不断产生笑话。我们小组的名称也就是代号，就叫"唐·吉诃德"，还是前几年小组刚刚成立时开玩笑命名的，没想到在局里很快就被大家确认了。阿尔弗雷德长官看着低着头的两位小姐："怎么啦，把你们欺负长官的勇气拿出来，看看谁厉害……你们要是不行，我就把案件退给巴黎警察局，就说我们解决不了这个问题。"说着站起来就走了。别说处长用激将法，就是他什么都不说我也没有认输，只不过这些令人目瞪口呆的翻转和变化来得太快了。当然我也在想："是不是真像巴黎警局的推理，这只是犯罪集团的传统罪案？而我因为是个电脑和黑客破解专家，所以破案思路一味地向着……带有科技和电子的方向去了……"
晚上，回到警官公寓自己的房间，"外来客"还是在它的地垫儿上睡
觉，我则是在桌子旁的计算机上，用演算数学公式来排解自己的烦躁。
忽然看到我的"公主"那双湛蓝的眼睛，这是她去世后为我留下的遗
物。我心酸地想："一个16岁的姑娘，为了自己的科学理想，努力改
变自己的基因，为了变成半机器半人类的新型生物而亲自以身做试验，
但是没有成功，一切都灰飞烟灭了……"她去世后，我保存着"公主"
留下的两颗晶莹剔透已经固化的眼珠。这时候，看到"她"在桌子上
看着我，"你也知道我的烦恼了？"我在心里和自己的爱人交流着，
要知道，"公主"活着的时候，她的大脑智商在二百六十以上，在人
类中是绝顶聪明的，应该说也是世界上顶级的科学家。我忽然想起了
曾经为"公主"作过的一首诗，我对着桌子上摆着的"她"说道："亲
爱的，我再念给你好吗……"

> 我来自遥远的东方，
> 背起那命运的行囊，
> 内心最真挚的期待，
> 寻找到班图斯坦的芬芳。
>
> 童年如坠落的星光，
> 那是她遗落的忧伤，
> 被阴云遮蔽的珍宝，
> 终于绽放着璀璨的光芒。
>
> 巴黎塞纳河水流淌，
> 阿尔卑斯山峰雄壮，

朝阳披着彩虹出现，
为我们送来爱情的曙光。

在公主居住的地方，
那里有幸福的理想，
今生今世为你歌唱。
携手进入那婚姻的殿堂。

体会你聪慧和优雅，
欣赏你内心的善良，
膜拜那圣洁的灵魂，
让生命相携一直到天堂。

　　我叹着气说："原谅我没有和你一起去天堂，是你救了我，我知道公主在天堂里等着我，因为这世间还有无数坏人在作恶，你要我尽最大的力量把他们缉拿归案，不让他们再伤害普通的人，然后……"说着……我的眼泪就流下来了。那只大黑狗"外来客"不知怎么也蹭到我的腿边，嗓子眼儿里发着嘤嘤的声音，仰着头看着我，好像在陪我一起伤心。这时我听到院子里有几辆汽车喇叭在响，那些车灯也随着声音一闪一闪的，弄得整个院子里的住户都被惊醒了。"真的很讨厌，这么晚了，那些车辆怎么会受到干扰都响了起来呢……"

　　忽然我发现，桌子上的电脑也在一闪一闪，那是在向我报警，"啊……不好，有人潜入了我的计算机。"自从"电脑骑士"的案子结束之后，为了吸取教训，就把自己房间里的电脑与以太网（互联网）的联系都切断，不联网也不插U盘，只有在必要的时候才进行特殊的链接。本身法国警察系统有十道电子障碍，我自己还设计了几个保护屏障。除了采用极高级的手段，我的电脑一般是破解不了的。我的电脑存储着很多的案卷，像"幽灵球队"的全部资料，以及我的办案思路都在里面，所以我把自己的电脑只做一个记事本的作用。我还奇怪呢："怎么可能呢……现在这只是一个独立系统啊……"一会儿工夫警报解除，我再去检查自己的电脑它已经瘫痪。经过仔细检查才弄明白，是硬盘出了问题。原来刚才有黑客攻击者，利用声波干扰了计算机里面的机械硬盘（HDD）的正常工作模式，使其产生了永久拒绝服务状态（DOS）。就是这个攻击，冻结了正在进行操作的计算机。我在自己的房间里四处观望："这声波是从哪里来的呢？"忽然想起刚才楼下的汽车喇叭声，"啊，攻击者进入不了我的系统，就利用远程软件，远程控制车辆播放攻击声波，破坏我的电脑。"

在读博士即将毕业的时候，我的博士生导师正在做他的一个"用声波造成机械硬盘数据存储盘片的振动"的试验。试验针对的是台式电脑，从很近的距离向机箱的气流开口，播放 9.1kHz 频率的声波。这使正在运行的电脑，造成了各种各样的故障，如果播放的时间更长，甚至会导致电脑蓝屏，造成底层操作系统的崩溃。我虽然没有参与这个项目，对过程还是清楚的。导师最后解决了那个疑问，就是"多大的声波会导致硬盘读写错误？"结果是："播放 130Hz 的音调，就可使机械硬盘暂时停止响应操作系统的命令。但是播放声波超过 10kHz，就可以永久性停止硬盘的工作，并损害电脑硬盘的内部结构层序……当然这还要考虑到距离的问题。"刚才的声波一定把整个楼里，每一户的计算机都破坏了。

一个新的袭击使我明白了一些问题："就在我们办案全无头绪的时候，那些神秘的幽灵又找到门上来了……这说明了什么？说明了以前阶段的某一个……不对，是每一个措施，对方都感到了很大的威胁。"这个时候已经是夜里两点，可我的睡意全无，开始把自己的笔记本电脑打开，"还好，没有受到影响……"我重新梳理着自己的思路：

（1）鲁菲克一技术非常先进的自主机器人（先不管他来自何处）——具有语言、行走、活动、踢球、人类行为的主要功能。他和阿尔贝的关系，是引起此案的关键。由于机器人的某个程序出现了偏差，需要人工调整，这就是阿尔贝不断接近鲁菲克的原因。

（2）阿尔贝——神秘出资人的台前人员。他掌握了这支球队的内幕或者以此为把柄对雇主提出条件，由此被灭口以保存秘密。

（3）阿尔贝是在过去三年中被收买的。为了掩人耳目他从不乘坐飞机轮船出行。他与雇主的联系方式——乘坐"易卜拉欣"游艇一地中海沿岸，但是我感觉，那个雇主一定是在非洲！

（4）阿尔贝是最关键的人物。2010 年与阿联酋王子接近，被私下雇用。是王子还是另有他人？阿尔贝与阿拉伯贵族交往甚密，从他内裤里的"阿拉伯男人香精"可以断定他多次到过非洲某地——线索再一次指向非洲。

（5）阿尔贝死亡时间 2014 年 3 月，易卜拉欣游船从 2 月末就停泊在列支敦士登，阿尔贝的赛车没有登记牌照，说明了车辆是在几天内获得的，就是为了解决阿尔贝而赠给他的。车辆出事之后，易卜拉欣号游船离开地中海，经苏伊士运河南下。

（6）阿尔贝的两个助手死于利比亚海面，他们是去埃及旅游（又是去非洲），意外遇到海盗，被抢劫后杀害。海盗是意外吗？可是杀害了一船将近六十人？

（7）显然，球队的核心是阿尔贝，其余球员都是业余的，进球时是阿尔贝在指挥机器人鲁菲克踢球。

（8）目前球队有一个最大的空白，没有人目睹过他们"训练、集结"这一过程。这支球队出现和消失，都在巴黎国家体育场外面，他们确实存在于"虚幻和现实"当中。球员们很可能是"分散潜伏"类型，集中的时候从家里来，解散的时候分手去，可是法国人为什么要用假名？这本来就是一件极为光荣的事情啊？只有一个破绽："那个球员是美国人……他还对我敬了一个举手礼。"

（9）他们身上的色彩，可以断定是从卫星来照射添加的，为什么要这样做？对色彩的作用需要进一步分析研究。

（10）我和萨科齐在休达港的遭遇，说明了这个背后的组织，覆盖广泛，信息传递迅速，但是这里应该是个枝节，不会有重大收获。

（11）那位朱莉大婶儿，是在提醒我要有"重叠思维"，就是综合起来想问题，"双重魔鬼……人和幽灵……"

一直思考到天亮，我匆匆忙忙地洗漱好，带着"外来客"就上了车。一位四十多岁的邻居要搭我的顺风车，他是中心局刑侦五处的高级警官，也是一夜没有睡好，"我家的电脑坏了，真是莫名其妙……孩子玩儿的和家里所有大小电脑，全都不能用了……"

到了国际刑警中心局，院子里有一辆比利时警车，在车旁边站着一位穿着白色长袍瘦高的人特别显眼，我还没下车呢，"外来客"就汪汪地叫了起来，原来是那个叫艾哈迈德的大胡子贝都因牧人，他正在仰着头，看这座高耸入云的大厦呢。大黑狗从车上跳下来，一下子躲到了我的身后，那个奇怪的样子，真不像是狗见到了自己的主人。乌尔德看到了我，高兴地对我说着阿拉伯语："yaaihu（兄弟），naihenusaodigani…（自己人）"原来，比利时警方决定遣返乌尔德，要把他送到马赛，在那里等着埃及的警察来交接，然后坐船返回埃及。他特意来到我这里就是要领走他的大黑狗。这时候伊娃、露西娅和萨科齐都来到院子里，伊娃手里拿着四张照片，阿尔贝和那两个助理，以及球员鲁菲克。那是上午研究案情需要，她提前准备的。乌尔德的眼睛马上就亮了起来，他的嘴一直是半张着，我心想："这家伙又是一个色鬼，看那样子对面前的美女……真是垂涎三尺啊。"忽然我发现他的眼光停留在伊娃的手上，他抬起头来看着伊娃讲着阿拉伯语："那个……你的手……""怎么……"伊娃的手指细长，在巴黎

第二章 迷雾重重

67

中心局的女警里很特殊，她抬起手来一晃，斜着眼睛心想："你这种人我见得多了……色鬼……"她转身躲开了。比利时同行对我们指了一下手腕，我对露西娅说："人家时间紧……我们快点吧。"那条黑狗什么都懂，知道是来接它了，所以一看到我们这些人，又扑过来，我从来没有见过一只狗会这样的纠结，它一会儿舔舔伊娃的手，一会儿又使劲儿地咬着露西娅的裤子，然后摇着尾巴仰着脖子看着我，嗓子眼儿里发出那种极不情愿的"嗷嗷……"的声音。在它纠缠了一会儿后我笑着对大黑狗说："留下吧，外来客……别跟着你的主人回去了……"艾哈迈德严厉地对它喊着，最后"外来客"一步三回头地看着我们，还是乖乖地上了车，那辆比利时警车，闪着蓝红两色的警灯绝尘而去。

回到办公室，我把昨天夜里发生的事情，以及后来我的思路和想法，对大家摊开讲了一下，他们又一次惊讶地站在那里，伊娃瞪着眼睛看着我："博士……你是不是办案……还是"外来客"离开……受刺激了吧？远距离遥控……声波，破坏电脑……怎么能做到呢？"萨科齐看着窗外街道上不断通过的车流，怀疑地说："几声喇叭响……能吗？"正好电脑室主任来电话，询问我对昨夜警官公寓所有的电脑遭到破坏有什么看法。我很肯定地告诉他："远距离操控声波破坏电脑硬盘，这是十年前的技术了……当然目标是针对我的电脑。"几个人狐疑地相互看着，这才慢慢地坐在自己的座位上，不再说话了。我把利用声波破坏电脑硬盘的原理大概地讲了一下："有人想进入我的电脑，但是没有达到目的，于是他们远程操作利用声波……按照机械硬盘驱动器的原理，在每个盘片的扇区内存储大量信息，因此当机械硬盘发生振动的时候，硬盘保护程序会让硬盘停止所有操作，避免刮擦存储盘片和永久损害硬盘。"露西娅悄声问："昨晚的喇叭声音大吗？"我回想着："要比一般的声音大一些，多少让人心里烦躁……"伊娃找出她随身携带的人体保健手册念道："从医学角度看，声音超过 90 分贝就会对耳朵造成伤害。当然声音对耳朵的损害，与噪音的时间和强度成正比。44 分贝属于人类可以接受的程度，而 55 分贝就会让你感觉到烦躁，60 分贝起开始没有睡意，70 分贝已经令人精神紧张，85 分贝让人无法接受，你会捂住耳朵，100 分贝会让耳朵暂时失去听觉。120 分贝瞬间刺穿你的耳膜，而到了 160 分贝，所有的窗户玻璃破碎，而 200 分贝使人类立即死亡。"萨科齐念叨着："好可怕呀……声音竟然有这样大的威力？"伊娃说："50 分贝是正常交谈的声音，至于 20 分贝吗……"她看了看我，接着对露西娅挤眉弄眼地说："那就是我和博士之间的窃窃私语啦。"我一看，她俩又开始胡闹了，于是纠正几个组员的说法："喇叭声是响度单位分贝，而声波是频率单位赫兹，不同的单位不能换算。但是零分贝的情况下，人是什么都听不到的。不振动即零赫兹，一般情况下，在振动二十赫兹到二万赫兹以内的时候，人是感觉不明显和能承受的。"

办公室里终于安静下来了，到底是老刑警，伊娃和露西娅活跃一会儿就认真起来，"博士，我们开始工作吧……"对于她们这个样子我已经习惯了，只要工作任务一确定，她俩就会不顾一切地把全部精力都投入进去。对于第一项："机器人的某个程序出现了偏差，需要人工调整，这就是阿尔贝不断接近鲁菲克的原因。"伊娃和露西娅都点头："我们同意博士的看法，现在解开了所谓黑哨的问题，是阿尔贝在调整机器人鲁菲克的程序和状态。"

接下来第二项："阿尔贝是神秘出资人的台前人员，他掌握了这支球队的内幕，或者以此为把柄对雇主提出条件，由此被灭口以保守秘密。"露西娅说："这是毫无疑义的，现在可以断定他的死亡与球队有不可分割的联系。"而对于第三个想法："阿尔贝是在过去三年中被收买的。为了掩人耳目，他从不乘坐飞机轮船出行，与雇主的联系方式是乘坐易卜拉欣游船，在地中海沿岸某地见面。"因为这件事已经被落实了，人们都点头默认。

我再一次强调："阿尔贝是最关键的人物，可以断定阿尔贝与阿拉伯贵族交往甚密，这个从他内裤里的'阿拉伯男人香精'，可以断定他多次到过非洲某地，这些线索再一次指向非洲。"这一回两个美女警官不再嘻嘻哈哈，只是相互严肃地看着："非洲……"这时伊娃发言了："阿尔贝死亡时间是 2014 年 3 月，经我们调查，易卜拉欣游船从 2 月末就停泊在摩纳哥附近的尼斯，而且阿尔贝的赛车，还没有登记牌照，说明车辆是在那几天获得的，很可能是为了解决阿尔贝而先赠予他的。车辆出事之后第二天，易卜拉欣号游船离开尼斯开往地中海，经苏伊士运河南下，这些已经被埃及警方证明了。"我看着大家："所有线索已经指向易卜拉欣游船的主人，那位非洲阿联酋王子。这是我们下一步侦破案子的方向……"

露西娅提出了一个问题："阿尔贝的两个助手死于利比亚海面，这很可能是他们两人也知道了内幕。他们去埃及旅游，（又是去非洲）却意外在利比亚遇到海盗，被抢劫后杀害。海盗是意外吗？如果是预谋，那些人同时杀害了整个船上的将近六十人，这个推测准确吗？"我觉得这个线索的指向是正确的，"非洲……还是非洲，对于海盗的真伪，这可能要抓住真凶以后才能确认……"

大家开始把目光转向费萨球队，伊娃琢磨着："显然，球队的核心是阿尔贝，其余球员都是业余的，而在进球的时候是阿尔贝在指挥机器人鲁菲克踢球……"露西娅指出球队最大的空白点："没有人目睹过费萨球队训练、集结的过程。这支球队出现和消失，都在巴黎国家体育场外面。"萨科齐忽然站起来说："长官，他们确实存在于虚幻和现实当中……"露西娅分析着："踢球为什么要躲躲闪闪，本来就是光荣的事情……"我说："只有一个破绽说明，那些球员是不能露面的外国人……你们记不记得那位卢卡库先生说的话……那个大个子，行了一个典型的美国海军陆战队的举手礼。"萨科齐惊奇地说："难道球队里面还有美国人？"伊娃撇了撇嘴："那些退役的士兵，应聘踢球有什么可大惊小怪的……"没想到萨科齐这个年轻人,倒有勇气反问起两个大姐大来:"那他们……为什么要掩藏自己的身份呢?"他这句话一下子把伊娃和露西娅都问住了。我笑了:"这不就是我们侦破案件要解决的问题吗?"

伊娃想起影像和色彩,这是我们做了大量工作的成果,她特意提出:"那些球队队员他们身上的色彩,已经可以断定是从卫星发来的,关键是什么人和为什么要这样做这种照射添加?"我点了点头:"对这件事情的线索寻找不能放松,需要对色彩的作用做进一步分析研究。"萨科齐提起我和他在休达港的遭遇,露西娅分析:"这说明那个背后的组织,覆盖广泛而且他们信息传递迅速,但是我觉得这里应该是个枝节,不会有重大收获。"见习警察刚刚鼓起的勇气,又被打击一下,自己坐在角落里不吱声了。我看他一眼,心想:"让这个年轻人好好地磨炼一下吧,首先要学会办公室里的故事……"最后露西娅提起了朱莉大婶儿,"她提醒我们要有重叠思维,就是综合起来想问题……那么她讲的双重魔鬼……是不是说人和幽灵并存呢……"

经过梳理问题,侦破案件的方向已经确定,就是"阿迈德王子是主要嫌疑人"。需要在调查中落实几个问题:

(1)阿迈德王子与阿尔贝的联系。

(2)王子的"易卜拉欣"号游船,这些年是谁在管理。

(3)阿尔贝的死亡,与易卜拉欣游船上的什么人有关。

但是我一直在心里想着一件事,就是"贝都因人艾哈迈德,和他的那句模棱两可的话……你的手?……还是手里的东西?"不过我到最后还是没说出来只是想着:"要是能在非洲碰到他,再仔细地问一下就好了。不过这个可能性……没有了。"

　　伊娃和露西娅用国际刑警的网络，从非洲到阿联酋再到迪拜，一直追查"阿迈德王子"的情况，而所有的答复都是"没有此人的材料……"我敲着桌子确定了下一步的行动："好吧，现在我们去非洲……这是主要目标。"

第三章
急转直下

地中海的美，是海、天、地三种性格的结合。那些紫色薰衣草和鲜红的玫瑰，蔚蓝海岸与白色的沙滩，沙漠及岩石那种红褐和土黄，所有岸上的这些，都比不上蓝天下地中海波涛汹涌的壮阔。

——沃斯达士

大海之波

　　真得感谢阿尔弗雷德长官，他对我们的工作大开绿灯，马上就批准了报告，还嘱咐我说："博士，无论到哪里，一定要和当地的警方取得联系，非洲可是个不太稳定的地方。我们分析，对阿迈德王子的调查，必须由巴黎警方亲自参与，因为当地的警局，是不会认真调查自己的国王和王子的。有了上次在西班牙休达市遭遇的教训，我决定化装成旅游者，前往红海沿岸的那个酋长国，对阿迈德王子做一个隐蔽的调查。"还没等我说完，伊娃就带头起来阻止："你一个人走？遇到事情连个帮手都没有，太危险了……不行，我们一起去，不然我就去找局长。"露西娅先是竭力地反对，随后笑着说："当然要是带上我一起走，那就另当别论了。"这回萨科齐倒是大义凛然地站起来："两位师姐是女士，出门不方便……这是男士们的责任，应该是我和长官一起去调查。"真没想到，两位小姐一起向着见习警察发起攻击，伊娃嬉皮笑脸地说："我们不方便？……带着你还得两间房子，可我和博士，有一间就够了。"听到这话我也只能苦笑一下，心想："这两个小姐，说话真的又没分寸了。"露西娅更是刻薄："我们可是为你好，你要是再被人劫持，恐怕你的小……就没了。"我也不知道露西娅是说萨科齐的小命呢……还是说他那个男人的东西……反正这句话一出来，见习警察就红着脸再也不说话了。

　　我严肃地对大家说："肃静这次办案考虑到案情的复杂性，全组四个人一起出发。"办公室里一片欢呼声，我接着布置："出去后分成两组，

一组我和萨科齐，二组伊娃、露西娅。外出后，两组相互配合相互支援。萨科齐把我的笔记本电脑带好，大家只能携带国际刑警中心局配发的移动电话，每个人还有六个小时时间，夜里三点出发坐火车到马赛。我们的船是明天上午十点，各位赶快回家把随身衣物带好……马上行动。"年轻的"总统"又开始冒傻气儿了，他扬着眉毛问我："为什么不坐飞机呢……那样不是更快捷吗？"要是像一般的警察我就不搭理他了，可是这个年轻人真的什么都没经历过，我还是耐心地解释了几句："你没有忘了易卜拉欣号游船吧，我们要把地中海几个地点都经过一下，这样可以了解更多的情况，便于将来破解案情和分析情况……"巴黎到马赛将近八百公里，那是四个小时高速列车的里程。早上七点钟，我们四人来到了这座美丽的海港城市。

马赛是法国第二大城市和最大的海港，它三面被石灰岩山丘环抱，景色秀丽气候宜人，也是普罗旺斯省的首府。我们几个对马赛算是很熟悉，可那都是公务路过来去匆匆，对城市没有更深入的了解。我看着手表计算着："到开船还有五个小时，我们先喝咖啡休息一下，然后到贾尔德圣母院参观。"两位美女只要一出门，就成了举止端庄的淑女。露西娅皮肤白皙，她穿着一件深灰色的风衣，伊娃皮肤浅黑，穿了一件白色的风衣裙，这反差的颜色，把两位姑娘衬托得更加漂亮和引人注目。她们安静地听着我的安排，默不作声地跟在后面，可是两个人的眼睛，却是警惕地观察着四周的情况。我们到了马赛旧港的利浦农布码头，萨科齐还在寻找着那些很大的客轮，"这里怎么都是小船呢……"伊娃冷冷地说："别看了，轮船都在西面城边的新码头呢，这里是旧码头……"我们走进路边的一个叫蓝色海豚的咖啡馆，正是早晨所以人不多，每个人要了一杯冒着沫子的卡布奇诺，维特儿给大家摆上一盘自己烤制的点心。我们东拉西扯地闲聊着，歇息了好一阵工夫。我看着两位美女大姐大，她们一直不苟言笑地保持着严肃的状态。我沉默了一下然后说："走吧，到我们计划的贾尔德圣母院去参观一下吧……"

　　贾尔德圣母院在山坡上，那里是马赛城市的最高点，别看不远，我们沿着坡道向上走了足足二十分钟，这才到了圣母院的门口。贾尔德圣母院是一座华丽雄伟的罗马拜占庭风格的教堂，修建于十九世纪中叶，大概用了十一年的时间。这座教堂最为辉煌的是在它的钟塔上，耸立着一座 9.7 米高的圣母玛丽亚镀金雕像。贾尔德圣母院矗立在马赛城市的上方，无论在旧港还是新港，甚至在海上，都可以看到圣母那伟岸的身影。我记得以前公主和她的两个弟弟，不止一次地说起这里，一次公主对我说："我看到那高高耸立的圣母第一眼，她就在我的心里住了下来……"上一次经过马赛去休达的时候，正是黄昏，我一下子就被半空中那座闪闪发光的巨大建筑震撼了，我想："公主和两个弟弟多次提过这个地方，要是再来的话，为了纪念他们我应该到教堂里看一看……"忽然我明白了：伊娃和露西娅用她们女性的敏感，揣摩到我内心的想法和悲伤，这种感觉也影响了两个姑娘，所以沉默着和我一起来到贾尔德圣母院……来到教堂里，看到前面有几十个人的旅行团正在参观，我们几个人在后面坐了下来，我闭着眼睛静静地回忆着美丽的公主，回忆着和她在一起的时光，回忆那两个小弟弟智慧的发明创造……在美国和法国学习工作了十几年，我已经适应了这里的宗教，我喜欢听教堂里赞美圣母的歌声，也喜欢那洗涤灵魂般庄严肃穆的感觉。不知不觉我眼睛湿润了，这时候，露西娅递过来一张湿纸巾，伊娃小声说着："博士，前面侧室里有许多祈祷航海平安的模型船，我们是不是要去看一下……"我们随着人群向前走，听到一位导游为他的旅行团在讲解："……这座教堂前几年又重新修建，在内部添加精美的镶金马赛克，大家看……是不是看上去华贵而梦幻？"旁边一位旅游者说着："那金灿灿的顶子，感觉没了传统教堂的朴素的风格，但是看得时间长一些，真有一种奔向金色空间的冲动。"我们走到院子里，看到圣

母院的墙壁上，还残留着二战德军与英美联军激烈战斗所留下的累累弹痕。站在这里俯瞰马赛全城，能够眺望到地中海非常美丽的风景。下山了，我们看到在一侧的海湾里，有一座修建像堡垒一样孤零零的小岛，伊娃指着海湾说："那就是伊夫岛上的伊夫堡，是大仲马小说《基督山伯爵》里，基督山伯爵被关押的地方……"萨科齐总是惊讶地喊着："啊……是吗？"我接过话来："实际上，过去这里是作为关押政治犯的监狱而使用的。"

我们慢慢走下山到了马赛的旧港区，其实这里才是马赛真正的城市中心，城市就是围绕着这个港湾发展起来的。我们沿着海边的内港向前走，可以听到马赛人用生动的俚语，议论头天晚上收获各种鱼类的经历。可是当我们几个人走过来的时候，一切都变得安静下来，几乎所有人的眼睛盯着那两位美女，鼻子还随着她们散发的香气使劲地嗅着。内港的两边分别是圣约翰城堡和圣尼古拉城堡，它们都是路易十四时代建造的。旧港在二战中毁坏严重，是后来又重新修建起来的。已经上午九点多了，这里的鱼市还是热闹非常，能看到码头泊满了小渔船和小艇，只是在码头的边缘，在靠出海口原来叫奴隶码头的地方，停着一艘大型的游船，远远就能看见十几层高白色的船身。还没等我说话，身后就响起了"博士……万岁……"的欢呼声，这是组员们第二次欢呼雀跃。我们的见习警察瞪大了眼睛，几乎是在大声地喊："哗……地中海邮轮！我们是坐邮轮去……"我摇了摇头指着前面，就在那艘巨大的邮轮挡着的阴影里有一艘军舰，这艘吃水三千吨的追风级护卫舰，它的船舷号是F836，在七八万吨邮轮的对比下，它只能叫作小艇了。萨科齐失望地近乎哭着说："长官……难道……那邮轮不是为我们准备的？"等到我们走近了军舰才看到，那旁边还有一条更小的一千多吨的民用货船，挂着比利时和欧盟的旗帜，这是北约征集的民用船只。我开着玩笑说："这才是我们要乘坐的地中海邮轮呢。"

78

原来比利时移民局，向法国内政部申请几名特警协助他们遣返非法难民，这次一共是一百人，遣返地点是利比亚的东部城市"班加西"中心局局长知道我们去非洲，就把任务安排给阿尔弗雷德长官，处长对我说："军舰护送，宪兵协同，你们不带武器，配合一下就行了。遣返人员结束后，货船会把大家送到埃及的亚历山大港，你们再沿着尼罗河下行，到了迪拜就离你们要去的地方不远了。"因为担心大批还在隔离区的难民闹事，遣返非法难民是秘密安排的，所以我也就缄口不言，弄得大家空欢喜一场。上了货船，我们见到了这次遣返任务的指挥官，比利时内政部移民局的德布劳内高级警官。他是个40多岁十分老练的人，看到我们几个非常惊讶，"哎哟，都是些年轻人啊，您……就是高级警官布里斯·叶赫？"接着又告诉我，"比利时警察有十个人，法国海岸宪兵六个人，加上你们四个国际刑警，还有法国军舰护送，我们安全执行任务绝对没有问题……"按照计划在马赛将有五十个人上船，在科西嘉有三十人，到了马耳他，意大利军舰将把另外二十人送上船。我有些疑虑地问："指挥官，现在大批的非洲难民不断地涌入欧洲，遣送他们回去……这些人能够服从吗？"比利时指挥官说："这次是欧盟难民委员会的决定，比利时五十人，这些人大部分是自愿的，他们在比利时的收容所里已经很长时间了，在法国的三十人，就是在科西嘉上船的三十个，具体到了马耳他以后，由意大利军舰送来的那二十个人，应该是非法越境的……而不是战争难民。"

　　比利时移民警察都携带有武器，德布劳内佩戴的是那种奥地利格洛克－17手枪，他拔出手枪给我看："弹匣能装十七颗子弹，是那种结构简单重量轻的款式。"我知道美国警察有一半人都用这种枪，他们最爱说的就是："我用格洛克干倒了他……"出于礼貌我对他的枪称赞不已："你的枪太好了，我们法国警察还使用华尔特HKP7，弹匣才有八颗子弹……"看着我们都没带枪，这位指挥官略有遗憾地

说："原来我还想和你们比一下佩枪呢，不过没什么，放心吧，我保证把你们安全送到亚历山大港。"他对我说："原来不知道还有两位小姐，现在只好把船长室腾出来给两位女士使用，您和另外一位先生，就要和我们到水手普通舱里去住了。那些移民都被安排在底层货舱，里面装了很多的吊床，能容纳二百多人呢……昨天夜里，已经把第一批五十个人安排上了船。"接着他用脚拍打着甲板："别看这艘货船陈旧，这可是德国人的炮舰改装的，能跑二十八节……结实着呢。"正说着话，法国海岸宪兵六个人，在一个小队长的率领下也上了船。法国宪兵装备精良，服装考究，头上歪戴着贝雷帽，胸前斜挎着自动步枪，由肩膀和左臂上套着一个大大的袖标"PM"，这是国家宪兵的标志。他们就像美国的国民警卫队、中国的武装警察，都是隶属于军人的执法人员。不同的是他们一般在一万人以下小城镇执法，而大城市则由国家警察负责管理。宪兵小队长是一个年轻的少尉，这小子傲慢得很，戴着的墨镜都没摘下来，过来和我们握了握手，点了一下头，就算见面报到了。他上下打量着穿着便衣的我，拉长了音调："哦……你就是国际刑警啊？"一副瞧不起人的样子，真不像法国人彬彬有礼的做派。

货船随着法国军舰进入了大海，然后就行驶在前面。我们聆听着大海的声响，感受到那无边海洋里咸咸的气味。当我们站到甲板上心情豁然开朗，看到了美丽的大海，浪花在嬉笑着你追我赶，一望无际的天空，蔚蓝的海水，天空中飞翔的海鸥。时不时有几只海鸥，像冲刺一样地斜着飞下来，然后在我们的头上掠过，它们欢乐地叫着，好像在和我们打招呼。往后面眺望，能看到军舰在跟着行驶，货船和法国军舰相互鸣笛，那笛声时大时小，在相互协调着位置和速度。很快我们就看不到法国大陆的海岸了，这时候在船上看不见陆地看不见高楼大厦，周围只有望不到尽头的海水，和不时作响的海风。

在甲板上看货船，这艘原来的军舰确实被进行了很大的改造。为了能使底舱装更多的货，船主把底舱里除了轮机舱以外的所有设施都拆掉了，后甲板的炮位被做成了水手们的休息室，中间隔着一个放置食物和淡水的储藏室，再向前就是船长休息室、餐厅，最前面就是驾驶舱。原来前面放置大炮的地方，改成了入底舱的装货口和前甲板轻浮物品货位。那位比利时指挥官把我们的责任分了工："在底舱，我们隔开了三个区域安排遣返人员，分别是A区，是比利时负责的五十人。B区，是在科西嘉上船的三十人，C区，是意大利的二十人。这些由法国方面负责。每个区域都有自己的出入口，可以避免他们之间发生争吵和械斗。因为国际刑警没有武器，你们四人负责甲板安全，以及与货船船长联络。在底舱，由比利时内政部和法国宪兵负责安全。你们看……这是我布置的哨位……"他拿出一张纸，上面标着几个位置："底舱ABC三个舱位都互不关联，里面有独立的卫生间，这样三群人就相互不打交道。每个舱门都有一个通到甲板的出口，还有轮机舱、淡水和粮食库，一共五个重要位置，这就是我们的哨位，从今天起由我和宪兵少尉商量，如何轮流值班。"德布劳内接着说："这艘船有船长和一位大副兼轮机长，十名水手，其中一名兼职卫生助理，他们各有岗位和职责。船上也为遣返人员带足了淡水和面包蔬菜，我从第一批五十个遣返人员中选出了五人做厨师，为那一百人服务。为了安全和避免不必要的麻烦，我们和船员们一起用餐……"我和宪兵少尉都表示了理解和服从。

地中海一到夏天，就进入干热少雨的季节，我们在甲板上待了一会儿，就感到全身出汗，头顶直冒油。地中海的气候，表现为夏季干热少雨，冬季温暖湿润。这种气候使得周围河流冬季涨满雨水，夏季干旱枯竭。地中海冬季最冷的月份，平均温度在4℃—10℃，而且降水量丰沛，占全年总量的三分之二。而夏天云量稀少阳光充足，这种"冬雨夏干"的气候，在世界气候类型中是非常独特的。

比利时指挥官德布劳内叫来了船长——一个大胡子比利时海员，

他头一歪手一挥："走……我带你们到底舱去看一看。我们一起来到底舱，那里用铁柜子做成两堵墙，还用角钢全部焊接起来，隔出来三个独立的舱位和一个配餐室。那个最大面积的舱位，安置了五十个比利时政府需要遣返的人。看来为了这次任务，货船也做了很多的准备。在底舱头顶上的甲板加焊了一排排的吊环，挂着一个个的吊网做床，每个被遣返的人都有自己的位置。宪兵少尉笑着说："噢，这倒省事……"大胡子船长两手一摊："这是征用，不是租船……给的钱太少，我只能这样了。"

回到第一层甲板，我的两个美女安排好自己的事情，飘然而来，萨科齐也跟在她们的身后。"总统"把我俩随身携带的东西，已经放到了我们的船员舱位。那位宪兵少尉马上把墨镜摘了下来，连连向美女致敬。这时候在他的身上，所有绅士的礼貌都体现出来了。伊娃调侃着："好英俊的法兰西军官，我还以为是那个叫让·克里斯托夫·路易·斐迪南·阿尔贝里克·拿破仑七世殿下来到了我的面前……"露西娅说话更是不客气，她扭捏着身子斜着眼睛瞟了一眼小队长："你没有看到咱们的长官向殿下请安吗……"在法国，人们对出身和血统非常看重，当然都知道出生于1986年的拿破仑后代，那位叫让·克里斯托夫·路易·斐迪南·阿尔贝里克·拿破仑的漂亮小伙子。可这句玩笑让小队长有些惊慌："小姐们，不能乱开玩笑，要是被人传出去，我会以假冒他人受到军纪处分的。"接着伊娃和露西娅就嘻嘻哈哈地笑了起来，我看着年轻傲慢的宪兵军官那惊慌失措的样子也忍俊不禁地随着大家的笑声，转过脸去"哈哈哈……"地宣泄了一会儿。

这艘货船是德国退役军舰改装的，装满货还能跑到二十八节，也就是每小时五十海里，所以中午一点多，船只就到了距离法国大陆一百六十海里的科西嘉岛的阿雅克肖。科西嘉岛是世界著名的旅游胜地，也是地中海排位于西西里岛、撒丁岛、塞浦路斯岛之后的第四大岛。不过最引人注目的，还是我们停泊的港口阿雅克肖，因为它是世界最著名的军事家，法国皇帝拿破仑·波拿巴的出生地。萨科齐翻开地图，嘴里念叨着："可以看到岛的南面，就是宽度不到十英里的博尼法乔海峡，与意大利的撒丁岛隔海相望。科西嘉岛为两个行政省：南科西嘉省和上科西嘉省，前者的首府是阿雅克肖，后者首府是巴斯蒂亚。"那个宪兵少尉一刻也不离开两位女士的身旁，他故意在伊娃和露西娅面前，卖弄自己的学问。少尉大声地说着："科西嘉地形多山，岛上群峰竞立，最高的钦托山高达二千七百米，海拔超过两千米的山峰就有二十座。那里山形处处奇拔险峻，花岗岩山体色彩斑斓。西侧各山峰都是陡坡倾斜，在海湾上形成峭壁，以及那些高耸的悬崖和地岬。山脉东侧是断裂的急斜面，下面连接着大片冲积平原，平原边缘是布满环礁湖的海岸。岛东北是一座不相连的山峰，海拔一千七百多米。"露西娅看着他笑着说："谢谢军官先生的介绍，不过……您讲的地理知识好像在法国学校里，是三年级的授课内容吧……"

　　"一组二组做好警戒，遣返人员上船了……"我高声喊道，伊娃和露西娅立刻站到驾驶舱门口，萨科齐跟着我站在甲板的登船入口处，警惕地监视着鱼贯而入的那些"目标"人物。宪兵和比利时内政部的警察们，也都在各自预定地点站好，看着那三十个无精打采上船的人。当地警局代表和德布劳内指挥官办好了交接手续，就下船去了。指挥官带着我和宪兵少尉又来到货船底舱，我们检查了 B 舱，三十个被遣返的人在岸上都已经用过了餐，现在他们找到了自己的吊床，所以一个个懒洋洋地看着我们。比利时内政部的指挥官强调说："我们主要防范他们打群架，那样就控制不住局面了。一般情况下，不要进入他们的舱室。"我们来到特意被用作厨房的一个大约十平方米的空间，被挑出来做厨师的五个人都穿着白色的工作服，戴着帽子和口罩，手上还套着那种极薄透明的手套，他们正在忙着给所有的难民做

配餐一两块面包，两个鸡蛋，一块牛排，一听牛奶。我们看了一下，转身登上通甲板的旋梯，忽然发现角落里有个黑乎乎的东西在动，我仔细一看，"这不是'外来客'吗……"我这才意识到那个叫艾哈迈德的埃及人也在这条船上，可是这条黑狗怎么蜷缩在角落里呢？我走过去蹲下来看，原来"外来客"被细钢丝绳做成的铁环套住脚，看那样子有好几个小时了。它不断挣扎着，后腿已经被磨得毛都脱落露出腿上的肌肉，那血淋淋的样子看了让人好心痛。"你也太好奇了吧，怎么能进到这个里面？我来帮你吧……"我把它的后腿从那个铁环里取出来，"外来客"舔着我的手摇着尾巴，那样子真是可怜。配餐室里有五个人，我站在门口正好看到"空中飞人"艾哈迈德，他正端着一摞配好餐的盘子，往恒温储藏箱里装呢。艾哈迈德口罩下面露着半圈黑胡子，他不停地用英语讲着自己的故事："……我当然是坐着飞毯到了比利时的……你不信？"另一个人在讥笑他："难道你是一千年前的人，是从《一千零一夜》那些故事里搬来的吧？"我向他摆了一下手，艾哈迈德一下子声音大了起来："他，就是国际刑警……他知道，看着我从天上下来的……"几个人在踮脚探头向我这里看："你说谁是警察……他真的看到了？"我没有搭理大胡子转身上了甲板，心想："奇怪，这个大胡子的英语……讲得这么流利……在比利时为什么装作不会说……听不懂的样子？……这个家伙真的奇怪……"我仔细又想："是说话随便……还是他的故事里另有蹊跷？看来，我必须要和他谈谈，这个人……绝不能放过。"没想到"外来客"也跑到甲板上来了，我把它抱起来，找到船上的"医生"，那个满手油污的大副，在他的指导下，给"外来客"的后腿进行了仔细消毒、上药和包扎。这时候伊娃也看到了大黑狗，她跑过来抱着"外来客"一阵狂吻，我劝她："小心狂犬病……不要过近地接触……"没想到伊娃嬉皮笑脸地说："我就是想要吻吻你，才提前和'外来客'亲一下，将来有事的时候，不就表明咱们关系近，才得的是一种病吗？"对于这两个"大姐大"，我真是哭笑不得。于是抱起大黑狗，把它放到底舱的梯子那里，对这个"外来客"说："上面危险，一会儿再掉到海里，可就没有办法救你了……"

船上骚乱

　　甲板上人们的午餐是由水手厨房负责，午餐是在马赛港提前购买的快餐食品—夹着鸡蛋和薄薄一片牛肉的汉堡，一听可乐还有一杯热茶。这样的食物，货船为人们准备了两周的用量。萨科齐小声地抱怨着："哎哟，天天吃这个能受得了吗……"我心想："说实在的，这和中心局饭堂的自助餐，要差了不知多少倍……但是在船上就不能有其他的奢望了。"从科西嘉岛到马耳他海域，货船要在海上航行一天一夜。我站在甲板的船舷边辨别着方向，看到货船是向着东南航行。这时的海平线上，是静穆与辉煌的落日，它仿佛用千万支箭，射穿了天边的彤云，把那些彩云点燃起来。太阳渐渐地落下，余晖洒在海面上映出了波光粼粼，还将半边天空染成了红橙色，霞光很快地布满了整个天际。海面浅浅的波浪把整片的红色打碎，变成了无数个金色发亮的星星点点漂浮在海面上。落日慢慢地被大海淹没，眼前的景象更加静谧，满眼是灰色无边的海面，在深深的黄昏气息里，能听到小小的浪花在喧闹，陪伴着不断前行的货船。我忽然来了作诗的冲动，自己低声地吟诵起来：

海上落日

夕阳从绚丽化为淡然，
七色的彩云慢慢飘散，
倾尽了火热爱的余晖，

疲惫地洒向蓝色海面。

夕阳颜色在不停变换，
努力将色彩柔情展现，
最后的魅力献给世界，
大海感动的波涛不断。

夕阳慢慢滑进了海面，
大海如宝石一般璀璨，
那些正在飞翔的海鸥，
顷刻就变成红鸟翩翩。

夕阳露着浅浅的笑眼，
天边涌起了红晕淡淡，
挥舞着一条橙色彩绸，
悄悄地消失在海平线。

夕阳留下落日的感叹，
人们怀念辉煌的短暂，
看到美丽的依依不舍，
西斜着沉入无尽黑暗。

夕阳走得心甘而情愿，
精力散尽使沉寂必然，
今日残阳如壮士献身，
为了朝阳升起的明天。

忽然身边有人在对我说话："博士，你的诗感情太深沉了，是不是……"这半句话后面就没了声音，我一听就知道是露西娅，她不知道什么时候来到我的身边。说实在的，我的内心总是在怀念"公主"，可能大家能在诗里感受到我的忧伤。"小心晚上的海风……"露西娅像关心孩子那样说了一句，就转身走了。我扶在栏杆上，能看到法国军舰亮起了灯光，在后面不紧不慢地跟着护航。这时的地中海就像一个乖乖的孩子，风平浪静的甚至感觉不到船的摆动。轮机长从机舱上来找船长，他笑着和我打了个招呼。我指着大海说："蓝蓝的地中海，经常就是这样的平静……"轮机长仰起头四处看了看，指着天边说："夜里会起风，浪不会小的……"

我们四个人虽然没有带武器，但是按照指挥官的安排，对驾驶舱和甲板的安全，还是要认真去执行的。在驾驶舱外面，伊娃和露西娅每八小时换一班，我和萨科齐替换着在甲板的梯子口那里值勤。但是作为长官，不值班的时候还是要对两个哨位巡视几次，以免他们睡着或者出现其他的情况。夜里两点我换班的时候，果然海上起了风浪，货船使劲地左右来回倾斜摇摆着，弄得人走路的时候全是 S 形。当货船迎面来了大浪，人的前进又像坐过山车似的，一会儿快一会儿慢。海风开始增强了，掀起的海浪也越来越高，我在甲板上摇摇晃晃地站不稳，风浪越来越大船身起伏不断，让人感觉就像在荡秋千。货船摇晃得越来越厉害，常言道"小船怕浪，大船怕涌"，我看到后面军舰的灯光，人家摇晃的幅度就小。我回到水手舱，房间里的桌子和整箱的饮用矿泉水，在屋子里滑来滑去，撞击着舱室两边的铁墙。早上吃饭的时候我抓住舱室内固定的桌子，要不然人也会滑跑了。白天萨科齐对我说："昨夜睡觉的时候胃里翻滚恶心，人在床铺上翻过来再翻过去，我一直在吐……后来把肠子都快吐出来了。"上午十点多，我在甲板上看到两个姑娘脸色苍白，她们俩也是一样，伊娃喘着气说："我一直在呕吐……现在腿还软呢。"露西娅只是在呻吟着："啊……

难受……"

　　下午两点左右总算在惊涛骇浪中，船只行驶到了距离突尼斯不远的海域，到马耳他还有两小时的路程。忽然后面的法国军舰与货船联系，要求货船停泊或回头随军舰西行二百海里，船长对我们说："军舰来电：据求援电报说，有两艘民用船只，共载有两千多人，在突尼斯海域……经度……纬度，倾覆，突尼斯海岸警卫队，向周围的船只发出求救电报……"比利时指挥官沉吟了一下说："我们不能随着法国军舰西去，一是我们的船不是空船，而且另有任务，二是我们是遣返难民，不是营救难民再送回欧洲……好吧，让他们自己去吧，我们也能单独完成任务。"电报发了过去，一会儿，那边的军舰要求那六个海岸宪兵，随他们去救援，"因为我们是海军，对大批救援难民的处置方式不了解，必须在海岸宪兵的指导下完成。德布劳内思考了好半天，大概他在计算路程和安全性，最后指挥官为了安全起见，直接向欧盟难民事务部长，发去电报说明了情况。没想到收到"意大利取消难民遣送计划……"这样的电报，指挥官德布劳内马上做出决定："放他们走，一切都没有问题……"法国军舰放出一艘小艇，接走了六个法国宪兵，那个年轻的少尉在小艇上，不停地向两位美女抛着飞吻。我根本想不到萨科齐会把右手握成拳头，用右臂做成九十度的样子，还把左手扶住右边的肘关节，这可是就像伸出中指一样，是在向那个宪兵表示：你的无耻就像男人的那个……伊娃指着见习警察喊了一声："真棒，这才是我们'总统'的样子……"下午风浪全停了，四点左右货船到了马耳他首都瓦莱塔。

　　因为货船下一步要航行到利比亚，然后再去埃及的亚历山大港，这一段距离是整整三天的路程，所以在马耳他的瓦莱塔港口要把油料补充满，这样我们在马耳他大港停留的时间就会延长。因为宪兵的撤离，我和萨科齐被补充到底舱的一个舱口值班，在海上航行还比较放心，可是船一靠岸大家就紧张了，因为担心那些难民又溜到岸上藏起来，

那等于任务没有完成还留下麻烦。萨科齐在底舱到甲板的舱口看守，我在甲板上巡视，也顺便关照着伊娃和露西娅，她们昨夜被海浪折腾得脸色苍白，我把她们劝回船长室休息，站在驾驶舱门口替她俩值班。站在甲板上，能看到这个极具特色的万人小城市，欧洲人都说瓦莱塔，是个绅士为绅士建造的城市，当看到它的时候，你一定会惊奇得闭不上嘴。这是一座欧洲文化名城，以圣约翰骑士团第六任首领拉·瓦莱塔的名字命名。整个城市建筑布局整齐，街道狭直，房屋都是用马耳他特有的，呈灰白色的石灰岩建筑而成。这座城市，是由意大利艺术家米开朗琪罗的助手，弗朗西斯科·拉帕莱利设计的。可以看到当年，为了增强城市的防御功能，有很多高大的堡垒围着，使瓦莱塔城处于核心。

　　这时候比利时指挥官巡视到我的哨位，我告诉他："两个姑娘昨夜太辛苦了，我来替她们一会儿……"指挥官理解地点点头："大家不常在海上，这风浪谁都受不了……"接着他问我："到过马耳他……吗？"我耸了一下肩膀摇了摇头，德布劳内对我说："瓦莱塔依山傍水，气候宜人，在这里生活安静恬适，听不到大城市那种喧嚣。这里春天来得早，当欧洲还处在千里冰封的严冬季节时，瓦莱塔已是春暖花开，阳光和煦了……"他看着我笑着说："像你们年轻人来这里，享受一下晴空万里，海风徐徐……那真的是很惬意的。"我看着清澈的海水和松软的沙滩，心酸地想着："要是能和公主一起游泳泛舟该多好啊……"

　　不知道为什么，今天瓦莱塔港口工人特别的少，所以货船添加油料足足用了五个小时，等到一切都弄好的时候，瓦莱塔全城已经是灯火通明了。就在货船准备开始夜航的时候，港口忽然送来了二十个难民，说是意大利军舰留在这里的，"完全是按照计划办的……"港口代表要求货船把他们全部带走。比利时指挥官德布劳内，将信将疑地把那些人拦在了码头上，他对我说："这和难民事务部长的话不一样……要落实一下。"我随着他来到驾驶舱，让船长用电台与比利时内政部联系，没想到说什么也联系不上。我拿出自己的电话，好像周围有什么干扰，信号全被屏蔽了……这时候才发现，所有带手机的人电话都打不出去。不过这也不奇怪，有很多地方为了保护自己的电子系统，而自行设置了抗干扰装置。德布劳内指挥官下了船，在码头上与遣送难民的一名意大利警官交涉了一会儿，对方一再强调这是早就安排好的："我们是按照计划把二十个人送到这里，你们要是不接受，那我带着这些人怎么办……"最后比利时指挥官，还是同意把他们和船上的人，一起遣送到利比亚东部城市班加西。

上船的时候对二十个人进行了严格的检查，我们用金属探测器挨个地扫描了每个人的身上，这才把那些人安置到提前准备好的舱位里。因为天色已晚，再说货船的甲板和底舱的灯光也不亮，所以看不清那些人的大概模样，只是觉得他们个个身材高大魁梧，比北非那些难民身材要高出好多。指挥官的感觉和我一样，总是有些不放心。他对大家反复嘱咐："最后的航程为七百海里，按照每小时四十海里的速度，大概需要十七八小时，大家一定不要大意……"货船开动了，经过检查，底舱的人都休息了。德布劳内对大家说："一切平静，但是我们还是不要放松警惕，看好每一个出入口。"他对我说："你们没有武器，还是白天值班吧。"我让两个女警和见习警察回去休息，"好好睡觉，白天有我们的任务，到了班加西任务就完成了。"可我自己还是琢磨着："今夜我不能睡觉……船上增加了难民，却又减少了安全人员。"

半夜三点左右，那只大黑狗跑到甲板上来找我，它嘴里叼着一个纸餐盒，放到我的手里就跑了。"小东西，懂得讨好人了，还给我送餐……"这时候听到甲板上"砰砰"的枪声，还有很多人跑来跑去的声音。我马上叫起了萨科齐，又到船长的休息舱室，把那两个正睡得迷迷糊糊的姑娘弄醒，我小声地催促着："快起来，船上出事了！"接着听到有人用意大利语大声地喊着："先把所有的门都锁上……""嘭"

的一声船长室的舱门被关上，能听到外面有人用铁棍把门也插上了。萨科齐在地上转着嘴里不停地念叨着："这可怎么办……怎么办？"伊娃和露西娅倒是很冷静，她俩看着我："博士，下一步的措施……"我对几个人摆摆手："我们先分析一下局势。"看着大家坐下来，我就一项一项分析："难民一百人，有预谋的只是后面的五十人。而我们的人数是比利时内政部十个人，加上我们四个以及船上十二个水手，我们的力量是五十和二十六，对比是二比一。况且我方还有十支手枪，应该是势均力敌……"我停顿了一下继续分析："不过，根据在马耳他码头上的情况，这一定是里应外合，比如电台坏了，手机被屏蔽，那个意大利警察也绝对是假冒的，所以这个货船的船员里，应该有他们的内应。"伊娃说："那么就必须减掉十二个船员……了。"萨科齐也加进来说："我们在每个舱口都有一个人，现在听声音来判断，那些人已经控制了货船，说明那五个比利时人已经遇害或者被俘虏关押起来。"伊娃接着说："再减掉五个人，现在其余的人也没有动静，加上我们四个已经被关在门里……"露西娅两手一摊："现在船上已经没有人再有能力抵抗了，博士你说呢？"伊娃疑惑地问："他们为什么要夺取船只……"我肯定地说："只有一个答案，这些人不愿意到利比亚。"露西娅想着："难道他们是想回到欧洲某个国家去？"伊娃摇摇头："不对，这些人在马耳他上船，如果他们要回欧洲，在那里的机会比上了船更多……"露西娅又问："那他们的目的究竟是干什么……"萨科齐嘟嘟嚷嚷地说："除非他们要去投靠达依沙（ISIS）……"他这个比喻本来毫无根据，却一下子提醒了我，想起局里近期的内部通报："ISIS 在欧洲各国用月薪五万美金招募雇佣兵，已有近三千人奔赴伊拉克、叙利亚境内，那些冒险者、罪犯、失业的退伍兵，纷纷加入他们的军队……"我对伊娃、露西娅和萨科齐说："昨天傍晚那二十个身材魁梧，默不作声的人绝不是难民，他们是被 ISIS 招募的欧洲人……是雇佣兵。"我的分析让大家都震惊了："博士……

这是真的？"我继续对几个人说："毫无疑问现在货船的方向是叙利亚，他们可以胁迫另外五十个人一起参加ISIS，而我们则是这些恐怖分子的人质。"我看着萨科齐苍白的脸，就安慰他："小伙子不要紧张，你看看两个师姐……要学会镇静和思索。"其实我已经发现伊娃和露西娅的腿在抖，现在的形势对于我们实在是险恶，几乎没有半点胜算，就连我的内心都觉得有些慌了。可我是长官，决不能让他们看出我的软弱，于是压低了声音说："现在我们应该努力逃出去，绝不能在这里坐以待毙。"萨科齐哭丧着脸："他们把门从外面锁住了，怎么出去呢……"

　　船长室是甲板上层舱室最靠后的一间，伊娃观察着那个唯一的小窗户，"这个窗户比一般的舱位大，啊……还有个外圈……原来这是门改的！"我一下子想起了比利时指挥官说的：这艘货船是用退役的德国军舰改装的……于是对他们说："大家再好好地找找，看看还有什么可以利用的地方。"我回忆着甲板上的布置："从后向前……后甲板和高射炮的一部分，被转圈做成了水手们的休息室，再向前就是船长休息室……向前是个放置食物和淡水的储藏室，然后是餐厅，最前面就是驾驶舱。原来前面放置大炮的地方，改成入底舱的装货口和前甲板轻浮物品货位。"船长休息室是两间房子，地面上镶嵌了木地板，墙面也被装饰板覆盖，卧室里有一张大床和一个小卫生间，外屋是客厅。"先把墙板拆下来……"卫生间里有一块一米长，八厘米宽，大概五毫米厚的扁铁，我们用它很快就把周围的装饰板拆下来一圈，一看那些墙壁都是用五毫米的钢板和槽钢焊起来的，根本没有一丝的缝隙。"拆地面……"我一边说一边就动起手，地上合成地板是镶嵌的，就是一片插入另一片的那种，只要撬起一块儿来其他的就好办了。伊娃看着手表，心慌地说："快天亮了，那些人要是进来可怎么办？"甲板上的动静很大，我心想："这些人一定在寻找萨科齐和我，还有其他的人……不行，要加快速度。"想到这里我使劲地拆着地板，忽然我发现就在窗户的下面，有一个一米

见方的铁盖子，被一个铁闩插着，铁盖的中间还印着德文："弹舱通道"。我知道底舱没有什么改动，"这下面一定是个通到底舱的梯子……"萨科齐激动地就要去揭开盖子，我拉住他，先把耳朵伏在地上仔细地听了一会，然后说："下面没有人，可是我们还没有弄清，这里到底是底舱的什么位置……"大家面面相觑，要知道脱离了船长室不等于逃出去了，要是正好落在那些人的手里，那就一点希望都没有了。我琢磨着："怎么办呢……爷爷常说，不入虎穴焉得虎子，下吧，绝不能在这里等死……"我们把船长室的灯光关闭了，然后转动了铁闩打开了舱盖，下面果然是一个斜着下去的铁梯。我把手指放在嘴唇上示意大家不要作声，小声嘱咐道："我先下去……萨科齐最后，明白吗？"

我摸着黑，手里举着那根扁铁，慢慢地向下走了大概二十级台阶，发现这里是一个单独的小屋，大约二十平方米的样子。我心想："可能这是高射炮的弹药库，他们改造的时候没有动它……"我拿出自己的手机，点亮小灯寻找通底舱的门，嘿嘿，有一个双扇的门从外面被一根细铁丝捆着。我停下来，小声招呼着上面的人："你们慢慢地走下来，千万不要出声。"我看到大家都下来了，就使劲地用扁铁把门外的铁丝弄断，现在四个人终于到了底舱。我判断了一下方向，一抬脚就踩在一个软软的东西上，接着就有"呜呜"的声音在响，我拿手机的灯光一看："哎呀，这不是指挥官德布劳内吗？"原来我一脚就踩在他的胸口上。旁边还有一个人也和他一样，被捆得像根棍子一样直直的，嘴被胶带纸缠着。他们两个脸上紫一块青一块，那模样分明是被狠狠地打了一顿。我们迅速地弄断了绑在他们身上的宽胶带纸，撕扯嘴上胶带的时候，把指挥官的胡子都带下来了，疼得比利时人"嗯嗯"地捂着嘴，也不敢大声地喊出来。露西娅急切地问他俩："指挥官……船长，这究竟是怎么回事？"德布劳内"唉……唉"地直叹气："都怨我，心软了一下，要是在马耳他坚决不同意他们上船……就不会出现这样的问题了。"船长不同意他的说法："在科西嘉上船的三十个人，里面就有坏人，加上叛

94

变的船员，他们那时就会强行登船的……"这时德布劳内转着手腕，转过头来抱怨地说："你们国际刑警……事先就一点消息都没有吗？"这个时候我无言以对，只能赶快制止他们大声说话："嘘……小声点，先看看我们自己的情况吧……"

　　黑暗里看不见指挥官德布劳内的面部表情，可他的话语就表露了他内心的沉重："我的人……已经被那些家伙杀害了五个，梅特林克、恩格勒……他们都是二十几岁的年轻人啊，都是由于我的轻信和不谨慎造成的，我真是……不能原谅自己！"原来就在三点多钟的时候，德布劳内去查岗，也就是那些坏人动手的时候。他们先派船上的水手下到底舱，然后趁楼梯口的警卫不注意，一下子上去几个人，就这样把四个舷梯口的警卫都杀害了。最后的那个比利时警察警惕性比较高，他拔出枪来开了几枪，但还是被暴徒们开枪打死了。德布劳内说："我觉得有问题，就和船长一起去看，没想到一下子就被五六个暴徒围了上来，我看到他们每个人手里拿着我们的手枪，就明白了我的人已经被害……"可以想到，那几个在休息中的比利时警察，在睡梦中一定也被缴了械。船长叹着气："你也别自责了，这件事情可能他们早就计划好了，我的大副兼轮机长是叛变船员的头头，刚才就是他领着人把我俩捆起来扔到底舱里的。这个货船运营了五年，一年前船东要更新船员，轮机长是那时候被雇用的，当然是船东亲自选择的，还有六七个船员也是跟着他来的……现在想起来，他们和那些暴徒都是一伙的。情况非常明了，人员就剩下六个人了，十件武器全在对方手中。"船长还是有些弄不清楚："他们杀人抢夺货船，难道只是为了不去利比亚……这些人的目的到底是什么？"

血腥航程

我将自己的判断告诉了船长："他们是 ISIS 招募的雇佣兵，抢夺我们的船是为了去叙利亚和伊拉克，然后胁迫在马赛上船的五十个人，也加入他们的队伍。没有杀我们是需要有人质，在路上遇到障碍的时候用人质来谈判。"我的这番话，使船长和指挥官一下就明白了："啊……不用再说了，这个分析完全正确……"现在大家所想是一样的："下一步怎么办？"我想了想："既然没有夺回货船的能力，那就只有一个计划，放弃船只逃走……"船长问："大家都会游泳吗？"萨科齐弱弱地说："我不会……"船长小声说："把解决救生衣的问题交给我吧……"德布劳内说："我还有四个人，现在也不知道是死是活，我不能走……"伊娃问船长："我们难道还能跑上甲板……再跳进海里？"船长停顿了一下："放心吧，这事儿要快，不然被叛变的水手们找到，可就没有机会了……"我忽然想到了是怎么回事："您是说……打开船底的海底门？"看来船长已经下定了决心，所以他也不回答，在黑暗中摸索着侧面的舱板，领着大家向底舱中间的位置走去。在货船发动机的隆隆声中，那个地点很快就到了。都知道海上船长有关键的三件宝："启动船的钥匙、食物舱的密码、海底门的锁扣。"船长掏出自己的锁匙，在一个箱子里找到一大堆救生衣，他督促大家都穿上，每个人的救生衣里还放了一瓶淡水，船长说："这个船的海底门，是德国人设计的一种特殊装置，不像以前那种打开以后，海水就涌了进来。而是侧面有一个小屋，人进去以后，先把对大海的铁门打开，就在海水进入小屋里的时候，小屋的人憋住气进入大海，小屋的门就会关闭，然后通向底舱的门打开，小屋里的海水就会流进底舱。就这样每次能释放出两个人，最后的人把海底门打开就不用管它了，船会带着那些强盗沉入大海的……"其实这个装置，是德国军舰释放和回收蛙人（潜水员）的进出口。我心里计算着货船和陆地的距离："至少二三百海里吧……我们能坚持到陆地吗……"忽然我想到了一件事："船长，等等……那上面还有五十个人哪……难道他们也要沉入海底？"船长看来对这件事已经考虑过了："如果我们都死了，那五十个人就会被胁迫成为人类的敌人和凶手，他们会杀死更多的人……如果我们获救，而那些强盗和那五十个潜在的敌人被淹死，你觉得哪样更为合适呢？"船长说的这种权衡结果，在现在情况下毫无疑问是正确的，可是我的心里有个声音一直在提醒自己："那可是五十条善良和无辜的生命啊……"

我想好了一个办法，所以坚持船长在前面领路，他和萨科齐为一组，伊娃和露西娅为一组，我和指挥官最后出去，然后把海底门打开让海水灌满底舱，把货船沉入海底。船长和见习警察先出去了，海水接着哗哗地流进了底舱。该两个姑娘了，她俩眼泪汪汪地看着我，似乎知道我在想什么，我对她们说："快出去吧……时间不多了……"这时候谁也不知道后来会怎么样，只是她们出去还有一线生的希望。当她们也游向了大海，小屋子里的海水就像姑娘们的泪水，把我和德布劳内全弄湿了。"指挥官您先出去吧，我不走了，我想试试和那些匪徒们周旋一下……实在没有办法的时候，也绝不能让这艘船到达叙利亚，不能让他们目的得逞。"指挥官对我说："我也想好了……不下船，还有四个比利时警察，我要救他们出来，如果我们能把那五十个人再争取过来，那就有胜算的可能……"就在这个时候，底舱的后部有灯光闪动，还听到有人在大声说话。我看到旁边有一排铁柜子，那是货船放置大型工具的地方，我和指挥官赶快钻了进去，慌忙中连

另外半边门都来不及关上。接着就有十几个人来到底舱，他们是循着船长室的路线追过来的，手里还拿着备用灯把周围照得雪亮。看着舱底的水一个叛变的水手说："不好了，他们放开海底门了……"另一个看了看说："不对，你看底下这个锁扣……海底门还关闭着，这是船长那个老东西……领着他们从这里逃走了……"有人喊着："他们游不远的，我们赶快上去……用救生艇抓住那几个人。"十几个人拿手电晃了晃开着门的工具箱，又看了看周围就转身跑回甲板上去了。我这时候倒有些心慌了："怎么办呢……他们几个不会出事吧？"德布劳内拉了我一下："放心吧……快走，船长能不懂这些？……他会想办法的。"我们悄悄地摸到前舱，有一堵铁柜子做成的墙横在底舱，能听到有人说话的声音，这就是安置第一批五十人最大的底舱部分。这个时候我手里的扁铁又起作用了，我把焊着铁柜子的钢筋条，使劲地撬了几下，随着"嘎嚓"一声就弄开了，好在声音不大都被底层轮机舱"轰轰"的声音掩盖了。当我俩把柜子慢慢挪开的时候，有一群人表情奇怪地站在我的面前，可是在最前面的竟然是那个埃及人的大黑狗！

　　原来那些雇佣兵已经对这五十个人宣布："货船已经被我们占领了，我们是 ISIS 海军的第一艘舰艇，现在改变航向向叙利亚海岸航行，所有的人都要去拉卡（ISIS 自称的首都），你们每个人都要宣誓效忠……"船上的这些人不明白怎么回事，他们大部分是在荷兰和比利时待了七八年，有的甚至是十几年，兜里挣了一些钱想回家的人。由于北非混乱一直不敢回去，现在局势已经稳定下来想回去看看，当然没有人愿意去当兵打仗当炮灰了。"他们先是把你们的警察杀掉了……然后拉出我们中间的五个人，全是用我们的餐刀……就把头颅生生地割了下来。还把我们的淡水和面包都拿走了，这些人有枪人多还杀人不眨眼，我们都吓坏了……"一个懂英语的难民断断续续对我说着，旁边一个人接过话来，用德语把事情说清了。德布劳内问："你们知道那个 ISIS 是什么意思吗？"一个人回答："大概知道吧，可是我们有国有家，干吗还要去几千里外再成立什么……国呢。"我又问道："那你们对那些人表态宣誓了吗？"有几个人回应："没有，这不……我们正在商量如何办呢……"能看出来他们是真的吓坏了，大家都不知道该怎么办。他们很多人见过比利时的德布劳内指挥官，这个时候把他围了起来纷纷问道："先生……你说说我们应该怎么办？"指挥官把双手平放示意大家安静，同时努了努嘴摆了一下头，站在出口的两个人，向上看了一下接着摆了一下手，意思是上面没有 ISIS 人员。"我们的力量太弱，主要是赤手空拳没有武器，你们先要武装起来就能保护自己不被伤害，然后去争取外面的支持。"我现在领会了指挥官的意图："把他们武装起来，再想办法夺取武器，然后救人抢夺电台，夺回驾驶舱，把船开到最近的国家……"艾哈迈德不知道从哪里钻出来，两手一摊用英语小声说着："去哪里找武器呀……难道要用洛伦兹利定律？"我正好听到他的这句话，看着眼前的贝都因牧民，我心里想："这哪里是牧民……分明就是个物理学家……真的应该对他做一个调查……"不过现在没有时间去了解他。在角落里有一个放食品的铁柜子，指挥官指着柜子说："武器……那不就是吗？"我嘱咐在楼梯口的人注意上面，然后用自己手里的扁铁，把柜子拆成了一堆铁条和铁皮。人们明白了是怎么回事，大家一拥而上把地上的铁条、铁皮都握在手里，叽叽喳喳地说着："我们也有武器了，强盗们再拿小刀来，我们就和他们拼命。"德布劳内看着底舱的四十多人说道："大家必须团结起来，如果他们拉出一个人来，你们谁都不管，那下一个被杀的人可能就是你。只有勇敢的人才能活下去……"人们的眼睛开始发亮，大家看着手里的武器，嘴里念叨着："我们要活下去……我们一定能活着回家。"

现在开始进行第一个步骤，"夺取武器，牵制暴徒……"我和德布劳内站在舱口的两边，一个阿拉伯人对着甲板上喊道："我们想好了，

要和你们的头儿……谈判……"上面的人议论着，一会儿从梯子走下来三个人，两个人在后面拿着枪，一个人大概是个小头头，他手里握着从厨房里拿的一尺长用来切面包的餐刀："怎么，想好了……我们一起去拉卡，到那里挣大钱……"他得意地摆弄着手里的刀子，就在这时候，我从梯子底下跳了出来，用扁铁使劲勒住他的咽喉，那个家伙手脚乱动着，从嗓子眼里蹦出几个字："你……要……干……什么？"站在他身后的人端起手枪正要射击，那只大黑狗不知道从哪儿钻了出来，一下子咬住他的手腕，这时枪响了，子弹斜着射向顶棚。德布劳内喊了一声"上啊……"人们一拥而上向他们几个扑过去，就听到"砰砰"几声枪响，有几个人中枪倒下了，人群迟疑了一秒钟随后又扑了上去，很快那三个暴徒就被人们用手里的铁器捣成了肉酱。初战告捷，德布劳内把一支手枪和长刀留给了难民们："你们放心，现在我们有了武器，那些暴徒就不敢下来了。我们去执行第二步方案，大家必须忍耐绝不能擅自出舱……等着我们回来。"艾哈迈德要和我们去解救其他人，德布劳内比画着告诉他："你留下来，大家要团结……明白吗？"我和指挥官从原路返回去，德布劳内手里有了枪顿时就不一样了，他一路上念叨着："我一定要把那几个部下救出来……"可我的心里却惦记着我的三个人和船长，"他们没有被发现吧？现在船长带着三个年轻人……游出去了吗？"

刚才船长领着萨科齐还有伊娃和露西娅，他们从潜水员释放口游了出去。要说这位船长还是很有经验的，他领着几个人潜游了一会儿，萨科齐和那两个姑娘就憋不住气了，他们使劲地向上浮在海面露出了脑袋，正好那些 ISIS 在船边寻找他们，那些人喊着："船边有人……"紧跟着就是枪声，船长连忙向下拉着这些年轻人，没想到萨科齐呛了一口海水，在海里咕噜咕噜地喝了一肚子，看那样子马上就不行了。船长几乎是夹着他游到了船尾。在推进器（就是螺旋桨）的后部，有一个调节方向的尾舵，在海面上露出了一小段。德国人当年设计这个巨大的钢制尾舵，不知道为什么在舵的两面，都向里留了一个一米宽十厘米深的凹槽，勉强能挂住人的屁股。几个人努力地想爬上尾舵，可是在螺旋桨强大的水流推动下，他们根本无法接近那个巨大的舵板。船长比画着让露西娅和伊娃，从尾舵和螺旋桨中间斜着游过去，自己拖着年轻人使劲地冲向螺旋桨，但每次被激烈的水流一下子推了出来，几经努力终于抱住了尾舵那巨大的钢板。船长推着把萨科齐放在凹槽里，自己在海里使劲地挤着年轻人的肚子，说来也巧那个位置使他们刚好露出了脖子，见习警察开始吐水了，咳嗽了好一会儿，终于可以自由地换气了。船长仰着头看着萨科齐："你呀……真的白叫这个名字了……"接着船长也爬上了凹槽，可是那十厘米的尺寸实在是太小，一会儿的工夫人就累得直往下掉，船长决定向上去，干脆坐在尾舵上。他们四个人气喘吁吁地爬在尾舵的上面，分别坐在舵柱的前后，一个人抱着粗大的舵柱，旁边的人抱着他（她）。四个人把上半身都露了出来，伊娃念叨着："总算可以轻松一下了……"船长一再提醒大家："船舵的下面就是螺旋桨，那是个极端危险的地方，掉下去可就没有活着的机会了，大家一定要注意。"就在他们刚刚坐稳的时候，船上的暴徒发现了在船尾下面的四个人。原来，船上雇佣兵有一个首领，那是个具有极端思想的北欧人，他叫比尤斯滕，这个家伙最早赶赴伊拉克，后来又去了叙利亚。是他回到欧洲各地，招募了这些具有乌七八糟想法的人去中东，要为ISIS在战场上拼命。比尤斯滕就是这次行动的总指挥，当他发现重要的人质脱逃以后，命令手下必须把他们找到并抓回来："要知道，前面会有很多的封锁线和各国的军舰，这些人就是我们手里的砝码。"

暴徒们开始在甲板上仔细地观察海面，他们发现有人露头然后就不见了，几个叛变的船员分析着："按照我们现在的航线位置，这些人是无法游到陆地的，应该特别注意船尾……"那个船舵是缩在船尾里面的，从甲板上看不到那里的情况，就是用枪也无法射击。

于是暴徒们用缆绳系腰，逼着四个从科西嘉上船的难民下来抓船长。这里不得不再提一下那三十个人，在那些难民里只有五六个人是具有极端思想的人，但是他们胁迫其余的人："现在船只被我们控制了，大家都得去拉卡，早宣誓效忠还会有好的待遇，反对的人只能处死……"被缆绳吊下来的人张着两只手就扑向船长他们，船长示意萨科齐、伊娃和露西娅向水下去躲避，自己却站起来和那个家伙搏斗，被吊着的家伙晃来晃去的够不着船长，他喊着上面向下多放绳子。这时候另一个人也接近了尾舵，船长站在尾舵的上面抱着那根舵柱不动，等到第一个家伙的脚刚登上尾舵，他使劲地用脚一踹，那个人对着螺旋桨就掉了下去。另一个人发现不好，连忙喊着"绳子……"其实是要上面把他拽起来，没想到，上面"骨碌碌"又放下来很长的一截缆绳，没等他站稳呢，船长毫不犹豫地把第二个人也推了下去。能看到尾舵周围的海水，向上翻滚着一片血红，有一个人的头颅飘了几下又沉了下去。

甲板上面的人感觉到绳子被使劲地向下揪了揪接着就断了。他们一直在喊那两个人，看见没有动静，就又吊着放下两个人来。伊娃和露西娅扒着尾舵在水里泡着，那个萨科齐可就受不了了，他使劲地爬上了尾舵，脚站在那个凹槽里，一抬头就看到一个身体强壮的雇佣兵，手里挥舞着手枪正对船长喊着："老实点……我会随时开枪的。"萨科齐连忙弯腰低下头，紧贴着尾舵不动，听着上面的动静。那个家伙端着手枪眼睛使劲盯着船长："你还真的了不起呀，干掉了两个，在哪个军队服役？对了，和你在一起的那几个人都哪儿去了……"船长的眼睛一直紧盯着他手上的枪，随时寻找机会想干掉他。没想到那个雇佣兵很有经验，他拿枪顶着船长的脑袋，让船长转过身去，那家伙还一直不停地和他说话，这样是为了使对方思想不能集中，以减弱自己的危险性。船长顺从地转过身去，ISIS雇佣兵飞快地把自己腰上的绳子解开了，他一只手拿枪用另一只手绕着船长，就在这个时候，萨科齐一下子站了起来，双手揪着那个家伙的脚使劲地一甩，那个 ISIS 雇佣兵站立不稳，双手又没有抓的地方，一下子就贴着尾舵掉到海里。那个钢铁尾舵的直角边，把他的身体从前面几乎切成了两半，肠肚和碎肉血淋淋地挂在露出海面的尾舵上，吓得后面的人揪着绳子自己就爬上去了。船长上下仔细打量了一下萨科齐，然后伸出大拇指："小伙子，好样的！"

就在船长和暴徒做殊死搏斗的时候，他们已经把 ISIS 那些人的大部分注意力吸引过去，这就使我和指挥官在完成第二步计划时减少了压力。我和德布劳内从底舱出来，又通过弹舱室顺着楼梯回到船长休息的房间，看到房间的舱门铁锁已经打开，还露着一道缝隙，可以感觉到甲板上的人很少，我猜想："大概是在用午餐……"后来才知道他们都集中到船尾，去对付船长和伊娃他们了。我对德布劳内说："指挥官，我觉得应该先夺取电台，把船上的情况发送到外界，或许能有其他国家的军舰赶来驰援，这是我们的当务之急……然后再去营救我们自己人，和那些被他们关押的难民。"我说话的时候，特意把自己人这个词说得很重，表明在我内心都是自己的兄弟。德布劳内考虑了一下："好吧，我们先去电报室。"我和德布劳内贴着储藏室走向驾驶舱，从船头走过来一个人，他打量着我和德布劳内，说实在的我手里握着扁铁还是紧张得哆嗦，不过他没说话慢慢走了过去，总算是又松了一口气。要知道在马耳他，那些人上船的时候正好是黄昏，他们怕被人发现一个个包裹得很严，自然对我们也没有印象。再一个就是整个甲板上是三拨人：叛变的水手、科西嘉上船的三十个人、马耳他上船的二十个雇佣兵，相互之间大部分是不认识的。现在那个 ISIS 总头目比尤斯滕，正在货船的尾部指挥人去抓他们的"人质"呢，所以甲板前部只有稀稀拉拉六七个人。

我们来到驾驶舱，一个水手正拿着望远镜观察远处，货船处于自动驾驶状态，驾驶舱里面小屋就是电讯室。我们迅速推开小屋门进入

电讯室，赶快把门插上。德布劳内问我："你会使用吗……"我二话没说走上前去打开电源，"嘿，这家伙，用的还是最新型的软件无线电……""你说什么……软件？"看来那位指挥官对电子系统真的认识不深，所以我一边操作一边给他解释着："软件电台是这几年刚更替的，它和上一代数字电讯的区别是：除了射频滤波、低噪声放大和功率放大外，电台的其他功能都利用数字处理的器件，通过软件编程来实现，并可通过检测传播路径来选择适当的调制方式。"我知道专业用语一般人根本听不懂，所以也不管他那稀里糊涂的样子，只管自己摆弄着电台，我先确定自己的经纬点，然后快速发射了SOS的求救信号，接着我向欧盟难民事务委员会发了求救电报："……运送遣返难民的比利时货船遭到ISIS袭击，现在船已被暴徒占领，暴徒人数六十人有武器，护送人员损失多名……船只航线为叙利亚……速度二十八节，暴徒目的地一拉卡。比利时指挥官德布劳内，法国（ICPO）布里斯·叶赫。"当最后一个字母发出去以后，我觉得心里的一块大石头终于落了下来，"从现在开始，两个小时之后应该有人来营救，我们能做的都努力去做了，现在只能听天由命……"指挥官念叨着："快，别叨叨了，我们去营救我的那四个警察……"我有些着急地反驳他："别老是你的你的……还有船长和我的三个部下呢……"我和德布劳内走出电讯室，和那个水手打了个招呼："好好掌舵，走啦……"那个家伙还在用望远镜四周观察，头也没回地说了几句："好啊……好啊，没问题……"

我俩这回干脆大摇大摆地走向船员休息舱，这时候才看到船尾甲板上，有三十几个人在那里忙活，还有几个船员向海里放救生艇。我几乎要喊起来："他们是要逃跑？……不对……应该是我的人有危险……了！"德布劳内没有反应，他的注意力都在船员休息舱呢。指挥官端着枪向前走，我回头望了望，也只好跟在他的身后一间一间地检查。忽然从小小的圆形小窗上看到，一个房间的床上有一摊血，还有一个人被捆着躺在那里。我顾不得许多，用扁铁使劲撬着铁门，接着两个人一起撞向那个门，"哗啦"一声门开了，原来那几个比利时警察都被关在这里。可是这几个人都受了重伤流了不少血，有一个警察胸部被扎了两刀，已经昏迷不醒了。那些歹徒们在抢夺武器时，用刀在他们每个人身上捅了五六下，然后用胶带把人绑成了直棍。德布劳内一边解他们身上的胶带，一边咬牙切齿地发誓："我一定要为你们报仇……不放过一个……"可是还没等我们决定怎么把那些伤员带出去呢，已经被 ISIS 的人团团地围住了。那个叫比尤斯滕的匪首冷冷地说："好啊……自投罗网，这一回我们一定会顺利到达叙利亚。"我的心里那个别扭："明知道无法解救他们，却硬要来试试，这不就是自投罗网吗……"要知道，我的心里惦记着船长和伊娃、露西娅和萨科齐，"难道他们也被暴徒们抓住了……"

匪徒们确实计划得很好，他们发现我和指挥官在甲板上露头，那个匪首分析着："一定是准备救他们的人……这一回可不能再让他俩溜了。"ISIS 的人假装没有看到我们，几十个人聚在船尾，当他们发现我们进入关押着那四个警察房间的时候，二十多人就围了上来。而另一伙人把两个救生艇都放了下去，每个救生艇上有三个人，其中一个匪徒持枪，两条小船从左右两侧夹攻尾舵。船长看着靠近的匪徒，叹着气对伊娃、露西娅和萨科齐说："这一回我们是躲不开了，不要再做无谓的抵抗……"就在这个时候，也不知道是怎么回事，船尾的海面"扑通扑通"地发出了一些响声，紧接着就从海里钻出了几个全副武装端着自动步枪的人。伊娃大声喊着："特种兵来了……是来救我们的……"那些小船上的人一看连忙开枪射击，可是他们哪有人家的反应快，"嗒嗒嗒……"就听到一阵连射，两个船上已经没有活人了。伊娃对着在海里漂浮着的武装人员说："我们是法国的 ICPO（国际刑警），这位是比利时货船的船长，在船上还有我们的人……被 ISIS 抓

走了。"那些士兵漂浮着身体，用手示意伊娃和船长他们不要动，随后那几个人用电磁索甩到船体上，"噌噌噌"地爬上去，接着就攀登到船的甲板上了。

几个壮汉拧着我和指挥官的胳膊，把我们拉到甲板上，那个所谓的首领要审问我们。几乎就在同时听到有东西掉在甲板上，接着就响起了枪声……原来有两个全副武装的人，也不知从哪儿来的，掉在甲板上，立刻被警惕性很高的ISIS人员开枪打中了，他们慢慢地向那两个人靠近。甲板上的人看着天上念叨着："根本就没有见到什么飞机、滑翔机……"有人议论着："他们是伞兵……可是身上也没有降落伞？"当他们还在琢磨这两个人是从哪里来的，从海上登船的那些特种兵的自动步枪就响了起来。甲板上两个被击中的人一下子跳了起来，手里的枪愤怒地向暴徒们射出了子弹。那些人放开我和德布劳内，保护着他们的首领躲了起来。有枪的ISIS人员不断在抵抗，其他的人则四散而逃。指挥官马上回到船员舱里，去保护那几个受伤的弟兄。我在甲板上对武装士兵大声喊着："我是法国ICPO，这里有五个比利时警察，在底舱里还有五十个难民……甲板上都是暴恐分子，快消灭他们……"我数了一下这个小分队一共六个人，他们全副武装身着海上漂浮迷彩，戴着头盔，脸上还画着战斗妆，两人一组用手势沟通，动作机敏战斗力极强。我观察他们："没错，是特种部队……只是他们的衣服很特殊，好像向外放着不断改变颜色的光芒……不过现在军队的装备都很先进，他们到底是哪国的军队呢？"甲板上横七竖八地躺着二十几具尸体，特种兵开始分成三个小组清理残匪。一个指挥官模样的人用手势让我带路，我从地上暴徒的手里捡起了两支手枪，心想："一共十把手枪，现在那些暴徒的手里还有武器……"这时德布劳内走了出来，我向特种兵们介绍了他，德布劳内说："……你们来得这样快……是哪一支部队……"看到没人搭话，他自己又接着说："发出电报……这才五分钟，难道在附近有欧洲的潜艇？……也只有潜艇在附近才能用这个速度赶到船上。"

这时候船长领着萨科齐和伊娃、露西娅，攀爬着救生艇的吊绳来到了甲板上。那两个女警不顾一切地扑上来，抱着我又是亲吻又是落泪，我也真的陪着她们掉了几滴眼泪。船长拍了拍萨科齐："小伙子很勇敢，好样的……"我们先收复了驾驶舱，船长嘱咐我："那两个匪首……轮机长和比尤斯滕……一定不要放过。"和萨科齐各带一组特种兵，由伊娃和露西娅领着第三组，我们开始分别清理船上的暴徒。那些特种兵好像都是哑巴一句话都不说，接着我就领着他们到了底舱，当我挪开铁柜子一看，艾哈迈德躲在角落里，那些难民还在守着楼梯，他们说："没有暴徒再下来……"我告诉大家："等我们把坏人都清理干净，你们再上来……"接着我对艾哈迈德说："抽时间……我有事要找你了解一下。"我领着两个士兵继续开展搜索，从科西嘉上船的那些人大部分是被逼迫的，现在一些人又跑回自己的舱里，老实地等着我们抓他们呢。我们迎头碰上了萨科齐领着的那组士兵，他们也没抓住轮机长和比尤斯滕，看来那两个 ISIS 头目是躲起来了。忽然我想起了一个地方，"走，轮机舱。""已经去过了，没有啊？""再去检查一下……"我来到轮机舱，发动机在轰轰作响，只有一个年轻水手在工作，他有些害怕地说："是他们逼着我反对船长的，可我一直在看着机器，什么都没做啊。"最后经过清点，暴恐分子被打死了三十人，包括招募的雇佣兵十五人，叛变的水手五人，马耳他上船的十人。其他有十个人负伤，整个暴恐分子除了那两个匪首逃走外，剩下的人都已经被抓了起来。

已经是傍晚了，船长重新挑选了几个船员和帮手，让船只恢复了正常，但是现在根据船只航行的路线，最近的港口是埃及亚历山大港，最后德布劳内指挥官决定："以最快的速度，驶向亚历山大港，需要尽快治疗我的部下……"特种兵们比画着向我们告别，我奇怪地问他们："你们是怎么来的……这，又怎么回去呢？"那些发着五颜六色

光彩的特种兵们微笑着不说话，接着顺着船帮用自己的绳索下到海里，我们在船舷边看着他们漂向大海，慢慢地那六个彩色的光点被黑暗笼罩了。

第四章

危险旅途

　　凡事必须要有统一和决断，因此，胜利不站在智慧的一方，而站在自信的一方。

——拿破仑

撒哈拉沙漠

北非沙漠那样的浩瀚，片片绿洲与黄沙相伴，
天空飞鸟和驼铃为舞，连绵的沙丘清晰可见。

湖水在荡漾清波闪闪，沙坡迎风似流水蜿蜒，
背风之处那流沙如泻，沙棘和驼刺蓬勃再现。

骆驼羊群和白云连片，贝都因帐篷星星点点，
他们是这沙漠的主人，在这里代代生息繁衍。

坐在连绵的沙山之巅，观望大漠日出的绚烂，
目睹夕阳播撒的光辉，大地染成金色的家园。

——诗人秋叶

意外转折

货船终于停靠在埃及的亚历山大港，特意从荷兰赶来的欧洲难民事务代表在港口接见了我们，他说："……我深切地悼念那些遇害的警官，感谢诸位为了这次任务做出的牺牲，埃及政府已经慷慨承诺，会把那几十个难民送回他们的祖国……也绝不放过极端恐怖分子。"

货船船长开始招募自己新的船员，同时抓紧联系装载返回欧洲的货物。德布劳内警官则忙着安排那些负伤的人员就医，而我们因为还需要

调查预定的案子，不得不向他们告别。我心里一直记着艾哈迈德，正要去找那个贝都因人，却发现艾哈迈德和另外两个人，被埃及警察带走了。我上前了解了一下，原来是有人向警方检举，说他是极端恐怖组织的成员。艾哈迈德看到我，边走边扭过头来喊着："警官……我不是……我什么都不是……"告别的时候，比利时指挥官反复告诫和提醒我："预祝你们一路平安……记着不管做什么事情，首先要安全第一，这是我们得到的最大教训。"我的两位美女抱着那位货船船长，又哭又笑地亲吻着船长的面颊，周围所有人的眼睛，都放射出嫉妒的光芒。而那位比利时警官德布劳内，还是一本正经的样子，他严肃地和我们每个人握了握手就转身告辞。

亚历山大港是埃及在地中海的港口，也是埃及的第二个大城市，首都开罗在它东南二百公里的地方，这座城市有三百多万居民。港口始建于公元前 332 年，是按照奠基人亚历山大大帝命名的，它是古代欧洲与东方贸易的中心以及文化交流的枢纽。埃及的纺织、造船、化肥、炼油等工业企业，都集中在这个城市。港口的国际机场，每天有航班飞往世界各地。要是仔细观察，它的市区位于尼罗河口以西，宛如一位淡妆素裹的少女，侧卧在地中海之滨，显得异常娴静和美丽。城市面临地中海，东南靠着迈尔尤特湖，是一个东西狭长的区域。受海洋气候影响，这里既无严寒也无酷暑，海湾显得十分辽阔，沙滩以洁白美丽而著名。亚历山大阳光充足空气清新，一年四季总是鲜花盛开树木常青，是举世闻名的旅游胜地。由于历史的延续，亚历山大港非常国际化，除了阿拉伯语外，还流行欧洲的好几种语言，在这里几乎没有语言障碍。

我和当地的警局联系了一下，向他们讲明了身份："我们正在调查的案子是国际大案，需要艾哈迈德·本·乌尔德的协助，如果核查该名男子确系不是恐怖组织成员，请将他暂时交给我们，以配合我们对案情的深入……调查。"总之希望能得到当地警方的支持，亚历山大警察当局在请示开罗之后，我们得到了埃及内政部的答复："请于两天以后，在开罗的国际刑警分局，双方进行工作会谈。"现在一下子就有了两天的时间，我决定先在这里休整一下，有必要向巴黎中心局报告整个遇险的经过。还有就是大家的衣服没法再穿了，尤其是那两位女士急需再添置几件。大家还需要把精神松弛一下，经历了这些危险，身心都太疲惫了。"休整以后，再开展下一步的工作。"我们在亚历山大警察局附近找了一家旅馆，大家都疲惫不堪地回到自己房间去休息了。

因为经过海水浸泡我们的手机都不能用了，我用旅店的电话，向阿尔弗雷德长官报告了地中海上的经过，以及下一步工作安排。他沉默了好一会儿，最后说："我要向局长报告，为你们请求嘉奖。现在工作还没有开始，你们一定要注意安全。"我的 P2P 支付网络里还有十枚比特币，那是逝去的"公主"留给我的，我思前想后地考虑了好一会儿，最后还是决定给萨科齐、伊娃、露西娅每人一枚，"币值一万美元，可以买一大堆衣服了……"我觉得非常疲倦，躺在床上一下子就睡着了。可是睡梦中从头到尾，竟然是在寻找一个人—艾哈迈德。不知怎么我一下子坐起来，仔细想着梦里的情景，我相信自己的直觉："这个艾哈迈德被擦肩而过是我的疏忽，这一回绝不能再放过他了。"

足足睡了一整天，我们这几个懒虫终于在大街上露面了。我向大家宣布任务："上街购物……"先是一阵欢呼声然后就沉寂下来，伊娃最先发难："博士，就看在我们三个在恐怖分子的袭击下，泡在海水里整整一天，你……是不是要奖励每个人一条裙子？"露西娅也大声地附和着："要不就送一身女士西装……"萨科齐吭吭哧哧了半天，也没有敢说出他的想法。我马上告诉他们："放心吧，每人送一枚比特币，现在就去兑换……"所有的人都惊呆了，伊娃结结巴巴地问："什么……一枚比特币？你……你……"我平静地回答她："是'公主'留给我的……"人们不作声了，两个姑娘的眼睛里充满了泪水："博士，我们是开玩笑的……我……那是您的……亲爱的人留下的纪念……"我淡淡地笑了一

下，掩饰着内心的伤感，然后对他们说："我们小组的每一个人，都是我的亲人……"萨科齐这时愣头愣脑地说了一句："比特币一枚，现在可是一万美金啊……我，我将来可是……还不起您！"

我们走在大街上，看到亚历山大市区的高层建筑，和那些超级市场鳞次栉比，各种类型的饭店酒楼比比皆是。那些欧美顶级酒店的显著标志，在楼顶和街边挂得到处都是。霓虹灯做成的各种标志，始终在城里竞相耀眼争辉，各条街道都显得极其繁华和热闹。我领着他们在那些高档商场里买了好多东西，伊娃大声说："博士，我可不能白拿你的钱……这样吧，我把自己卖给你好吗？就值一枚比特币。"露西娅好像也很着急的样子："博士，她卖给你是当厨娘的，我把自己卖给你可是做新娘的啊……哈哈哈。"大街上的人们看着我们几个年轻人，那嘻嘻哈哈快乐的样子，都投来了善意的微笑。我们来到一眼望不到头的海滨大道上，左边是浩瀚辽阔的地中海，右边就是那些错落有致，绿树成荫的现代化建筑。海滨大道上花草争艳，景色迷人，大道的东端是当地人叫夏宫的蒙塔扎宫，而西端则是蒂恩角宫也就是冬宫，两处都是花木丛生的风景区。城市的南端还有著名的庞贝柱和陵墓等多处古迹。我们坐在海边，可以看到沙滩绵延到很远很远，游客们在游泳和划船，有很多的欧洲人在海滩上晒着日光浴。待了好长的时间，我对几个部下说："走吧，我们也该回去商量下一步工作计划了。"

回到饭店，两个姑娘就急切地要换新衣服，我只好在自己房间里等着。一会儿，她们衣着光鲜、香气四溢地露面了。我笑着把自己的想法对他们说了："下一步工作重点是两个人，艾哈迈德和阿迈德王子。"一说到艾哈迈德，那几个人都奇怪地看着我，萨科齐问："长官，艾哈迈德……就是那个沙漠里的牧人……他怎么啦？"我对大家说："对了，就是这个艾哈迈德，他一定掌握着一些我们不知道的秘密。是我忽略了他，现在不能再把机会丢掉了。对艾哈迈德，我们会向埃及当局提出要求，在本人同意的前提下随行调查。"我停顿了一下："但是对阿迈德王子的调查不能等，要尽快开始，所以我决定，调查小组明天晚上从开罗乘飞机到迪拜。一、明天到开罗，和埃及的警方会谈，提出我们的要求把艾哈迈德交给我们。二、分成两组，一组人留下陪着他，等候对艾哈迈德的审查。另一组人员去迪拜。"伊娃和露西娅噘着嘴："博士，肯定我们是留在开罗了……"我点了点头，"你们还没忘记前几天的事情吧，不要争……留在开罗也是很重要的。"两个女警起立严肃地齐声说："一切服从长官指挥。"

一早从亚历山大乘大巴车出发，两个小时左右，开罗这座非洲最大的城市就屹立在眼前。开罗是埃及的首都，它横跨尼罗河，是整个中东地区的政治、经济、文化和交通中心。大巴司机用麦克风讲解着开罗的历史和现在："开罗气魄雄伟风貌壮观，它是世界上最古老的城市之一，也是当今世界上少有的，遭受战争破坏最少的古城，而且经过历代王朝和政府不断修建和扩建，形成今天这个古今并存，互相辉映的大城市。"汽车载着我们穿越了整个城市，能看到城市的西部，有大量建于 20 世纪初欧洲风格的楼房，而城东则以古老的阿拉伯建筑为主。整个城市到处可见最明显的建筑是高高的宣礼塔和清真寺。在阿拉伯语中，宣礼塔称之为"弥沾恩"，指宣礼员站着呼唤人们祈祷的地方。从公元 7 世纪起，随着伊斯兰教在西亚、北非一带广泛传播，清真寺建筑艺术不断发展，宣礼塔也演变为各种不同的式样，成为清真寺建筑不可缺少的一个组成部分，也成为开罗城区的一大亮点。一踏上开罗的土地，就感受到了现代埃及的一大特色一到处有很多头戴黑色贝雷帽，身着黑色粗呢制服，脚蹬黑色陆战靴的警察。更令人称奇的是这些警察，都像是一个模子里刻出来的，每人留着两撇小八字胡，人手一支著名的 AK-47 冲锋枪。我在想："这说明了埃及政府对恐怖分子实行的高压政策，和对国内治安情况的重视……"大家还发现一个特点，阿拉伯人不太喜欢严格的规章制度，只要看到埃及的交通状况，

就让大家熟悉了阿拉伯人的这一特性。我们在城市的主干道上，很少能看到红绿灯，因为红绿灯对埃及人来说，没有任何意义。为了解决十字路口让人头疼的交通问题，政府干脆取消了十字路口，来去只有两条单行线，马路中间拿花坛隔离开，每过一段路会有一个左转弯路口，以便调头到反方向去。

我们来到埃及内政部大楼，这里戒备森严，自从 2011 年所谓的"阿拉伯之春"掀起了国内大动乱以来，内政部成为最受争议和饱经冲击的部门。我把国际刑警的证件出示给内政部官员，他们非常客气地接待了我的小组。一位四十多岁壮硕的警察准将名字叫史瑞夫，他对我说："现在我们的国家总算又安定下来……感谢真主保佑。"会谈十分融洽，埃及警方对我提出的几点请求十分重视，他们明确地回答："关于艾哈迈德，如果落实他不是极端恐怖组织的成员，警方不仅会把他尽快放出，而且也会要求他积极配合国际刑警调查办案。即便他确实是曾经参与过恐怖活动，我们也会给他一次机会，以便能配合国际刑警的工作。"出于经历了海上的恐怖事件，我请求向埃及警方借用轻武器，并允许在埃及境内使用。对于这件事他们显得十分慎重："我们的法律规定，非本国武装和警务人员，不得在本国境内携带和使用武器，但是……如果我们是联合办案的话，作为邀请人员，在身穿埃及警务服装的情况下，可以考虑这个要求……"我知道人家说得没错，但是这就丧失了办案的主动权，另外还要请示法国国际刑警中心局。我放弃了这个提议，而请求埃及内政部授权，需要各省警察部门对我们工作进行配合。史瑞夫准将微笑着说："放心吧，这个没有问题，我们会马上把通知发到各省警察总部。"随后他又关心地问我们在开罗的住所，当得知我们还没有确定，他爽快地说："为了安全，请诸位先生和小姐，就在内政部的宾馆住宿，这样也便于联络你们……"史瑞夫准将风度翩翩，我们那两个女警官的眼睛一直都没离开他的身上。听他讲是在英国警察学院毕业的，无论英语还是法语都非常精通。

倒是人家对我这个亚洲面孔十分惊奇，当他知道我是来自中国的华裔，就大声说"China？真想不到，您这样年轻就已经是高级警官了……您的警衔在埃及，相当于我们的警察上校啊……"伊娃有些不以为然地说："我们的长官十六岁就是美国三个专业的博士……"史瑞夫警察准将用法文说着"ébnnant，eformidableébouriffant，eétonnant，e...（真的太令人惊讶了）"

　　还有半天的时间，就像到法国要去埃菲尔铁塔，在中国一定要登长城那样，来到埃及也要去看金字塔，而著名的吉萨金字塔群，就在于罗城的西南不远的地方。我和部下们商量："来了开罗一定要去看看金字塔和博物馆……"我们租了一辆的士，让司机在开罗的中心大道绕了一圈。开罗这个埃及的首都，让人感觉到城市太古老了，有一种老旧灰暗色彩的繁华。街上的车辆大多很破旧路况也很差，两车道不时就被挤成三车道，马车大摇大摆地在主路上与汽车赛跑。无论是宽阔的六车道还是那些小街小巷，开车的人颇有些狭路相逢的感觉。整个城市的交通显得没有章法，人们开着车互不相让簇拥前行，再宽的路也会变得狭窄不堪。司机载着我们沿着高架道路行驶，越过建筑林立的吉萨区。在一片黄色沙漠中，穿过成群结队的旅游大巴和警车，金字塔群就出现在我们的眼前。站在由巨大石块堆砌成的金字塔前，每个人都会感觉到自己的渺小。听司机介绍说，那些巨石每块都重达数吨，真不知道几千年前的修建者，是如何将这些庞然大物堆砌到近一百米的高度上的。在埃及，那些古时候的神庙和神像以及纪念碑，都是由巨大的花岗岩建造而成。萨科齐思索着问我："长官，那些运输和起重的措施，古时候的埃及人是如何实现的……"

　　接着我们来到埃及国家博物馆，里面的展品真是金碧辉煌，我觉得，这些都使埃及有理由为自己的古老文明而骄傲。法老图坦卡蒙，葬于公元前13世纪，他住在金碧辉煌的函棺里，戴着极其精美的黄金面具，还有玉女和铜武士伺卫着。在埃及国家博物馆一个专门的展室里，展示

着图坦卡蒙金光闪闪的面具。周围站满了各国游客，大家都为它的精美华丽而赞叹。人们在走进博物馆以前，都会预先得知这个年轻法老的毒咒："死亡将张大翅膀扼杀，敢于扰乱法老安宁的任何人。"这句恐怖的咒语，使人们在进入展室时，都会屏息噤声，带着惊讶和敬畏悄悄地参观。不知道是故意渲染神秘感还是真有其事，据说有很多人应验了咒语，导致了许多的神秘死亡。我在心里想着："尽管有咒语存在，可是这位法老注定得不到安宁，因为每天来博物馆参观的人成千上万，他们可都是来看望图坦卡蒙法老的……"

晚上，我和萨科齐要出发去机场了，我把伊娃和露西娅安排在内政部的宾馆，再三嘱咐她们："不要远去，如果艾哈迈德被释放，一定要控制住他等我们回来，现在他是我们办案中最可能的知情人……"我和萨科齐匆匆赶到开罗机场，我们那班飞往迪拜的飞机，是夜里十二点起飞，就是人们常说的"红眼航班"。飞机一起飞，我就精神松弛地呼呼大睡起来，因为案件的进一步调查，总算是开始了。

到了迪拜坐上出租汽车，我们从机场向市区行驶，能看到迪拜有着众多的清真寺，那是供穆斯林礼拜之用。我特意嘱咐的士司机："在城里绕上一圈，让我们好好欣赏一下这个美丽的城市。"坐在的士上边走边看，我们的眼睛简直不够用了。要知道迪拜拥有世界上第一家名为"阿拉伯之塔"的七星级酒店，阿拉伯塔酒店，因外形酷似船帆，又被广泛地称为迪拜帆船酒店。这位司机英语讲得好极了，我说法语他也能听懂。听司机介绍："酒店建在离沙滩岸边280米远，波斯湾内的人工岛上，仅由一条弯曲的道路连结陆地。酒店有321米高，共有56层，顶部设有一个由建筑的边缘伸出的悬臂梁结构的停机坪。"接着汽车又载着我们，来到总投资超15亿美元，号称世界最高的"哈利法塔"摩天大楼。它的原名是迪拜塔，总高882米，166层。那位司机介绍："听说美国曾经想打造一座比迪拜塔更高的建筑，可后来听阿联酋总统说，迪拜塔上预留了一根能伸缩的铁柱，能往上增长几十米，不管谁想超过迪拜塔都是不可能的，于是美国人打消了他们的想法……"司机先生越讲越兴奋："迪拜采用高科技建造的海下酒店，叫亚特兰蒂斯酒店，那是一个飞碟形状的建筑，它犹如深海的一个巨大的精灵。人们可以在房间里，欣赏水下的生物与世界，那个水下酒店外形酷似飞船的模样，在酒店里可与鱼群共眠。"接下来汽车又开到全球最大的购物中心—迪拜贸易大厦，然后路过了世界最大的室内滑雪场，最后我们在著名的迪拜国际金融中心大楼前面绕了一圈就离开了，远远地回头还能看到它楼顶上巨大的 DIFC 标志。

世界各国的士司机，都是见多识广能言善辩的，我忽然想起问他一件事："在你们阿联酋的七个酋长国里，有一个叫阿迈德的王子吗？"司机是个五十岁的中年人，他断然否定了我的提问，"没有，绝对没有……七个大大小小的酋长国国王，加起来有上百个王子和公主，可是偏偏没有叫这个名字的……"然后他又犹豫了一下："难道说去年又有新出生的？"原来这是一个王室坚定的拥护者，他的爱好真是常人所不能比拟的。"国王，那是高贵和神圣的家族，是上帝派来的使者……"这位先生对全世界的王室成员，都能如数家珍一样地说上来："欧洲有英国、挪威、瑞典、丹麦、荷兰、比利时、卢森堡、西班牙、安道尔、摩纳哥、列支敦士登。非洲是莱索托、摩洛哥、斯威士兰。亚洲就多了，有日本、柬埔寨、泰国、马来西亚、尼泊尔、巴林、卡塔尔、不丹、约旦、科威特、阿布扎比、迪拜、沙迦、阿治曼、哈伊马角、乌姆盖万和富查伊拉。要知道，我们的酋长就是国王，酋长就是天然的统治者……当然也是君权神授，他们的政治地位和经济特权是神圣不可侵犯的……"我奇怪地问："阿联酋不是联邦制国家吗？国家首脑是总统吧？"这位和阿拉伯著名学者穆罕默德·拉希德·里达同名的司机先生，真的学识也是不逊的，他告诉我："我们阿拉伯联合酋长国，是由七个酋长国组成的松散联邦国家，各酋长国经济基

本独立，各自执行自己的经济发展计划，有自己的海关系统，工商会和民航管理当局等。"我琢磨着："你们的总统不就没事可管了……"他补充说："联邦最高委员会，由七个酋长国的酋长组成。国内外重大政策问题，均由该委员会讨论决定。总统和副总统从最高委员会成员中选举产生，任期五年，总统兼任武装部队总司令。"我明白了："联邦建立后，各个酋长国还保持相对的独立性，在政治、经济、司法、行政和对外交往方面有一定自主权。"

    汽车把我们送到商业区的一个旅馆，刚下车就感受到了迪拜夏季的炎热，将近四十摄氏度的高温，几乎能把人蒸熟。我们办好了住宿，就急急忙忙地跑回房间冲了一澡。吃完午餐，我安排下午到当地的警局去："现在，先要求警察局协助调查……"来到迪拜警察局，院子里摆着一片绿白相间的车辆，萨科齐立刻就惊呆了："哎哟，这些车在欧洲都是那些阔佬才有的……都是名牌呀……"他回头看我："难道……这是他们办案没收的走私车？"我也不明白，可是那明显的标着绿白相间的颜色，分明都是警车。我也惊奇地看着："真的都是名牌……呀！"我领着见习警察绕着那些车转了好几圈，虽然热得浑身湿透了，可还是舍不得离开。要知道这里的各种高档品牌，比汽车博览会上还全呢……超级富有的阿联酋迪拜警方，他们的巡逻车都是顶级豪车，包括兰博基尼、阿斯顿马丁、宾利、法拉利、雪佛兰，时速都是超过三百公里的。可是外观都已经喷上了白绿两色，这是迪拜警方统一的配色。萨科齐就像傻了一样："在法国我们的警车最好的也就是雷诺，排量还都是 1.8CC 以下，他们……这……也太奢侈了吧？"经过门卫通报，我们见到了那位警察局长，寒暄之中自然又提起他们的警车，这位局长很认真地说："在阿联酋，平均一天就有一个人死于车祸，都是由于超速或者开车接打电话，还有不系安全带造成的。于是在 2013 年年初，迪拜政府就采取措施，通过为警察配备豪车来重建马路秩序。"他解释说，迪拜警方也用普通车辆，去年一共进口了几十辆起亚，都是供警方首长专用。

可是在迪拜，警察上路用的汽车却都超级豪华，超过一百万美金的豪车并不新鲜。局长强调说："尽管有人认为，警察没有必要配备如此昂贵的世界名车，但迪拜为警察配备这些豪车，完全是为了更好地执行公务。"这番话真的不得不让我俩哑口无言。我把国际刑警要求协助调查的函件向局长出示了一下，并提出了前来要办的事情："能不能介绍一下迪拜王室成员的情况？"那位局长立刻就警惕地回答："我们的王室成员是尊贵的家族，要是没有明确的证据，是完全不可触碰的。"我连忙解释说："我们正在寻找一个叫作阿迈德王子的人，据说是在阿联酋迪拜这里居住。"局长看着我的证件，停顿了一下，"布里斯警官，这件事我要向部长报告，明天再答复您……好吗？"我们约好第二天再来然后就告辞了。我和萨科齐在警察局院子里，在那一片豪车的身边又绕了两圈，这才顶着酷暑回到旅馆。

回到房间冲了一澡，身体终于凉爽了，我躺在床上想："不能把下午的时间白白地浪费了，我们应该分别地了解一下这个阿迈德王子。让萨科齐在旅馆里找五个当地人，这样的数字分析起来才准确……我呢，就到大街上随机地询问一下……"分手之后，我从旅馆借了一把遮阳伞，举着它向商业区那些繁华街道走去。来到迪拜街道上，我立刻就有一种感觉："把迪拜描绘成时装之都，也绝不是一种异想天开，在这里你所看到的服装，绝不比罗马、巴黎和伦敦那些欧洲的城市逊色。"我这么说的原因，不是说迪拜的服装引领了世界潮流，而是迪拜大街上的服装五颜六色，实在是太有特点了。你会发现自己的眼睛不够用，因为迎面而来的，就是好多种迥然不同的服装风格。你看这么热的天气，穿得最多的那绝对是本地人，也就是海湾地区的阿拉伯人。他们从头遮到脚身着落地长袍，那些阿拉伯女士们，手上还戴着黑色的丝网手套，把自己蒙得只剩下一双眼睛露在外面。而那些又高又胖的非洲大妈们，喜欢露着黑亮的皮肤，穿得花花绿绿飘然而过。巴基斯坦人穿着具有民族特色的服装，他们男人穿的长袍只到膝盖以

下，与阿拉伯人的长袍稍有不同。来自印度北部信奉锡克教的男人们，就用布把头包得很大，他们不剪发不剃须，头发放在包头布里面，胡须也编成小辫拉上去塞到头布里。我打听着就到了德拉南孚路，这里有着明显的标志——"唐人街"，这是中国人聚居的区域。中国妇女都穿着旗袍，一幅美丽鲜明的中国风格。而与众不同也是穿得最性感的，就是欧美人。迪拜的六月，气温保持在三十八摄氏度左右，根本不适合在街上散步，可是那些来自欧美国家的金发女人，偏偏就穿着吊带衫和热裤走在大街上，展示着自己被晒成古铜色的胴体。那些严谨的穆斯林，可能由于她们总是这样，也都习以为常了。走了一个街区，身上的汗衫又被汗浸透了，只好在繁华的商业街找了一个咖啡店坐下。我享受着冷气，隔着玻璃去看路上那些光彩夺目的行人，欣赏着这里独特的服装展示。一个印度小伙子走过来小心地问："Gentleman，What would you like to drink，please？"（先生，请问您要喝点什么？）我点了一杯拿铁，然后问了他一句："请问，迪拜有一位阿迈德王子……您知道吗？"他注视着我，然后摇了摇头："我不懂，您可以去问老板……"吧台里的老板是个当地人，他走到我的桌旁："你有什么疑问？"当他知道我要了解的人，笑着告诉我："您说的名字绝对不是王室里的人，不过您真想要了解的话……就问一下那个角落里坐着的先生，他是阿布扎比阿联酋大学最有名气的法学教授……人家懂得的东西可是太多了。"我看到咖啡馆的角落里，有一位学者模样的人，花白的头发，戴着眼镜，正在悠闲地喝着咖啡，看着一本书。我端着自己的杯子，走到那位教授桌子的旁边，非常礼貌地说："请问，我在这里坐下不影响您吧……"他笑眯眯地看着我："随您方便……"我在他旁边的小桌子坐下来，开门见山地向他询问起我的问题："教授先生，我想请教您……迪拜王室有一位叫阿迈德王子的吗？或者是七个酋长国的王室里……哪个王子是这个名字？"到底是教授，大概对这种唐突问话经历得多了，他笑了笑："您坐过来……就是为了这个问题吗？”我不好意思地点点头："你别见笑，就这一个问题困扰着我……"教授自我介绍着："我叫阿勒夫……您呢？"我干脆利索地说："布里斯……国际刑警，华裔法国人。"教授并没有表现出任何惊奇："有什么问题就说吧……""我在寻找一位叫阿迈德的王子，据说是迪拜人……"教授看着我："他的年龄？……是罪行嫌疑人吗……"我立刻否定说："40岁以下……是一个案件的证人。"他认真地对我说："应该说，迪拜王室里没有叫这个名字的王室成员，整个阿联酋国家也没有这样的人。"他的说法和那位司机一样，可是教授就是教授，他又告诉我很多规矩："对于国王家族，在他们的称呼前面，要有一个王室成员……的赘语，然后才有什么亲王、公主的称呼。一般叫王子的时候，都是特指国王的某个孩子，而单独称呼是不允许的，他本人也不会接受的。"我一下子明白了，"那您说……单独称呼什么阿迈德王子这种叫法就是不正规的……是民间俚语？"教授点点头："对了，这就像一般人开玩笑，或者是什么绰号，还有对某个有钱人的子女，那种称呼的方式……"这下子全明白了，为了不打搅教授，我站起来向这位法学教授告辞，还深深地鞠了一躬，连声对他说："谢谢您……真的非常感谢。"

我沿着街道向前走，不知道怎么就来到了一个海湾，那里面摆满了各种各样的游艇和游船。"游船……"我忽然想起了阿迈德王子的"易卜拉欣"号游艇，于是就来到港湾管理员的房子里，向一个戴着海员帽子的中年人询问道："您这里有一艘叫易卜拉欣的游船吗？"他把帽子向上推了推："有……有哇，只是这艘船的主人意外去世了，一年多了，连港口的停泊费都没交……我们已经向法官提交了申请，等着判决呢。"我提出要求："能上船看一下吗……"管理员看了看我，不知道怎么发了善心，竟然答应了："好吧……跟我走。"我跟着他来到一个豪华游船的旁边，这是一艘荷兰生产的 FEADFHIP 豪华游艇，我心里想："啧啧，新的就要一亿美元……呢。"管理员对我说："现在就等法官判决

呢，随后就会拍卖了。"我登上游艇，管理员拿钥匙打开门，我进去一边看一边问："那位去世的船主人您见过他吗？""没有，我们接到阿尔贝先生的死亡通知书……""什么……阿尔贝？是那个法国人吗？"管理员搔了搔后脑勺："好像是吧……听说他也是从一个当地富商的手里接过来的。"我仔细地注意了这艘游船的状况，大概有七十多米长，里面有贵宾室、书房、健身房、休闲室。管理员说："船主真可惜，这么好的船，那个甲板上还能起降直升机呢……"看来有人打扫过船里，抽屉里什么都没有，不过在书架上叠放着船的旗帜，我趁管理员不注意，把那面蓝色绸子做的旗帜，掖到自己的衣服里。

回到旅馆，萨科齐正在等我，他向我报告说："长官，我连着问了五个人，有三个人不清楚，旅店经理则明确说没有，而且对议论王室成员表示强烈的不满。"

酋长自述

第二天，我们赶去迪拜警察局，那位局长准时在办公室等着我们呢。他拿着一张纸，上面打印着对我们的正式答复："经过请示报告，现在对国际刑警的问题答复如下，在迪拜以及整个阿联酋七个酋长国，所有王室成员里没有您要了解的人。"接着他拿出一个名单，上面标明了邻国沙特阿拉伯以及阿曼国境内的酋长王室成员。局长严肃地说："这个名单请您过目一下，没有您要寻找的名字和特征。请注意，这是不能带走也不能复印的，只是作为对您工作的支持而已……要知道，任何一个尊贵的国王，和他的亲属的名誉，都不能被无端地玷污。"我们告辞了局长，外面的温度又高了起来，萨科齐擦着脸上的汗问我："长官，都21世纪了，他们怎么对王权还这样尊重呢？"我想了想："好像是应该这样解释，很多人明白，上帝和芸芸众生中间必须要有个传达者，国王……是上帝的使者，代表了真正的权威……就像我们法国，过去是国王后来又是皇帝……啊，就是拿破仑，再以后呢……是民主选举的国家政体，人民还是要选出一个强有力的政党，以及更强有力的政党领袖，来代表国家管理人民自己一样。"现在调查算是有了结果："阿迈德不是王室成员，可能是某个人的绰号，对于他的调查……只能到此为止。而那艘游艇，确定是阿尔贝裁判的，可是人已死亡……这条线索已经毫无用处了。"

我和萨科齐第二天就返回了埃及的开罗，就在到达开罗内务部宾馆的门前，碰到了我的两个女警和她们"相随的证人"——艾哈迈德和他

的大黑狗。伊娃和露西娅告诉我一个情况："埃及警方告诉我们，就在前几天，他们破获了阴谋劫持艾哈迈德的案件，经了解当时被关押的人里，叫这个名字的人有五个，作为阴谋指挥的是监狱里的一个看守，可巧那个人在抓捕的时候由于反抗而被击毙，所以就不知道他们究竟要劫走谁……"我听了她们的报告，想了想："对于这个情况，我们绝不能大意，要向埃及警方再落实一下……"

艾哈迈德看到我的时候笑着，跑上前来一把拉住我就不放手了，嘴里念念叨叨地说着："谢谢你们对我的帮助，我一直……有话要和你说……只有你能明白我……"听艾哈迈德对我讲，货船到了埃及警察就把他带走了，在埃及内政部的黑名单上有一个相同的名字。因为我们的介入，警局才及时地落实当地警署，艾哈迈德感激地说："我知道，自己被登上了恐怖分子的名单，一般都要关个一年半载，先挫挫你的锐气。要是没人理你……那就慢慢地落实……可就不知道等到什么年月了。"警方证实了他所说的话是真实的，在得到艾哈迈德"一定积极配合国际刑警的调查结束之后，方能回家……"的书面保证，这才将他交给了伊娃和露西娅。伊娃按照原来的安排给他开了房间，让他静下心来等着我们回来。我把这位大胡子先生请到我的房间里，他的牧羊犬，就是那条我起名叫"外来客"的大黑狗，见了美女忘了主人，早就跟着伊娃和露西娅跑了。

"布里斯先生……我们是老朋友了，感谢您在船上救了大家，这回又是您挽救了我。"嘿，艾哈迈德英语说得非常流利，我笑着问他："你不是不懂英语吗……怎么一下子就讲得这样好？"艾哈迈德躲避着我的眼睛，低着头大胡子一撅一撅地说着："在比利时，我真的吓坏了……有些蒙，我不知道是怎么回事……所以自己很多的情况……都有所保留。"现在听他说话，能感觉到他是个有文化的人。艾哈迈德开始说起一些情况，看那样子船上发生的事情，还是让他有些魂不守舍："我看到您也随着货船来保护我们，所以一直想找个时间和你聊一下……谁知道后来发生了那么可怕的事情，也就没有机会了。"看到我没有作声，他又特意提醒说："布里斯先生，我没有忘记，是你在比利时高速公路上救了我……你已经救了我三次。"其实在我的心里，原来以为他就是个民间艺人，或者有一些祖传的小伎俩能升空能落地，讲一些稀奇古怪的事情用来吸引别人，但是他那遮遮掩掩的样子，令我对他产生了很大的怀疑："这个人的来历，受教育的程度，他的外语……看来，这个人每时每刻都在遮掩自己。原来我就根本不相信，他说那些飞来飞去的事情。"我笑着问他："我们之间能相互信任吗？"艾哈迈德抬起头来看着我："当然是这样的……我确信……您能信任我。""那就请你讲真话，那天你升空之后……还准备做什么？"他瞪着眼睛："升空？我什么都不会……你让我跳起来还差不多。"我看着他心里还在琢磨："他到底是什么人……这个人能让我相信吗……"艾哈迈德咳嗽了几声，又清了清嗓子，十分认真地对我说："您要知道我什么？那就问吧……"我想了一下，"先讲讲你自己……好吗？"大胡子点点头："那好，我就从头给你说一说吧……"

"你知道我叫艾哈迈德·本·乌尔德，今年35岁，我的部落就在东撒哈拉沙漠的阿布辛贝南端，在埃及和苏丹的边界附近，父亲就是部落里的酋长，我家的帐篷就立在国境线上'国界那是两个国家的事，可我们的土地在两边都有，那里有几块小的绿洲和湖泊，两边大片的沙漠都是我们贝都因人的土地……我在家的时候，一天在两边来回几十次呢。"艾哈迈德娶了两个妻子，有四个孩子，他摇着头说："按照我们的习俗，一共可以娶四个老婆，不过我觉得两个已经很好了……她们都在尼罗河谷生活。他家并不富裕，有两群羊和八十头骆驼……属于一般的普通家庭""我从读书开始就离开家，先到了阿斯旺，在那里读到十二年级，然后到开罗大学一直到毕业。后来就去工厂工作……"五年前，对于艾哈迈德来说真是十分的悲哀，他所在的工厂破产，自己丢掉了工作'可是紧接着他的父母，在一次乘车外出

第四章　危险旅途

127

时不幸出了车祸，父亲和母亲以及其余三个姨娘全都离去。由于艾哈迈德是家里的长子，于是他就回到自己的家乡，接任了部落酋长的位置。他把财产和三个弟弟平均分配，他对我说："我们埃及有一句谚语，人生的目的……就是跟着心走。那时候我就下定决心，认真地做一个沙漠里放牧的贝都因人。"

艾哈迈德开始放牧自己的羊群和骆驼，以前艾哈迈德的父亲把土地租给了一个私人安保公司，他们在那里建了一个培训基地。五年前艾哈迈德的家乡又来了一个科研工厂，名称叫"沙漠研究所"，开办工厂的是一位人称阿拉伯王子的人。我立刻警觉了："……阿拉伯王子……"艾哈迈德笑了一下，"可是老板根本不在这里，所以从来没有人见过他……反正那个公司人们提起他们董事长的时候，都是这样的称呼……"有了在迪拜的经历，我觉得这里的疑点很多，但还是耐心地听他讲下去。"他的公司派人来谈判，说是看准了我们部落土地的位置，要租用或购买很大一块沙漠，我和长老们商量后，同意划出一块两平方公里的面积租给他们。后来也听说，王子好像是和家里人因为婚姻闹翻了，这才跑到埃及来。沙漠科研所的院子盖好了，有很高的围墙还通着电网，门口有武装警卫。大家都很奇怪……听说那是个有钱人办的，沙漠研究所主要研究足球……"我反复琢磨着，自言自语地念叨："王子……沙漠科学研究所……"艾哈迈德说："是啊，就叫这个名字，阿拉伯人喜爱足球并不亚于欧洲人，这也没什么可奇怪的。"我问他："那他们……是怎么研究足球的？"贝都因人回答我："这个我也不知道，只知道那里的工作人员大概有一百人吧，自动化程度很高，可从来没有见过他们的产品。你想，那里戒备森严什么人都不让进，再说了……号称是王子……我们还是远离他为好。"

接着这个话题，我使劲地问起"王子"的事情："你觉得那个研究所……很奇怪吗？"果然艾哈迈德眯起了眼睛："自从这个研究所盖好以后，部落的周围就开始发生奇怪的事情……丢东西，而且经常是大件的……有的过几天就又出现了，更多的就不知道去哪儿了。在我们部落，几百年都是路不拾遗夜不闭户，很多人认为是安保公司训练基地的人干的，于是到阿布辛贝警察局报案的人越来越多，警局也来了多次调查，都是没有任何线索和证据指向基地的那些人，最后只能无法查清而不了了之。不过奇怪的是，那年我自己遇到的丢羊事件，使我相信这一切都是那个神秘的研究所造成的。我骑着摩托车，在十公里外的地方放牧着两群羊，来了一阵风把我的眼睛迷了一下，我刚刚揉了揉眼睛……也就几秒钟的时间，羊群在我的眼前就不见了。我以为是自己的眼睛出了问题，可到处去找……哪儿都没有。"当艾哈迈德一路上咒骂着那阵风，垂头丧气地来到研究所的附近，他的羊群就在研究所的院外咩咩地叫着。他气急败坏地跑到大门口质问，没想到那些武装警卫拦着不让进。"这时我告诉他们，我是这里的酋长，要是再出现这样的问题，不管是不是你们在捣鬼，都给我滚蛋！"一个穿着白大褂的工作人员连忙走出门口解释，说是和他们没有任何关系，可说着说着就走了嘴："也可能是我们的设备出了问题……"艾哈迈德喝了一口水，激动地讲下去："我是有文化的，你想想，设备……什么样的设备能凭空移动别人的东西？我觉得他们就是在胡说八道，可这些又无法解释……在伊斯兰教典里，偷盗是要被砍手的……我召集部落的长老们开会，大家一致同意要求他们搬走。于是我就给'研究所'递交了函件，正式提出要求研究所搬走。研究所人有些着急了，他们派代表来接洽，保证不再出现这类事情。显然是默认了，研究所应该对所有丢东西的事情负责。部落里接着又提出一些条件：1. 要追加土地补偿金。2. 对以前部落范围内所有丢失的东西做出赔偿。3. 书面保证今后不能再出现以前发生的事情。"我问他："后来怎么样……""部落里再也没有发生过丢东西的事情……不过，最不能理解还是研究所的爆炸……"原来就在一个月前，经过部落领地的国家穿沙公路，忽然被从未见过的大型设备，挡在公路中央，公路上很快

就开始堵车。"我心里清楚，是那个神秘的研究所又出事了，于是就和他们联系询问……研究所坚决否认，坚称此事绝对与他们无关……一定是某个运输单位出现了重大事故。但是这一回，研究所还是慷慨地调动了很多的吊装和运输机械，总算是把公路疏通了。这件事弄得贝都因人部落里的长老们非常不满意，大家旧事重提要把他们赶走……我听取了大家的意见以后，劝人们平心静气地想一想：'土地出租的收益，比卖掉那块沙漠还高出几倍，难道大家愿意自己的腰包瘪下去？'不过就这件事情，我会去警告研究所的董事长：'我们会随时收回这块土地的。'又过了一天，我做完了上午的祈祷，带着我的大黑牧羊犬，来到那个研究所的附近，沿着高高的围墙走向研究所的大门，忽然墙内发出一声巨响，我记得还有巨大的火光……然后，我就到了欧洲的比利时！"我被他说的这些话震撼了，我觉得自己已经不能不相信这些话了……王子……研究所……羊群神秘地丢失，那应该解释为移动……人被输送至几千公里之外？这些不可思议的事情需要落实。我立刻做了一个决定："艾哈迈德，我们一起去你的部落，了解一下你说的真实性……好吗？"贝都因人好像还有很多的话要说，"我写了书面的承诺，要好好地配合国际刑警的调查。不过这个研究所，我一定要把它从我的家乡赶走……"

夜里我在自己的房间来回地踱步，艾哈迈德叙述的事情太震撼了，可以归结为几点：

一、这个不露面的王子，肯定不是那些王室成员，他会不会是我们寻找的阿迈德呢？应该是一个富商……或是富商的子女。对，是一个年轻的有钱人。

二、喜爱足球，从他为自己的工厂取名就可以看出来，或者他在足球上还有什么抱负。难道不是他利用自己的科技手段……做了什么事情？

130

三、这个人具有极高的科技开发能力和想象力，或是有一个高级科研开发团队，专攻一些无法想象，但极具有使用价值的科学项目。

四、如果能够落实艾哈迈德所说的都是真实的，那么研究所科研人员的物体空间移动，已经取得重大进展。

我一下子想起小时候在家乡，爷爷就爱给我讲些神奇的故事："古代神话里都有隔空取物的法术，神仙们伸手就能变出一个物件来。咱家的老爷爷……喔，就是你的老祖宗，他的酒壶就能变出酒来。"爷爷讲起他的爷爷那真是太遥远了，"老爷爷爱喝酒，可他从来不让家人为他买酒，老爷爷说他只喝叶赫老酒……"爷爷笑着说："那叫酒壶连酒坊，喝酒不用慌，酒从天上来，神仙跟着忙……那酒才叫香呢，可是真的是没处买呀。"后来我长大了还真的去查过史料，"清朝末年在吉林西部梨树县，有一个叫黑家窝铺的地方，那里一个满族的本家有一个酒坊，他们自己酿制的酒，在吉林辽宁都很有名。人家的酒对外从不卖，只是送送朋友，那酒就叫叶赫老酒，也被人们戏称为神仙酒。"我后来还计算过距离："黑家窝铺在梨树县，离长白山有千里之遥，老爷爷隔空取酒……也就是老爷爷哄哄小时候的爷爷，爷爷又逗逗小时候的我，讲个神奇的故事而已……"

我把自己的思路拽回到艾哈迈德的故事里来："两群羊……那就是五百只，弄到十公里外的地方。重大的设备……多大？我从不怀疑人类的无限能力……可用什么样的设备……利用真空吸力……哪有那么大的力量呢……"这个时候我内心又涌动着对新鲜事物的好奇感，恨不得马上就飞到所谓的研究所，好好看看它神奇的设备。我觉得和艾哈迈德交谈还是很有收获的，"所有这一切，除了好奇心之外，能感觉到那个王子，一定和我们的幽灵球队案件有关联。再则艾哈迈德对这个所谓的王子，虽然嘴上没有表述，但在内心里有着强烈的怨恨。"

半夜里，艾哈迈德又来找我，伊娃跟在他的身后，贝都因人眼睛红红的，他说："布里斯长官，我的狗不见了……我要去找它……它就是我的亲人啊。"我着急地问："它是怎么丢的？"艾哈迈德喘着气讲着："嗨……嗨……大概是我们谈话的时候，它跑到外面去了……"我想了一下："牧羊犬是贝都因人的伙伴，丢了可怎么办……明天就要上船了，不行，就得今天夜里去找……"我把露西娅和萨科齐都叫了起来，"走，我们大家一起去找一找……"那条大黑狗显然是跑远了，在内政部宾馆院子里根本没有它的影子。艾哈迈德建议我们分头找，我琢磨了一下："不……我们不熟悉开罗的情况，大家不能分开，咱们一起找……"晚上内政部所在的街道路灯很亮，这里还有巡警巡逻，我们问了几个路人，都摇头表示没有见过……直到走了老远才有人指了指一条黑黢黢的小街道："有人牵着一条大黑狗……向前面跑了……"艾哈迈德在前面跑得飞快，我们渐渐地有些跟不上了，就在这时从后面上来一辆汽车，大灯也不亮，车子开得歪歪扭扭，我回头一看，那家伙对着我们就冲上来了。"快点……躲开……"伊娃抱着我，我一手拽着一个飞快地闪身躲开，好家伙，那台破车的轮胎几乎贴着我的脚指头开过去了。萨科齐吓得直哆嗦："开罗的汽车可真厉害呀……"他的话音还没落，对面又过来两辆汽车，大灯晃得眼睛都睁不开，从汽车的声音里每个人都感觉到了危险。我们扭头就跑，在灯光下看到旁边有一个矮墙院子，我喊着："跳……快跳……"我们几个不顾一切地滚进院子里，就听到那辆轿车，擦着墙皮和着车门的"哗……咔嚓……"的声音，开过去了。露西娅拍着身上的土，骂了起来："Unebandedetrousducul（法语，一帮痞子流氓）。"伊娃呸呸地吐了两口："Batard、Garce（法语，杂种、婊子）。"院子的主人被惊动了，他是一位六十岁的老者。我们解释着刚才的情况，还连声向院子的主人道歉，"真的对不起您……"这位老先生还真不错，他摇着头用英语说："唉，现在的年轻人，喝了酒就在大街上开着车乱跑，他们的礼貌全被酒淹没了……"看来我们是找不到牧羊犬了，大家转身回去。当拐到内政部大街上的时候，艾哈迈德追了上来，他伤心地叨叨着："大黑狗丢了……找不到了，我的小儿子最喜欢它……回到家里，我该怎么对他说呢？"伊娃叹着气："是啊，这个外来客，你说你乱跑什么呀……"萨科齐不知道怎么，倒问起艾哈迈德来了："您的牧羊犬，到底叫什么名字啊？"艾哈迈德忽然口吃起来："啊……啊……别提它了……现在知道牧羊犬的名字还有意义吗？"

河上惨案

　　我们听取了艾哈迈德的意见，由开罗上船沿着尼罗河逆流航行，经过贝尼苏韦夫、明亚、艾斯尤特几个重要的城市，在埃尔曼特下船，然后坐汽车经公路到迪普斯井，也就是艾哈迈德的家乡。这条航线虽然不是旅游线路，但是船在几个主要的地点，还是给大家留下了观赏的时间。船上有很多的旅行团是直接从机场来的，他们是坐船到阿斯旺水坝，然后换坐游船顺流而下，最后再回到开罗游览。自从登上尼罗河逆流而上的航船，伊娃和露西娅这两位女士，就有些按捺不住地激动，因为埃及的名胜古迹和尼罗河的魅力，对她们的吸引力真的是太大了。她们穿着新买的漂亮裙子，在船上走来走去，几乎吸引了船上所有人的目光。两位美女揪着自己的裙子凑到我的身边，露西娅在一边小声地说着："多美的尼罗河呀，博士，你看我像新娘吗？"我知道她们又开始戏弄大家了，于是点点头不置可否地说："好好……"露西娅嬉皮笑脸地说："这不就成了我和您的……旅游度蜜月吗……哈哈哈。"伊娃也不甘示弱，在旁边假装呵斥着："博士，度蜜月的时候，你可要和伴娘有一定的距离……听到了吗？"萨科齐现在是见怪不怪了，捂着嘴不敢笑，躲到一边和艾哈迈德看尼罗河水去了。这个时候我总是像置身于事外那样，笑着看这两位大姐大的自娱自乐。

　　终于靠近了世界闻名的埃及母亲河，我的心情也有一种舒畅的感觉。古希腊的历史学家希罗多德曾经有一句名言："埃及是尼罗河的馈赠"。如今看着身边的尼罗河，还像几千年前那样，亘古不变平静地流向远方。

"接下来的几个黄昏和晨曦，我们会一直徜徉在尼罗河畔，这条伟大的尼罗河，能带我们到达成功的尽头吗……"我暂时忘却了几天前刚刚经历的危险，似乎唯有陶醉在这美丽的河流里，才是生命存在的最好方式。我对伊娃和露西娅说："埃及有着几千年的历史，在美丽的尼罗河畔，矗立着神秘的金字塔，还有狮身人面像和无数的神庙。我们游走在其中，仿佛穿梭在历史与现实的迷宫里……"萨科齐走过来说："博士，在美丽的尼罗河畔，古埃及人留下了金字塔，狮身人面像，以及大量的古代神庙，让我们深切感受到历史的久远。可是，对于我们这些面向未来的年轻人，再深厚和久远的历史，又有什么用处呢？"艾哈迈德上了船就一直沉默着，我看着他不由得思索起来："艾哈迈德……说的话总是有些漏洞……他可靠吗？"忽然艾哈迈德转过身来说："布里斯警官，只有埃及人才能理解，我们对这条伟大河流的依恋之情……我念一首诗，你愿意听吗？"我们几个凑过来张着耳朵看着他，艾哈迈德开始用英语大声地念着一首诗：

我的尼罗河

神圣的尼罗河是那样安详，
你就像那浩瀚的大海一样，
为我们灌溉着每一块土地，
你带来我们的欢乐和理想。

河水在滚滚倾泻般地流淌，
是那样雄浑地奔向了战场，
贫瘠已经激怒了你的心房，
汹涌的河水立刻浪高飞扬。

带着那非洲雄狮般的怒吼，

掀起了大爱的惊涛和骇浪，
把两岸的土地深情地灌溉，
你是非洲人民甜蜜的希望。

虽然泥沙浑浊却浩浩荡荡，
美丽的江河没有黯然神伤，
啊，神圣而浩瀚的尼罗河，
你带来了美妙的四季芬芳。

你就像父亲那样和蔼慈祥，
始终为非洲大地提供营养，
千年川流不息的尼罗河啊，
你是哺育我们永恒的亲娘。

　　艾哈迈德念完了自己的诗，萨科齐把手掌拍得啪啪直响，高声喊着："好，太好了……"我小声地问艾哈迈德："这是哪位诗人写的，真的很美……"他腼腆地说："是我在读十年级的时候，模仿埃及伟大的诗人巴鲁迪的风格……是我自己写的。"大家又鼓起掌来，伊娃忽然说了一句，"博士，你不是也经常写诗吗，为什么不来一首呢？"我思索了一会儿回答说："好吧，我也想好了……"我开始用法语念诗，大家安静地听着，船上的人也渐渐围拢过来，人们一面欣赏着大自然的风光，一面倾听着我朗诵的诗句：

伟大的尼罗河

在非洲那美丽的尼罗河畔，
宏伟的金字塔矗立在旁边，
狮身人面像显得那样神秘，

远古时代的神庙频频出现，
让世界所有人深切地感受，
埃及古老文明的深厚久远。

面对五彩缤纷的魅力世界，
埃及挺胸展开自己的双肩，
现代的繁华已与传统相伴，
尼罗河的美好风光与浪漫，
世界只有埃及深深的情怀，
相随着尼罗河像母子一般。

古代世界四大文明的摇篮，
尼罗河经历了万年的灿烂，
人们在这里繁衍了几千年，
被母亲河小心呵护在两岸，
如今荒沙淹没了千年古道，
清脆的驼铃声也渐渐去远。

古老的王国矗立地中海岸，
大漠狂风也无法将它割断，
高耸的金辽塔在亮光闪闪，
诉说法老时代的荣光眷恋，
神庙前耸立着淳朴的石柱，
印下了古国沧桑的五千年。

历史辉煌科学艺术的展现，
也是世界几大教派的源泉，

亚历山大大帝挥舞过宝剑，
恺撒留下头盔和坚毅的脸，
法兰西拿破仑的足迹无限，
又燃起了近代世界的硝烟。

埃及历史悠久而文化灿烂，
今天尼罗河水安静又蔚蓝，
河水泛波托浮驶过的游船，
鲜花盛放在尼罗河的两岸，
孩子们欢乐地游戏在河边，
尼罗河是哺育埃及的摇篮。

　　周围的人使劲地鼓掌，"Bonnechance...（法语，好啊）""GREAT...（英语，好极了）"真是叫好声不断，喝彩声此起彼伏。我发现身边的艾哈迈德不见了，伊娃告诉我："他去卫生间了，萨科齐跟着他呢……"忽然在人群中又闪过一个面孔，然后一下子就不见了，我的眼睛搜索着，可是想了半天也没有想起那是谁，我自嘲地想："……不是在地中海里，把大脑烧坏了吧。"中午时分太阳光洒在尼罗河上，河水被阳光照得金灿灿的，仿佛镀上了一层金箔。船已经驶到了此行的第一个城市贝尼苏韦夫码头，码头上有许多人上上下下，显得十分拥挤，岸边停靠着各类的船只，那些渔船和渡轮以及帆船，都被人们的喧嚣所包围……这时的尼罗河，真像个集市那样热闹。因为时间不充裕，我们也只能走马观花。我感觉到艾哈迈德有些心神不定，我请他为我们做导游，领着大家简略参观一下这个小城市。他边走边介绍："贝尼苏韦夫是埃及尼罗河西岸的一座城市，为贝尼苏韦夫省的首府。从前是一个小村庄，在中世纪时，以出产亚麻而闻名，后来这里就成为尼罗河流域棉纺和地毯编织的集散地，而现在已经发展成为……"说到这里不知道怎么就卡住了，一会儿他又打了个机灵，继续讲开了："啊……埃及的……中心。贝尼苏韦夫因有许多大型宅邸而闻名，其中最知名的为……啊，什么，对了是伊斯梅尔大宅。这里也是贝尼苏韦夫大学和私立的阿尔纳达大学所在地。"城市有两座壮观的清真寺，艾哈迈德灰心丧气地说："这就是阿齐兹清真寺和阿尔赛达清真寺……那不远的地方，就是贝尼苏韦夫……博物馆。"

回到船上以后，船上的大副一位叫亨利的英国人来找我，他抱歉地说，希望我们能换一下房间，"从贝尼苏韦夫上来五对老年人，他们行动不便……"还没等他说完话我就决定了："好的，我们这就整理行李换房间。"大副把我们领到甲板下面的第二层，紧挨着那五个房间。艾哈迈德和萨科齐到顶层甲板去看夜景，我和两位女警把东西收拾好，然后搬到新的房间里来。我在房间里拿着地图，想着明天的行程和下一步的安排，看着地图上这条伟大的河流，我自言自语地描述着："就像有着细细长根的植物，它的前端是一片张开的三角叶，这就是地中海岸边广阔的绿洲。绿洲有着散射形状的宽阔，而叶的根一直延伸到了南部的国家莫桑比克。她的河岸就是沙漠中的绿洲，那些大大小小热带风情的城市，就坐落在尼罗河河谷绿洲的点上。"

夜晚到了，尼罗河两岸停止了喧闹，只有内河航船在河水中逆流航行的哗哗声。我靠在船舱前面的栏杆上，看着六月的天上，挂着的那盏新月显得特别的清亮，像一只弯弯向上的小舟，两旁还点缀着几颗星星，像是在银河中荡起了闪闪的浪花。漆黑的天空，与墨黑宽阔的河水连成一片，仿佛在夜空中行驶。尼罗河畔只有几户人家亮着灯，两岸渐渐地都进入了梦乡。我的思想一下子转到埃及的历史："作为拥有七千年历史的文明古国，美丽的埃及，有多少如谜一般引人入胜的传说……"那个胡夫金字塔高度一百四十六米，由二百三十多万块巨石建成，平均每块巨石重达二点五吨。底部的石头相当巨大，竟然重达十五吨。最重的是法老墓室顶部承重的花岗岩，每块巨石重达五十吨至八十吨。"尼罗

河……的源头之谜……到底在哪里？"我的眼光又回到地图上，根据资料记载，探险者们相信尼罗河的发源地，应该是位于卢旺达境内的纽恩威热带雨林。我用手指点着卢旺达，自言自语着："说天上的雨水是尼罗河的源头，也是个不错的说法。不过大雨滂沱时，卢旺达的雨水也会向南流到莫桑比克去……"

夜里我一直在做梦，梦到自己在尼罗河谷里考古，一会儿又到了地中海，发现了能解开埃及古代文明遗迹秘密的钥匙。"……我破解了神秘莫测的金字塔，和狮身人面像司芬克斯之谜……"好像我在向很多人讲解天外飞仙般的巨大壁画，那些扑朔迷离的象形文字的来历，"吉萨金字塔和狮身人面像，是人类建筑史上的奇迹……"忽然有人向我挥刀砍来，我闪身躲开……啊，是运送难民的比利时货船上的大副……我被惊吓得一下子醒了，脑子里的那个人的面目清晰地展现在脑海里："没错，就是他……那个白天在甲板上一闪而过的人影……我找他为那只黑狗包扎过……这个家伙逃脱了抓捕，原来是躲在这条船上……那是个穷凶极恶的恐怖分子，必须将他尽快控制起来。"我马上穿好衣服把隔壁的萨科齐叫起来，对他说："快，那个漏网的大副就在这条船上，我们去找船长，要马上采取措施。"

我和萨科齐在甲板上见到了那个叫亨利的大副，他扬着眉毛瞪大了眼睛："什么？船上有恐怖分子？你们……是怎么知道的？"萨科齐把国际刑警的证件拿给他看，亨利马上叫来了船长，一位50岁左右的埃及人。"我是这条船上的船长，"说着他看了看手表："现在是三点，我们刚过了明亚，夜里行船要比白天快一倍，天亮的时候就到了艾斯尤特。说吧，年轻人你要我怎么做？"我问他："船上有多少旅客？"亨利大副插嘴说："二百多吧……都是到阿斯旺水坝的。"我问道："有每一个舱位的旅客名单吗？"亨利马上说："有，在电脑里。"很快他拿来了名单，我从中找出了二十个欧洲男性，对船长说："那个恐怖分子……大概就在这些人里……"船长看着我："您是说……他是个欧洲

140

人？"我肯定地回答他："是的。自从埃及近几年多次遭到恐怖分子袭击，警察部门就加强了对旅游设施的保护，在船上本来应该有两个武装警察，可是昨天在西奈地区，忽然又发生了大规模的战斗，游船上的警察立刻被抽去保卫贝尼苏韦夫，所以船上现在没有一个武装人员。"船长看了看我："你们就这样赤手空拳地去抓那个坏蛋吗？"萨科齐回答他："我们虽然是国际刑警，可是也没有权利在其他国家携带武器。"船长说："我派五个船员配合你，但是我们只有消防器材——铁锹、灭火器、绳索……"我让萨科齐把伊娃和露西娅叫起来，"快……让她们火速参加行动。"

按照名单大家来到甲板下面第一层，在拐角处有两个舱室登记的是四十岁左右的欧洲男性。当我们刚刚走到一层的中间，就发现了有一个被打开的舱门，血腥的气味不停地向外涌来。地上趴着一个似乎想求救的女人，她流出的鲜血在门前都凝固了。我走进去，看到床上还有一个男人的脖子被切开了血管，整个床头都被喷出的血染红了。忽然我觉得墙上的那幅画好熟悉，"这不是我上船时来过的舱室吗？"一下子我明白了："凶手是针对我们来的……"当我们把原来预定的五个房间都打开以后，那些水手都吓得远远地站着，因为这里的惨状简直无法形容。在五个房间里的十位老夫妇，全都被残忍地杀害了……高个子亨利站在门口不停地发抖："要报告船长……要马上……"没想到老船长就站在他的身后："不用了，我都看到了，警官先生，要返回明亚去吗？""不，还是直航到艾斯尤特，我们把案件交给那里的警察局。"两位女警站在过道上一直守着艾哈迈德，他们看到我走出来，就问："bonjour, moncommandant（法语，长官，做现场检测吗？）"我点了点头，"一丝线索都不要放过，做好现场记录。"伊娃和露西娅把艾哈迈德交给萨科齐，顾不得地上的血迹，分别开始检查现场。我听着萨科齐对艾哈迈德说："你看看，昨天换了房间你还直跺脚，现在知道了吧……"我看着艾哈迈德毫无血色的脸，对他说："……这是针对我们来的，要是亨

利没有要求调整房间，躺在这里的应该是我们……你说，是谁这样地仇恨我们呢……"

我通知船长把船开向艾斯尤特，同时用铁链封锁了一层凶杀现场五个房间的两端，船长问我："还找不找恐怖分子？"我摇了摇头："他们杀了十个无辜的老年人，不会再留在船上。不过可以推测凶手至少有五个人以上……"到了四点左右，部下们的报告出来了："初步……检验尸体十个，国别，印度，分别为五男五女，姓名、护照号码……年龄分别为……等……根据被害人颈部不同的刀口痕迹，现场检查预测凶手大约为十人，每人都手持利刃，采取一人对付一个的方式，根据现场血液凝固的情况，可以推断凶杀是发生在午夜两点。现场指纹很多……疑似抢劫杀人，房间被弄得非常混乱……由于对私人物品无法核实，不能确定丢失的死者物品。国际刑警法国中心局，警官伊娃、露西娅，见习警员萨科齐……"我看着报告心里分析着："那两个恐怖组织头目逃脱之后，在亚历山大港与他们的组织接上了头，在地中海他们没有成功，就一定要伺机对法国国际刑警加以报复。这些人掌握着游轮现场的情况，因为目标是警察，所以采用两个人对付一个，一定要置被报复人于死地。但是船上临时调整了房间，这是恐怖分子没有想到的，那些残暴的人发现虽然错了，还是把人都杀死了……"

天亮了，游船停靠在艾斯尤特的码头上，这里的河面因为城市旁边的水坝和上游阿斯旺水坝，也变得很宽了。初升的太阳照着大地和河流，把一切都染得血红血红的，使我觉得到处都是在……流血。当地警局派来了一个小组，我们把所有掌握的情况进行了意见交换，把尸体和报告进行了交接。发生了这样的事情船是不能走了，必须要停在艾斯尤特的码头上，等候检查直到可以放行。船上的乘客纷纷下船，换乘其他的船只走了，我们因为要到当地警察局去，也只能在艾斯尤特耽搁一下，然后改坐汽车向沙漠的深处进发。在埃及，除了开罗和亚历山大具有大城市的风范之外，其余的城镇都属于微缩景观。在港口到城市的公路中行驶一段，就来到艾斯尤特这个别致的小城。在马路边儿看着那些似乎报废的二手车飞快地驰过，驴车，马车，乃至羊群都在马路上散步，丝毫不理睬游客诧异的目光。那些宣礼塔、神庙将整个城市的阿拉伯符号勾勒得淋漓尽致。阿拉伯音乐婉转悠扬地飘过来让你细细品味，我们这些短暂停留的路人，很难完全深究出埃及这个几千年古国面纱下的别样风情。一名埃及警察送我们去艾斯尤特警察局，他告诉我们："这里是艾斯尤特省的首府，古埃及时代的艾斯尤特古城就在附近。"他指着不远处的建筑说："那里是艾斯尤特大学所在地，那边是教堂……噢，艾斯尤特是埃及基督教徒比较集中的地方。"

我们来到艾斯尤特警察局，附近就是白色的纳赛尔清真寺和基督教圣米迦勒教堂。街道很干净，两边长满了椰子树和椰枣树，因为艾斯尤特是埃及英雄纳赛尔的家乡，我从内心对这个城市有一种异样的崇敬。六月天气相当的热，在警察局的门口，站着头戴黑色贝雷帽、脚蹬黑色陆战靴、手持 AK-47 的警察。我们汗流浃背地走进警察局，警察局长叫纳赛尔，他亲自会见了我们。这位强壮的阿拉伯汉子浓眉大眼，武装带左右挂着两支手枪，不管温度多高，他都戴着警官的帽子，严肃的样子真是别具一格。我代表国际刑警法国小组一行人向他表示感谢，没想到他用流利的英语认真地说："感谢我们？不对，应该感谢国际刑警……啊，也就是你们才对。"他对我们讲起内政部已经下达指令，要求全力以赴对我们的工作进行配合。说起凶手，纳赛尔局长严肃地说："一定要把恐怖分子捉拿归案，尽到我的职责。"原来这位局长就是当地人，他是埃及民族英雄纳赛尔的后人，所以自己的一言一行，都模仿着那位英雄长辈，我想："大概纳赛尔总统当年，在腰上也是挂着左右两支枪吧。"局长很奇怪我们为什么带着艾哈迈德，"这个人是怎么回事？犯罪嫌疑人吗？"我告诉他，艾哈迈德是我们重要的证人，那些恐怖分子在游船上的举动，除了针对我们之外也包括他。纳赛尔局长把帽檐抬了一下："艾哈迈德？一早就有警员向我报告，有人在了解一个叫艾哈迈

第四章 危险旅途

143

德的情况……"我立刻就警惕起来，连忙提出要求："能把具体情况告诉我吗？"一个年轻警员被叫进来，他讲述道："一早我在警局的门岗值班，有两个带着西奈口音的男子到了门前，他们说是在寻找一个叫艾哈迈德男子的家乡，我问他们为什么？你们和他是什么关系？那两个人吞吞吐吐，说不清楚，然后我让他俩填写一个表格，好留作调查的根据，没想到我转身取出表格，他们就不见了……"我心里判断着："这些恐怖分子的报复心极强，他们昨夜失手了，还在继续寻找艾哈迈德……也就是在寻找我们。"

　　埃及警察把等在另一个屋子里的艾哈迈德带了进来，局长的态度立刻就变得非常严厉："你是什么部落的人……具体位置？"艾哈迈德自从上了船态度就十分奇怪，他沉默不语又战战兢兢，我心里琢磨着："难道他被凶杀吓坏了……不太像，在地中海船上，他就是个行迹神秘的人……"艾哈迈德把自己的情况告诉局长，纳赛尔奇怪地看着他："你就是那个失踪的艾哈迈德？那天是……什么日子……哦，这里有记录……月……日，第二天你的家人在当地报了案，还向附近的警察局都通报了此事。"我们几个人会意地相互看了一下，"……艾哈迈德没有说假话，我们的目标是正确的……"随后艾哈迈德要求打一个电话，被纳赛尔拒绝了。我们走出办公室，警察局长说："看来你们只能坐汽车到迪普斯井，这一段距离很远呢，既然恐怖分子执意要报复你们，那么沿途就不会平静了。你们又没有携带武器……这样吧，我派一辆车和两个武装警察送你们到目的地，我有一辆装甲巡逻车很好用，就用装甲车送你们去吧……"

第五章

沙漠深处

　　此时的大漠只有一种静穆，在这里汹涌的狂沙、飓风卷起的滚滚沙暴，都凝固在永远静止不动的表情里，那是蕴藏着无数危险的安宁。

——沃斯达士

艰难路程

纳赛尔局长看看手腕上的表,嘴里念叨着:"九点钟了……出发吧。"我们来到院子里那台装甲车前面,局长张开双臂拥抱了我,嘴里讲着埃及语:"哈比比(埃及语,兄弟)……哈比比……"对那两位美丽的小姐,纳赛尔来了一个非常绅士的吻手礼。车前面站着两个头戴黑色贝雷帽,脚蹬黑色陆战靴,手持 AK-47 的年轻警察。我们看了看那台黑色的道奇装甲车,嘿,真是美国的战车,六米多的车长、两米三的宽度,高度倾斜的防弹玻璃,棱角分明颇具野性的车身,高强度的装甲,粗大轮胎和高高的底盘,鼻子上有一个明显的羊头标志,弯着两个大大的椅角。整个车身线条突出,十分霸气,不愧是美国军队用车。局长再三嘱咐两位警察:"路上有情况随时报告,一定要把法国同事们安全送到迪普斯井……"接着他对我比画着:"运气好的话两天……正常就是三天。"开车的警察叫阿萨德,另一位叫阿拉法特,我不由得想到:"呵……都是名人啊。"司机用浓厚阿拉伯腔调的英语对我解释道:"局长说,大概三四天才能到……"我们走惯了高速公路,真的有些不明白:"为什么……不才一千公里吗?"年轻的阿萨德笑了一下:"到路上你就明白了。"

装甲车内部空间宽敞,对面安置着两排座椅,大约能容纳全副武装的士兵十个人。车里有六个射击孔,还配有无线对讲电台,驾驶汽车的年轻警察比画着说:"五百公里的距离……特别灵敏。"说着他打开了车里的音乐,一位女歌手在唱着悠扬婉转的歌,我们

虽然听不懂她的歌词，可是歌声很美。驾驶员对我们说："这是纳赛尔局长最爱听的歌，是埃及女歌手乌姆·库勒苏姆的歌曲，她是阿拉伯世界最知名的歌手。"我想，"看来这次旅途应该不会寂寞了。"从艾斯尤特到迪普斯井，也就是埃及和苏丹的边境，中间要经过迈哈里格，新河谷省会哈里杰，南麦克斯，再穿过基拜时沙地的苦井，从无人区向西南前进，整个路线要穿过新河谷省的腹地，路程大概是一千一百公里。

我们从艾斯尤特到六十号公路的距离也就几公里，可是由于城里人多车多，加上大家不遵守交通规则，所以用了很长时间还没有开到公路上。我们眼看着有几辆车，刮蹭着别人的车向前开进。阿萨德笑着说："长官们闭上眼睛别向外面看，看到撞人还不得喊叫起来……"眼前的车道已经被大家弄得拥挤不堪，各种车辆若无其事地挤来挤去，无论你在多宽的公路，身边各类车辆一律彼此簇拥着前进，再宽的道路也立刻变得狭窄起来。我们的装甲车就在这狭路之中随着车流启程了。

好不容易来到六十号公路入口处，公路牌上标着距离哈里杰三百公里，要是在欧洲最多用两个小时左右，可是上了六十号公路以后就傻了眼。这一段的公路要比城里略微宽一些，可那些开车的兄弟们都使劲地往前挤，弄得整个道路上的车辆就像蜗牛在爬。在埃及驾车真的需要勇气和耐心，这里大概百分之八十的人都有车，尤其是那些二手、三手甚至四手车，都堂而皇之地在道路上挤来挤去。那些高级轿车被挤在老旧的东欧车中艰难跋涉，而中国的小型奇瑞车，却灵活地穿梭于那些驴车中间。瘦小的马拉着木头做的两轮车，叮叮咣咣地载着一车西瓜，在主路上奋力追逐着三轮摩托。超载的长途汽车上，司机伸出头大声警告那些旁若无人穿过马路的行人。马车、驴车若无其事地和汽车抢道，最后是谁也过不去。装甲车响着警笛，闪着红蓝两色的警灯，那些阿拉伯兄弟们翻翻白眼理都不理，我们只好用比驴车还慢的速度，跟在混乱的队伍中爬呀爬……

六十号公路的远处是一望无际的撒哈拉沙漠，它位于非洲北部，是除了南极洲之外最大的荒漠，气候条件极其恶劣，也是地球上最不适合生物生长的地方之一。近些年几条穿越大漠的路线相继开通，使沙漠中的旅行得以成真。道路上的混乱真的没法看，我就闭着眼睛想象："游走在漫漫大漠上远离城市的喧嚣，应该是个很惬意的事情……"接着我又想到："在撒哈拉沙漠上行走，应该是世界上最奇异的旅行，在深入大漠之前先游览古老的城市，然后乘坐车辆融入旅行队浩浩荡荡穿越那些起伏的沙丘，走访原始的非洲部落……到绿洲集市上去寻宝……"两位警察坐在前面，旁边坐着的阿拉法特回过头来对我们讲，一周前的晚上，有八名警察在距离哈里杰—艾斯尤特公路四十公里的凯门纳格布附近，被武装恐怖分子袭击而牺牲，另有两人受伤。他声音沉痛地说："现在那些烈士和伤员，还在哈里杰总医院里呢……"一直没有说话的艾哈迈德有些紧张："他们不会袭击我们吗？"年轻警察回答他："那些武装人员都是晚上出来，为了安全我们晚上就不走了。"真的让人有些担心："埃及治安状况怎么会这样严重呢？"装甲车跟着驴车、马车、汽车的洪流，四个小时才走了四十公里，前面的车辆就再也不动了。阿拉法特跳下车，挤到前面去看情况，我们只好在车里傻傻地等着。阿萨德把车里准备的瓶装水和面包分别递给我们，我一看手表已经是下午两点了。半个小时以后，阿拉法特回来了，他气喘吁吁地说："今天无人机发现了几十个武装恐怖分子向哈里杰运动，军队和警方已经把他们隔离在一定的范围内。这一段道路封锁了，武装警察设立了外围防线，指挥官伊萨姆准将已经赶往最前沿，行动正在向前推进，以消灭罪犯。作战部队和火箭发射器，以及数辆急救车已经在伏击地点完成了部署。前面的安全部队已经和武装分子进行了交火，安全部队的交通管制大概要持续到晚上二十四点。"阿拉法特说完以后，打开一瓶水，咕咚咕咚地喝了下去，接着才又说：

第五章　沙漠深处

"我认识一个警官，就在前面的关卡上，他同意放我们先走……要我们自己把道路疏通，开到关卡的边上。"这时能听到远处沉闷的爆炸声，似乎有断断续续的枪声。听到枪声和爆炸声，那些驴车和马车开始动摇，一些人牵着牲口下了路基掉头向后走了，很快车流出现了松动，阿萨德对我说："长官，谁来开一下车……我和阿拉法特把路打开……"说着他俩就下了车，我坐到装甲车的驾驶员位置，小心地跟在两位警察的身后，大约用了半个小时费了九牛二虎的力气，装甲车终于开到六十号公路的关卡前面。那位警官指挥警察们打开拒马（金属制带有尖锐的防范阻挡装置），装甲车开上了空无一人的公路。公路在戈壁上笔直向南延伸，一直谨慎驾驶的阿萨德开始加速行驶，绕过几座沙丘后，阿萨德开始狂奔了，二百六十公里的道路，只用了一个半小时就到了哈里杰，汽车真像是飞起来一样。为了避开战斗，我们没有进入哈里杰，而是把车开到不远的哈里杰绿洲法拉弗拉小镇。我从车子的反光镜里看到黄昏的美景，感觉到坐汽车在绿洲里行走，俨然成了一种享受。此刻，我又想到埃及的那句谚语："人生的目的，就是跟着自己的心走。"在埃及整个西南部，都是绵延无尽的沙漠，只有这个长约一百六十公里，宽二十公里的地方，是埃及西部沙漠中长着树木和有些绿颜色的地方。

阿萨德把装甲车开进一个警察所的院子里，天已经全黑了。我们几个人走进警察所，那个屋子就转不开身了。这是只有三个警察的旅游警察所，所长是一位留着八字胡五十多岁的人。阿拉法特问："原来的那位年轻所长呢？上个月我还见过他……"老所长懒洋洋地回答："我们交换位置了……他去了新地方……"阿萨德接着问："镇上有好一点的旅店吗？""有三家，可是旅客都满了，我刚刚检查过安全……来这里都是野营露宿的。"两位埃及警察问我怎么办，我看了看只有一间房子的警察所，抬起头来对我们的人说："为了安全请大家坚持一下……今天在车里睡一晚……"我在车上用衣服搭了一个帘子，让两位美女睡到后面空着的地方，艾哈迈德、萨科齐和我就坐在椅子上打盹。我发现艾哈迈德不断地叹着气，总是在看着自己的手机，我奇怪地想："这个贝都因人……什么时候有了手机？"当他发现我注意他时，就连忙用手捂着，不让我看到那上面是什么。

两位警察坐在前排议论着，我干脆就和两个人聊了起来。阿拉法特刚才和那位老所长了解过战斗的情况，他对我说："下午，包围圈里的武装分子，首先向安全部队开火，随后双方开始大规模交战。据透露，今晚八点将有大规模的军队，参与歼灭匪徒的战斗。此次行动被称作郁金香战役，南部军区同艾斯尤特、索哈杰、米妮亚等地的警察局协调工作正在进行中，以切割开接壤的山区，防止犯罪分子从中逃跑……"聊着聊着，大家都迷迷糊糊地睡着了，等我睁开眼睛天已经大亮。老所长端出三个脸盆让我们洗脸，我端过一个脸盆，自然是女士优先，等伊娃和露西娅洗完脸，我和萨科齐也就草草地擦了一下眼睛。老警察其实很热情，一早起来，就去买了一大罐鲜牛奶，几个西红柿和黄瓜，还有一大摞烤饼和煮熟的鸡蛋。"对不起了，我们没有红茶招待各位，但是我们这里的牛奶可是全埃及最好的。"所长把黄瓜和西红柿洗干净，然后切成小片每人一份，我们那位年轻的萨科齐满意地说："这可是在埃及最香的一顿早餐……"

告别了警察所，装甲车又沿着一条小路驶向镇子的北面。阿萨德转过头来说："从哈里杰出来，就离开了六十号公路，我们要走的这条路断断续续在修筑，所以要绕一大圈才能找到道路的路口，很不好走……"大概走了三十几公里的样子，伊娃从装甲车的小窗户向外看着，我和萨科齐议论着撒哈拉沙漠给人的印象。小伙子说："不就是绵延不断的沙海，金色的沙丘和干燥的气候，一提起沙漠已经成为很多人望而却步的地方。"可能是觉得自己眼睛有了问题，伊娃一边揉着眼睛，一边说："奇怪了，你们看……怎么是白色的沙漠？还有好多的小帐篷……"我回头一看，哎呀，外面的沙漠就是白色的……我脱口而出："怎么，埃

第五章　沙漠深处

151

及还有白色的沙漠？"一直没有说话，蜷缩在椅子上的艾哈迈德说话了："白沙漠就在法拉弗拉小镇的北部，大概距离法拉弗拉几十公里，你们看到了吧，这里的沙子就像奶油一样的雪白色，同周围远处的黄色沙漠形成鲜明的对比。"阿拉法特把话接过来说："这个奇特的白沙漠，是埃及知名的野营和旅游的好去处，很多到此的游客喜欢在此野营。"这时候艾哈迈德来了情绪，他用英语开始念着一首诗：

> 沙漠的夜晚是那样宁静，
> 眼前是虚幻飘逸的精灵，
> 空气纯净而充满着清新，
> 把白色的沙子握在手中。
> 皎洁美丽的月亮和星星，
> 眨着眼睛把客人们欢迎，
> 在白色沙漠中扎寨安营，
> 这是多么的惬意和温馨。
> 夏日的夜晚白色的纱裙，
> 双手托着那低矮的天空，
> 让星星钻进蓬松的头发，
> 月亮轻轻地抚摸着头顶。

一阵鼓掌声，这些天是第一次看到伊娃和露西娅对艾哈迈德露出了笑容："你的诗真美……"没想到艾哈迈德嗫嚅道："这是我的小黄瓜……啊，就是妻子阿伊沙写的诗……"那位阿萨德警察笑了，他对我解释说："我们阿拉伯人称呼自己的恋人叫黄瓜，那位先生说的是他第二个妻子的意思。"艾哈迈德没有解释，低头默不作声地在想什么。我们看到除了白色沙子外，沙漠中还有众多白垩岩，两位女士这两天被折腾得一直不说话，露西娅开始略显轻松地评论了几句："这些地质奇观，真是大自然的馈赠啊……"大家都扒在窗户上，看着那些形状千奇百怪，高耸在沙漠里的白垩岩层，它们屹立在埃及白沙漠中，仿佛是一群巨大的蘑菇。艾哈迈德的情绪也好了许多，他解释说："这些十分有趣的沙漠景色，都是狂风的作品，是由几千年来的沙暴雕刻而成的……"

汽车慢慢地离开了哈里杰绿洲，我发现阿拉法特一直在观察着后视镜，我回头看了一下，好像有几辆卡车在跟着行驶，一辆拉满货物的卡车鸣着笛超过去，后面的车也越来越远了。可能是一首诗把艾哈迈德的恐惧疏解了，这个开罗大学的学生开始讲起绿洲的事来："这块绿洲，在我们埃及是西部最现代化最发达的绿洲。为了吸引人口转移，城镇里都拥有现代化的设施，一些村庄有很多的历史遗迹和遗址。这个绿洲被视为进入西部沙漠的前沿基地，在绿洲内部和周围地区，有很多古代埃及、希腊罗马的历史遗迹。在盖斯尔镇的露天市场里，能购买到形形色色的陶器。"艾哈迈德也不知怎么叹了一口气："唉，哈里杰绿洲最值得参观的是赫比斯神庙，庙里供奉着阿蒙神、穆特和孔苏。可惜这次我们是看不到了。这座保存完好的波斯神庙，是远古时期建成的。"

装甲车行驶在一望无际的大沙漠里，只有那条穿沙公路向远方延伸而去。虽然是夏天，可道路两边见不到一点绿色，漫漫黄沙里甚至连枯黄的草根都没有。开车的阿萨德沉默了好长时间，这会儿终于有了说话的机会："长官，我们很快就要到基拜时沙地的苦井，再从无人区向西南前进，整个路线要穿过新河谷省的腹地，路程还有四百多公里。"我对他称赞道："你的英语讲得不错嘛……"阿萨德得意地说："所有的警察上岗之前，英语必须达到四级，我考了六级……"我忽然想起他说的无人区，"我们车上的水和食物……""放心吧，在哈里杰绿洲的时候，我又补充了一大桶水，食物呢……有足够大家三天的面包。"装甲车走到一个岔路口，有一个用阿文和英文标明的路牌立在道路中间："前

方流沙将道路掩埋，正在清理，请向左走便道十公里，再并入主路……"阿萨德说："这条路早就清理过了，怎么……牌子又立上了？"艾哈迈德毫不犹豫地说："没错，向左走便道，走十几公里就又上那条主路了。"阿萨德把车停下来，走下车看了又看，不断地询问艾哈迈德，艾哈迈德坚持一定要走便道，"我是当地人……当然对路很熟了。"我们几个对此一无所知，就坐在车里看着他们。最后在艾哈迈德的坚持下，驾驶员阿萨德终于把汽车拐到了便道上。

阿萨德看着记录里程的迈路表说："我们到目的地还有二百九十公里……"这时艾哈迈德忽然又发言了："应该说是三百九十公里……"装甲车忽然一个急刹车，大家都向前倾了过去，也不知道是成心还是偶然的，伊娃和露西娅两位女士"哗"的一下，都砸在我的身上。阿拉法特提着枪就跳下车，原来就在两侧都是巨大沙丘的狭窄地段，车头前面道路出现了一个足有一米多深的大坑。阿萨德叨叨着："这要是掉进去……可就出不来了。"大家都下了车观看那个坑，我仔细观察着坑的形状，看着向四面散开的石子和土渣，我判断："这坑……是用炸药爆炸形成的……"就在这时候听到有车辆驶来的声音，原来那辆早就超车，跑到前面的大卡车又折回来了。阿萨德还在挥着手臂提醒前车呢，我忽然有种不好的预感就大声喊着："危险……快回车里！"当我拉着阿拉法特和其余的人，连滚带爬地进入装甲车里，迎面而来的密集的子弹，已经打在装甲车的外壳上，就在挡风玻璃上"砰砰"地响个不停。萨科齐喊着："看，后面……后面也来了一辆车！"接着装甲车的后面，也响起了枪弹打在防护装甲上的"噼里啪啦"的动静，现在所有的人都明白了一我们被武装恐怖分子包围了。我的脑海里紧张地搜索着为什么："这些人是埃及的恐怖分子，一直咬着我们不放……难道是为了地中海船上的一箭之仇吗？"看到枪弹无法击毁我们的车辆，前后的货车上都下来了人。他们端着枪躲在各自卡车的轮胎后面，观察着我们这边的动静。我考虑着当前的处境："车前面是深坑，前后还有重载的卡车顶住，两侧又是高高的沙丘……武装人员……看来这些都是预先安排好的……"我回头看了一下艾哈迈德，他立刻摆着手："布里斯先生，和我没关系……真的……和我……"他结结巴巴地说不出话来，我只是点了一下头不置可否地说："没关系……没关系？"阿萨德用电台呼叫，但是已经超出距离一直没有任何反应。我们几个带手机的人因为手机没有信号……现在装甲车对外已经失去了联络。

因为我的官阶职务高，人们的眼睛都盯着我，这时候的车里安静得只有大家急迫的心跳声……我和大家一起商量："对方是有备而来，目的是杀死我们为地中海上的失败报仇……只有坚决抵抗，但是我们也要谨慎地观察对方的动静。"年轻的埃及警察严肃地说："你们放心吧……我们一定会尽到职责。"两个女警皱着眉头攥着拳头小声地说着："没有武器……总是没有武器……你叫我们怎么发挥作用呢。"萨科齐到底年轻，他紧张的手在发抖，我拍了一下他的肩膀："你看看阿萨德……阿拉法特，他们和你年龄差不多……"后面的话我没讲下去，只是心里想："自己适应吧，危险是培养英雄主义的最好办法……"大家分了工，现在只有两支 AK-47 自动步枪，所以由阿萨德负责前方，阿拉法特负责车后面，其他人注意观察，"绝不能让那些武装人员靠近装甲车，否则被他们在车底放了炸药，我们可就危险了"。两个警察各带了三个弹夹九十发子弹，我嘱咐一句："节约子弹瞄准了打，我们再想办法冲出去……"这可能是我小时候在家乡看抗日剧的效果，完全是中国人的思维。对于 AK-47 这种枪就是快慢两种方式一半自动和全自动。埃及警察在学习使用的时候，就是近距离连发扫射，就听到"嗒嗒嗒……""嗒嗒嗒……"双方的射击此起彼伏你来我往，没用半个小时，就听到阿拉法特喊着："嘿，我干掉一个，阿萨德……你呢？"前面的阿萨德回答他："我打伤两个武装分子……他们流着血爬回去了。"高兴了一阵，我关心的还是子弹，"还有多

少子弹……""我有半匣……""我也是……十几颗吧。"两个警察
只剩下半匣子弹，"下一步怎么办？"伊娃问我："咱们要想办法出去，
这样被人家困着，就完蛋了……"露西娅前后看了看："怎么冲……
根本出不去……长官，我怎么听到外面喊什么王子……注意。"我也
好像听到他们在讲英语"王子……"。我正琢磨呢，阿萨德摆了摆手，"绝
对不能离开装甲车，他们人多，会把我们几个的脑袋用刀割下来的……"
这时我静下心来仔细地想着："是啊，装甲车是我们唯一的防护手段，
一定不能放弃装甲车，那么……能靠这个大家伙逃走吗？"

　　前面这个一米多深的大坑肯定是出不去的，我从玻璃窗看着后面
的货车，那是一辆意大利的依维柯八吨卡车，车上还有一些捆好的金
属器材，它停在道路的中间。我想着突围的办法："估计那辆车不是
满载重量，我们车的功率和扭矩……要大于它，再说装甲车车身短比
载重车灵活，还具有越野性能……必须试一试。"我对大家说出了自
己的想法："必须在天黑前突破他们的包围，不然我们真的完蛋了。
我想了一个办法，向后倒，把后面的卡车拱开，我们挤出一条通道开
出去，返回哈里杰。看油表油料没有问题，还能跑六百公里，只要我
们开出去就能获救。"艾哈迈德嘴哆嗦着问："那……那……要是……
出不去呢？"两个女警回答他："我们就战斗到死……"我说："那
就和现在一样了，前后还卡着我们呗。"大家相互看着都没说话，最
后阿萨德说："我同意，请长官驾车，我和阿拉法特负责还击他们。"
我看着萨科齐："那好，你和我坐到驾驶位置上，你观察，我来开车。"
现在大家都紧张起来，两个警察分别把自己用安全带，绑在一前一后
的射击位置上，随时注意着敌人的动静。两位女警一左一右地坐在位
子上把安全带系好，可是那个艾哈迈德东张西望地非常慌张。我对伊
娃大喊了一声："你们把他看好了……"就发动了装甲车，"轰轰……"
发动机传出了野牛一般的轰鸣，我把前后驱动连接起来，缓慢地向后
倒着车……五米……十米……二十米……"咣当"一声，汽车的后挂

钩顶在卡车的保险杠上，我使劲地加油卡车向后动了起来，后面的司机不知所措地随着向后倒，我看着他的车头开始向一边偏，"好，再来两米我就出去了……"全车的人都紧张地大张着嘴，我的汗把衣服都湿透了，"再来一点……"没想到后面的车头一斜，装甲车后面牵引钩就从那台卡车的保险杠上划开了。后面的卡车这时明白了我们的用意，连忙打着方向盘向前开，使劲推了我的装甲车一下，然后干脆把整个卡车横在了路上。装甲车里的人大声地喊着："啊……"我明白那是失望的惊叫声。可是谁都没想到，我忽然挂了一个前进挡，顺着路边的沙丘就开了上去。因为我倒退了二十米左右，旁边正是沙丘的缓坡，我在倒车的时候已经准备好把车头转过来，没想到被卡车从后面顶了一下，装甲车顺势就上了沙丘的缓坡。缓坡上是那种鱼鳞状的波纹，我一看这就是沙丘迎风的那一面，"好……我就从这里开过去……"我迅速把四轮驱动拨到高速上，一边加速一边降低胎压。这台装甲车真是个好宝贝，本来车的轮胎就宽，轮胎压力又是电动调节的，我降低了四轮的半个胎压，然后使劲加油，车就像野兔一样在沙丘上飞奔起来。这个变化使那些恐怖分子，惊讶得不知如何是好，最后只好拿起枪来对我们的身后射击了一阵，一直到看不见装甲车的身影才停止。我的身后一阵掌声，伊娃说着："真想不到，我们竟然能从沙漠里逃生……"露西娅回了她一句："你也不看看是谁在开车？"

其实，我在美国上学的时候，几个中国同学放假，我们专门回到内蒙古的乌兰布和沙漠去开车越野，那些技巧和要领，我一直都没有忘："第一，调整降低车辆的胎压。第二，切换到四驱模式，使用高速四驱模式。第三，通过沙地时，需要保持稍高的车速。第四，沙地驾驶起步的时候，控制好油门缓慢加油，平稳起步之后才可以踩大油门。第五，停下不停上，沙漠行驶中需要停车，车头一定要冲着下坡的方向，这样车辆再次起步时就可以利用重力让起步变得更容易。第六，沙漠行驶中走迎风沙坡，因为被风吹的一面比较结实，而背风的那面

根本无法托住重量。第七，路线的选择是十分关键的，遵循走高不走低的原则。只有站得高才能看得远，在高处可以更全面地根据地形更合理地规划车辆行进线路。第八，翻越沙梁是沙漠行车中难度最大的，在上坡时要一路加油，在快到坡顶时收油，利用沙子的阻力帮助减速，不能踩刹车。当车身三分之二通过坡顶，车辆栽头的时候就要一路加油冲下坡。这其中最重要的就是掌握好翻越坡顶沙梁时的车速，太快就会飞车太慢就会陷车。"我沿着高高低低弯曲回折的沙丘，开到一个较高的沙坡上的时候，车里有人说："看，左侧五公里左右就是那条穿沙公路……"

装甲车雄赳赳地从沙丘上下来，开上了穿沙公路，大家开始兴高采烈地计算到达迪普斯井的时间，阿拉法特说："天黑之前应该能到了……"我把汽车交给阿萨德驾驶，自己回到后面的座椅上，别看我开得熟练，其实紧张得全身衣服都被汗湿透了。就在这个时候阿萨德喊了一声："不好了……"又是一个急刹车，我的脑袋一下撞到驾驶员座椅后背上，差一点儿被挤进肚子里去。人们正要抱怨的时候，忽然看见前面停着恐怖分子的卡车，一个武装分子站在车上肩扛着火箭炮，那个尖尖的炮弹就在前面对着我们……

绝处逢生

　　眼前的形势，毫无疑问我们是没有任何胜算的。那个尖尖的火箭弹只要钻进车里，所有的人都会粉身碎骨。但是大家清楚恐怖分子的残忍，人们明白"只能坚守装甲车，就是被炸死也不能放下武器出去"。艾哈迈德在他的座位上扭来扭去，很痛苦地挣扎和斗争着。我知道他一定是有什么问题的，于是就坐到艾哈迈德的旁边，伸出手来对他说："拿来吧……"艾哈迈德顺从地从衣服里，拿出了一个手机递给我，打开手机电源，屏幕上出现了一个漂亮女人和男孩儿的照片。我问他："手机是哪来的？"他解释着："这是我第二个妻子阿伊莎和小儿子，恶徒们说她俩在他们的手里，要求我必须为恐怖分子做事……"艾哈迈德抬起头来看着我说："恐怖分子还有更重要的事，那件事也只有我能做到。布里斯，你救了我好几回了，我……不能再……我要去和他们交涉，只要放了你们我就随他们去足球研究所……"说着，他把自己白色的外衣脱下来，用笔在上边写了几个字："我是艾哈迈德，能办你们想做的事，我现在和车里的人谈判，请给一些时间。"然后他把自己的衣服，拿到挡风玻璃前面给卡车上的人看，然后对我说："我把事情的来龙去脉都告诉你们……"艾哈迈德语速极快地把事情讲了出来，弄得我们都大吃一惊。

　　原来在亚历山大港，艾哈迈德被人举报是恐怖分子，在押往开罗的途中，有一个警察模样的人悄悄对他说："放心，我们会劫狱，一定把你抢出来。""是谁举报我？""当然有人……举报你是为了让

第五章　沙漠深处

你脱离那几个法国警察……要知道你对我们很有用。"埃及内政部没几天就把艾哈迈德放了出来,出狱的时候还有人指示他:"随时听候指挥……否则……"出了监狱艾哈迈德被交给国际刑警,那时他的心理压力非常大,艾哈迈德不知道谁是好人谁可以相信,所以不敢把这些话讲出来。在尼罗河的船上,就在听我朗诵诗的时候,有人往他的手里塞了一张字条,写着要艾哈迈德立刻到盥洗室去,"否则你的家庭会有灭顶之灾……"艾哈迈德在盥洗室里,见到了地中海货船上暴恐分子的头头——货船上的大副。他交给艾哈迈德一个手机,里面有一张阿伊莎和他小儿子的照片。"你的儿子和老婆在我们的手里,只要听我指挥,你妻子和儿子就没事……"接着要求艾哈迈德告诉他:我们是几个人,住在几号舱位,艾哈迈德老实地都讲了。这个ISIS的头目对他说:"对于那些国际刑警我一定要报复,但是你另有任务……到你的家乡去,我们还有重要的事情要做。"艾哈迈德惊讶地问他:"你……你们还要干什么?"这个家伙得意地说:"当然有很多的事情……"艾哈迈德叨叨着:"怎么大家都对我的家乡感兴趣呢?"大副警惕地问:"还有谁……""那些法国警察……他们随我回家乡,就是想要了解足球研究所的。"这个ISIS的小头目咬牙切齿地说:"啊……那就更要把他们解决了。恐怖分子知道国际刑警不好对付,晚上纠集了十几个人进行突袭,结果发现里面的人并不是要杀的国际刑警,干脆一不做,二不休把无辜的老人们都杀害了。""我一开始还将信将疑,后来看到那些人的残酷无情,我才真的有些害怕了……"艾哈迈德在艾斯尤特警察局,想用电话落实家里情况的真实性,在遭到拒绝以后,他在手机上收到了一条信息:"你已经失去了我们的信任,为了挽救你的妻子和孩子,在下一段路上必须说服他们走便道,以后手机不能使用了,就看你的表现……"一切都明白了,这就是艾哈迈德坚持要我们走便道的原因。"他们……就是那些恐怖分子,要你做什么事情呢?"艾哈迈德回答:"不清楚,可能是恐怖分子吓唬我吧……"

话说清楚了，艾哈迈德看看车里的我们，什么都没再说就下车了。萨科齐看着我："长官，他的话能相信吗？难道就这样让他走了……"我在这个时候做了一个错误的决定，那就是放走了艾哈迈德。其实这一路，我对他产生了很大的怀疑，看着他自告奋勇地走出去，我当时想："艾哈迈德……这个人能不能相信……就看他下去如何表演吧。"

我看着艾哈迈德走向前面的卡车，肩扛火箭筒的武装人员一直瞄准着装甲车。没想到就在离卡车十几米的地方，艾哈迈德站住了，车里的气氛紧张极了，"好像……他在向……卡车上喊话……"阿萨德双手紧握方向盘，眼睛盯着卡车上火箭筒手，紧张得说话都发出了颤音。"他们在说什么王子……"我一下子有些紧张："王子？匪徒们为什么总有这个话题？"伊娃和露西娅手拉手握在一起，牙关紧咬，腮帮子都鼓了起来。阿拉法特嘴里数着数："……六、七、八、九……"好像在判断对方射击的时间。萨科齐眯着眼睛在祷告："……上帝保佑……"我一直都在注意艾哈迈德的动作，可是胸腔里的心跳，带动着我的身体前后直晃悠。忽然阿拉法特用手指着天空："看……看……沙暴来了……"能看到天上的颜色变成了黄色，我问："大概……还有多长时间？""五分钟……"外面的艾哈迈德还在讲着什么，还和对方在比画什么。我判断着："艾哈迈德在干什么？争取时间……还是指挥他们开炮？"我扭头看了一下："快倒车……拐到后面的沙丘，那里能躲开火箭弹的攻击。"我紧张得气都上不来了，张着大嘴一个劲儿地喘着。就看到一股黄色的云团升到头顶，"呜呜"的风吹得肩扛火箭筒的人有些晃悠，我大声喊着："快，倒车……"说时迟那时快，装甲车飞速地向后开着，就在我们拐到了后面沙丘的旁边，几乎把车头转过来的时候，那颗火箭弹射了出来，紧接着在装甲车的后面爆炸了。

我们随着汽车飞到空中，接着头朝下又摔了下来，装甲车在地上打了几个滚儿，最后终于平躺着停下了。两个埃及警察被摔得昏了过去，我的肩膀被椅子背冒出来的铁棍穿透了，疼得我"哎呀"直叫。最幸运

的是两个女警，她们都系着安全带所以没有受伤，不过她俩的裤子被鼓起来的顶棚尖角，扯开几个大口子。她们看到我疼得几乎是在号叫，咬着牙爬过来但是立刻愣住了：座椅上一根指头粗的钢条，从我的肩胛骨后面穿了过去，钢条的头上还挂着血淋淋的一大块肉。"博士……太危险了，再往下一些就是肺部……你忍忍，我们给你弄出去……"她们俩一个人扶着我的肩膀向前拽，另一个人使劲地向后推座椅，先是铁棍已经出去了，可是伊娃一松手座椅又从我的身体里弹了回来，我眼冒金花全身出汗疼得浑身哆嗦。两个女警差一点就哭出来了，她们咬着牙第二次终于把铁棍弄了出去，我也软得瘫在地下昏了过去。等又睁开眼睛的时候，才发现伊娃打开装甲车的医疗箱，正在给我包扎肩膀，露西娅在给埃及警察包扎头部。外面的沙暴好厉害，天空已经变成了暗黄色，那些飞沙走石把装甲车敲得就像在古战场上擂响的战鼓。眼睛什么都看不到，感觉到装甲车好像在悬崖边上，被风吹得摇来摇去，似乎一下子就会掉下万丈深渊。就在刚才汽车又跳又滚的时候，挡风玻璃被整块甩了出去，能听到风沙呼呼地直往里面刮，两侧的门都被挤着怎么也打不开，似乎听到哗哗的声音在时断时续地流淌着。萨科齐刚才被摔晕了，这时醒了过来，他摸了一下自己的身上说着："我这是怎么回事……外面下雨啦？"阿萨德头上绑着绷带哼哼着说："唉……那是油箱和发动机水箱坏了，汽油和循环水泄漏的声音。"

　　我把自己的衣服递给露西娅："挡住前面的玻璃窗吧，车里的风沙太大了。"露西娅把新买的裙子拿来，像窗帘一样挂在空空的前风挡框上，车里的风立刻感觉小多了。忽然我意识到："要是这个时候敌人摸上来，我们不就吃大亏了？"我提醒大家警惕，自己忍着痛从没有玻璃的风挡爬了出去，装甲车不知道为什么，竟然像跷跷板一样摆来摆去。伊娃和露西娅拽着我的腿，一点点地慢慢放开，生怕一出去我就被风沙刮没了。车外天昏地暗，飞沙走石，我使劲抓住装甲车的棱角才没有被大风吹走。能看到汽车是垫在一块鼓起来的硬沙丘上，我忽然意识到："汽车必须立起来，不然我们是无法防御恐怖分子的。"我抓着装甲车的边角绕了半圈判断着："我们一起使劲……再借着风的力量……说不定能行。"回到汽车风挡那里，对里面的人喊道："大家出来，我们把车扶起来……"人们一个个地爬出来，这时风似乎小了许多，我对大家说："你们看……我们汽车靠下的部分……垫在一个土坡上，那就是个支点……我们一起上下摇它……然后再使劲推……"我背着风喘了口气，大声喊起来："……听我的指挥……一……二……一……二……"人们把装甲车上下晃悠起来，就在又一次向上晃动的时候，我喊着"向上抬……推呀……"就听到"咣当"一声，装甲车立起来了。还好，车立起来整个车体就不再较劲了，车门也能打开了。人们高兴地拍起手来，我推着大家："上车去，快……都上车，把车辆再检查一遍。"人们分别把装甲车检查了一遍，阿萨德报告说："车里面几个座椅坏了，前面驾驶室的挡风玻璃没了……电台还能用……"露西娅喊着："侧面的射击口和观察小窗户完好，两侧门完好。"阿拉法特说："后面的门被炸得扭曲了，可是还能防弹。"我对大家说："我刚才检查了，火箭把后边的车轴炸坏了，现在只能坚守在这里……"从车里看，装甲车是斜对着公路横在沙坡上，流沙已经把沙丘拐弯的那段道路填埋了，从小窗可以看到公路上的沙堆。人们议论着："这回那些人的卡车过不来了……""要防备恐怖分子越过沙丘袭击我们。""他们要是爬上沙丘，再给我们一颗火箭弹……那该怎么办？""那可就没有办法了……""难道我们只能等着人家来打我们吗？"我的军事知识开始发挥作用了，我提出了几点要求："第一，要有观察哨，注意敌人的动静。第二，占领制高点，用来阻止对方的袭击。第三，争取外援。第四，守住基地。"这话大家都听清楚了，萨科齐瞪着那没精神儿的眼睛问："长官，您的一二三四到底怎么落实啊……"

看来不说清楚是不行了，我严肃地注视着大家："现在是关键时刻，你们注意到面前那个高高的沙岗吗？从下面拐过去就是恐怖分子的卡

车。流沙形成的沙岗堵住了道路，敌人也只能走着过来，所以预防是第一步，就是在沙丘上放一个观察哨，因为这里居高临下，只要有一个枪手，就可以威慑对面的武装分子，这就是措施一和二。"人们不作声地听着，阿萨德和阿拉法特点着头，看来他们明白了。"关于争取外援，用车上的电台发求救信号，这里虽然距离城镇较远，但是偶尔远距离也能收到……第四守住基地，就是装甲车的防御，要把重点放在驾驶员的位置，那里是最薄弱的地方……"其实我从来没有当过武装士兵，也没上过军校学军事理论，这些战术要领，都是在玩电子战争游戏学会的。我的经验直接上升到理论："在面对强大的敌人时使用战术，用谋略获取胜利。兵者诡道也，行军作战，战术不可缺少，以少胜多或以弱胜强，在于熟练策略的使用战术。诱敌深入，欲擒故纵，才能最大程度给予敌人重创。"还有"战术又可分为破坏防御、打击敌方防御兵力，以及保护我军生存……"

经过一个小时的肆虐，沙暴慢慢地刮过去了，现在第一件急迫的事就是赶快上沙岗，掌握敌人的动态。我迅速地做出决定："我和阿拉法特上沙岗值第一班到明天早上，阿萨德立即发报，不间断地连续发，要有准确地点坐标。两个女警不许离开装甲车，负责观察车辆的周围情况。萨科齐和阿萨德同时作为明天沙岗第二班的预备队……"说完，我和阿拉法特一人带了一瓶水一个面包，快速地向几十米高的沙丘跑去。来得真及时，我们跑到沙坡顶上的时候，武装分子派出了两拨人正在向沙丘的两侧迂回呢，他们是要从两边向装甲车发起袭击。阿拉法特回过头来问："怎么办？打吗……""把射击方式调整为慢速，一定要干倒几个……让他们不敢再向前走。"阿拉法特是那种极为细心的人，他计算着距离，把标尺调整到有效范围的最小值。我提醒他："打了左边，马上打右边，然后自己的位置立刻挪开五米。"我看着他的枪口对着下面，就在那几个人并排走的时候我们的枪声响了："嗒嗒……"一下子撂倒两个。阿拉法特端起枪来转过身去，对着另一伙人又是"嗒嗒嗒……"的几枪，我看到打伤了一个，两伙人都就地卧倒，"嗒嗒嗒"，"嗒嗒嗒"，对着沙坡就是一阵射击。按照提前安排，我俩转到沙丘左面又是两枪，然后跑到右面等着。我的意思是让对方以为，我们至少有两条枪在沙岗上。果然，那几个家伙先是趴在地上一动不动，然后几支枪不停地向沙岗的两头扫射，有几个人拖着伤员向后撤。我长长地出了一口气："好啦……死伤三人，天黑之前他们是不敢过来了。"接着我问他："你还有几发子弹？"阿拉法特把弯弯的梭子从枪上退下来，数了数子弹，"还有八颗……长官，他们怎么不再发射火箭弹了？"我分析着："应该说，恐怖分子只有一颗火箭弹，否则他再多射几发，把我们的装甲车炸毁，扭头走不就行了吗？"

背靠在沙丘上，我和阿拉法特谈起埃及的历史，感慨着埃及历史文化的悠久，还有那些无数个不解之谜。阿拉法特对我说，他从小就想当一个考古学家，"去解开胡夫金字塔……还有斯芬克斯……那个狮身人面像的秘密……"可是他的父亲是一名警察，坚持让他去考警校，"所以我就当上了警察……可是内心的理想，还是在不断地推动着我……一有时间就学习历史。"虽然时光变迁，古埃及人创造的辉煌文明渐渐破败和残缺，威严的形象与光芒却不曾磨灭。年轻的警察像在朗诵诗歌一样："尽管他躺着，你仍旧能感受到他的威严……"听到年轻士兵讲出的话，我感觉他指的不仅是法老的木乃伊和无数的古迹，而是在欧洲人眼中……仍然躺着的非洲狮子—那个目前还落后的埃及。阿拉法特强调说："我的祖国计划着很多雄心勃勃的项目，像开凿运河、钻探石油和天然气、发展化工工业、试行大农业，我们的经济正在蓬勃兴起，未来埃及是真正的非洲雄狮。"

黄昏渐渐地接近了大地，夕阳西下的时候沙漠是最美的，如果你感觉大漠的日出是豪情万丈，那么沙漠的日落则是柔情万种。匍匐在沙丘上观看沙漠落日，每一段色彩的变化，都是十分鲜活的景象。在连绵起伏茫茫四野的撒哈拉沙漠，视线所及之处，都是起伏跌宕的沙山与凹地。

极目远眺，红色沙丘绵延不断，我忽然有一种脱离凡尘，在大自然中无比豁达的感觉。看着远处层层的沙丘，一下子被涂上了金色，几丝蓬松悠闲的云彩，像夕阳红色的纱巾，漂浮在西边橘红绚丽的天空之上，慢慢地整个沙漠又绣上了橙红的花纹。等到天边的红色渐渐消失，灰暗吞噬了绚烂的霞光，那残红如血的余晖，散尽了自己最后的一抹魂魄……这时天色已经全黑了。

　　忽然听到汽车发动的声音，我和阿拉法特伸着脖子向前望去，那辆拉着恐怖分子的卡车，亮着大灯开走了，好半天还能看到卡车的灯光，在沙漠里若隐若现。"长官，我们现在回去吗？""不……再等等，万一他们这是……"我想说欲擒故纵，可英语对这个中国成语不好表达，我吭哧了半天，说出了一句"他们很可能是个阴谋……"我俩在沙岗上又等了一个小时，沙坡下也没有任何动静，我琢磨着："看来，他们是等不及了，要先去解决沙漠足球研究所了……艾哈迈德……足球研究所，现在我们是顾不上了。"我对阿拉法特说："我们先回装甲车里和大家商量一下，我们要不要离开这里，徒步走出去呢？"从沙坡往回走也就一百米的距离，虽然天色已经漆黑，还是能影影绰绰地看到装甲车的影子。我走在前面想着："匪徒们走了，今夜大家可以轻松一点……那个艾哈迈德，匪徒们会怎么样对待他呢……"就在这个时候，阿拉法特一把推开了我，他的手正好就使劲在我的伤口上，疼得我在沙地上狠狠地栽了个跟头。我听到他在喊："انتبه خطر في المسقبل（阿拉伯语，小心，前面危险）。"阿拉法特的枪同时也响了。就在这时几支自动步枪射向了他，子弹在夜空中划出了五六道红色的弧线，年轻的埃及警察倒在地上不动了。我这才意识到："我们上当了，真的是匪徒们的阴谋……"阿拉法特的喊声和密集的枪声，立刻提醒了装甲车里的人，没想到那些匪徒也犹豫了，他们认为我们是里外设防，所以也不敢轻举妄动。我爬过来用手在阿拉法特的颈动脉上摸了一下，能感觉到已经没有脉搏了，匪徒们的子弹密集地穿过了他的胸膛……我知道，要不是阿拉法特用那么大的力量把我推开，现在躺在地上的，应该是我这个叫布里斯·叶赫的人。我默念着阿拉法特刚才说过的话："尽管他躺着，你仍旧能感受到他的威严……"

　　我从阿拉法特手里，把沾满了鲜血的 AK-47 拿过来，"咔嗒"一下拉上了枪栓，"你们来吧，老子今天就和你们拼了……"趴在沙地上，能感觉到沙子还在释放着白天的热量，我努力睁大眼睛看着四周，耳朵也竖起来听周围细微的动静。看来匪徒们决定先消灭车外的防卫，再进攻装甲车里的人。在我的心里，这时候早就急成一团："装甲车……我的那些同事们……一支枪能对付得了这些匪徒吗？"忽然眼前闪过几个黑影，我端起枪来就是一梭子，没想到只有扳机"咔"的一声，原来刚才阿拉法特已经把那八颗子弹都射出去了。有人在用英语喊着："快上，他没有子弹了……"扑上来三四个人压在我身上，弄得我气都喘不过来。我在黑暗中挥舞着步枪，两条腿在空中使劲地踢着，那几个匪徒使劲按着我的肩膀，想要把我翻过去绑起来。忽然我想起爷爷当年教的几招"脱扣"，我立刻把枪扔掉，身体尽量缩成一个长条，两只脚使劲向下蹬，在沙地上顺势向后滑去，一下子摆脱了那几个人的束缚。然后一个鲤鱼打挺跳了起来，嘴里虚张声势地喊着："Punch...gogogo...（英语，'冲啊……快快……'）。"几个匪徒一听扭头就跑，他们以为中了埋伏呢。黑暗中我用脚绊倒了一个，顺手抓住了他的枪，那个家伙把枪一扔就跑了。我利用这个机会三步并做两步，估摸着跑到装甲车的旁边，摸索着走到空着的风挡那里，压低嗓子说："我……我……"先把枪扔了进去，然后一个鹞子翻身就进了车里，这时候才感觉到肩胛骨伤口钻心一样地疼。"阿拉法特呢……"阿萨德着急地问着，我沉默了几秒钟："嗯……他被匪徒打死……牺牲了。"阿萨德愤怒了，他说了一句："فليذهبوا جميعاً إلى الجحيم؟"（阿拉伯语，让他们全都下地狱！）"说完拿起枪来就要下车，我一把拉

住了他："匪徒人多，我们的子弹不足，只能在车里防御……懂吗？！"我拿回来的那支AK-47弹匣里只有十发子弹，这时外面响起了枪声，是恐怖分子从四面把装甲车团团地包围起来了，他们的人数足有二十几个，两人一组分别对着里外，先是对着外面射击，想压制住我们在外面的伏击人员，然后再对装甲车射击，要找出攻击装甲车的方法。他们对外射击了几分钟，然后由另一个方向的射手向装甲车开枪，终于他们发现了前面那些子弹都射到车里，没有防弹玻璃阻挡子弹的弧光和声音。匪徒集中了十几个人来到驾驶室的正面，他们采用远近交替火力压制车内的战术，然后有几个人靠近车头集中火力射击，这时候车内的人根本没有还手之力，五个人只能躲避到驾驶室底下，根本没有反抗的机会。我忽然想起来一件事："阿萨德，SOS…求救电文发了吗？""长官，我连续发了五遍，每次时间一分钟。"形势越来越危险，有四五个匪徒已经从侧面登上了车顶，几乎就在窗口相互接替的射击……伊娃和露西娅拉着我说："长官，你知道我们不能做俘虏……如果敌人占领了汽车，请你先打死我们……"我知道这是个最好的选择，可我的心在流血……我看着两位坚强的姑娘，小声说："放心吧，我们绝不做俘虏。"接下去大家商量了一下，由我执行打死伊娃和露西娅以及萨科齐的任务，（这样我的那支枪里就没有子弹了）然后由阿萨德将我打死，他最后饮弹自杀。这里阿萨德最危险，因为很有可能被活捉。年轻的埃及警察说："阿拉法特被他们打死了，我没有脸再活着回去，如果真是那样，我会坦然地面对着他们拿着弯刀来实行斩首……"萨科齐刚才一直都在发抖，现在年轻人开始表现得平静一些了，车里很黑看不到他的表情，但是能听到萨科齐很勉强的笑声："哈哈……长官，我不怕死，到了天堂，我们还是一个小组，那里也需要国际刑警抓坏人啊……"这时候我对死真是无所畏惧的，人们一定奇怪我一个28岁的青年人，怎么会锻炼得如此刚强？其实我在几年前的一段时间里，心灰意冷、万念俱灰。那是因为我的爱人"公主"去世以后，真的想和她在一起永生，当然只有和她一起去升天……可是留在宿舍里那对儿"公主"晶莹的蓝眼睛，总是在激励着我："为了'公主'要好好活下去，你能为社会做更多的事情……去抓更多的坏人，把社会清理干净。"之所以我能视死如归，是因为我抱着一个信念："活着继续做该做的事，死了就去和'公主'团聚……无论哪一种结果，都是最好的……只是我的那几个同事，他们……"我真的有些想不下去了。

一切都安排好了，我们停止了对外射击。我对大家说："我们是警察也是战士，平静地等待那一刻的到来吧……"听到头顶上开始有动静了，这是两个匪徒在向车里爬，那两个家伙一边抱怨着，手里的枪还不断"叮咣"地碰撞着装甲车的窗框。就在这个时候"砰砰"两声枪响，不知道什么人发射了两颗照明弹，接着就是枪声大作，"嗒嗒嗒……嗒嗒嗒"，清脆的枪声，绝对是北约军队使用的最新式 HKM27 自动步枪的声音。我拉了一把阿萨德，喊着："援兵来了……快，打呀！"我刚站起身来，"砰砰砰……"两个家伙打来一梭子子弹，几枪都打在我那个受伤的肩膀上，黑暗中我又倒在驾驶台底下。阿萨德端起枪来，把两个伸进半个身子的匪徒干掉了。伊娃和露西娅爬出来，从两个已经死了的匪徒身上把枪和子弹拿下来，用那两个尸体垫在窗口，"我们有子弹了，使劲地打吧……"三支 AK-47 就架在驾驶台上，对着外面那些匪徒不停地射击着。车外的枪声大约响了半个小时，枪声停止后有人在敲门，还拿着灯光不停地闪着，伊娃看着灯光闪耀的长短翻译着："这是莫尔斯电码……我们……是正义……之师……"装甲车的门打开了，进来一个穿着夜战服的军人，他的头盔上挂着夜视仪，手里端着自动步枪。我从驾驶台底下爬出来，勉强支撑着自己站在那里，一只胳膊耷拉着低声介绍着："我是……国际刑警法国中心局的……布里斯·叶赫警官，感谢……你们及时的援助……解救了我们。"真没想到，对方给我行了一个军礼后说道："原来是你们？不就是地中

海货船上……的国际刑警吗？"我感到自己快站不住了，但是还是有些奇怪地问了一声："你……是……"伊娃的耳朵真灵，她抢着对我说："听声音……您就是在地中海消灭匪徒的潜艇部队指挥官吧……"这时候我再也坚持不住了，一头栽倒在车里，我的耳边响着伊娃着急的声音："真该死……我们怎么没有发现长官又受伤了，快……快给他包扎。"

秘密基地

后来那位指挥官对我说："我们的基地收到你们求救信号，在确定了具体的经纬度以后，马上就派出了战斗队员。你问我们怎么到的？……嗯……大家是乘坐滑翔机飞到你们这里的。"人们毫不怀疑他的话，是啊，无声无息才能出奇兵，要是用直升机飞来，这些匪徒听到动静四散一跑，怕是一个都抓不住呢。

战斗一共消灭二十名匪徒，抓了两个俘虏。据他们交代："是 ISIS 组织在埃及的分支机构，这次任务是绝密的，要到迪普斯井占领一个工厂……半路又接到命令，必须把装甲车里的人全部杀死。我们来了两辆卡车四十个人，前面的车先走了，把这项任务交给后面的小队。"我这才明白，这些人是后面车上的匪徒，他们本来就是抢来的车辆，把车上的货物扔到那个深坑里，就开了过来。后来在半路躲避了一会儿沙暴，接着他们用对讲机联络了前车，指挥官把任务留给了后面的小队。可是没有想到，就在匪徒们要成功的时候，意外地出现了一支军队，结果是二十人被打死，两个受伤的成为俘虏。

那几个特战队员，让大家上了恐怖分子开来的卡车，把负伤的我和牺牲的阿拉法特都抬上了车厢，卡车在夜里向特战队基地开去。我在路上不停地昏迷，隐约看到阿萨德坐在盖着白色单子的伙伴旁边，在给自己的伙伴讲些什么。我好像感觉到伊娃和露西娅在身边，每当车颠簸的时候，她们都要惊叫几声，弄得驾驶车辆的人只好慢一些。我在想："阿萨德可能是在为阿拉法特祷告吧。"后来又感觉，他是

在给阿拉法特讲故事："……兄弟，我答应过要带你去卢克索玩的……现在只能给你讲一讲那里的事了。卢克索……那是埃及最大的露天博物馆，城里到处都是宫殿，是个真正的宫殿之城……母亲河—尼罗河穿城而过，将城市一分为二在卢克索有座金黄的山，还有五光十色的海中溶洞……美极了，听说这些溶洞是东方和热带地区的纽带。"等到我又一次被颠簸醒过来，阿萨德的故事还没有说完："……在卢克索有一些生活的隐者，很早以前在这里建立的基督教修道院……贝都因部落的弟兄，在周围的沙漠里过着无忧无虑的生活。我记得在一次执行护送任务时，那个考古团的教授给我们讲过：古代埃及人，认为生命同太阳一样自东方升起西方落下，因而，在河的东岸有着众多壮丽的神庙，所以那里是充满活力的居民区。而在河的西岸，就是古时法老、王后和贵族的陵墓。那里是生者与死者隔河相望之城，它代表了古老的两个世界，永恒循环的圆圈……"说到这里，阿萨德啜泣起来。我昏迷中似乎在那个沙坡上，年轻的埃及警察阿拉法特在对我笑……我的心在疼……好像什么人在提醒着："是他救了你，尽管他已经躺下，你仍旧能感受到他年轻生命中的威严……"

　　清晨，汽车驶入处于埃及撒哈拉沙漠中，一个神秘的被电网围起来的"BASHAN公司训练基地"。我被那些突击队员用担架抬着，送到基地的医院。在昏迷中我好像感觉到，一个巨大的基地，被分类规划得井井有条。一个用石子碾压出来的简易飞机跑道，向前方伸延而去，足有五六公里长。旁边的停机坪上停放着几架直升机，和一架大型军事运输机。远处有十几个大型银色的油罐，有很多车辆停放在停车场里，各式的大型建筑集中排列着，被道路分隔成十几个区域。最为显眼的是基地里唯一带有绿色的地方———一个精心呵护长满寸草的绿茵足球场。就在那个绿色的场地上，无数个影子在飘移……

　　也不知道昏迷了几天，当我睁开眼睛的时候，看着洁白的墙壁和那些只有在欧洲才有的医院设备，对眼前的环境莫名其妙："这是在哪儿，我们回到巴黎了吗……"一个年轻的男护士对我说："这里是BASHAN公司的训练基地，您在我们的医院里。"我的脑子一片空白："我……怎么了，为什么会在……一个什么公司的医院？"小伙子微笑着："先生，您受伤了，虽然只是肩膀和手臂有三颗子弹，但是您失血过多，已经昏迷了两天。医生已经为您做了手术，一切都会好的。"我使劲地想着："子弹……枪伤……啊，对了，是在装甲车里，那车呢……我的人……伊娃、露西娅、萨科齐，他们都在哪儿呢？"正在苦思焦虑地想着，伊娃、露西娅和萨科齐一拥而入，"别急，长官，我们在这儿呢……""出去，出去……谁让你们进来的？"那位男护士把脸拉下来毫不客气地向外轰他们，伊娃和露西娅又是抛媚眼又是甜言蜜语，好不容易才安抚住那个男护士。"只许待一会儿，病人需要安静不能喧哗。"男护士出去了，我的几个伙伴一拥而上，他们拥抱着我，大家的眼泪鼻涕都抹在我的脸上，我用那只没有受伤的左胳膊，搂着伊娃、露西娅和萨科齐的脑袋，由衷地说着："太好了，你们都平安无事……"伊娃和露西娅你一句我一句，讲了最后的战斗和我是怎么受伤的，大家又怎么来到这个沙漠里的基地……我慢慢地回忆起来了……装甲车被炸……沙坡上的战斗……阿拉法特的牺牲……我忽然想到："那个阿萨德呢……"萨科齐告诉我："长官，他在陪着自己的兄弟——阿拉法特呢。"我沉默了，内心无比地痛苦："是啊，是那个叫阿拉法特的埃及小伙子救了我……他现在却冷冰冰地躺在空房子里……再也见不到家人和朋友了……"我挣扎着要起来，"不行，我也要去看看阿拉法特……"大家围着不让我下床，他们竭力地劝说着："你现在还不能动，右肩里植入了一块人造肩胛骨，千万要注意……"露西娅和伊娃扶着我又缓缓地躺下了，这时候，那位营救我们两次的指挥官进来了。

"你好，布里斯警官，我叫史密斯·布朗，他们都叫我老虎……"这位绰号"老虎"的指挥官真是军人出身，总是保持着那种直来直去

的作风。我喘着气说："唉……唉……我们太惭愧了，总是要麻烦你们来……帮助。"史密斯摆摆手："我们的目标是一致的……不是吗？"接着指挥官很有礼貌地问候了两位法国小姐，对着萨科齐高喊了一声"总统阁下"，弄得年轻的见习警员红着脸躲到角落里去了。我听到对我们每个人的称呼，就觉得这个人并不简单，"他一定是情报官出身……在表明我们的底细他很了解。"和史密斯聊天很有趣，这是个很健谈的人，什么美国、欧洲、非洲的事情……人家全都知道："我是美国人，姓史密斯，是海军陆战队的退役少校，你们可别小瞧我的姓，那是美国的第一大姓氏。现在这个培训基地里任教官，也是第一应急分队的指挥官。"既然不是外人，我就直来直去地问他："BASHAN公司应该是世界前三位的安保公司吧？""哦，当然，要是看去年的业绩，我们参与的其他国家行动已经有三十个，执行联合国的任务二百一十宗，我们的员工已经达到十几万人，在几大公司中排列前三位。"伊娃插嘴问："你们的基地为什么设在埃及的沙漠里？"史密斯微笑了一下："这里的位置最适中，距离地中海、红海都近，就在中东的核心位置，无论要进入哪个方向都十分便利。"露西娅问："这个基地美国国防部使用吗？"他回答："这里纯属私人财产，如果政府要用，那是要付费的……"听史密斯说，应埃及内政部的要求，基地用直升机把阿拉法特的遗体送回去，阿萨德也同机回去了。伊娃说："临行前，那个小伙子在您门口站了一会儿，护士说您在睡觉他就没有再打搅。"史密斯说："阿拉伯小伙子忠诚、勇敢，都是为人豪爽的男子汉……"

连续几天，史密斯指挥官都来看我，我们之间说话也越来越随便了。我很快就能下地来回走动，只是右臂和肩膀还打着石膏。我布置他们三人，把整个进入埃及以后的经过，写个报告交给我。伊娃、露西娅和萨科齐，被安排在基地士兵宿舍，这时回房间写报告去了。史密斯过来看我，听他介绍，BASHAN公司是美国著名的安保公司，业务遍及全球，雇员大都曾服役于各国的精锐部队。包括美国的三角洲、海豹突击队，法国的外籍军团，波兰的雷鸣特种部队等著名军队劲旅。史密斯自豪地说："我的公司二十世纪末由几名退役军人组建，第二年即开始营业。很快就和联邦政府以及那些执法机构，还有一些跨国公司签订了合同，当然啦，同样也为其他国家的政府服务。"目前公司拥有十几家分公司，涉及训练中心、靶场、警犬训练、空中警卫、安全顾问等领域。"现在我们的五千名雇员分布在全球很多国家，还有几万名雇员全副武装地随时待命出发，我们的二十架飞机严阵以待……"只要一听就很清楚，这家公司其实就是一支真正的快速反应部队。他们与美国政府机构签订的合同，是从事保安、情报收集、修路、建立金融系统和后勤运输等工作。据统计，仅前几年在中东各国从事私人保安业务的美国人，已经达到四万八千多人。他们主要是保卫美国在各国人员生命和财产安全，"我们的人，绝对装备精良，忠诚可靠。"史密斯介绍说："过去英美安全信息委员会，将在中东的私人安保分为三类，一、高级文职官员的保镖，二、非军事目标的警卫，三、非军事运输的保护者。"除为美国政府机构工作外，大部分保安公司的目标，是向在动乱国家的外国公司提供服务。

中国的老话都说"伤筋动骨一百天"，可是不知道这里的医生给我用了什么药，肩膀和手臂好得很快，现在可以轻轻地抬到一定的高度了，伊娃和露西娅很快就把报告交上来了，到底是老刑警，她俩详细地记录和分析了我们沿途所遇到的情况，还提出了一个问题："……匪徒们劫走艾哈迈德……究竟要干什么？""不……是他自愿的……""他们要艾哈迈德做什么事情呢？"两位美女这些日子在病房里陪着我，照顾得真是无微不至，我对她们说："你俩这样下去，我就变成基地所有人的敌人了……你没有看到那些战地医生和男护士，羡慕得眼珠子都快掉出来了……"萨科齐几天了，还是不知道怎样下笔，只好躲在房间里不出来。

史密斯指挥官又风风火火地来了，他一手抱着一颗黑白相间的足球，一只胳膊夹着一叠文件，原来他正在忙碌"安保足球大赛"的筹备工作。指挥官对我说："两个月后，要在我们这里举行世界安保公司足球赛，大概有二十个大小公司的球队来这里比赛，怎么样……水平绝不会低于欧洲足球赛，到时候各位睁大眼睛好好观看吧。"接着史密斯拿出一张表格，登记着已经报名的公司。露西娅好奇地要过来那张表格："原来您是足球赛的组委会成员啊……怪不得您这么忙呢。"史密斯带着激情朗诵着："我总是对她（足球）充满了深深的爱意，因为如果你不能用爱待她，她就不会顺从你。"我知道这是巴西名将迪迪的话，在他的眼里，对待足球就像对亲爱的姑娘那样柔情。史密斯把单子递给我，挤了挤眼睛对我说："加油，拿出你们的尊敬来，足球是一个需要你们用爱去呵护的女孩……"我看着上面列着二十个世界顶尖安保公司的名单：

一、西非私营武装公司（前身南非公司，客户为跨国企业，戴比尔斯钻石联合企业、英国石油）。

二、英国军方背景的 SI 公司（主要业务是提供保安、咨询、军事训练、情报支持和后勤保障）。

三、以色列雇佣兵出口机构 IZO 公司（其提供的私人保镖在菲律宾、美国和西非国家很受欢迎，一些富豪甚至拥有由 IZO 公司训练的私人军队）。

四、MPRI 公司（美国最大特色在于公司职员，几乎是来自陆海空和特种部队的退休将军、军官和士官）。

五、装甲组织（为全球风险管理公司，主要为各国政府、企业和人道主义机构提供风险管理）。

六、BASHAN 公司（美国著名的安保公司，业务遍及全球，雇员大都曾服役于各国的精锐部队，包括美国的三角洲、海豹突击队、法国的外籍军团、波兰的雷鸣特种部队等著名军队劲旅）。

七、DiligenceLLC 公司（　　　）。

八、泰坦公司（　　　）。

九、控制风险组织（　　　）十、AD 咨询公司（　　　）。

十一、黑水安全咨询公司（　　　）。

十二、战斗支持合作社（　　　）。

十三、国际情报有限公司（　　　）。

十四、全球海上安全系统公司（　　　）。

十五、橄榄安全公司（　　　）。

十六、威斯敏斯特国际有限公司（　　　）。

十七、桑迪集团（　　　）。

十八、斯蒂尔基金会（　　　）。

十九、美国私人安全公司（　　　）。

二十、哈利伯顿公司（　　　）。

我表示奇怪地问道："法国外籍军团的士兵很多在做安保，怎么没有法国公司？"史密斯哈哈大笑："哎哟，真是法兰西人的思维……里面有两个法国人为主的公司。其实，现在安保公司都实行国际化，大家都在一起干呢……"年轻人一说起足球就很激动，萨科齐说："指挥官，有人评价当代的足球，是缺乏激情、冷漠而呆板的运动。人们憎恨失败，禁止一切似乎多余的动作，像马拉多纳那样能把自己的奇思妙想变成绿茵场上高效进球的人，已经没有几个了。"史密斯点了点头："是啊……一百年前，孩子们会唱着'我们胜利我们失败，无论是输是赢，我们都很快活'的歌声。那时足球追求的是快乐……现在呢？充满了金钱的欲望，踢假球……吹假哨。"我插了一句："是啊，我们追查的就是这足球后面的黑幕……当然，再也见不到整个国家，都会为了一场足球比赛

而屏住呼吸，政治家和歌手还有街头商贩，他们都闭上嘴巴，连苍蝇和蚊子都为足球停止飞行的年代了……"

史密斯走了，他把足球放在地上，看着黑白相间圆圆的足球，我忽然想起在中国，也不知道什么朝代描述足球的一首诗：

> 八片尖皮砌作球，
> 火中弹了水中揉。
> 一包闲气如常在，
> 惹踢招拳卒未休。

我对伊娃说："商量一下工作吧……"露西娅把地上的球拿了起来，她掂量了一下看着我说："有东西……""打开它……"露西娅用小刀把气咀划开，原来里面放着一个微型录影机。"啊……CIA对我们还用这种手段。"我问伊娃："从亚历山大港出来有几天了？"她十分准确地回答："十天。"我想了想然后对几个人说："第一，现在我们在什么地方，这里的准确位置要确定一下。第二，向巴黎汇报我们的情况。第三，尽快到达艾哈迈德的家乡迪普斯井。第四，寻找沙漠研究所。第五，打听一下艾哈迈德的家和他的情况……毕竟他是为了我们，自己走到匪徒那里去的。"在撒哈拉沙漠里没有基站和网络，我们自己带的手机在这里无法用，也就没有办法确定经纬坐标。基地所有的人都是使用卫星电话，"看来只能向史密斯借用一下了。"大家商量了一会儿，"关于我们的行动目标不需向任何人泄露，只能在确定我们的位置以后，才能有后续的行动。"我对大家说："走吧，我也想出去透透气，在大院儿里没准儿能碰到史密斯呢……"

医院在基地的六区，我们顺着笔直的道路走到八区，它整个区域都是锻炼身体的场所。这里并排着三个绿茵足球场，每个场地都有用木板条做成的简易"观礼台"有一个大的棒球场，六个网球场，那些都用铁网子围着，在第八区的最外边是一个两万米的运动跑道。

伊娃四处环顾，不断地惊叹着："好家伙……这里比美国本土的军事基地都大啊。"露西娅回头对伊娃说："人家这是私人企业，钱投得多自然就弄得好了……"我们在足球场的木条凳上坐下来，看着运动场上踢球的那些人。忽然我发现，"赛场上不是十一个人吗，怎么在长方形的球场上，进攻的队却是十二个人？"我这么一说，几个人还真把场上的人数了几遍，"是呀……蓝队多一个人。"萨科齐判断："是不是裁判助理……"伊娃摇摇头："不对……那个大个子还踢进一个球呢……你看他总是站在边上，歇着……那家伙是个专门进攻球门的。"我们几个叽叽喳喳地议论着，忽然裁判员跑到那个大个子身边，又是揪耳朵又是弄鼻子，可黑大个儿却没有反应。我的脑海里一下子想起了："比利时赛场……塞内加尔鲁菲克……机器人……"于是跳起来就跑向球场，边跑还边喊着："幽灵球队……鲁菲克……"听着我喊，我的人都跟上来了，萨科齐不断地问："长官……你说什么？……鲁菲克？……在哪儿呢？"等我跑到那个黑大个身边，才发现我真的是空欢喜了一场，人家是真人，刚才有一个球踢到他的脸部鼻子出血了，从耳朵里也流了出来……那位裁判跑过来给他擦拭干净而已。我也不管礼貌不礼貌，看着他的眼睛揪了揪他的皮肤，嘴里还叨叨着："不像机器人……不是鲁菲克……"这个黑大个有些不高兴，倒是没有发作。等到萨科齐跟上来加上伊娃、露西娅在他的身上一阵乱揪乱掐，他可就发火了："Are you insane/crazy/out of your mind？（英语，你疯了吗？）"接着对我恶狠狠地说："You stupid jerk！（英语，你这蠢猪！）"我这才醒悟过来连声道歉："对不起，我看错了……以为您是那个……鲁菲克呢？""你见过鲁菲克？"黑大个态度有些缓和。裁判拉着他："走吧中尉，我们去医院吧……也不知道从哪儿来的一群疯子……"中尉并不动，他站在那里问我："你在哪儿见过鲁菲克……"我这才仔细打量着那个叫作中尉的人，身高 1.9 米左右，体魄强壮是典

型的美国黑人，一副军人的做派。我回答他："当然是上届欧洲赛，在比利时的赛场上，不过那是几年前的事情了。"我随后追问了一句："您也认识鲁菲克？"那个做裁判的年轻人对我说："这就是另一个鲁菲克……"然后扶着黑大个走了。我高兴地拍着自己的左腿："看来，基地和幽灵球队真是有关系的……"

第六章

由浅至深

　　要想成功，必须具备的条件就是，用你的欲望提升自己的热忱，用你的毅力磨平高山，同时还要相信自己一定会成功。

——卡内基

开始调查

　　下午伊娃高兴地跑来告诉我："博士，你猜……我们在什么地方？"她这么一说我心里就知道答案了："迪普斯井……对吗？"伊娃奇怪地看着我："你怎么知道的？""我是心理学博士，这一点小问题还能被难倒吗？"这几天我一直计算着所在的位置，最后判断"应该在离目标不远的地方"……伊娃说："这个安保公司军事基地的准确位置，就在迪普斯井。""你去请史密斯指挥官，就说我有重要的工作要和他谈……快去，好吗？"史密斯来了，还带来一位古铜色漂亮的基地情报室雇员阿里安娜，看来那位情报官非常重视我们一行人，她谨慎地问了一句："怎么样，布里斯警官，请大家到我的情报室去谈……好吗？"

　　在总部大楼的三层，情报室占据了整层的房间。伊娃、露西娅、萨科齐被让在一个封闭的房间里，阿里安娜领着我到了一间大的阅览室，那里没人，她向我出示了 MI5（英国军情五处）的证件，和有关我们一行人的背景材料。"你们是法国国际刑警，为了侦破上届欧洲足球赛发生的一个球队整体失踪的案件而来到这里。我是基地情报官，也是英国军情局的特工，现在你们的一切由我来负责，我们之间的情报是可以互通有无的。"我表示可以相互信任，随后就回到大家待着的那间情报室。女情报官干脆利索地对大家讲："我们房间都做了防窃听的措施，在这里可以放心地说话。"我把整个案件讲了一遍，又着重把地中海和尼罗河，以及沙漠里的遭遇和过程，详细地介绍了一遍，特别提到了与

球队有密切关联的"王子"和被"恐怖分子"绑架的艾哈迈德一当地的酋长，"他俩是我的案件重要证人，我们需要去寻找……更多的证据。"我特别地提醒女情报官："有几十个匪徒乘坐卡车向附近开来了，他们的目标，很可能就是你们的基地……"同时我提出使用基地的卫星电话，与当地警方和巴黎总部进行联系，这些女情报官立刻就同意了。我先与艾斯尤特的纳赛尔局长通了电话，十分感激又十分抱歉地说："局长先生，对于阿拉法特的牺牲我们非常悲痛，还有您的装甲车……"没等我继续讲下去，纳赛尔局长就拦住了我的话："阿拉法特是个好小伙子，我们每一位警察都以埃及英雄纳赛尔为榜样，我们不怕牺牲……那辆车我已经拖回艾斯尤特，还能修复……请您放心吧。"随后我又拨通了巴黎国际刑警中心局，阿尔弗雷德长官还是用平静的口气问："每个人都好吗？有什么需要？用这个电话还能联系到你们吗？我知道你们一定会平安的……"其实我明白，处长对我们几个人的担心，已经到了极度的状态。接着每一个人都和处长通了几句电话，两个女警官哭得就像泪人似的，处长对他们说："好啦，我就知道，在布里斯带领下，什么危险都能克服……"

　　我向阿里安娜提出："如果需要，能否对军事基地的人员进行询问？可不可以派一辆汽车配合我们的工作？但是我们是付不了费用的……"女情报官满口答应，我也就放下心来。我向她询问："在附近是否有一个足球研究所这样的机构？"阿里安娜一口否定："没有听说。""那么……或者叫其他名字的机构？"她还是一口回绝："真的不知道。""您在这里是否时间太短，所以……不清楚……不知道？"她微笑着回答："我在基地工作已经五年了，要是有就不会不知道的。""那么……当地的酋长是否叫艾哈迈德？""没有见过此人，当然就没办法回答您了……"我笑了笑，"汽车呢……也无可奉告吗？"阿里安娜站起身来送客，手掌向外举起来放在眼眉的边缘，行了一个典型的英国军礼："遵命……"

走出楼外，伊娃生气地说："我看她的军衔才是个少尉，怎么口气这么大，难道就因为自己漂亮……"我轻描淡写地说了一句："要比漂亮……她根本无法和你们相提并论，要知道那是一仆二主……"这就等于告诉大家她另有秘密身份，人们马上就不再作声了。我安排伊娃到基地的管理中心，要了四个生活调查员的证件。然后把调查计划布置给大家：最近不是要举行足球赛吗，我们就从足球开始了解。我们先从基地开始，凡是遇到的人都要问几个问题：

一、基地里的足球队成立于哪一年，参加过什么比赛？

二、知道贝都因人的部落吗？他的酋长喜欢足球吗？

三、你预测哪个球队能够得到冠军？哪个球员最强悍？

足球是萨科齐的最爱，一提起足球他就激动不已，萨科齐嘟嘟嚷嚷地在念叨着什么，伊娃瞪了他一眼，"干吗自言自语，说出来让大家听听……"萨科齐不好意思地说："我做了一首关于足球的诗，你们想听吗？"

足球

不断汹涌澎湃的激情，
世界沸腾的一百分钟，
那热度几乎焚烧了我，
这是一个年轻的生命。

几千平米的绿茵场地，
承载着我奋斗的使命，
要用无数汗水来铺就，
踢出整个世界的震惊。

金球奖上闪光的花纹，

有无数双眼睛在追寻，
不会因为夜色而朦胧，
足球就是和平的战争。

踢出我年轻人的气魄，
就像那炽热的太阳神，
在激烈产生的拼搏中，
绽放壮丽人生的彩虹。

我使劲地拍着手，由衷地夸奖道："太好了，太好了，萨科齐……你真的做错行业了，应该去当个球星或者做个诗人……"伊娃和露西娅也不停赞扬他，弄得萨科齐脸又红得像个大苹果。

头一天调查的答案五花八门，凡是被问到的人，都是眉飞色舞滔滔不绝，从中能分析出很多有用的东西。伊娃和露西娅把人们的回答整理出来，每题列五个答案，大家都非常高兴，案件调查总算是有了眉目。

一、请问，基地的足球队成立于什么时间？参加过什么比赛？答题如下：

1.早就有了，我来得晚不清楚，但是我们基地的足球队，都是世界顶尖的运动员（哈哈哈），踢得别提多好了……

2.从建立基地的时候就有了，比赛可多了，和当地贝都因人比过赛，我们公司内部每年的球赛，平时基地内部各部门的比赛，那次还去美军驻沙特海军基地比赛了一次，八比五我们大获全胜。

3.参加比赛很多，这些得去问球队的人……对了，就去问史密斯吧。

4.约翰逊……曾经是球队的一员，后来执行任务离开了基地，回来后膝关节不灵活……就算退出了。我告诉你吧，我参加过几次绝妙的比赛，对方在万里之外的赛场，我们就在基地……对着那个超大的屏幕，我们踢了三场全赢了。那才叫神奇……你说在哪儿？就在旁边的足球研究所里……

5. 球队的事问史密斯去吧，他是最早参加足球队的人，要说我们的球队……肯定是世界一流的球队，告诉你个秘密，我们的球队，在欧洲杯上都有名次……

二、知道贝都因人的部落吗？酋长见过吗？

答题如下：

1. 知道，我们的周围不就是人家的地盘吗？酋长……好像那个老头来过基地。

2. 贝都因部落就是埃及南部的阿拉伯部落，我们的基地就是租用他们的土地。那个酋长是个老年人，后来听说出了车祸，就再也没见过。

3. 有一个人，对了，有一个叫什么的酋长，是个年轻人来过基地踢球，来过好多次呢……

4. 叫艾哈迈德，是个三十多岁的人，脚下的功夫很好……

5. 是啊，那个新酋长是老酋长的大老婆的儿子，老酋长有四个老婆，可一下子撞车，全家都死了……他们部落里，谁都不认识那个叫艾哈迈德的人，可他回来后，这几年里总是要外出，一走半年，今年不知道怎么回事，一下子就不见了……

三、你预测二十个球队哪个球队能够得到冠军？哪个球员最强悍？

1. 这还用说，当然是 BASHAN 公司球队，中尉是最好的球员。

2. 这个不好说……大概是以色列雇佣兵出口机构，那个 IZO 公司实力很强，主要是他们有两个球星加入，估计冠军是他们。球员？当然是来自意大利的那两个球星了。

3. 那还用说，美国哈利伯顿公司呗……上届奥运会足球赛，他们有三个人代表美国出场呢。球员嘛……奥莱戈登，我最喜欢他了。

4. 我估计是两个队都有可能，黑水安全咨询公司和泰坦公司。他们的球队那些人，是我们基地的突击队转过去的，唉……我们的球队没有

当年的雄风了……好球员？我不知道，反正现在那几个是不行。

5. 别听他们唠叨，我是最权威的。第一名黑水公司，第二名英国威斯敏斯特国际有限公司，第三名以色列雇佣兵出口机构。你说我们的球队……人都散了怎么得第一名？球员嘛……中尉，不管什么公司夺得冠军，我们的中尉是最好的球员。你问中尉是啥意思？他原来是海军陆战队里的中尉……叫惯了，不知道他的名字……

我表扬了大家："这些话语里，有太多可用的信息，一定要再接再厉。可是第二天的情况就彻底变了样，所有的人都闭口不再向我们提供任何信息了。很多人见了我们只是笑笑，然后就走了，或者一句"对不起，不清楚……"就结束了对话。伊娃生气地说："一定是那个阿里安娜在捣鬼……"好在我们还收集到了许多有用的信息，于是大家把采集到的信息进行梳理，把答案和问题从新归拢起来：

答案：

1. 基地球队很早就有了，老队员有三人史密斯、中尉、约翰逊。

2. 在我们的案件里，那支幽灵球队的比赛，在这里有他们的影子。

3. 艾哈迈德是这里的酋长，他说的父母车祸身亡是真实的情况。

4. 沙漠研究所的真实存在，所长的情况需要了解。

问题（新疑点）：

1. 父母五人车祸身亡的经过……

2. 艾哈迈德从小在外读书，部落里没有人认识他，他是怎么继承酋长位置的？

3. 对于艾哈迈德的身份，再做进一步的了解。

4. 沙漠研究所的位置，那位发明家的情况。

5.通过中尉把鲁菲克的情况再了解一下。

　　出院了，我也搬到公司员工宿舍，宿舍是按照军队编制六人一个班设置的。我和萨科齐住在一间房子里，同屋还有两个接受培训的士兵。我们商量了一下，"大家不能集中在一起，分散各自行动。"我的目标就是那个中尉，于是我就坐在足球场的看台上，等着他的出现。一连等了两天也没见到那个大个子上场。看来基地球队为了迎战"二十二联赛"正在抓紧时间练习。温暖的阳光洒在绿茵场上，使整个绿地颜色特别鲜艳。场上的小伙子们特别精神，练习比赛即将开始，我一边看一边念叨着："广阔的绿茵场，是为你们搭建的舞台，张扬吧年轻的心，我将为你们喝彩。"我还在得意着自己的意境，忽然有人拍了拍我的肩膀，"嘿，在写诗？……你是在等我们的中尉吧？"回头一看，是那天见到的年轻裁判，他不知什么时候坐在我的身后。我肩膀和胳膊的石膏还没有拆，肩膀很硬把年轻人的手硌了一下，"好小子，你是不是穿着新式防弹衣呢？"年轻军人都很爽快，我们很快就成了好朋友。"我是基地的电气工程师，中尉和史密斯都是基地的教练，他们从军队下来后直接就转到BASHAN，是公司的老员工了……"电气工程师告诉我："中尉和约翰逊各带一个小队，执行任务去了。大概还要一周才能回来，这些都是绝密的……因为很多情况还在试验阶段。"我点点头并不去进一步问他，我想："只要他说出我们想知道的消息，就不问任何话，免得遭来不必要的怀疑……"接着我和他聊起我们在地中海货船上的事："要不是那些特战人员到达及时，我们就完蛋了……"这位饶舌的电气工程师激动地说："我保证，救你们的人，一定是我们基地……中尉的小队……"我想着对他说："那天那些特战队员是从海里来的，我们认为应该是海军特种部队呢……"电气工程师神秘地笑了笑："就像史密斯指挥官在沙漠里的救援，以后你都会知道详细情况的……"我觉得时间长了会引起基地情报部门的注意，就告辞他离开球场回到宿舍。

　　经过商量，大家一致认为解开疑点的钥匙，就在史密斯、中尉、约翰逊和那个年轻的电气工程师的身上。露西娅说："史密斯一定接到了阿里安娜指示，他什么都不会向我们说的。"伊娃开玩笑："要不就施展一下你的魅力，用美人计……"露西娅一下子认真起来："我不喜欢美国人傲慢的样子，那位史密斯指挥官和我，只能在两米之外的距离谈话。"伊娃又开起玩笑来："咱们的布里斯长官也是美国来的……""那不一样，要是美国人都像博士就好了……说到底博士是中国人也是法国人。"接着露西娅反唇相讥："这个美好的任务我让给伊娃小姐吧……"伊娃更是干脆："还是让史密斯滚远一点，我不喜欢他浑身古龙水的味道……"这句话是暗喻史密斯有严重的体味。我笑了笑，然后建议："既然那些关键人物还要等几天，我们应该先把外围的调查做一下。"

　　我向阿里安娜申请一辆汽车还有四件武器，汽车很快就被派到我们的门口，武器的申请被拒绝了："司机负责你们的安全，在方圆五十公里之内，没有不安全的地方……"司机还带来一个指令："根据公司指示，法国刑警居住时间只能在十日之内，基地有重要的措施要采取……阿里安娜。""哈……下逐客令了！"我想："不管她，到时候再说……"车辆真不错，是美国军用越野车悍马HUMMER，车上装备着M2HB重机枪，全车都使用了防弹钢板和防弹玻璃，要比我们来的时候坐的那辆埃及装甲警车不知道强多少倍。我们站在车外看着那辆土黄色的汽车，异口同声地赞叹道："真是一副天下无敌……雄赳赳的样子。"司机是个不修边幅的中年人，一看就是个老兵，他特别喜欢盯着美女看，伊娃和露西娅就故意在他身边扭来扭去，一会儿抛媚眼一会儿抖肩膀，弄得这个沙漠里的老田鼠，也浑身发热地痒痒起来，开起车来左一下右一下地表现着自己的技术，一个劲儿地向两个美女献殷勤。

　　我们驱车到了附近五公里左右一个贝都因部落，那里的低洼湿地有一大片帐篷，这个营地是部落人们集中的地方。"贝都因"为阿拉伯语译音，意为荒原上的游牧民、逐水草而居的人。贝都因人是以氏族部落为基本单位，在沙漠旷野过游牧生活的阿拉伯人。主要分布在西亚和北非广阔的沙漠和荒原地带。我们来到一个较大的帐篷边上询问着，那个司机为我们做翻译："我们是旁边基地里的工作人员，想见一下这里的艾哈迈德酋长……不知道您是不是能引见我们和他交谈？"部落里的人告诉我们："艾哈迈德酋长刚走……明天再来吧。"大家听到艾哈迈德平安地回到部落里，都高兴极了，我的心里倒是有些怀疑："难道……我错了……"第二天我们又去，还是没有见到艾哈迈德，我们又仔细地询问了一个放骆驼的年轻人，他说："酋长是艾哈迈德，可不是年轻人，我们的是……长老。"伊娃议论着："怎么回事，难道艾哈迈德说谎了吗？"到了第四天，我们终于见到了贝都因部落的酋长，一位身材颀长留着大胡子，年龄大约50岁的老人。在帐篷里，我看到他穿着长到脚踝的灯笼裤和肥大的长衫，腰间插着一把弯刀，就像《一千零一夜》里描写的阿拉伯老人一模一样。帐篷里有几个穿着长袍的女人，看到来了客人都把面纱戴了起来。女人们端上来骆驼酸奶和奶酪等乳制品，还有枣椰和肉干。老人用夹杂着英语单词的阿拉伯语抱歉地说："咖啡喝完了，要到阿斯旺去买，这些日子家里很忙，实在对不起各位了……"我看到那几位妇女的长袍外衣都绣着花，还佩戴各种名贵的首饰：珊瑚手镯和脚镯，玉石的戒指，一大串红蓝珠宝做成的项链胸饰。老人笑了笑："现在我是部落的酋长，是几天前长老会刚刚推选的。原来是一位年轻人也叫艾哈迈德，可他在几个月前莫名其妙失踪了，我们已经向警察局报告了，到现在一直没有他的消息。"老人客气地让大家喝骆驼酸奶，然后继续说："艾哈迈德的父亲是我们这个部落的老酋长，也是我的哥哥。几年前他接到一封电报，然后没有和任何人打招呼，就带着全家去巴里斯……听说在路上遇到车祸，全都……去世了。"我们是警察自然联想就多了："这些

都是听说的？有警察局的勘验报告吗？"老人想了想："没有……啊，也可能有，算起来这都五年了，因为这些都是他的儿子回来告诉我们的，所以大家也就没什么说的了……"按照部落的传统，是由死去酋长的孩子继承这个位置，如果长老们对年轻人不满意，也有权力选举家族中德高望重的族人任新的酋长。"只是艾哈迈德从十岁就外出学习，后来听说在开罗大学的宗教学院学习，几年前回来的时候我们都不认识他了……"我追问了一句："不认识……他和小时候变得一点都不一样吗？""我们大家都不认识了，只有他自己说是我哥哥的儿子，当然还有证件来证明身份。"我又问："他自己的家人呢？"酋长说："听说有两个妻子，一个男孩儿……都在首都开罗居住没有搬回来。"老人叹了口气又接着说起来："五年前，大家都悲痛老酋长去世，也就没说什么……可是新任的酋长几年内，在部落的时间没有几个月，也不知道他在干些什么……部落里的事情都是我们开会来决定……几天前我们已经商量过了，艾哈迈德已经失踪几个月了，一定要重新选举一个新的酋长……现在已经由我担任了。"萨科齐刚要讲话，我担心他说出艾哈迈德的情况，于是大声地咳嗽了一下，他就明白了没有再作声。我接着问："好像在部落的土地上，还有一个什么研究所……"老酋长回答说："是啊，叫沙漠研究所……我们也不知道他们在干些什么，最近他们撤走了……我们就把院子转租给基地了。"我一听赶紧问："您见过那位所长先生吗？"老人点点头："是哈立德……对，那个年轻人就叫哈立德，他来过我的帐篷……他们总是惹事，弄得四邻不安，也不清楚他在干什么……"老人咕哝地抱怨着："后来就再也没有见到他……"

我们告辞了部落酋长，回去的时候我要求司机在基地外面整整绕了一大圈，司机告诉我们："靠近基地外墙大约四分之一的地方，就是原来的沙漠研究所的范围……原来他们并不挨着，后来基地把研究所都租过来了，就又盖了好多的楼房。那个阿里安娜就是从研究所过来的……"

我听了不由得一愣："阿里安娜原来是研究所的人？……怪不得她一问三不知……这里的蹊跷还很多呢。"从外面观察高墙壁垒戒备森严，大门紧锁根本看不到里面的情况。回到基地，伊娃娇声娇气地对司机说："我还想坐着汽车再跑一圈……"司机兴奋地说："哎哟，我还舍不得美女们下车呢……那就在基地里再绕两圈吧。"这个色眯眯的老兵，沿着基地的边缘慢慢地开，还仔细地告诉我们各部门的位置，"研究所那边的院子收回来了以后，就在这里盖了一座小楼……看，就是那座标着八十六号的房子。"我们几个互相看了一眼明白了，"这就是与旁边院子连接的通道。"四个人在伊娃和露西娅的房间里开了一个小会，回顾了一下今天的收获。"沙漠研究所确实存在，我们要密切注意那座楼房。"萨科齐说："他们到底在做什么呢？难道真的在研究足球？"我的脑子里一直在想："艾哈迈德……"伊娃说："博士，我们的任务是把幽灵球队的问题弄清，艾哈迈德和这些有关系吗？"我对几个部下讲："他的疑点真的太多了。"露西娅说："说不定那个可怜的人，已经被匪徒们杀死了呢……"

晚上我思考着这些天在基地里的情况："……研究所撤了，那个叫哈立德的人呢？基地把研究所的土地租了回来，并没有用在基地的扩建上，难道是为了他研究的课题……"想到这里我的脑子一下就清楚了，"啊，这就是研究所消失的原因，也是基地情报部门对我们的调查进行封锁的原因……这里一定有更大的秘密。"我接着想到："那些匪徒跑到沙漠的深处，他们要破坏这个巨大的基地显然力不从心，可是艾哈迈德讲他们要办的事情……难道也是针对哈立德研究所的项目？"

秘密通道

　　既然基地方面进行情报封锁，也只能秘密开展调查了。我住的五楼公司职工宿舍，窗户斜对着八十六号楼的楼门，我们的两间房子都在这一面，正好能观察楼前的动静。一连三天我们轮流值班，也没有发现八十六号楼有什么异样。这幢楼是个六层圆形的建筑，有三层楼的方底座，上面就是圆圆的，就像古代武士头盔那样的顶部，说得准确点，这座楼就像美国华盛顿国会大厦的样子。只是从圆圆的房顶看去，好像大半个房顶还有重叠的部分，在三层方型楼座向阳的部分，还有一个四五十平方米大的露台。"这种圆形的房顶重叠，一般是可以旋转打开的，是天文台的设置……"不过从我们窗户这个角度看不到另一面，也无法真正确定它的作用。这天晚上是我值前半夜的班，我看着窗外想着："离基地给我们的时间还有三天，以后就得搬出去了……距离基地最近有人的地方就是部落的营地，离这儿还有五公里，看来我们真要抓紧时间了……"想到这里不由得心里有些着急，"艾哈迈德能躲到哪儿去……苏丹境内？还是……他被歹徒干掉了？"我还在那里思索着，萨科齐忽然跳下床来，指着窗外："长官……你看你看……"我抬起头看着八十六号楼，它的圆顶被打开了，露出了很亮的一缕绿色的光线直向太空。我念叨着："这是激光……对了，他们正在联系地球轨道上的卫星……"几乎就在瞬间，那个对着我们的露台上，出现了几个全副武装士兵的影子，就像全息摄影一样，在他们的身体边缘好像有什么色彩照着，那轮廓一晃一晃的。接着他们摘掉头盔，沿着梯子走进楼里，身上的色彩也就消失了。我心里想："是激光形成的虚拟人物吗……"萨科齐眼尖，他几乎是喊了起来："啊……那个领头的人……不就是中尉吗？"我问萨科齐："你看清楚没有……他们从哪儿钻出来的？"见习警员嘟囔着："我也……不知道，总不会从天上掉下来吧……"可是还没过几秒钟，萨科齐就有了答案："啊，我想起来了……他们身上的彩光，和地中海上营救我们的特战队一模一样。"我琢磨着："看来这个基地真的是有很多的秘密，不管怎么样中尉回来，这回我们可有调查的目标……今天可以睡觉了。"晚上准备就寝，洗脸的时候脑子里还是乱糟糟一团："难道他们真的是……飞来飞去？"要知道单人飞行背包、什么飞行滑板、士兵侦察火箭……都已经出现了，可那速度也就一二百公里，像这些眨眼就来闭眼就去……我自言自语地念叨着："也就是中国《西游记》里的孙猴子吧……"萨科齐刚刷完牙，他也在想着那事，在我的旁边没头没脑地说了一句："……绝对不可能……是我们没有看清楚。"

躺下以后，我的脑子不停地胡思乱想："艾哈迈德在电杆上挂着，一些特战队在天上飞，我们所有的人都在天上飘……"我一下子坐了起来，一看手表才十二点，自己念叨着："不行，这个八十六号的秘密一定要去看看……"我把萨科齐叫醒，小声告诉他："把衣服穿好，我们想办法到对面看一看。"说实在的，我这个提议真的一点价值都没有。八十六号在我们的对面，门口就是一个哨位，那里一天二十四小时有人站岗，正门根本就别想。而且一楼到三楼，所有的玻璃窗户中间都有钢制的百叶窗，你也休想琢磨从窗户突破进到楼里。等到我在窗户前面看了又看，自己在那里摇头的时候，同屋那两个接受培训的南非士兵说话了："哥儿们……你们是不是琢磨着对面那座楼呢？"听到那两个荷兰后裔南非士兵的话，我无话可说只好点头："是的……可是……施展不开呀……""我有办法，不过那可是要有代价的。""你说来我听听……不是吹牛吧？"南非人不高兴了，说的话儿带出了士

兵的蛮横："法国佬，收起你的高傲吧……要不咱就免谈。"萨科齐卷起袖子："怎么要打架……来吧！"我摆了摆手："弟兄们，你们把自己的能力，和期望的价码都说清楚，我们才能相信……总不能是空口白牙讲大话吧？"那个叫巴斯滕的小伙子从床上跳下来，气哼哼地说："不给你们看看，还真的不知道我们南非伞兵的厉害。"接着他开始唠叨着一串一串的话："……你以为有了钱可以买楼，但是你买不到一个家。……你以为有了钱可以买到书，但你买不到知识。你以为……"我知道他念叨的是一个荷兰谚语，就像中国人说的车轱辘话，你要是有耐心听……那简直没完没了。于是赶快把话头接过来："哥们，咱们就别用你们的谚语来交流了……有什么绝招快拿出来……我们……"我的话还没讲完，那个叫佩西的家伙，从床底下拉出一个像高尔夫球包那样的袋子，然后把拉锁打开："绅士们，请看吧……"在我的眼前有一把经过改造的榴弹枪，手腕粗的枪筒里是盘好的一圈一圈的钢丝绳，在枪口上有一个五爪钩。我用手摸着枪："太好了……射程呢？"对方回答："一百五十米……楼房间距八十米，足够你们用了。"剩下的就不用问了，爬过悬索，那就要看自己的胆量和造化了。"什么价……"巴斯滕说："基地通知你们是法国间谍，而我们是雇佣军，你要的是情报，我们赚的是钱。这样吧，我们算帮忙和部分参与，结束后一块比特币。"啊……他们怎么知道我有比特币？要知道一块比特币一万美元哪，真是狮子大张口，可是再也没有这样的好机会了，我一咬牙，"成交！"两个南非小子倒也实在，也没再提钱的事就先忙活开了。他们测算好了距离和角度：两楼距离八十五米，露台外墙五米，应该以九十米记绳索长度。两楼夹脚十度，佩西提醒我："法国佬，注意，去的时候可以溜下去，可回来就要用手脚攀登了……"我把萨科齐安排到楼下，嘱咐他："你去和哨兵聊天，尽可能地分散他的注意力，不要让他注意到楼顶的动静……"

佩西和巴斯滕把窗户打开，看着萨科齐给了哨兵一支烟，然后两个人就聊上了。佩西戴着军用夜视镜瞄准了对面的露台，只是轻轻的一声"咔嗒"，那个五爪钩带着两股钢索就飞过去，挂在露台的外墙上。"拉紧它……"巴斯滕用金属卡子把自己这一端固定在墙上，转动着枪栓慢慢拉紧了绳索，原来那个枪栓就是个微型绞盘。一切都准备好了，佩西递给我一双硬胶皮手套和一个开口圆环，他对我说："放心，过去用圆环，回来用手套。"说实在的，我还真的有些紧张，要知道我从来也没有训练过滑绳索，不过我是指挥官，总不能在外人面前露怯……我只穿着自己的内衣内裤，这样的阻力和空中的目标都会小一些。我爬上窗台，把圆环套在钢丝绳上，然后两眼一闭纵身一跃，就听到两耳生风，"呜……咚"一声，我碰到了对面楼的露台围墙上。我心里念叨着："太棒了……"然后沿着一个旋转的楼梯向下走，推开一扇门就进入了三楼。眼前有十几个研究室都锁着门，我两手空空无法进去，只好从房门玻璃向里看着，"没有设备……也没有资料……"挨个查看都没有什么发现，这时候我才有些后悔："早知道在工作上还有这些需要，就应该补充一些间谍的技能，现在真不知道该怎么下手呢……"我回过身来向圆顶房走去，就在手碰到那个双扇门的一刹那，楼里的警报响了……我不顾一切地跑上露台，攀着钢索就向宿舍攀去，别看这才有十度夹角八十五米距离，对我来说真比登阿尔卑斯山还难。这时候那个哨兵还和萨科齐拉扯着呢，"没事儿……都是风吹的声音……""是警报……我要上去了。""这基地里都是军人，会有什么事？""放开我……我必须上去了。"萨科齐一抬头，看到我已经在向回攀爬了，就赶快说："好好……以后再聊……"然后跑回宿舍里，他着急地对南非小伙子说："能不能给他加一把劲儿啊……"巴斯滕看着我还笨拙地一把一把地向回拉着，他回头喊："佩西，快摇枪栓把他拽回来……"我正使劲呢，忽然感觉钢丝绳向后走了，"怎么回事……我这不是又回去了吗？"这时候我听到窗户边上有人喊："快换下面的钢索……"我这才发现两根钢索是在循环转动着的，一

根向下一根向上分别运动着。我马上揪住那根向上的钢索，自己也拼命地攀爬，他们伸手把我揪住，随后我一头就栽倒在宿舍的窗台下。巴斯滕迅速地松动钢索，那五爪钩立刻就翻转上来，几个人几乎是连拉带拽地把钢索抽回了窗内，这时候哨兵和几个值班人员跑到露台上，我们的窗户刚好关上。萨科齐捂着胸口对我说："妈呀……长官，我的心都要从嗓子眼里蹦出来了……"

昨晚的行动没有收获，上午我带着萨科齐，继续坐在足球场上看基地的人们练球。等了一上午，工程师兼裁判约翰逊，中尉还有史密斯这三个人都没出现。我有些急了，拉着萨科齐就走："快，我们到他们的宿舍里去找……"在这之前，我们就把他们的宿舍号码弄清楚了。他们的家都在美国本土，一年有两次假期，在基地里，住在相当于军官的技师宿舍里。我和萨科齐来到技师楼，管理员反复用电话联系，可确定房间里没有人。我心想："一定是那个讨厌的女情报官……走，我们去找她。"我来到阿里安娜的办公室，强压着愤怒，严肃地对她说："你这是干扰国际刑警办案……对于你不友好的举动，我会向有关方反映的……"阿里安娜不痛不痒地回答："那就请便吧……不过您和您的有关人员，后天一早必须离开基地……我们有秘密项目要开展，当然……这个项目只对不属于基地的人保密。"嘿嘿，这个心思缜密的女人又当面下了逐客令……我恨得牙咬得"咯吱咯吱"直响，但是这个时候也只能无奈地转身走了。看着那个傲气的女人，我心里说："我们工作会继续下去，不会因为你的干扰而停止。"

既然只剩下一天半的时间，我把伊娃和露西娅分开，伊娃在技师宿舍等着，另一个在食堂里坐着，萨科齐则在足球场看台上候着。我要了一台车，直接就到贝都因人的营地去了，"总要为下一步工作，安排个能睡觉的地方吧……"我找到了那位老酋长，对他提出了自己的要求："希望能在营地里租借两个帐篷……"最后，老酋长热情地提出：让我的两个女警和酋长的小夫人一起住，而我、萨科齐则和酋长留在他的大帐篷里。

我千恩万谢地离开了酋长的帐篷，刚刚离开营地，就看到一群贝都因人的牧羊犬，狂吠着在驱赶一条黑色的狗。我看着那条狗很眼熟，"那……不就是我给它起名字，叫外来客的大黑狗吗？"我让司机追过去把那些狗赶走，然后大声地喊着："外来客……小宝贝儿，你这是怎么啦？"黑狗"嗖"的一下子就跳上了汽车，回过身来摇着尾巴，在我的脸上舔个没完。年轻司机不解地看着我："长官，这是野狗，快把它扔了，小心狂犬病。"我正要对他说……这是贝都因人的牧羊犬……忽然明白了，这个"外来客"不是贝都因人的狗，要不那些部落里的狗，怎么那样卖力地要赶它出去呢？我不由得揉了揉眼睛，"你到底是不是'外来客'啊……"抬起它右面的后腿，能看到在船上被铁丝勒过的非常明显的痕迹……没错，就是"外来客"。我一下子都明白了："看来这条狗不是贝都因人的牧羊犬，和艾哈迈德也没有任何关系，要不艾哈迈德总是想把它扔掉，那就一定和沙漠研究所有关……是那里面的狗。我的猜测没有错，艾哈迈德是有问题的……他应该是恐怖分子里的一员。"我忽然想起来："'外来客'是在开罗丢失的，从开罗到迪普斯井……有一千多公里呢，它是怎么跑回来的呢？"我把它的爪子扒开看，它的四个爪子没有因为跑路而被磨破，只是身上有一股柴油的味道："哦……它不是坐船就是爬上了卡车，看来这个聪明的家伙，懂得利用交通工具了……"

回到基地的门口，司机对我说："长官，基地里绝对不允许携带外面未经检疫的动物进去，请您还是把它放了吧……"我到这个时候还真的有些发愁了，要知道"对于这个外来客，就像我的组员一样，绝对不能再丢失了，反正明天就搬出基地，我就带着它吧。……可眼下怎么办呢？对了……等一会儿再想个办法，把它弄进基地里去就行……"我抱着"外来客"下了车，对司机说："先生，麻烦你在基地里绕一圈，给在足球场边上坐着的那个法国小伙子说一声，我回来

了在外面遛狗呢……"我下了车蹲在门口，替大黑狗整理了一下它身上的毛，还拍着它的屁股说着："好聪明的'外来客'……一千多公里你是怎么找回来的呢？……真的是一条好狗。"大黑狗好像听懂了我的夸奖，在前面摇着尾巴，跑跑停停高兴地撒着欢。它领着我渐渐地离开了基地的大门，我跟着黑狗，脑子里一直在想着："'外来客'从开罗到迪普斯井……这漫漫的长路，是怎么回来的……得有多少危险和困难啊……"想着想着忽然发现它贴着基地的墙，不断地嗅着，一直走到一个转弯的地方，在这里基地瞭望哨根本看不到。这时候，我才发现大黑狗是在墙边找什么东西，原来围墙的基础有一块铁板，上面有一个鼓起来的狗头浮雕。"咦，这是什么？"外来客回头看了看我，接着用它的两个前爪在狗头上挠了好几下，它的头在上面又嗅又闻地晃着，"啊……人家才是这里的主人呢，你看这里是暗道机关……脚纹……还有瞳孔？这是在验明身份……呢。"就在这时候，那块铁板向里缩了回去，露出一个直径七八十厘米黑咕隆咚的管道。"啊，这是外来客进出沙漠研究所的秘密通道……"黑狗正要向里爬，忽然蜷着身子又退了出来，原来它看到伊娃、露西娅和萨科齐跑来了。这黑狗对两个美女真是眷恋，亲热起来没完没了，看得人都有些嫉妒了。我催促着伊娃："快，趁着没人……我们进去。"为了保险起见，我让萨科齐跟在"外来客"的身后，然后是我，后面才是两位女士。大概爬了十几米，就进了一个给狗淋浴的通道，这里安着灯，"外来客"又是抖身子又是抹浴液，那个花洒和浴液孔是感应的，所以我们经过的时候，都被弄得黏黏乎乎湿漉漉的。再向前又是加温烘干，就在这个管子里，我们可是体验了一回狗的生活。接着我们又走不动了，等了好半天。后面的两个女警都是急性子，一个劲儿地掐我的小腿，"博士……憋气，快走啊……"总算又能向前爬了，原来刚才大黑狗在管子上喝水，接着又在它的饭盆里吃了一些东西，听着它"咔哧咔哧"的声音，我们只好在后面等着。又是一道门，我们进了一间很亮的大房子里，能看清楚前面有一道铁栅栏，这是一座房子地下的狗窝。"外来客"用嘴横着拉开了窝门，它撒着欢，能看出黑狗内心的喜悦。忽然房间的门打开了，一个激动的声音喊着："'远方来客'……你可回来了……"

在我们的面前站着一个装束怪异的男人，中等个儿留着胡子，看不出他的年龄，穿着灰色的中式袍子还系着腰带，脚下穿着布鞋。他抱着黑狗，任由那条大狗在他的脸上舔来舔去。不过这个人的眼睛一直在盯着我们，那只黑狗非常懂事地跳下来，绕着大家的腿摇着尾巴蹭着身子，然后看着它的主人，那个人看了看他的大黑狗，嘴里说着："噢……他们是朋友……"黑狗嗓子眼里发出细细的声音，是在回答主人的问话。为了打破沉默，我对他说："我叫布里斯·叶赫，国际刑警法国中心局的警官……"然后我环顾了身后的几位接着说："我们是一个小组的，一直在破获欧洲杯预赛前，一个球队全部失踪的事情。我们在寻找两个证人……哈立德王子和艾哈迈德。"眼前的怪人愣住了，"什么？你们在找艾哈迈德和我？"我追问了一句："您是说艾哈迈德？""不，那是他后来改的名字，他叫本·乌尔德，是我大学里的同学……他是阿拉伯人的败类、真正的魔鬼……"他们几个几乎一致地问道："艾哈迈德真的是坏人……"那个人愤愤地说："他就是那些匪徒的头目！"我客气地问了一下："我们怎么称呼您呢？"他答复道："我是阿联酋的迪拜人，叫哈立德……中文也叫毕升。"萨科齐一下子惊讶地说了出来："您就是哈立德……那个阿拉伯王子？"那个人不屑一顾地说："我不是王子，我就是一个发明家。""我们还到了迪拜去找您呢……"哈立德转过头来仔细地看着我，发现我也在盯着他看，两个人几乎是同时说了一句话："你是中国人……"我们都点头承认："是的，我出生在中国……现在是法国警察。""我是出生在美国的华裔，后来又随着家里人到了阿联酋的迪拜，不过我的汉语还是后来学的。"那位叫哈立德的发明家，忽然用清晰的中国话，

念起一首宋词来：

浣溪沙·迎客

揉碎天下众金银，

剪成惊喜层层新，

今度远方客人至，

如春风。

沙海重重何俗甚，

椰枣千结苦粗生，

浸透愁人万里梦，

中华情。

　　我不由得拍起手来："太棒了，您会中文……还会作诗？"哈立德笑而不答。我接着问他："这条狗您叫它'远方来客'？真奇怪，我当时给它起的名字叫'外来客'，这条黑狗是我在比利时碰到的，当时它从空中掉下来正好砸在我的车上……"他表情奇怪地搓了搓手："什么……在比利时？哎呀……计算机又出错了，我是要把那个家伙送到北冰洋里的……"哈立德接着对我说："这条狗是我从中国带来的，所以叫'远方来客'。我在中国待了好多年……在那里学习。"接着他领着我们来到另一间房屋，这是一间大的会客室，这里的桌椅都是中式的，我的弟兄们都新鲜地看来看去，而我则感到十分的亲切。哈立德请大家坐下来，然后为我们每个人沏了一杯武夷山的岩茶。我闻着岩茶清香的味道，嘴里不停地说着："中国茶……好极了……好香啊。"我们几个正在品评着中国茶叶与咖啡的优劣，有人进来悄悄地在哈立德的耳边讲了一句，那位发明家立刻就走到门外接电话去了。我从他们的口型上，猜到了说话的意思："阿里安娜来电话，她说基地正在寻找这几个人……他们很可能与……有直接的联系，基地马上就来人……"看来今天虽然我们有了重大的发现，可是暂时还不能在这里久留。我对大家说："尽快离开这里，明天夜里再来。"哈立德先生回来后好像有话要说，我摆了摆手小声地问他："您信任我们吗？"他点点头："我有很多的话……必须要和您说……"我对哈立德讲："那好，为了不给您找麻烦，明天晚上我们再来，希望能在研究所里，给我们安排地方住下来……"哈立德笑了，他把"远方来客"抱起来，然后对我们说："好的，明晚我会开车到部落去接你们，然后回来打开通道……"我们沿着进来的管道爬出去，几个人都非常激动，伊娃跳着说："我们终于快揭开谜底了……"萨科齐说出话来，让人有些心酸地发笑："出来好长时间了，我真的好想巴黎啊……"露西娅也有些伤感："博士，你昨天夜里的冒险……要是出了问题值得吗？"萨科齐看了看她："你怎么知道的？"伊娃对见习警员说："我和露西娅在窗边一直看着，一直为博士揪着心呢……"大家边说边向远处走了几公里，然后回到基地。为了不引起怀疑，几个人还是在足球场、宿舍、食堂周围转悠，有事没事地找人聊天，虽然都吃的是闭门羹，还是坚持到晚上九点，才回到自己房间。

风云突变

上午，我们还是在足球场的看台上，老老实实地待着，努力寻找我们的目标。到了下午大家就在房间里收拾自己的东西，准备晚上离开基地，到贝都因人的营地去。我向同屋的两个南非小伙子告别，我们拥抱着相互用拳头怼着对方，巴斯滕像长官那样拍拍我的肩膀，夸奖道："法国人，好样的……"佩西特意写了地址，他告诉我："我和巴斯滕是邻居，我们的合同到年底就结束了，到时候就回家。噢，告诉你，我的地址是南非比勒陀利亚……像你们这样走南闯北的人，咱们一定还有机会见面。"说实在的，我对南非这块土地和那些南非来的人，都有着割舍不开的感情，那是因为我的挚爱—已经故去的"公主"是南非人，她的母亲就是布尔（荷兰）人的后裔。我又到医院去向医生和护士告别。只可惜没有见到史密斯指挥官，对那些救过我们的战士们，表示真诚的感谢。

晚饭后，预约的汽车停在楼前，我打了几个电话，都没有找到阿里安娜。伊娃对我说："博士……算啦，那个女人心计太深，不像是好人……"露西娅好像和她有深仇大恨似的，咬着牙说："是她把我们撵走的……还有必要和那个女人说什么告别的话吗？"悍马汽车开着大灯，沿着沙漠自然形成的道路快速地前进，五公里的距离抬脚就到。就在已经看到营地的灯光的时候，前面忽然有人举着红色的灯牌，还拉起了亮闪闪带着尖刺的链条向我们示意，司机回头说："是检查哨……要求大家都下车。"我们奇怪地下了悍马，伊娃回头对我说着她的怀疑："是埃及警察……还是基地军方……或者是部落，他们到底是谁呀……"就在这个时候，黑暗中呼啦上来一群人，没等我们反应过来，就把我们都放倒了。他们也不知道拿什么东西塞住了我们的嘴，用绳子把我们几个人绑得紧紧的，还给每个人头上蒙了一个口袋。能听到他们小声讲着英语，也有人讲阿拉伯语，很快我们被抬着扔上了一辆卡车，接着卡车发动后开走了。汽车好像故意选择那些不平的道路，有时候我都被颠到了半空中，我使劲琢磨着："这是些什么人……难道是艾哈迈德那一伙儿匪徒吗？"车辆足足跑了一个多小时还没有停下来，我计算着："按照每小时四十公里的速度，应该在距离基地八十到一百公里的地方……那只能是苏丹境内。"卡车终于停下了，我们被人推推搡搡的……好像向下走，来到一间屋子里。当我的头罩被解下来之后，我看到是一间没有窗户的地下室，在昏暗的灯光下，我和萨科齐被捆着双手并排站着，对面的桌子后面，坐着一个戴着阿拉伯方格头巾的男子。"欢迎回家……你们的任务完成了。"这句话说得我莫名其妙："什么……回家？你们是谁？这是哪里？""我们是国际刑警埃及分部，咱们是一家人......"我反问一句："那为什么还绑着我们？"对面的人显然是头头："噢，对不起，快解开绳子……拿椅子来。"他说这几句话的时候，在我们身后的其他人还在发愣，我明显地感觉到那些人在迟疑中，"显然他们不愿意松开我们，他们和我们不是一路人。"不过还是有人过来解开了绑着我们的绳子，忽然我觉得不对头，"啊……伊娃和露西娅哪儿去了……这些暴徒……他们对待女性可是毫不人道的……"我决定先不做回答，一切要以保证两位女士的安全为前提。桌子后面的人笑了笑："都是自己人，有什么就先说说……""那就把两位女士也请到这间屋里来……她们是我的部下。"对方显然不愿意，只是在拖延时间："好好……我们先交流一下吗……""要是这样，我拒绝与你们交谈任何事情……"那几个人商量了一下："好吧，既然关心你的组员，我们能够理解你的

心情。"一会儿工夫，伊娃和露西娅就被押送过来，我仔细地看着她们，伊娃对我眨了一下眼睛，我这才放心了，看来两个女警没有受到虐待，这样我就能和他周旋了。"好吧，你们要了解什么？"终于问到正题上了："你们的任务是什么？"我奇怪地看着他们："当然是抓犯罪分子，这是我们国际刑警的职责。"对方还在问："那具体到埃及呢……"我理直气壮地回答他："我在开罗的时候，和埃及内政部的史瑞夫准将交换过意见，他完全清楚我们的目的，而且保证全埃及的刑警，都向我们提供完全的支持，而不像你们这样的做法。"这句话把他们说住了："啊……我们也是上面的命令，要落实一下……"我毫不客气地反问道："落实什么？我们的身份……还是任务的内容？"那个戴着格子头巾的男子一下子站起来，指着我说："你们原来是刑警，可现在就是叛徒，我们怀疑你此行是另有企图……"他的这句话把我们全都激怒了，四个人一块儿站起来，愤怒地说："我们是叛徒？是谁的叛徒……"这时候格子头巾拍着桌子："我有证据……你自己看看吧。"黑暗中桌子上的小型投影仪被打开了，墙壁上出现了我在钢索上攀爬的情景，包括我在"小国会"楼里的行动，都被拍摄了下来。看了这些我松了一口气，可以断定他们就是基地里搞情报的阿里安娜那些人。不过我还真的有些沮丧，"原来我们的一举一动，都在人家的监视之下……"我忽然抓住他话里的漏洞反击说："你们是埃及刑警，怎么会在军事基地里获得对我们的监视资料？这些一定是假的……"他们没想到我会说出这些话来，一时间愣住了："啊……啊……是基地向我们提供的资料。"我现在知道眼前是谁和他们的目的了，自然就轻松多了。我准备对他们讲一些事情，外面突然发生了巨大的爆炸，我的椅子差一点被掀倒，这时候那些人谁也不顾谁了，丢下我们就向外跑，我对萨科齐和两个女警喊道："快，我们走……"我在前面跑了几步刚刚出了那个地库，身后的铁栅栏就落下来了，有十几个士兵端着自动步枪，把地库又看了起来。他们也不管里面的人怎么叫嚷，始终是背对着他们。原来我们被审问的房间，就在离基地大门十几米远的地方。

基地的大门被炸毁了，一个十几米的大坑显示了爆炸的威力，把坚固的大门，以及沙漠研究所的围墙炸塌了几十米。我正准备回身想办法，忽然听到有人在喊："不好了，有人劫走了哈立德所长……""往哪个方向？""向南去了……"我立刻想道："是艾哈迈德……一定是他，他们要利用哈立德的头脑干坏事……不行……"从他们的喊叫和相互问询中，我明白了，原来是十几个冒充埃及边防警察的人，开着汽车闯到基地的大门引爆了汽车上的炸药……接着那十几个人从倒塌的缺口冲进研究所，他们抓走了哈立德，还拿走了一些东西。大门口的情况很糟，人们乱哄哄地跑来跑去，这时我看到开来一辆敞篷吉普车，在灯光照射下指挥官史密斯从车上跳下来，我心想："管不了许多，就是它了……"我不顾一切地又跳上车去，对史密斯喊道："指挥官，借你的车……我去追那些人。"说着调转车头就向戈壁滩开去。就在这时一个黑影蹿上车来，接着就是那种打招呼的"汪汪……"叫声。一听声音就知道是外来客……我用右手摸了摸那只狗的脑袋，这只忠心耿耿的黑狗，也要去救它的主人。在我的前面，还隐隐有些车辆刮起的尘土，空气中飘浮着撒哈拉沙漠特有的味道。我判断着："这些人在我前面也就几分钟时间的距离，只要紧紧跟着……保证能追得上。"从基地向南，十几公里就是苏丹，这里的国境线基本没有什么障碍，只有不定时的边境巡逻队。我加快速度沿着前面的车辙行驶，辨认着车轱辘的印记，"三辆车……没错……"慢慢地前面的车辆开始分开向三个方向跑了，我决定走中间的路，没想到"外来客"急切地叫着，我意识到它在纠正我的方向，"走得不对吗……好，我向右面的河道……来。"真是奇怪，大黑狗又安静了。我念叨着："外来客，你的感觉对吗？这黑夜行车……看来无法辨认，就相信你一回吧。"在沙漠里，有一些季节河流浅浅的印痕，车辆行走多数是选择走在这

些比较硬实的河道里，因为河道总是不断地拐弯，所以速度也就放慢了。我的灯光前面是清晰的车胎印记，"哎呀，我有了好向导……看来这只狗的嗅觉灵敏，它能闻到空气中主人的味道。"就这样，只要我偏离了方向，它就会叫着来提醒我，直到我把汽车开到正确的道路上来。按照吉普车上的 GPS 定位显示，我们已经越过了北纬二十二度的国境线，进入了苏丹境内。如果仔细地倾听，已经能听到前面车辆的声音。大概走了四十公里，这时前面响起了枪声，还有手雷的爆炸声。"一定是碰到了苏丹的边境巡逻队，现在可有这些家伙好看的……"忽然我想起了一件事："武器！这样赤手空拳地跑来……能救出哈立德吗？"我把车停下来在车上摸索着，心想："哪怕能找到一根铁棍子也行……"没想到那只"外来客"，从后座上用嘴叼来了一支自动步枪。在仪表盘微弱光线下，我发现这是那种 727 型的 CAR-15 自动步枪，是美国海豹突击队的专用枪支。把枪栓拉了一下，那清脆的声音告诉我，子弹已经顶上了膛。我高兴地抱着大黑狗亲了它一下："哈哈……咱们有好东西了！"我把车灯关闭了，听着前面的枪声摸索着向前开去。好家伙，一个轮胎在拐过一个急弯的时候，碰到一个鼓起来的沙包，吉普车差一点就翻了，车子左右地颠了几下，才算是落在地上。这时候已经能看到前方在互相射击，按照方向来判断：距离我较近的是匪徒，而阻击他们的应该是苏丹军队。我估计了一下与匪徒们位置的距离："二百米左右……"战斗开始激烈起来，"啪啪啪""砰砰砰"枪声越来越密，从子弹在夜空里划出的红线判断，苏丹军队的强大火力已经压制了匪徒们。我把车辆停下来，熄了火拔下车钥匙，大黑狗一下子跳下去就跑了。现在我也顾不上它了，提着枪悄悄地摸到前面去，寻找着匪徒们的车辆。

摸黑接近了那些匪徒和苏丹军队枪战的地方，枪声非常激烈，什么都听不见。我的肩膀碰到了一个很硬的大东西，仔细一摸，是一辆翻了的皮卡车。我蹲下听着动静，在枪声刚落的时候，好像听到油箱

幽灵球队

208

水箱向外流淌的声音，隐约还有人在哼哼着。这时我听到"外来客"激动地低声"嗷嗷"叫，它忽然蹿出来咬着我的衣服，使劲向车底下拽，我一下子明白了："哈立德就在这台车里……"我趴在地上围着汽车转了一圈，弄明白汽车现在的形状位置，驾驶室是单排座，里面没有人。看来哈立德被他们放在皮卡的车斗里，车一翻就把他扣在底下了。我爬进去用手摸到了一个被捆着的人，我心想："这个人一定是他……"接着我从兜里掏出瑞士军刀，小心地割断了缠在他手腕和腿上的胶带，使劲拉着那个人的皮腰带，才把他拽了出来。看来哈立德是清醒的，但是似乎讲话很困难，我咬着耳朵对他说："我是布里斯，法国刑警，告诉我你哪儿受伤了？"他拉着我的手摸了一下左腿，我感觉他的腿血淋淋黏黏乎乎的，"你的腿大概是翻车的时候伤着了……必须先止血，然后用东西把腿固定一下。"我三步并做两步，跑回自己的吉普车里，摸着车厢后挡板的里面，一般这里是专门放置抢救药箱的地方。我隐约感觉到在车里有一团东西，因为着急也就顾不上看那是什么了。我用止血带勒住了哈立德的大腿，然后把小急救箱的盖和下面的底盒反过来做夹板，把他的伤腿用绷带固定好，这才搀扶着哈立德回到了吉普车，将他扶上了前排右侧，那只大黑狗，一声不吭地紧紧靠在哈立德的脚下。趁着枪声还在响，我迅速地把车头的方向调整过来，摸着黑飞快地把车开走了。

听着身后的枪声越来越远，我开着车觉得心里轻松了许多："再有半个小时……就能脱离危险了。"终于可以开着大灯行驶了，我把吉普车开得飞快，可是沿着河道行驶，我却忽略了这些季节河流的走向。原来我走的那条浅浅的河道，是沿着埃及和苏丹的国境，流向尼罗河上游的。我看到车上的GPS只是显示纬度，"奇怪呀，怎么没有经度呢？"不过可以断定，现在的位置还在苏丹境内。"哈立德还在流血，我们必须早一点回到基地。"可是当我跑了几乎有八九十公里的时候，我已经迷失了方向。这时候车灯照到一个水泥柱子，那上面有块木头牌子，

用英文写着，"这里是比尔泰维勒北苏丹王国的领土……"我一看那几个字立刻就明白了："哎哟，我沿着国境线跑到沙漠的东方来了……"要说这个比尔泰维勒王国，就好像个笑话，可他在生活中还真的是一个现实。

在埃及与苏丹边境的东部，他们的边界是双重的未定国界，两国东段边界有两部分的土地，是未确定归属的地区。一部分为比尔泰维勒三角地区，这是一个面积大约为八百平方英里的沙漠，由于它的贫瘠，所以埃及和苏丹都坚决不要，却都去向对方索取另一部分，那个具有河流和海岸的海拉伊卜三角地区。

在美国的弗吉尼亚有一个家庭，丈夫希顿和他的妻子，他们有一个女儿叫艾米丽，这个女孩儿从小就一直梦想自己是高贵的公主。于是这位父亲为了实现女儿的梦想，开始在世界上寻找没有人认领的土地。终于他在埃及和苏丹的边境寻找到这块"没有主权的土地"。父亲希顿经过十四天的长途跋涉，来到了遥远的非洲沙漠地区，在这块位于苏丹和埃及之间"无人认领的领土"上插上了自己的旗帜，还在国土边缘的几个方向都立上了木牌，以此对该地区宣称"拥有主权"，使七岁的女儿成为真正的公主。随后他回到美国，召开了记者招待会，还做了一个精致的王冠，正式地宣布艾米丽为公主，是比尔泰维勒北苏丹王国真正的统治者。希顿的孩子们亲手设计了比尔泰维勒北苏丹王国的旗帜。艾米丽公主和她的兄弟贾斯汀和迦勒两位亲王，用自己设计出印有国家印章的信纸给同学们写信，在同学和亲友们到家里的时候，使用那些带有国旗标志的托盘来招待他们。七岁的艾米丽公主，在家里睡在一个特制的城堡里，年轻的公主声称，要确保王国的孩子们有足够的食物，"绝不能让孩子们没有面包和奶油，我要显示出统治者的威严和慷慨……"

当然按照国际法，希顿也寻求了法律方面的帮助。弗吉尼亚的里士满大学，政治和国际关系学教授谢利亚·卡若皮卡，经过研究认为：尽管埃及和苏丹两个国家，都未声称拥有这块贫瘠的土地，但是对一个地方宣称主权，需要得到其他非洲国家、联合国和其他团体的法定认可。对于希顿一家来说，下一步则是需要苏丹和埃及两个邻国承认他的"比尔泰维勒北苏丹王国"。

既然走错了，我马上转过车头来加速行驶，这一回总算心中有数了，"五十公里向右拐……"就在快到四十公里处的时候，忽然耳边有一个女人在说："你好啊……布里斯警官……"我正准备转过头来，"啊……啊……"旁边的哈立德发出了声音，那分明是一种愤怒的情绪。我的脖子一歪就碰到又凉又硬的枪管，它就在我的脑袋旁边顶着，我真佩服女人的感觉，伊娃和露西娅曾经对我讲，"她一定不是个好人……"不用问一切都明了，阿里安娜是艾哈迈德也就是恐怖组织的卧底。"阿里安娜？你这是干什么……"我平静地问她，那个女人柔柔地说："我真佩服你，枪林弹雨中又把哈立德救出来"然后她用手枪指着我的脑袋："可是你却想不到，那句中国的名言—螳螂捕蝉，黄雀在后，哈哈，我在这里等着你们！"我故意地问她："怎么……还要把我们送到英国，去 MI5（英国军情五处）那里领奖金啊？"阿里安娜冷笑了一声："哼，别想美事了，哈立德有用，你嘛……可惜了，一个美男子就这样曝尸荒漠……不过，也有其他办法，到了我们的营地再说……转弯，向左……"这时我的脑子里，闪电般地选择了一个方案，然后把方向舵一下子打到头，吉普车"轰"的一下子四轮朝天地翻了，"砰砰……"阿里安娜的手枪也响了，一颗子弹从我的左肩穿过，另一枪不知打到哪儿去了。这辆吉普车是敞篷的，除了我双手握着方向盘有了准备外，那个阿里安娜和哈立德都被摔得好重，还被卡在吉普车下面。大黑狗机灵，就在车翻的一刹那，跳了下去。车翻了，我头向下身子朝上的窝在车里，因为有风挡玻璃支着，我顺利地爬了出来。"这个美女蛇不能让她跑了，先处置她再说。"我也不管自己的肩膀流着血，还有车下的哈立德，趴下来对阿里安娜说："只可惜你的愿望又实现不了了，去你的基地……走，

回我们的基地吧。"

忽然周围一片雪亮，原来有几辆汽车围着我们，那些车的大灯亮了，有人用英语高喊："不许动……举起手来！"我忍着痛把双手举了起来，心里想着："难道艾哈迈德的人在这里埋伏着？"过来好些端枪的人，我一看原来是训练基地的士兵，他们把哈立德从车下扶了起来，阿里安娜脸上流着血也从车下爬了出来，大黑狗对着她拼命地"汪汪"咆哮着。这个女人尖声喊着："我是阿里安娜，我命令你们把这个叛徒抓起来……他是恐怖组织的人。"原来基地的军人在寻找哈立德，发现一辆汽车向东急驰而去，断定是恐怖分子被苏丹军队堵截后向东逃窜，于是跟在后面紧追，没想到后来吉普车又掉回头来，于是他们就在这里埋伏好，专等我们到了就动手。这时候我看到，在灯光下史密斯指挥官走了过来，对着我说："啊，真的是你……"几个士兵上来向后扭住我的胳膊，疼得我差一点喊出来。阿里安娜一下子跑过去，抱着史密斯就哭："亲爱的，你为什么现在才到？我差一点就被他害死了……你都听到了，他要带我们去恐怖分子的基地呢。"指挥官安慰着那个女人："别哭，都会清楚的……"哈立德哆嗦着，用手指着阿里安娜，又转过身来点着我，嘴里咕噜咕噜地响着，别人根本不知道他在说些什么。这时候史密斯一挥手对士兵们说："带走……"我身后的几个壮汉推着我，"走……"史密斯摆摆手，平静地说："不是他，是她！……"

因为肩膀上的伤，我又住进基地里的医院。伊娃和露西娅眼泪汪汪地守着我，她们对我讲了，是史密斯让士兵把他们三个人放了出来，"一晚上，我们找不到你，大家都慌了……今天早上接到通知，说是我们的布里斯警官……又住院了。"露西娅说："博士，你的左肩膀又受伤了……上一回是右肩和右臂，将来要是肩膀一高一低……那可怎么办？"伊娃摆了摆手："要是博士嫁不出去……那就交给我了呗……"露西娅瞪着眼睛："那我怎么办？"伊娃眨眨眼："好好……咱俩管他，我负责五十岁以前，给你点便宜，时间长一些，负责五十岁到一百岁……

怎么样……"

指挥官史密斯前来看我，他抱歉地对我说："这一场袭击，暴露了基地的安全隐患，我们的情报部门，竟然是极端分子把持着。因为阿里安娜说掌握了你们的证据，所以她提议进行一次审问，其实这就是她设计劫走哈立德所长的陷阱。其实我们早发现了，阿里安娜有很多反常之处……不过这次她带着人去抓哈立德所长，虽然打死了在场的人，但是没有想到有人活了下来，指出阿里安娜就是极端分子。我怎么也想不通，她还是英国军情五处的特工……"

哈立德就在旁边的病房里，他的左侧膝盖骨翻车的时候被砸伤，而小腿被子弹击中，那是匪徒们劫他的时候开枪打伤的。我一进到他的病房，医生正在为他的伤腿换药。哈立德看到我，立刻就用中文向我打招呼："你好……"然后他就用流利的中文念了一首诗：

　　千山鸟飞绝，万径人踪灭，
　　孤舟蓑笠翁，独钓寒江雪。

"呵……这是唐朝诗人柳宗元的五言诗《江雪》，你的中文不简单啊……"我很奇怪他昨天为什么说话不清楚？医生对我说："匪徒们用麻药注射了他的口腔神经，于是……"我愤怒地说："这些没有人性的家伙……"哈立德笑了笑："没有事儿了，我不是好好的吗？"他再三地表示感谢："布里斯警官，感谢你救了我，也救了我的科研事业……"在这以后的几天里，我和哈立德成为真正的朋友，他讲述了许多的故事，在中国奇特的经历以及如何能具有今天的科研成果，也解开了我们破解"总统一号案"的案情。

第六章　由浅至深

213

第七章

神奇游历

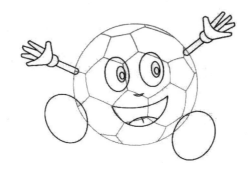

当你看到不可理解的现象而感到迷惑时，真理可能已经披着面纱悄悄地站在你的面前。

——巴尔扎克

中华文化

　　哈立德是美国华裔，他凹眼耸鼻相貌英俊，和欧美人一样皮肤白皙，只是眼睛是黑黑亮亮的。"爷爷说过，要是回中国的老家，那里的人看我眼睛的颜色，就会认出是江南金手指的后代。"哈立德十岁来到迪拜，他现在同时具备阿联酋的国籍，就是我们常说的双重国籍。父亲是石油商人，一个美国第二代的华裔，母亲是祖籍苏格兰的美国人。哈立德家庭生活优越，小时候人们都叫他 Prince（英语，小王子）。爷爷奶奶是中国上海移民，20 世纪 40 年代末来到美国。因为爷爷有号称"金手指"的铸金锭技术，后来就落脚在阿拉斯加的安格雷奇，在金矿加工厂里任技术总监。哈立德的爸爸考上美国一流的科罗拉多矿业学院，毕业以后回到安格雷奇的石油公司工作。就在哈立德父母结婚的时候，他的父亲已经是安格雷奇石油公司的业务总管了。一家人就像很多的华人一样，爷爷奶奶的房子紧挨着哈立德家的房子，一直在美国阿拉斯加州的安格雷奇居住。哈立德五岁的时候，父母先带着哥哥去了洛杉矶，而小哈立德就暂时留在爷爷奶奶的身边。后来父母成立了自己的石油公司，紧接着几年内就立足于阿联酋的迪拜，那时小哈立德正好十岁，他极不情愿地离开爷爷奶奶，随着爸爸来到迪拜。爷爷经常给他讲中国的故事，教他讲中国话，尤其是朗诵中国古诗词。"那时候还是小，前边学了后面就忘了，直到去中国，这才把小时候爷爷教给我的那些中国文化，像翻家底似的都想起来了。"

　　来到迪拜以后，爸爸给他起了一个阿拉伯的名字哈立德，同时全家都加入了阿联酋国籍，由此没有人知道他还是个美国人。哈立德从上中学开始，就自己到开罗住校学习，由于长期不在父母身边，渐渐地和家里人就有了隔阂。高中毕业他考上了开罗大学，这是埃及乃至整个阿拉伯世界，最古老的高等教育机构之一。"开罗大学始建于1908年，前身为1825年建立的埃及大学。"哈立德的左腿打了石膏还上着夹板，他躺在病床上，手挥舞着对我讲那段读书的历史："开罗大学主要专业有工程、医学、理学、文学、法学，我从小就对火车、汽车和飞机、火箭着迷，喜欢各种机器设备，所以我选择工程学院学习机械。"开罗大学是埃及第一所现代化综合大学，在近一百年的历史里，开罗大学继承和发扬古埃及文化，阿拉伯伊斯兰文化方面所起的重要作用，没有哪所大学能够望其项背。一讲起他的大学，哈立德就显得十分的骄傲："我们的大学可能是世界学生人数最多的学校了，二十万人……在校园里，走到什么地方都是黑压压的人群。"开罗大学的学科门类很齐全，但最具特色的当属医学类、文学类和法学类，这些科类在埃及乃至整个阿拉伯世界，都受到极大的重视。在人文科学和自然科学的雄厚教学力量，那些先进科研手段，令人十分赞叹。它对继承和发扬古埃及文化、阿拉伯伊斯兰文化，对普及和提高各类科学技术水平，发挥着越来越重要的作用。"在学校里有很多的朋友，不过我也认识了一个叫作艾哈迈德的学生。他是阿拉伯语言文学与伊斯兰研究学院的学生，当年我们是很要好的……也常常在一起聊天、吃饭。"我问他："就是那个恐怖头子艾哈迈德吗？他对我们可是说，他是学习物理专业的……"哈立德无奈地说："那是他在撒谎，不过作为学生的他，那时很和善也很腼腆，我们之间的关系很好……"开罗大学有着优秀的学风和传统，其中最重要的一个内容，就是享受最大程度的学术自由和思想自由，而且，开罗大学坚持独立自主的办学方针，享受高度的自治。开大学生除学习规定的课程外，还必须接受军训。1973

年设立的条文规定：军训是学生学习的一项基本内容，是学生升级的基本条件之一。哈立德笑着说："我那时候最发愁的就是军训，尤其是武器训练、格斗和军事传统，还有什么军事知识和训练，对啦，还有中国的武术……"哈立德特别健谈，甚至有一种"千年的铁树开了花，聋哑人终于会说话"的重生的感觉。他认真地回忆着："训练时间一般为三周，然后进行射击比赛，成绩优异者给予奖励。我就是在那时认识艾哈迈德的，他在军训中特别认真，射击比赛还获得了全校第一……原来他那个时候就有了自己的想法……军训结束时，每个学生还得到了一套军服，包括衣裤、衬衫、帽子和一双黑鞋。"哈立德喝了一口水，继续讲下去，"本科毕业之后，艾哈迈德就离开了学校，我呢，继续攻读工程机械自动化硕士课程，那时候我开始接触到量子和量子传送理论。理论上讲，量子隐形传送与量子远程通信密切相关。'teleportation'一词是指一种无影无踪的传送过程。从物理学角度，可以这样来想象隐形传送的过程：先提取原物的所有信息，然后将这些信息传送到接收地点，接收者依据这些信息，选取与构成原物完全相同的基本单元（如：原子），制造出原物完美的复制品。遗憾的是，量子力学的不确定性原理，不允许精确地提取原物的全部信息，这个复制品不可能是完美的。"我听着他的说法，就是物体在还原的时候，已经不是物体原来的模样。"因此长期以来，隐形传物只不过是种幻想而已。"

这时哈立德拿出了他的一大堆资料，这是研究所的人送来的。我看着那些文章，都是这样介绍的：1993年美国物理学家贝尼特等人，提出了量子隐形传送的方案：将某个粒子的未知量子态（即未知量子比特）传送到另一个地方，把另一个粒子制备到这个量子态上，而原来的粒子仍留在原处。这个过程中传送的仅仅是原物的量子态，而不是原物本身。发送者甚至可以对这个量子态一无所知，而接收者是将别的粒子处于原物的量子态上。原物的量子态在此过程中已遭破坏。量子隐形传送所传

输的是量子信息，它是量子通信最基本的过程。人们基于这个过程提出了实现量子因特网的构想。量子因特网是用量子通道来联络许多量子处理器，它可以同时实现量子信息的传输和处理。相比于经典因特网，量子因特网具有安全保密特性，可实现多端的分布计算，有效地降低通信复杂度等一系列优点。

哈立德几乎是疯狂地热爱上这一个研究课题，他开始学习量子理论，还有量子传送的基础知识。哈立德开始研究丹麦哥本哈根大学波尔扎克教授和他领导的团队的实践事例，这样就实现了用非物质接触连接的手段，实现无力传送。不过当时他们做到的远距离传送，实际距离只有半米远。哈立德兴奋地看到："以前人类只能做到，在两个单一原子之间的量子传送，而且传送距离不到 1 毫米。而截至 2006 年改用光子作为载体之后，已经允许在更大距离实现量子传送了。""我们已经完全可以期待，不可估量的量子传送最终结果出现了……"

可是有一天哈立德参加了一个讲座，彻底改变了他的人生。

一天教室的门口贴了一张海报：讲座《世界古代文明——对希腊、巴比伦、印度、中国的深度解读》，将由来自希腊、黎巴嫩、印度和中国的学者，按四个场次分别讲述……哈立德笑着："说实在的，那时候我一直在构想一个分子传输装置，这个讲座我一直没有在意，直到最后一场，才听大家说那些讲座十分精彩。看到同学们都挤着去听，我想我是中国人的后裔却不了解中国的历史……也动了去听一听的念头。"哈立德跑到讲座厅，看到人都挤到两个后门的外面了，他灵机一动："前几天我刚刚帮助工程师们，安装了讲座厅里的电子 LED 显示屏，那上头有好大一块空地儿，一定没人……"哈立德转身跑到讲台后面的电子操控室，在它的门外墙上固定着一个攀爬的梯子，在两层楼高的位置有一个能站人的小空当，前面就是网架，那里安放着 LED 讲解牌。在 LED 的后面空当里正好能坐下一个人，稍微斜着朝下能清晰地看到教师的讲台。"我心想，反正是听学者讲课，这儿就是最好的地方了……"

　　讲座开始，一位名叫盛中的五十多岁的中国教授，他的英语特别流利，偶尔还会插进几句阿拉伯语，学校特意为他配备的英语和阿拉伯语翻译几乎没有发挥作用。他上台的时候端了一个保温杯，那里面是他用中国茶沏好的茶水，看那容器也就二百毫升。盛先生讲的中国的事情，特别神秘又很难懂，不过学生们还是听得津津有味。"中华文明也被称为华夏文明，华夏一词，最早见于中国古代一部叫作《尚书·周书·武成》的书里，这里的华是指服装华美，也就是民族的特征，而夏，则是中国，也是大的意思，所以被称誉华夏。从另一个含义来讲，还有礼仪之大，文章之华的意思。"那位中国老师喝了几口水，又开始讲，"可见，华夏是以服饰华采之美为华；以疆界广阔与文化繁荣、礼仪道德兴盛为夏。从字义上来讲，华字有美丽的含义，而夏字有盛大的意义，华夏本义即有文明的含义。"哈立德一边听一边琢磨着："世界上每一种文明，都有自己的精华所在，就像巴比伦文明，在两河流域很早就有发达的文化，不仅发明了文字，而且发明了用于书写文字的泥板书，古代第一部比较完整的成文法典—汉谟拉比法典，以及卓绝的建筑艺术。"那位盛教授从华夏文明的思想核心，讲到神道设教、礼乐教化，严华夷之辨，推崇仁义礼智信。最后他用"易学是中华文明博大精深的根本"来做了小结。

　　讲课的中国教授和学生们开始互动了，也是讲课口干，盛教授一大口就喝了一半茶水，接着他又回答着学生们的提问："你刚才提问为什么中国是炎黄子孙？三皇五帝，是不是秦始皇、唐明皇、康熙皇这三皇？——大约五千年前，中国黄河流域中下游一带分布着炎帝部落和黄帝部落……炎、黄两部落即为炎黄子孙。"这一下哈立德可看清了，盛教授一扬脖子，把保温杯里的茶水喝了个干净，接着又讲起来，"具体到三皇五帝，并不是真正的帝王，那是以太古时期出现的，为人类做出卓越贡献的，部落首领或部落联盟首领，后人追尊他们为皇或帝。"就

在盛教授又拿起杯子喝水的时候，哈立德的位置恰好是从上往下看，对讲台上的东西看得非常清楚。他惊奇地看到，那个杯子里的茶水竟然是满的，哈立德使劲地揉着眼睛，"没有人给他倒水啊……难道我的眼睛没看清楚？"而且在讲台上摆着几瓶矿泉水，那位教授根本没有碰过一下，"哈哈，真是个魔术杯啊……"又有人提问了："您能讲述一下华夏文明的源头吗？"盛教授笑着回答："华夏文明源自大地湾文化和裴李岗文化，还有龙山文化以及仰韶文化，应该是这些文化的总和……华夏族父系 Y 染色体主体是 O3 及其支系，母系线粒体单倍群主要为 M7c、F 和 B4……"现在哈立德可不管人家如何提问老师怎样回答，他关心的就是那只保温杯，"杯子里又满了……没有见他触摸那个杯子啊，看来这杯子没有机关按钮……那……到底是怎么回事呢？"下面的讨论越来越热烈，中国教授喝茶的频率也越来越快，终于哈立德发现了一个奇妙之处，那就是盛教授的手，要在距离杯子几厘米的上面，很自然地用手画一个圆圈，这时当他的手掌离开那个杯子口，里面的茶水就已经填满了。哈立德差一点就喊了出来，他使劲咬着嘴唇心里念叨着："这个东方的中华文化，真的好神奇啊……"

盛教授向学生们强调着："中华文明是人类历史上唯一没有中断的文明，在漫长的历史发展过程中，形成了自己的特点：一脉相承连续发展，呈现出明显的阶段性和螺旋式上升，使中华文明生命力不绝，延续至今。"盛教授形容着，"今天即便我们中国的某个贫穷落后的地方，在历史上也许曾经一度鼎盛。一块破损的石碑、一棵苍老的古树、一座无名的山峰、一条干涸的河流，往往都是历史的见证。那些传奇故事在民间流传，彰显着深厚的文化积淀。"一个学生提出了最后的问题："古代中华文明对宇宙的认识是怎样的？"盛教授解释道："古代中国人对地球的传统认识一般为天圆地方，考古人员不久前发现，形成于三千年前外方内圆的模型，这个模型不仅描述了地球，其实还对宇宙有着真实的解释……"讲座终于要结束了，这位中国学者最后强调着："中华文明一经形成，就具有开放性和包容性，能够在开放中吸收异质文明、在包容中消化异质文明、在多元融会中更新自身……"

　　到了晚上，哈立德在自己的床铺上翻来覆去地睡不着："要不是亲眼看到，就是打死我也不会相信的……这不就是世界上当前没有解决的物体传送吗……这已经不是量子……是分子组合传送了！"就这样他一直到清晨都没合一眼，哈立德决定去找那位中国学者盛教授。这位中国学者住在开罗大学的外教公寓里，因为人家在开罗好几所大学讲课，所以哈立德在公寓的门口等了三天才见到盛教授。这位中国学者了解了哈立德所学的专业和研究方向，"啊……你是研究量子和量子传输工程的……中国大学组成的联合小组，在量子态隐形传输技术上取得的新突破，使以往只能出现在科幻电影中的，超时空穿越的场景变为现实。"哈立德激动地问："真的吗……"盛教授对他说："当然是真的，这在世界上已经公布了……"哈立德心里念叨着："我要去中国……一定要去……"盛教授完全没有想到，眼前的阿联酋青年，一见面就提出这样的要求："教授先生，希望您能做我的导师……"盛教授笑眯眯地回答他："我只是个访问学者，再有两个月就回国了，没有办法做你的导师，再说我是讲授中国古代历史的，你的学习专业是理工……这完全是南辕北辙，千万不要搞混耽误了你的学业。"哈立德连想都没想就脱口而出："那我就跟着老师去中国吧……"中国学者不知道小伙子的想法，他只是奇怪地看着眼前这位年轻人，"你真的想去中国学习？学什么呢……"哈立德说得很响亮："学习中国博大精深的文化，当然还有它的精髓……还有……"哈立德想说出来自己的想法，但是他还是忍住了，只是在心里自己说着："研究科学是要时间的，中国的文化……盛教授的那个水杯……一定要从最根本的基础学起。"哈立德看着盛教授，自己执拗地坚持着，"您要是不答应，我就这

第
七
章
　
神
奇
游
历

样在您的面前站着……直到您同意我做您的学生……去中国。"就这样盛老师接受了哈立德这个青年学生，盛老师笑着念了一首诗：

> 床前明月光，疑是地上霜。
> 举头望明月，低头思故乡。

　　"我很快就要回家了，在外一年多的讲学，还真的是思念我的家乡呢……"哈立德听着有些熟悉，但是一下子又想不起来，他问盛老师："您刚才是在 bluntashes（英文，慢节奏的说唱）……"教授回答他："不是，我是在背诵一首中国古诗……以后你会感兴趣的。"

　　盛教授送给哈立德一些书籍，"既然要去学习中国文化，首先要弄明白自己的学习方向，中国文化博大精深、源远流长，门类繁多，诸子百家各派林立，但是它主要是由儒、道、释组成，用六个字代表，就是知识、道德、觉悟。你一定要把这三个问题弄清楚……到了中国在学业上我会帮助你的。"然后告诉他具体要办理的一些手续，希望他能确定申请哪些大学和什么专业。盛老师说："你要明确自己的学习方向，这样我也好帮你选择中国的院校。"其实哈立德脑子里想的就是，跟着盛教授学习他那神奇的功夫和弄清楚它的原理，具体什么院校如何去选择专业，他完全没有考虑。最后师生两人约定，在这几个月的时间里，盛老师辅导他的中文，过些时候在中国的青岛见面。

　　从这时起，哈立德就开始认真学习起中国的文化，他报名中文速成班，从中国语言开始每天都学到深夜。他的理解能力很强，当然这和他的华人血统有关，很快中文水平就达到高级程度。很多的同学都开始申请博士了，而他放下原来的专业，要进入一个完全生疏的领域。同学们在背后都议论哈立德，觉得他忽然抛开自己的机械自动化课程，而痴迷于莫名其妙的中国文化，"是不是脑子有病了……"哈立德完全清楚大家对自己的看法以及背后的议论，他每次都是神秘地开着玩笑："我会像《一千零一夜》里的霍里，坐着那块神奇的飞毯来到你们的面前……"
盛老师特意向他推荐："先学好中文，然后学习那位名叫南怀瑾的东方思想家的作品，只有南先生那种浅显易懂的语言，才能使你很快地接受东方文化的真谛。"到底是有中国基因，哈立德看书也非常快，几乎是一目几行，没用两个月就对照着词典，看完了那位中国学者留给他的厚厚一摞书籍。接着哈立德进入中文高级班，作为学习中国历史文化的年轻人，很快有了自己的认识。

哈立德思索着，他觉得南怀瑾先生在《论语别裁》中，对中华文化中的儒释道比喻得很形象："唐宋以后的中国文化，要讲儒、释、道三家，也就变成三个大店。佛学像百货店，里面百货杂陈，样样俱全，有钱有时间，就可去逛逛。逛了买东西也可，不买东西也可，根本不去逛也可以，但是社会需要它。道家则像药店，不生病可以不去，生了病则非去不可。一个国家民族生病，非去这个药店不可。儒家的孔孟思想则是粮食店，是天天要吃的。儒家是粮店，是我们生活所必需的，儒家思想是我们每个中国人的DNA。"他从南先生的话语里悟出了自己学习的方向："既然都说我犯病了那就一定要治，我的病就是要把中华文化的精髓学到手，那一定要沿着儒家思想和道法自然这一条路走……"

哈立德从自己读过的书籍中总结到，孔子曾在《论语·微子》中说过："鸟兽不可与同群，吾非斯人之徒与而谁与？天下有道，丘不与易也。"这就说明"儒家思想重在现实性，它关心社会中的人，关心现实社会"。儒家主张"诚心、正意、修身、齐家、治国、平天下"。儒家有社会责任感，他们积极入世，自觉地"以天下为己任"，"先天下之忧而忧，后天下之乐而乐"。儒家讲为人处世的德行，做人要努力做到"仁义礼智信"。讲社会等级秩序，尊敬长辈、兄友弟恭。讲人与人之间的相处，"己所不欲，勿施于人"，人际交往中要行"忠恕"之道。

"佛家是百货店"，每次看到这句话哈立德都要笑笑，他明白了：

"在中国社会里，所谓的佛家已经被消化成社会文化的一部分，佛教是从印度传来的宗教，在东汉末年开始兴盛，符合了乱世中百姓的心理。后来几度鼎盛，发展至今，早已与中国文化相融，成为必不可少的一部分。"就像南怀瑾先生解释的那样：百货店不是必需的，有粮吃、治好病，就可以在世上生存了。即使不信佛的人，也对一些佛家的说法耳熟能详，合理接受并为自己所用，会在佛家思想里得到心灵的寄托。

对于那句"道家是药店"，这位学工的华裔年轻人，可是费了工夫去理解它。"当国家战乱社会动荡的时候，道家就像一剂良药，为社会疗伤。"他查阅了中国历史上的西汉初年，经过秦末起义、天下大乱，国力衰微，民生凋敝。当时西汉统治者采用黄老之术，休养生息，慢慢恢复千疮百孔的社会，出现了文景之治。到汉武帝的时候，这病好得差不多了，开始"独尊儒术"，把改造后的儒学作为治国思想，完善礼制建立太学。哈立德似懂非懂地意识到："道家是药店，是说它的文化精髓不仅在国家和社会中，而在中国人的日常生活中，也是受到它的影响。"南先生的解释意思是这样的，人在社会中，要受社会规范的约束，有积极献身事业的热情。但要是每天都那么拘谨会过得很累。当在社会中遭遇不顺的时候，我们需要去药店逛逛疗疗伤，舒缓一下紧绷的心。哈立德觉得道家讲"自然"和"道"，用中国人的说法都超离了尘世，比儒家的眼光气魄更大。"那位道家文化的创立者老子讲，人法地，地法天，天法道，道法自然。""故道大，天大，地大，人亦大。域中有四大，而人居其一焉。""以道家的广阔视角看我们生活的人世间，实在很渺小。生活中的烦心事，更是沧海一粟，不值一提。"暂时放下尘世的事务，体会庄子所说的"天地与我并生，而万物与我为一"的大逍遥境界。道家主张"道法自然""清静无为"，凡事顺其自然，人力所不能及的事不可过分强求，让热衷于尘世功名的人更加清醒。正所谓"宠辱不惊，看庭前花开花落；去留无意，望天上云卷云舒"。儒、道、释三家是中华文化的三大精神殿堂，中国的前人阐发的伟大思想，为中国人搭建了精神的庇护所，可供他们在不同的时候、为适应不同的需要而随时出入，用不同的精神思想调节自我。

几个月很快就过去，盛教授已经回中国了。哈立德为了能加深自己的中文理解程度，又延长了两个月学习，终于以最优异的成绩结业。哈立德回到迪拜，他告诉父母要去中国求学，父亲听哈立德说他的愿望："我要去中国学习他们的历史文化，这将对我的研究有想象不到的帮助……"哈立德的父亲已经开始和中国进行天然气方面的业务，所以并不反对他去中国学习，但是对哈立德提出了一个要求："从中国学习回来以后，一定要到家里的公司上班……"哈立德在家里是最小的孩子，他有一个哥哥一个姐姐，姐姐远嫁欧洲，大哥在家里的炼油厂当总经理，父亲负责石油的国际销售工作。父亲嘱咐哈立德："一定要把中国的情况弄清楚，下一步远东的销售都要你来接手了。"哈立德含糊地应付着自己的父母："啊，好……听你们的……"父亲特意提出中国的几个港口城市：深圳、珠海、宁波、上海、青岛、天津、大连，"去看看他们的码头，了解一下中国码头对石油和天然气的接卸能力……"

到中国去

盛教授走的时候，给哈立德留下一份英国的物理学刊物，有一篇文章登载了对中国彭承志教授研究的一些介绍："作为未来量子通信网络的核心要素，量子态隐形传输是一种全新的通信方式，它传输的不再是经典信息，而是量子态携带的量子信息……从而实现类似超时空穿越的通信方式。"那篇文章还进一步介绍："2004 年，中国科技大学潘建伟、彭承志等研究人员，开始探索在自由空间实现更远距离的量子通信。在自由空间，环境对光量子态的干扰效应极小，而光子一旦穿透大气层进入外层空间，其损耗更是接近于零，这使得自由空间信道比光纤信道，在远距离传输方面更具优势。据悉，该小组早在2005 年，就在合肥创造了'十三公里的自由空间双向量子纠缠拆分发送'的世界纪录。联合研究小组在北京，架设了长达十六公里的自由空间量子信道，并取得了一系列关键技术突破。最终成功实现了世界上最远距离的量子态隐形传输。为未来基于卫星中继的全球化量子通信网奠定了可靠基础。哈立德反复地看了又看，他就好像一个旁观者那样感觉道："中华文化的高山和现代科学的大海，他们之间缺乏一座沟通的桥梁……真的，活生生的事实和成果已经摆在那里，怎么就得不到应用呢？"

2008 年 6 月的一天，哈立德登上了飞往中国的航班。要说他这四五个月对中文的突击学习，还真的派上了用场。在飞机的公务舱，哈立德遇到了一位英国青年，他正抱着一本中国古典诗词，在小声地朗读。哈立德从侧面他肩膀的空隙中，看到那是一首中国古诗：

故人西辞黄鹤楼，
烟花三月下扬州。
孤帆远影碧空尽，
唯见长江天际流。

　　哈立德听着他在念叨着什么，就在后面仔细听着，"啊，他讲的是中文……"等人家停下来，哈立德就用生硬的中国话问那个小伙子："你，在念什么……"那个年轻的英国人小声地用英语说："我在念诗，中国唐朝大诗人李白的《送孟浩然之广陵》，这是个七言绝句。"哈立德随口问道："你为什么要学这个呢？"没想到对方的回答一下子吸引了他的注意："我到中国去学习历史，这是入学的考试题啊……"哈立德立刻瞪起了眼睛："啊？那……能不能也教会我几首诗，我也是去中国学习的……"英国小伙子叫爱迪生，是英国曼彻斯特大学的毕业生，准备去北京大学读研究生，研究中国历史。哈立德做了自我介绍以后，小声地问道："到中国的第一课真的要考……那个……什么唐诗吗？""我也是听说的，不过学一些中国的诗词，总会有用上的时候……"然后两个小伙子就小声地一教一学地念起诗来：

千山鸟飞绝，
万径人踪灭。
孤舟蓑笠翁，
独钓寒江雪。

　　爱迪生对哈立德连连称赞："这是唐朝诗人柳宗元的《江雪》，

我听你的中文发音很标准，真的很好。"这一鼓励可好，五个多小时的飞行，哈立德背会了十几首唐诗，还学会了一首宋词。像张继的《枫桥夜泊》：

> 月落乌啼霜满天，江枫渔火对愁眠。
> 姑苏城外寒山寺，夜半钟声到客船。

还有孟浩然的《宿建德江》：

> 移舟泊烟渚，日暮客愁新。
> 野旷天低树，江清月近人。

韩愈的《郴口又赠二首》（其一）：

> 山作剑攒江写镜，扁舟斗转疾于飞。
> 回头笑向张公子，终日思归此日归。

孟浩然的《送从弟邕下第后寻会稽》：

> 疾风吹征帆，倏尔向空没。
> 千里在俄顷，三江坐超忽。

李白的《早发白帝城》：

> 朝辞白帝彩云间，千里江陵一日还。
> 两岸猿声啼不住，轻舟已过万重山。

不过对诗词内容的理解，两个人就很不相同了。爱迪生对中国古诗的理解，正像英国的新诗运动那样，已经彻底摆脱了传统格律的束缚。他对哈立德说："美国新诗运动的主帅庞德，把十八首中国古典诗歌用自由体翻译过来，受到很大的欢迎。由此掀起了翻译中国古典诗歌的热潮，也为刚刚起步的新一代诗人输送了东方外来丰富的文化营养。"事实上英国汉学家韦利紧随庞德其后，采用自由的"弹跳律"来翻译解释，他们的翻译观念符合新的时代诗学的需求，他们的译作才能深入人心，随后中国古体诗开始在英语世界，形成了家喻户晓的局面。"你想不想看？我这里有庞德翻译的李白《长干行》，还有韦利译白居易的《游悟真寺诗一百三十韵》，这些作品早已成为英国诗歌翻译的经典，是权威的英国和美国文学作品。"随后爱迪生找到那首英文翻译的唐朝诗人孟浩然的《送从弟邕下第后寻会稽》那首诗：

　　　　疾风吹征帆，倏尔向空没。
　　　　千里在俄顷，三江坐超忽。

　　爱迪生递给哈立德，还用英语讲解着："狂风啊吹鼓了风帆，风一下子就飘向了蓝天，我真想像风儿那样飞舞……快快到达那座城市的江面……"哈立德摇摇头："你的理解有问题，这里明明是说那是艘飞船，一眨眼就没了，其实它已经行驶了千里，到了三江汇合的地方。"爱迪生奇怪地看着哈立德，嘴里嘟囔着："你说什么……"哈立德又指着另一首诗，是李白的《早发白帝城》，他先用中文念了一遍：

　　　　朝辞白帝彩云间，千里江陵一日还。
　　　　两岸猿声啼不住，轻舟已过万重山。

爱迪生正要说话，哈立德已经开始讲他的理解了："李白的诗也是这样，你看……早上离开那个叫作白帝的城市，一条叫作轻舟的船，一天在一千里的距离，要来回飞一趟，也就是一两个小时之内飞越两千里，也就是现在的一千公里，那不就是一架飞机吗？假如说把白天八个小时时间都平均进去，那样的船每小时也要航行一百二十五公里……一千五百年前的中国，就已经有了航行六十五节的航船！"其实后两句，才真正地揭示了谜底，恰恰说明了这是一艘飞船，从第一句的彩云间，就知道它是从天空中鸟瞰着山下，而后面的第三句第四句，说明了是在跨越万山之上，在山里的动物惊奇的叫声中……返回来的。爱迪生莫名其妙地摸着自己的脑袋："哈立德……你怎么会这样去想……问题？"哈立德可不管那些，他越说越来劲："我刚刚学会苏轼的《水调歌头》……这叫作宋词，对吧？你看中国到了宋朝，他的航天科技是多么的发达……"接着哈立德又按照他理解的开始新的解释了："'明月几时有，把酒问青天。'这是诗人要坐定期飞向太空的飞船去月球，因为只有月圆的时候才能发射。'不知天上宫阙，今夕是何年？'在外太空里的时间是静止的，所以苏轼要了解一下。'我欲乘风归去，又恐琼楼玉宇，高处不胜寒。'他这是在琢磨要如何带衣服……'起舞弄清影，何似在人间！'他期待和渴望着，在向宇宙飞行的那一刻。'转朱阁，低绮户，照无眠。'在家里他又有些离别之苦，来回地看地球上的房子。'不应有恨，何事长向别时圆？'这是在安慰他的夫人，'人有悲欢离合，月有阴晴圆缺，此事古难全'这几句还是安慰家人，我也就走几年，你们不要悲伤，最后这句'但愿人长久，千里共婵娟'才把出远门的问题点了出来，在月球上他的另一个夫人在等着他……"爱迪生哭笑不得地看看书本，又看看哈立德，最后他摇摇头："哈立德……你，你是真正的理工男……科幻思维，这种思维方式只有你一个……世界上绝无第二人。"

经过将近六小时的飞行，这架阿联酋航空公司的空客380-800型飞机降落在北京国际机场。"你确定了就去北京大学读研究生？"哈立德边走边问爱迪生。"当然，不过我的一个朋友在德国的奔驰亚洲总部工作，一个叫望京的地方，我先到他那里待几天再去学校。你呢……""我先在北京各处逛逛玩玩看看，然后到青岛，有一位老师在那里等我。"两个人坐上进城的大巴车，相互留下对方的电话，爱迪生在离望京不远的地方下了车，而哈立德来到位于长安街上的北京饭店。他准备在这里住上几天，好好感受一下，"中国的文化到底有多么深厚……"哈立德在大堂登记的时候，他请教一位大堂经理："在中国……什么地方最具有深厚的历史文化？"那位穿着黑色西服的年轻人毫不犹豫地回答他："就是北京啊……北京是一座有着三千多年历史的古都，在不同的朝代有着不同的称谓，大致算起来有二十多个别称。这里从元朝开始就是中国的首都，这样吧，向西七百米就是过去的皇宫—故宫，您先去那里看看感受一下。"已经是下午两点多钟了，哈立德是个精力充沛的人，他放下自己的行李，一拐弯就跑到熙熙攘攘的王府井大街。接着哈立德又上了一辆的士，司机问他："现在去三里屯、后海时间还早……那得到晚上六点以后……"这两处是北京洋酒吧聚集的地方，世界各色的风格都有，也是外国人最喜欢去的地方。哈立德听着司机的介绍想了想："我就想看看北京的历史文化，你拉着我看看中国那些神秘的地方吧……"那个司机听他讲的是中国话，"神秘的地方……"他琢磨了一下："看来您是经常来中国了，那我就拉着您在城里去一个地方看看……怎么样？"

那位司机错误地理解了哈立德的意思，没转了几圈就把他拉到一个金碧辉煌，那门面就像欧洲大剧院的地方。听司机讲这里叫作"天上神仙俱乐部"。哈立德本来就是个富家子弟，在开罗、迪拜什么场面没有见过，他一看门口男男女女的样子，就明白了那里面的意思，不过他来中国可不是寻欢作乐的，哈立德对司机说："走……走走……我要去的地方不是这里！"那个的士司机有些不知所措，他回头看着

那个大胡子老外，似乎明白了："那……那……好好，我拉你去一个既文化又神秘的地方……"北京的出租车司机，这二三十年已经换了好几茬人，现在的城里人已经不再干这一行了，但是北京市政府规定，只允许有北京户口的人，从事北京的出租车司机工作，所以大部分已经换成附近郊县的人了。很多北京郊区像怀柔、顺义、大兴甚至延庆的农民都放下锄头，到城里开出租车挣这份辛苦钱。路上这个司机解释说："我家是怀柔区的，我住的那个村子叫旺泉峪，我们村里好多人都开出租。我的家背靠着大山，在那上面就有一段长城，人们都叫它野长城。那可是历史遗迹，而且经常出现些神秘的东西。"其实这个司机是上午班，他耍了一个小聪明，司机正好要给下午班交班，一般都是在离城边不远的地方交车。恰巧对班的司机也是他一个村的，司机现在把哈立德拉回村里，又多挣了一份车钱。的士司机殷勤地介绍着："……离我们村儿三十公里的地方，有一个道观叫关公庙，那里有很多的老道。"哈立德不解地问他："什么叫老道？"那个司机憋得脸都红了，"啊，啊，老道就是道士……出家人啊，对了，不是和尚，和尚是佛……道士是道……"最后这句话哈立德一下子就听懂了，"哦，儒道佛……那我们快点走……"

　　汽车不到四点就到了旺泉峪，因为通过电话，那个接班的人就在自己的家门口等着呢。哈立德对两个人说："不管你们谁开车，这车今天我包了……走吧，带我去山上，看那个野什么……城。"既然人家说好是包车，两个司机也不交班了，都来陪着哈立德登山上长城。两个人你一句我一句地讲："我们村子里因为有一汪很旺的泉水，因此得名旺泉峪村。"另一个小伙子指着山上说："这一段长城是从明朝永乐二年（1404）开始修建，一直修到万历八年（1580），据我们的县志记载，因为那时银两缺乏所以修修停停，最后用了一百七十多年时间才建好。"旺泉峪长城给哈立德留下的印象非常好，"中国的山河就是清灵俊秀，叫人看着心情好极了。"两个司机一个姓张一个姓李，他们解释着哈立德那些奇怪的问题。向山上走时哈立德忽然想起来："哎……历史，你们说的历史在哪里？"张司机回答："长城……就是中国的历史啊……"哈立德指着城墙垛子问："为什么要在这里修筑一个个房子？"开车的小伙子回答："那不是房子，是几百年前为了防备……北方民族的骑兵，而修筑的一堵墙和御敌的城楼，是打仗的地方。"旺泉峪长城并不算太长，共分布着八座敌楼，以谷底的旺泉峪关为界，西面山峰上有两座敌楼，东面山峰上有六座敌楼。由于几百年时间的摧残，这段城墙长度只剩下两公里左右的距离，但由于山峰的高低错落，那个海拔的落差几乎达到了四百米。三个人一会儿登高一会儿下低，这点路让哈立德感觉很累。姓张小伙子走在前面指着山头说："我们旺泉峪长城的精华，就集中在三岔边到旺泉峪关之间的线路上。"当地人给这里的敌楼起了好多的名字，像造型精美的敌楼建筑就叫什么"御史楼""宾馆楼"。山上冷冷清清没有一位游客，年轻的司机说："这一段野长城……一般来人很少，到下午基本就没有登山的驴友了……"哈立德和那两个中国小伙子，站在高高的城楼上眺望着远处，"那个地方叫双龟锁关……另一边就叫蝴蝶结，你看多像呀……"那些奇特的景观，在远处夕阳的辉映下非常吸引人，哈立德赞叹道："无论用什么眼光来评价，这里的风光都堪称一绝。"就在他们转身要下山的时候，身后有人在说话："说是客人到……真的就来了……"哈立德回头一看，是个身穿蓝色长袍头戴一种方形帽子的中年人，他看着哈立德左抱右拳表示礼节说："道祖慈悲，贫道顿首了……"这是人家在打招呼，意思是"我向您致敬了"，哈立德和两个村里的年轻人都愣住了："这上面刚才没有人……他这是……从哪儿来的？"哈立德结结巴巴地问道："您……是……和我们……打招呼吗？"对方说："贫道乃范各庄关公庙里的道人，道长要在庙里款待贵客，特派我来此处迎接远方的客人，本为高接远迎，迟来为歉千万见谅。"哈立德问："您是道家？""是的……"这几句话可

把哈立德说高兴了，哈立德心想："我来中国，不就是学习儒道文化吗……真的好神奇，他们已经知道我来了。"他对那个道士说："迎接我……太好了，可我不认识您的那位道长啊？"蓝袍人也不解释，只是看着哈立德微笑。哈立德想了想："好吧，那我们就去看一看吧。""如此最好，想必贵客是坐车而去……道长会在道观门口带着道士们迎候您，无量天尊……"姓李的司机对道士战战兢兢地说："师……傅……您也……随我们……下山，一起坐车……去吗？"道士避而不答，只是站在那里不动，一只手摆着，似乎和他们做再见的举动。两个当地人非常紧张，一路上他们再也没敢回头，哈立德就听他俩叽叽咕咕地议论着："哎……哎，以前这个……在上面出现过没有……"另一个说："没听……村里人讲……讲过啊，都是说……晚上有女人……的哭声……"姓张的司机说："那是孟姜女哭长城呢……"忽然姓李的司机想起来了："村里老姜头好像说过，几十年前在城墙上……见过一个道士……"停顿了一会儿，两个人……有些担心地说："你说，咱……咱们没事吧……我咋就这么心慌呢？""我也是，要不咱……咱下午别出车了？""不行不行，人家老外包车……再说你不走……他咋回城里呀？"下了山，那位下午班的李姓司机问哈立德："这位……先生，您真的……还要去……那个关公庙？"哈立德奇怪地看着他们："这有什么，既然答应了人家，当然一定要去啦。"

　　从旺泉峪到范各庄是三十公里的乡村小路，"山后面还有一条小路，近多了，不过那只能走人……"小李一边说着，一边把这辆黄绿相间的现代车开得飞快，不过等他们到了范各庄已经是黄昏了。这时候庙内的钟鼓声敲响了，顿时传遍附近的村落。在关公庙的门口，七八个穿着蓝色衣服的道友，簇拥着一个年轻道长迎了出来，而那位在旺泉峪长城上说话的道士，就跟在道长的身后。道长对哈立德行着拱手礼，加上一番礼貌动作和语言："无量观，远方贵客驾到……欢迎欢迎。"哈立德被领进院内，那个姓李的司机看到见过面的道士就在人群里，吓得说什么也不到院子里面去，他哆嗦着说："我……我就在……外面等着……好了……"道长陪着哈立德边走边讲，也不管人家听懂听不懂："我们这座关公庙建于明朝初年，占地十亩，庙内是三重院落，整体格局为南北走向……"在后院一个极其简陋小屋的桌子上，这位张姓道长以他家乡的传统饮食，宴请了哈立德这个远方的客人。"我知道你是西域清真之人，全真道家以素为食，尽可放心食用……"张道长自我介绍说是江苏徐州人，徐州是道教创始人张道陵的故乡，也是道教饮食文化的发祥地之一。"道家的饮食文化是以求长生养生为目的，素菜又称斋食，所用原料有豆腐、面筋、竹笋、菌类等。荤食原料多用野味、山珍，调料惯用药料，以汁浓味厚见长，具有养生的特点。"今天也是一样，桌子上摆的也就是豆腐青菜和蘑菇白饭。哈立德和所有的老外一样，对两根棍子一样的"筷子"基本不会用，最后张道长叫人送来一个小勺，才算解决了他的吃饭问题。席间哈立德问张道长："您是怎么知道我要来北京的？"道长略微沉吟了一下，随即念了一首诗：

> 峻岩拍手葫芦舞，过岭穿云飞杖睹，
> 往来万里只半日，天涯海角芒果熟。

"这首诗是当年仙祖吕洞宾所作，流传下来的。那时是指信息传递之快，您认识盛老师吧？盛老师是我在大学时的硕士研究生导师，是他通知我的。"听到这里，哈立德觉得一切都明白了，"啊，这个道长是盛老师的学生……原来如此。在道观里用餐一切都很简单，吃完饭哈立德起身告辞，张道长再三嘱咐："道祖慈悲……见到盛老师，请您一定代我问候……"

在回北京市里的路上，那个司机小李还在叨叨："我一直想不通，那个道士真的能在天上飞吗……要不他怎么能眨眼就来，闭眼就回

去？"哈立德笑了："你说的不对，我想他是从后面的小路来的，看到我们后又从山后的小路回去了……""他能有那么快？""小路上汽车不能跑，摩托车总行吧？再说车快路近，当然我们到了人家也在庙里了。""那个道长怎么知道您要来呢？""是我的一个老师提前通知的。"这么一讲，那个姓李的司机觉得有道理，他那颗悬着的心也就放下了。"不过，我还是弄不明白……那他们咋就知道您正好就去我们那个旺泉峪村呢？"其实哈立德也有几件事情不清楚："是啊……具体我去长城这些细节的事……盛老师怎么会知道的？算了算了……不去想他了，见到教授一切就明白了。"小李看到哈立德默不作声，就对他说："先生，明天您要是用车，我一早就来……我知道您是个好人，要不那位道长怎么会邀请您吃饭呢？"哈立德想了想："不用了，我就先去故宫里看看吧。"

北京的故宫，是中国明清两代的皇家宫殿，旧称为紫禁城，位于北京中轴线的中心，是中国古代宫廷建筑之精华。讲解员为人们讲解着这座巨大的宫殿，清朝乾隆皇帝写过一首诗，就是说这个故宫的：

左庙遵古制，未遑右社筹。

入京神主奉，于沈故宫留。

别现三官祀，閟堂一律修。

五朝藏册宝，名实正相投。

北京故宫以三大殿为中心，占地面积七十二万平方米，建筑面积约十五万平方米，有大小宫殿七十多座，房屋九千余间。是世界上现存规模最大、保存最为完整的木质结构古建筑之一。看着那些彩图的介绍，哈立德惊叹不已，"北京故宫于明成祖永乐四年也就是 1406 年开始建设，以南京故宫为蓝本营建，到永乐十八年即公历 1420 年建成。"来到外朝的中心，年轻的讲解员用随身的播音器大声地说着："太和殿、中和殿、保和殿，统称三大殿，是国家举行大典礼的地方。内廷的中心是乾清宫、交泰殿、坤宁宫，统称后三宫，是皇帝和皇后居住的正宫。北京故宫被誉为世界五大宫之首（北京故宫、法国凡尔赛宫、英国白金汉宫、美国白宫、俄罗斯克里姆林宫），1961年被列为第一批全国重点文物保护单位，1987年被列为世界文化遗产……"哈立德想着："这座故宫就像是中华文化的象征，博大精深却是一个被禁锢的高墙大院，人们来到这里参观，只是感受到表面的华丽，往往忽略了真正的思想精髓，甚至忽视那些千百年科技成果的存在……"哈立德感叹着："建筑这些巨大的宫殿，那些皇帝被困在空旷的院子里……难道真的舒服？"

三峰谁高

　　哈立德在北京待了一周后来到青岛，为了不麻烦盛教授，他没有提前通知盛老师，计划到了宾馆以后再打电话。可是当他走出流亭国际机场时，第一眼就看到盛教授站在一辆汽车旁边……老师是来接他的。哈立德有些局促不安地说："太感谢您了，还到机场亲自接我……"盛教授笑容可掬地说："我们商量好见面的嘛，当然要来接你。"机场门口有人递过来一张介绍青岛旅游风光的传单，上面写着：

> 青岛，你那美丽的名字何其响亮，
> 唤起了人们的遐思与神往。
> 青岛，以美丽而著称的地方，
> 有着碧海蓝天山清水秀的风光。
> 宜人的气候，古老的文化，
> 都在这片朴实和神奇的土地上。
> 青岛，集众多美誉于一身，
> 美哉，黄海边上美丽的新娘。
> 你被国内外游人纷纷赞赏，
> 令人瞩目地屹立在祖国的东方。

　　哈立德看着笑了，"黄海边上的新娘……是要把这个城市嫁出去吗？"盛老师一边开车一边说："不是，是希望大家来上门入赘，就是中国人说的倒插门。"哈立德琢磨了半天没弄明白，干脆就不去想了。很快汽车穿过城市沿着海边行驶，这里山海相连，海天一色，十分雄伟壮观。盛教授指点着车外："这周围的山都是以崂山为中心，向东北、东、东南、南、西五个方向分支放射，东部和南部陡峭，西北部连绵起伏。"在路上转过弯来，能看到山海结合的地方，岬角、岩礁、滩湾交错分布，峰顶耸立层峦叠嶂，深涧幽谷壁立千仞。象形石千姿百态比比皆是，形成瑰丽的山海奇观。很快他们就到了坐落于风景秀丽的崂山脚下的"青岛大洋宾馆"。看来盛教授把一切都安排好了，盛老师在大洋宾馆的清真餐厅，请哈立德用了午餐——涮羊肉。哈立德说："我虽然不是穆斯林，可是长期生活在那里，我的饮食习惯已经和穆斯林一样了……"盛老师对他说："这个羊肉是内蒙古乌珠穆沁草原上的黑头绵羊的前腿肉，味道十分鲜美，每年中国都要对沙特阿拉伯出口大量的活羊呢……"用餐以后，盛老师要求哈立德先午休，"哈立德先生，下午我来接你，带你到崂山太清宫去看一看，你觉得怎样……"哈立德不好意思地说："您很忙，就不要陪我了……"盛教授递给他一个计划书，那是给哈立德安排在中国的行程，做得十分具体。盛教授走了，哈立德仔细地看着盛老师做的学习计划：

哈立德中国文化学习计划书

一、分两个阶段学习，第一阶段实践：

1. 山东

青岛：崂山太清宫（道）

曲阜：孔庙（儒）

济南：寺（释）

2. 安徽

齐云山：玄天太素宫（道）

宣城：旌德文庙（儒）

九华山：化成寺（佛）

3.湖北

武当山：道教学院（道）

武汉圣庙（儒）

武汉宝通禅寺（佛）

4.四川

青城山：（道）

成都市昭觉寺（佛）

德阳文庙（儒）

二、从实践地点里选择一个学习地点，学习中华文化，时间为一年。

三、入学阶段，再确定中国院校、专业，学习到毕业。

哈立德想："盛老师并不知道我心里所想的，看来一定要抽时间对他讲清楚，我是来向盛老师学习他的绝技……"哈立德准备在中国最多待上半年，"等我把盛老师的技术学会，就回迪拜去，在那里开工厂，继续研究我的课题……"

下午盛老师准时来到大洋宾馆，这里离太清宫距离不太远，汽车上山几个转弯，就到了崂山老君峰下历史悠久规模很大的道教殿堂。来到这座道教的庙前，盛教授对哈立德介绍说："这座太清宫已有二千一百多年的历史，崂山地处海滨，岩幽谷深，向来就有神窟仙宅之说。经过历代的修筑，崂山方圆百里的宫观星罗棋布，据史书记载有九宫八观七十二庵，其中以太清宫最负盛名。"来到太清宫门口，盛教授说："峰抱三方列，潮迎一面来。这里环山群抱面向大海，山势雄伟海涛汹涌，确为崂山第一景啊。"在太清宫门前，有讲解牌详细地介绍了崂山太清宫："太清宫建于一千多年前，多次被毁多次重修，目前有三官、三清、三皇各殿为三院的格局……共计二百四十间……"哈立德从十岁到了阿联酋以后，就几乎没有离开过中东，更多的时间是在埃及上学。他的脑子里对东方亚洲，对中国根本没有印象。像中国的道观，他的理解"就是美国的天主教堂，阿拉伯国家的清真寺一样的作用……"不过面对眼前这些飞梁斗拱庄严华丽的建筑，他发自内心不断地夸奖着："真是古老庄严……好……好极了。"太清宫院内有银杏、紫薇、牡丹、耐冬等古树名花，三清殿院外石阶下有一口清泉，清冽甘美大旱不涸大涝不溢，这个"神水泉"是崂山名泉之一。

盛教授慢慢走着，同时对哈立德说："在众多的道教庙殿当中，太清宫是有记载的最早的崂山道教祖庭。太清宫已经历两千多年的历史，几乎每朝每代都进行过修葺，至今其建筑风格还一直保留着宋代建筑的典型风格，这在国内各宗教建筑中，也是极少有的。"

他们走进三官殿，这是标准的宋代建筑，虽不是富丽堂皇，却不乏古朴庄严，是典型的道教殿堂。这时过来一个参观团，一个导游模样的人为他们讲解着："三官殿内供奉的是天官、地官、水官，实际上是中国古代最有影响的三位部落领袖尧、舜、禹。"在三官殿的正殿两侧，分别供有"雷神"和"真武"二神。那位导游说："在道教中雷神和雷公不是一回事，这里的雷神是正义之神主要是惩罚恶人，是对做坏事者采取相应惩处措施的神。而真武就是玄武，是四方神之一，大家都知道四方之神吧，就是面南背北的时候，左面是青龙就是东方之神，右面是白虎就是西方之神，前边是朱雀是南方之神，后边为玄武是北方之神。传说天尊出巡时，左青龙、右白虎、前朱雀、后玄武，簇拥在天尊周围，以壮天威。另外这里地处中国北方，从方位管辖的角度来看，也属于玄武神的范围。"盛老师看哈立德听得很认真，就补充说，"说起雷神和真武这两个神明，真武属水，水德柔顺滋润万物，与雷神相对，一位象征着至刚，一位象征着至柔。这就是道家哲学中阴阳相生，刚柔并济的辩证思想。"哈立德奇怪了："教授，您说什么……道家的哲学思想？"

盛教授点点头："是的，这种哲学思想不仅是道士修身处世的基本思想，而且也是练武功，修内功的主旨，对养生、内外功修炼都有一定的指导意义。"

越过坤道院的大门，就是太清宫的第二大主殿三清殿。由一个正殿和两个偏殿组成，东偏殿里供着道教全真派最初的创立始祖东华帝君，西偏殿供奉西王母。盛老师继续为哈立德解释："道教的最高境界称为三清，就是玉清、上清和太清。三清各为一级洞天，各由道德天尊、灵宝天尊、原始天尊主持。在中国古代道学思想中，认为小乘修炼是做人的根本。"这些讲解对哈立德来说，基本是听不懂的，他不停地点头只是在那里随声附和而已。这时候盛老师有些严肃地对这个外国孩子说："一个庞大的人类社会，需要有一种能够制约行为的规范，以此来区别美、丑、善、恶，这就是我们常说的道德。几千年来，这个世界约束人们行为最有力的规范就是道德，因此，道家把涵养道德作为最高级的修身境界。道家认为一个人只有道德高尚，才有资格去接触中、高级的修炼内容。道德高尚的人经过刻苦修行，启动灵感之后，方能获得宝贵的修真秘诀，并沿着正确的修身道路，可以达到返璞归真的境界。"

这几句话哈立德可是听进去了，他在大学的古典哲学课里，学习过苏格拉底的哲学思想，德国来的教授一再强调："苏格拉底的思想体现了……有思想力的人，是万物的尺度……"苏格拉底建立了一种知识即道德的伦理思想体系，只有探求普遍的、绝对的善的概念，把握概念的真知识，才是人们最高的生活目的和至善的美德。哈立德还清楚地记得，那位一喝水就把胡子弄得很湿的德国老先生总是强调："苏格拉底认为，一个人要有道德就必须有道德的知识，一切不道德的行为都是无知的结果。"苏格拉底强调知识的重要性，认为伦理道德要由理智来决定，这种理性主义的思想，在以后西方哲学思想的发展中起了积极作用。哈立德想着有些迷惑，他不由得讲了出来："中国的道教对道德的观点，和苏格拉底的思想还是存在着差异……"盛老师就像知道他在想什么一样，一句话就讲通了他的疑问："有思想力度的人，是万物的尺度。苏格拉底的话已经说明了一切，思想力度就是道德行为高尚的人，社会就要以此为行为的规范。这和中国对道德的观点并不冲突。"盛老师对哈立德进一步讲："修炼的阶段是一个枯燥艰苦的过程，还得看自己的决心和悟性，要有三个条件：一是顽强的毅力，二是聪慧的头脑，三也是最重要的一条，高尚的道德。"

他们看到一株古柏，于是就坐在下面，这株古树高有二十几米，树围近四米，树上的牌子表明，它的年龄已经两千一百年了。在古柏树干北侧，长着一株藤本植物百年"凌霄"，这株凌霄的根全部长在古柏的树干中。近百年来几树一体同生形成独特景观，被称为"汉柏凌霄"。

这时候过来两位年轻的道士，他们身着蓝色道袍，上衣皆为大领。戴着帽子是一种覆斗形，上面还刻"五岳真形图"，一位道人穿着青布双脸牛鼻子鞋白布高筒袜，他的裤管装入了袜筒内。另一位不穿高筒白袜，而把裤管齐膝下绑扎起来。这是哈立德第二次见到中国的道士，他看着那两个人的神态，打量着他们的服装鞋帽。这时其中的一位道士对盛老师说："无量观……知晓上师前来，道长特遣我们前来迎接……"这"无量观"是道家口语，有与人祝福无限美好之意。"我陪远方客人到来，不准备叨扰道长了，十日之内还会来到太清宫，到时我们再见……"没想到盛教授拒绝了道长的好意，只是陪着哈立德在道观里行走参观。两位小道士拱手行礼告辞走了，哈立德忽然想道："看来盛教授对这一带很熟悉，可听刚才的说法……盛老师并没有提前告诉道观里自己要来，是人家知道消息的……咦，他们怎么能知道呢？"他一抬头就看到了院子角落里，安装的那些防盗防火的摄像头，"哦……原来如此。"

　　歇了一阵，盛老师不时地看看年轻人，好像在期待年轻人说些什么，这时候哈立德鼓足了勇气，向盛老师讲了为什么来中国，和来中国学什么的想法。"盛教授，我来中国，就是想向您学习……您的那个……无事生非的方法……"他不知道如何解释和确定那种方法的名称，就张冠李戴地讲了出来。盛老师并没有回答他，只是领着哈立德走出了太清宫，沿着小路一直向上走，他们来到道观背后崂山的峰顶，崂山这个海上第一名山，耸立在黄海之滨，高大而雄伟。当地流传一句俗语说："泰山云虽高，不如东海崂。"山海相连，海天一色，雄伟壮观，正是崂山风景的特色。

　　太阳已经开始西落，哈立德看到山下那些岬角、岩礁、滩湾交错分布，花岗岩地貌在低矮的光线辉映下，景观独具特色。山体被夕阳涂抹成金黄色，远处峰顶耸立，层峦叠嶂，深涧幽谷，壁立千仞。那些山石千姿百态，似乎还原成了动物和植物，各种形态的大树、老虎、猴子、公鸡比比皆是，被晚霞光线断然分割，形成立体瑰丽的景色。山上起风了，盛老师领着哈立德开始下山，他忽然开口："哈立德，我讲一个中国古代的小故事，你愿意听吗？"哈立德一直等着盛教授的回答，赶快说："愿意听……"接着盛老师就大声地说了起来。"古时候有一个读书人叫王七，这个书生十分喜爱阅读求仙修道之书，他整天梦想着当神仙。有一天他又看书入了迷，自己干脆到崂山山上的三清观，拜一位老道为师。老道给他一把斧头，叫他每日早起上山砍柴，日复一日，王七觉得吃不下苦，便想下山偷溜回家。他在下山的途中，忽然看两个老道士向三清观走来，他忙躲在一边，可是发现二人不走大门而是穿墙而入。王七非常吃惊于是又返回来。晚上发现师父和那两个道士变换法术相互取乐，王七惊讶不已，于是跪求师父教他道家之术。哪怕只有穿墙之术，也算不枉此行。最后师父动了恻隐之心，教他学了穿墙之术。王七在道观里反复穿行，走墙穿壁如同鱼儿戏水一般。老道长劝他：'你学无根底，不能以此为傲，否则仙术就要失灵。'

他回到家不顾妻子劝诫，要在众人面前显能，结果仙术失灵，险些撞死，他的头上被撞了一个大包。"看来盛教授是有备而来，他从自己的包里拿出一本小书，是清代一个叫作蒲松龄的人写的《聊斋志异》递给哈立德："我讲的故事，就是这本书里的小故事，你有兴趣的话，再翻一翻吧。"下了山，天已黄昏，盛教授告诉哈立德："晚上八点钟，电视节目会播放我讲的故事，你要是看不懂书就再看一遍电视节目吧……好，明天见。"说完，就告辞走了。

晚上，哈立德翻开《聊斋志异》，里边全是中国的文言文，对哈立德来说，那简直就是又一门外语，好在下面还有译文，这样他就硬着头皮看下去。

"邑有王生，行七，故家子'少慕道，闻崂山多仙人，负笈往游'登一顶，有观宇甚幽'一道士坐蒲团上，素发垂领，而神光爽迈'……答言：'能之'……王效其作为，去墙数尺，奔而入，头触硬壁……王惭忿，骂老道士之无良而已。"

哈立德左思右想还是弄不清楚，盛老师葫芦里到底卖的什么药，"这到底代表什么意思呢……"忽然他想起盛教授说的"晚上八点，注意看电视节目……"哈立德翻看着桌子上的英文节目单，在宾馆自放节目里写着"美国好莱坞影片自选……"，下面罗列了很多获得奥斯卡奖的故事片，"让我看什么呢……"这时候房间里的电视机就像有人操作一样，自动调整到播放节目，开始播放由中国上海美术电影制片厂摄制的木偶动画片《崂山道士》，下面还配写了英文解说，哈立德觉得自己就像一个儿童似的，看着那些动作奇怪孩子气的"玩偶片"，他慢慢地看进去了，"这里面的道理太简单了，一个只想不费力气巧取豪夺，就成为无所不能的神仙，他的想法和动机是多么可笑，而且凡是想法不端正的人，这一切也绝对不可能实现的……我不就是那个可笑的人吗？"晚上，哈立德躺在床上看着手里的那本"天书"，忽然意识到："盛老师是在教育我，只想直接奔着自己的目标去，而

没有努力去积累实现目标的基础条件，这不就是中国的王七吗？而且，他一再强调中国文化的源远流长，也就是在提醒我加强基础学习……还是基础学习。"一切想清楚了，哈立德这一夜睡得特别香。

第八章

武当学艺

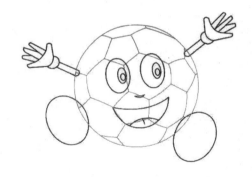

　　道，是中华民族为认识自然为己所用的一个名词，意思是万事万物的运行轨道或轨迹，也可以说是事物变化运动的场所。《道德经》曰："道"生天地万物，生圣生贤，俱以从"道"而生，阴抱阳，生生化化，无极无穷之妙哉。这就是一切的本源，是终极的真理。

——百度先生

立志道学

　　早餐后盛教授来了，哈立德有些不好意思地说：“老师，我想弄明白……在中国文化里，什么是道，它们之间到底是什么关系？”盛老师对哈立德说：“古代的道家是一种思想流派，它最早可以追溯到上古时期。中国春秋时期的思想家老子，集古代圣人先贤之大智慧，总结出更加古老时期道家思想的精华，进而形成了道家完整的系统理论，标志着道家思想已经正式成型。”盛老师接着对哈立德慢慢地解释着，“道”为最高哲学范畴，认为“道”是世界的最高真理，“道”是宇宙万物的本源，“道”是宇宙万物赖以生存的依据。这个学派用“道”来探究自然、社会、人生之间的关系。道家是道教形成的基础，道教是道家的继承和发展，对中华哲学、文学、科技以及艺术、音乐、宗教、军事等影响深远。道家崇尚自然，有辩证法的因素和无神论的倾向，主张清静无为，顺其自然，反对斗争；提倡道法自然，无所不容，无为而治，与自然和谐相处。盛教授又说：“西汉初年，唐朝初年，汉文帝、汉景帝、唐太宗、唐玄宗皆以道家思想治国，使人民从前朝苛政之后得以休养生息，成为最强盛的王朝。历史称之为文景之治、贞观之治、开元盛世。”“道家思想的主流派有黄老列庄、黄老学派，纵横家、修真派……慎到、田文等法家学派也是以道家思想基础上发展而来的，而兵家思想受到道家思想的深刻影响。无为、不争，是老子对君王的告诫，这里的不争是不与人民争利。古时历代帝王一直极为重视道家，凡是以道家思想治国都会兴盛强大。”盛教授讲到这里，从包里掏出

第八章　武当学艺

251

一本书说："你看，现代人说到道家，就以为潜心静气、自然无为是什么中医养生，其实道家更为博大玄奥。清朝的学者纪晓岚曾评价道家为综罗百代，广博精微，悠远海纳，丰广细腻这四句话。在中国文化中，最飘逸清扬、智达慧睿的就是道家。"盛老师再一次强调说："英国的汉学家李约瑟认为中国文化，就像一棵参天大树，而这棵大树的根就在道家。"

说完告诉哈立德："今天，我们去的曲阜是孔子的家乡……好，马上结账出发。"青岛到曲阜三百八十三公里，走高速用了一上午时间，终于到了曲阜。路上盛老师一边开车，一边继续给哈立德讲解关于孔子和孔学。"我们去的就是孔子的家乡，在两千五百年前，孔子是当时中国最博学者之一，被后世尊为至圣和万世师表。孔子名丘字仲尼，英文名字叫Confucius，KungTze。为中国春秋末期伟大的思想家、政治家、教育家，儒家思想的创始人，曾携弟子周游列国，最终返鲁专心执教，是在中国五千年历史上，对华夏民族的性格、气质产生最大影响的人。"盛老师在超过一辆大货车以后接着说，"孔子在世时已被誉为天纵之圣、天之木铎和千古圣人，曾经修编《诗》《书》，定《礼》《乐》序《周易》，作《春秋》。孔子的思想及学说对后世产生了极其深远的影响。"盛老师接着讲道，"在两千五百年前，当时世界上产生了犹太教、天主教、伊斯兰教这三大宗教，让人知道有了全知全能的救世主，通过天启和神谕来呼唤和启迪人们的思想和行为。而春秋时期的中国，诸侯争战不休，人民困苦不堪。那时的孔子先生回首历史，到上古的圣王那里去寻找智慧。孔子曾自谓述而不作，实际是以讲述当作行动，通过把历史传统作为当代的诠释来实现对中国人在价值上的认识，以及进行叠加和转换。"盛教授用很尊重的语气说，"孔子正直、乐观向上、积极进取，他的伟大之处在于，一生都在追求真、善、美，一生都在追求理想的社会。他的成功与失败，无不与他的品格相关。他品格中的优点与缺点，几千年来影响着中国

252

人，特别是影响着中国的知识分子。看到孔子的府邸，就知道他在中国的地位了……"

来到曲阜，孔府这座中国最为有名的府邸，位于曲阜城的中心，坐北朝南，他们迎面先看到一个粉白的大照壁，门前左右两侧，有二米多高的一雌一雄石狮子。红边黑漆的大门上镶嵌着狻猊铺首，大门正中上方高悬着蓝底金字的"圣府"匾额。盛老师为哈立德介绍着："相传这是明朝宰相严嵩的手书。"在大门两旁明柱上，悬挂着一副对联："与国咸休安富尊荣公府第；同天并老文章道德圣人家。"盛老师讲："这副对联据说是清朝文人纪昀的手书。不光文佳字美，主要是形象地说明了，孔府在社会中的显赫地位。这里的安富尊荣的富字少了一点，而文章道德的章字又多了一笔，是形象地表示衍圣公官职位列一品，田地万亩千顷，自然富贵没了顶。孔子及其学说德侔天地、道冠古今，圣人之家的礼乐法度，也就能天地并存，日月同光。"

按照大门口的介绍牌上的文字："孔府又称衍圣公府，位于孔庙的东侧。孔府是孔子嫡系子孙居住的地方。"汉元帝封孔子十三代孙孔霸为"关内侯食邑八百户，赐金二百斤宅一区"。这是帝王赐孔子后裔府第的记载。至和二年宋徽宗封为世袭"衍圣公"，孔府也就称"衍圣公府"。孔府是孔子后代长子长孙居住的地方，也是历代衍圣公的衙署和私邸。初期的孔庙仅有孔子故宅三间，其后裔在简陋的故宅中奉祀孔子，依庙建宅。而当今的孔府，则是在以后的漫长岁月里，随着孔子地位的不断提高，才逐渐发展扩大形成的。盛老师说："自汉代起，历代王朝无不尊崇孔子，对其嫡系后裔也眷顾备至优渥有加。封衍圣公为一品大员，班列文官之首，进入了显赫尊荣的鼎盛时期。"

这一路上，哈立德都在认真地倾听着盛教授的介绍，当然很多内容都是听不明白和弄不懂的。不过哈立德的内心能感受到，对于中国文化的博大精深，"只拿出一小部分，这一辈子也学不完哪……"

　　晚上他们在曲阜一个很小的旅社住下，因为旅客多哪儿都客满，这个小旅社也只剩一间房子。哈立德在征得教授的同意后，师生两人就同住在一间屋子里了。一晚上两个人讨论了很多的问题，最后集中到"为什么孔子的学说，在中国漫长的历史中，能一直占有统治地位"上。盛教授解释说："简单地说，是他的思想，有利于社会稳定和促进社会发展，所以一直延续到今天。""那道教思想是被儒家思想所取代了吗？"盛老师说："道家传统文化的多维与两分，从文化发生学的角度来审视整个人类文化，从来是多源发生、多元并存、多维发展的。由史前多根系文化汇合而成的埃及、两河流域、印度、希腊、中国和墨西哥等大的文化系统，各自发展，各具特色，都曾达到高度繁荣。实际上都以文化发生的多根系，与文化发展的多向度为前提。"盛教授特别指出："孔子学说也就是儒家思想刚出现，并没有立即成为主流思想。到了中国已是一个强大、统一的中央集权制国家——汉朝的时候，统治者发现孔子的理论，很适于维护社会的稳定，于是被确定为国家正统的学说思想。"哈立德想起盛老师在开罗送给他很多书，他问盛教授："记载孔子思想和言行的那本书，是不是叫《论语》？"盛教授点点头："书里主要是孔子的语录，及孔子与他的学生们的对话录。这本书在中国古代被奉为像西方《圣经》一样的圣书。如果是一个平民，就要用这本书的思想来规范自己的生活，如果一个人想要做官从政，也必须深刻学习这本书。"盛老师问他："你还记得其中记载一个叫子贡的学生，他问孔子治理国家的事：军队、粮食和人民，如果必须舍去一个的话，应该舍哪一个呢？孔子毫不犹豫地回答是军队。这说明了他反对战争的和平思想。孔子强调严格的伦理规范和秩序，认为一个做下属的违背了上级或者做儿子的违背了父亲，都是很严重的罪过。按照他的理论，做国君的就要好好治理国家，当平民的就应当忠于国君。每个人保持严格的尊卑界限，这样国家就太平，人民就能生活安定。"盛老师一看已经是半夜两点了，于是对哈立德做总结说：

"孔子学说的内容很丰富，他在《论语》中的许多话，已成为中国人经常引用的俗语了。比如他说，'三人行，必有我师'，意思就是每个人都有自己的长处，因此人们之间应该互相学习。休息吧，我们明天还要去济南的兴国禅寺呢……"

早上出发后，盛教授对哈立德说："中国文化一个重要的环节，就是他的表达方式，所以你要学会诗词，这样你就可以用心去体会和理解中国的历史和文化的深奥"接着盛老师就说起明朝刘敕的《咏兴国寺》诗，"生动描绘山色古寺的优美，还数这一首最有特色……"

数里城南寺，松深曲径幽。
片湖明落日，孤峰插清流。
云绕山僧室，苔侵石佛头。
洞中多法水，为客洗烦愁。

远远地就看到坐落在千佛山上的兴国禅寺。兴国禅寺始建于唐贞观年间，它的南面是峭壁，北面对着济南市区。寺院内植有银杏与红枫以及翠柏和椿树，各种殿宇亭廊结构错落，青瓦红柱花窗棂扉，高高地耸立在千佛山上。千佛山风景优美，层峦叠嶂，苍秀深幽，是济南市著名的游览胜地。盛教授领着哈立德向佛寺走去："它古称历山，相传舜虞曾躬耕于此，故有舜耕山之称。隋唐时期，山东佛教昌盛，这里的悬崖峭壁上雕凿了众多佛像，又建千佛寺，故称千佛山，而兴国禅寺被称为千佛山首刹。"从西盘路拾级而上，迎面就是兴国禅寺的山门。这里门楼上有黑色大理石雕刻的"兴国禅寺"四个金色大字，大门两侧石刻有一副对联："暮鼓晨钟，惊醒世间名利客；经声佛号，唤回苦海梦迷人"。盛教授对哈立德说："这是一副典型的劝世联，其中蕴涵的哲理，可谓发人深省，引人深思。"进门两侧，钟鼓二楼矗立。迎门天王殿，弥勒佛笑迎天下客。走进二进院落，大雄宝殿在

寺内东侧，坐东朝西，雄伟壮观。盛老师给哈立德一一介绍殿内的佛教人物："正中莲花宝座上，供奉着佛祖释迦牟尼塑像，两侧是菩萨和罗汉，南北侧分别是普贤、文殊菩萨和阿难、迦叶等佛祖的十大弟子。在释迦牟尼背后站立的是观世音菩萨，左右是陪侍童子。"两个人在寺内漫步，可以看到兴国寺依山而建，共有七座殿堂四个院落。盛老师也是有感而发：

> 禅院深邃幽静致，
> 庙宇雄伟禅佛事，
> 殿堂错落唐风有，
> 千佛山上兴国寺。

哈立德对那些佛教的东西并不感兴趣，他排斥的原因是："那是外来的宗教，而不是中国真正的历史文化……虽然渐渐被中国民间文化所接受，但它确实不是中国本土文化的精髓。"

晚间，他们住在山东宾馆，这是当地政府接待宾客的地方，具有浓郁的山东特色。晚餐的时候，盛老师接了一个电话，哈立德听盛老师和对方交谈的口气，好像是盛教授被邀请去给一个论坛讲课。等到用餐结束之后，哈立德看着盛老师抱歉地说："I'm sorry about that.（英语，我对此真的十分抱歉），占用您的宝贵时间……"盛老师笑了，"我们是师生关系，作为老师自然就要对学生进行授课，用知识来引导学生，那我就有了责任。记住，从踏上中国的土地那一刻起，你的时间就是用来学习，而我就是传授你所需要的知识……明天在山东一所大学里有一个讲座，我们一起去听听好吗？"

那所大学在市里靠着一条小河的地方，校园完全被绿色覆盖，讲座厅是一个红色的小楼。正在这里举行的是"用中华文化特点对中华民族特征的反思"专题研讨会，参加的人都是全国各地的专家学者，会议已经进行了一周，几十位专家教授做了专题报告。今天的主题是"五千年中华文化的精髓"，发言的人确定三位，盛教授硬是被会议主办方安排进去，盛情难却他就承诺了下来。那三位教授学者，分别从自己的专业基础开始分析，分别讲述了古代文明的发展，儒家文化的出现……原始宗教神话发展而产生的道教文化……佛教的侵入式传播……大家都罗列了很多，但是，在哈立德看来，没有人能用这些综合资料，细致而准确地把中国民族特征分析出来。随后主持人宣布了一个临时动议："今天，我们有幸请到了国家著名的学者一盛中教授，请他为我们做一个发言……"

盛教授站在讲台上，他谦虚地向所有的会议代表鞠了一躬，然后讲道："各位专家学者精辟的见解，使我又领悟了许多道理，而对于中华民族的特征，我就不再重复那些课本上的理论了，我今天只讲一位美国教授对中国人的认识，可能对我们反而会有些启发。"

盛教授一开口就说道："美国哈佛大学果然是世界上第一等的大学，美国哈佛大学神学院教授大卫·查普曼，在一次讲座中，向台下近千名学生分享和解读中国神话故事，他对我们国家关于信仰问题的看法，实在是太有深度了，下面我来介绍一下。那位教授不下十次用激情的语调，总结中国神话故事的内核——这就是中华民族的特征。在查普曼教授的情绪带动下，当时的现场气氛一直十分高涨。在一堂讲授关于信仰的讲座里，那位哈佛教授竟然这样说道：中国人自己都不知道的一个民族特征，却让他们屹立至今。"盛教授复述着美国那位教授的讲话："'在我们的神话里，火是上帝赐予的；在希腊的神话里，火是普罗米修斯偷来的；而在中国，火是他们钻木取火坚韧不拔摩擦出来的！这就是区别，他们用这样的故事告诫后代，与自然做斗争！这就是他们的钻木取火。'然后这位教授又讲了第二个神话故事，'面对末日的洪水，我们的神话告诉大家在诺亚方舟里躲避，但中国人的神话里，他们的祖先战胜了洪水。看吧，仍然是斗争，与

第八章　武当学艺

257

灾难做斗争！这就是他们的神话里的大禹治水。'那位教授提醒着大家，如果你们有时间去阅读一下中国的神话，你就会觉得他们的故事很不可思议，我们抛开故事情节，去找到神话里表现的文化核心，你就会发现，在那里只有两个字：抗争！假如有一座大山挡在你家的门前，作为你究竟是选择搬家还是挖隧道？显而易见，搬家是最好的选择。然而在中国的神话故事里，他们却把山搬开了，这就是他们的愚公移山！很可惜，这样的精神内核，在我们的神话里却不存在，我们的神话是听从神的安排。"哈立德发现，全场的人都屏住呼吸在听，盛教授接着讲下去，"每个国家都有太阳神的传说，在部落时代，太阳神有着绝对的权威。查普曼教授开始比较太阳神的故事：总览所有太阳神的神话，你会发现只有中国人的神话里，有敢于挑战太阳神的故事一就是那个夸父追日。在中国有一个人因为太阳太热，就去追太阳，想要把太阳摘下来。当然，最后他累死了。这时查普曼听到很多人在笑，他大声地说：……这太遗憾了，因为你们在笑这个人的不自量力，正是这个样子，证明了你们没有挑战困难的意识。但是中国的神话里，人们把他当作英雄来传颂，因为他敢于和看起来难以战胜的力量做斗争。而在另一个故事里，他们终于把太阳射下来了，就是后羿射日的故事，中国人的祖先，用这样的故事告诉后代：可以输，但不能屈服。"盛老师对大家讲道，"我们中国人是听着这样的神话故事长大的，勇于抗争的精神已经成为我们的遗传基因，虽然自己意识不到，但是一定会像祖先那样坚强。因此，大家再想到我们中国人祖祖辈辈倔强的不服输精神，就容易理解多了，这就是我们能够屹立至今的原因。"盛教授的讲话，引起了全场的轰动，全场都躁动起来，很多花白头发的人都在大声地议论着："对呀，你看精卫填海的故事，一个女孩被大海淹死了，她化作一只鸟复活，想要把海填平一这就是抗争！"还有一些人在议论："古代传说里的刑天，有一个人因为挑战天帝的神威而被砍下了头，可他没死，而是挥舞着斧子继续斗争！

我们的民族精神就是斗争和不屈不挠……"主持人不断地要求大家停止议论……慢慢地会场安静下来。最后盛教授总结说："大量的中外学者开始注意到，要吸取道家的积极思想。有国外学者说过：道家思想可以看为中国民族伟大的产物，是国民思想的中心，大有仁者见之谓之仁，知者见之谓之知，而百姓日用而不知的气概。"盛教授停顿了一下又说，"不得不说这位哈佛教授解读中国神话的角度很新颖，也十分到位。我们经常说，中华民族几千年来，一直是靠着不断与自然灾难以及恶劣环境做斗争，才延续到现在的。但是有几个人曾经想到过，中国人这种延续了几千年的斗争精神，是如何保持下来的？那就是我们的传统文化，每个民族的神话都有自己的烙印，但你见过哪个民族的神话里，有我们这么多战天斗地的抗争故事？中国古代思想家老子的理论：'天地不仁，以万物为刍狗'，不就是说要生存就得靠自己，而不能靠苍天嘛。这要比欧美那种'神爱世人'的理论，听起来残酷却非常的现实。我们中国人从小听到大，并口口相传给下一代的那些神话故事，体现的绝不仅是故事那么简单。每个文明在初期都是有神论，但唯独我们的文明不畏惧鬼神。也许正是因为我们深刻理解了老子的那句话，所以我们的祖先，从没有把生存的希望寄托于神的眷顾，也因此，很多人说中国人没有信仰。试问一下，没信仰的民族能存续五千年吗？实际上，勇于抗争不怕输，更不会服输，这就是我们中华民族的精神，同样也是我们的信仰。"盛教授走下讲台，全场响起了很长时间的掌声。今天盛老师的话，哈立德全都听懂了，他激动地想："我现在完全明白了，我来中国想学什么，和要怎样去学习。"

晚上用餐的时候，哈立德向盛老师表示了不再按照学习计划去各地参观，而是直接去武当山。哈立德讲了自己的想法："我决定学道家，因为那是中华文化的根基，那里有中华文化的精髓。这样先去武当山的道教学院学习，在老师和自己都认为合适的时候，回来向盛教

第八章 武当学艺

259

授请教……那个神奇的手段。"盛教授问："你想好了吗？"哈立德：
"我决定了……"盛教授对他语重心长地说："那好，现在我来告诉
你什么是道家的修炼目标——将修真境界分为炼精化气、炼气化神、
炼神还虚、炼虚合道。了却因果后合道成圣，进入混元大罗金仙境界，
超凡入圣，万劫不灭，因果不染，无所不知，无所不能，天道不灭，
圣人不死。"哈立德愣了一下，忽然高兴地拍起掌来："盛老师……
太好了，我的选择没有错，您看这四个步骤，不就是我追求的那种，
物体分解分子传递和还原过程嘛：炼精化气，就是把物体分解，再分
解。炼气化神，就是空中传递。炼神还虚，就是到达地点之后逐步还
原物质的过程。炼虚合道，最后还原物体的本身，使其重新具有原来
的物质属性……那个天道不灭，圣人不死就是最终的结果啊……"盛
老师听着他的分析，还真的仔细琢磨了一会儿，"啊，这是你的思维
方式……应该称为是法国凡尔纳式的科创思维，有意思……"哈立德
又问了一个问题："教授，道家的无为……是什么意思？"教授说："这
里的无为，绝不是提倡不做和不为，无为境界是道家的最高境界。其
深层次内涵是绝不能逆道而为，指的是不要人为地去乱为、胡为，去
干预自然大道，甚至不能用未经过很好入静修炼的常人乃至圣人之智，
去人为干预宇宙大道的运行。只有彻底领悟了什么是不合道的行为并
善于放弃，才能达到无为而无所不为，达到随心所欲合于道的至高境
地。""啊，无为……就是随心所欲，这一定是修炼到最高的层次以后，
我的机器能够将人……很多的人传递到世界的任何一个地方，随心所
欲，对……我一定要使自己能达到随心所欲，啊……无为的境界。"

寒窗苦读

来到武当山，盛老师先领着哈立德在山上四处转了一圈。"四大名山皆拱揖，五方仙岳共朝宗"的武当山，它以"五岳之冠"的显赫地位，闻名于世。武当山又名太和山，也称谢罗山和参上山、仙室山，古有"太岳""玄岳""大岳"之称。山上多有元朝和明朝的建筑群。七十二峰最高之道的天柱峰，为海拔一千六百一十二米。武当山上有古建筑六十多处。明代武当山，被皇帝封为"大岳"和"治世玄岳"，被尊为至高无上的"皇室家庙"，还被称为"亘古无双胜境，天下第一仙山"。山上玄武门的石雕牌坊，刻有明代嘉靖皇帝御笔"治世玄岳"四个大字。向西一公里是明成祖永乐十五年（1417）敕建的遇真宫，那是纪念武当拳的创始者张三丰的。天柱峰顶端有建于 1416 年的金殿，是武当山最突出最有代表性的道教建筑群，也是现存最大的铜建筑群，还有铜铸的金童玉女，以及水火二将侍立两侧十分壮观。盛老师对哈立德说："相传汉代阴长生，唐代吕洞宾，明代张三丰等人均在此山修炼过。"

哈立德被盛老师送上武当山，从此在中国整整待了五年。此刻，他在病床上笑着说："从 2005 年到 2009 年，我在武当山里认真地学习，这五年的时间，使我对中华文化有了深刻的理解和认识。说实在的，我差一点就一辈子修行，而不想再回到阿联酋的家里了……"看来盛教授亲自嘱咐过，所以在武当山的道学院，老道长亲自教哈立德关于道的一切知识。哈立德一方面提高自己的汉文水平，另一方面从最基础的道学

开始，很快就成为那个小小的学堂里最好的学员。头发和胡子都已经雪白的老道长，对他慢慢地讲："我们的道学院还在筹备，现在我们只在道观里对自己的道士授课，你是唯一的外国学员……"

第一年，哈立德认真地学习了诗词，他从《诗经》开始，慢慢地摸索着这些中国文化表示的方式，成了武当道学院里的小诗人。很快他就学会了五言、七律和古词的写法，他试着写了几首诗词：

五言　太岳山

万里飞鸟渡，东方太岳露，
道德已久远，中华神农处。

七律　神农架

神农武当天柱峰，七十二山金叠影，
道家神仙十八盘，三十六岩涧泉洞。

虞美人·武当学艺

飞梁石径武当路，
墨绿夏已暮。
古观新徒天地道，
碧云万里极目，云水雾。
阴阳纵横华夏久，
伏羲首兴处。
东方密藏锦屏中，
一二连三何故，生万物。

很快他就开始学习道家的真传《道学》，这是最早由《隋书·经籍志》提出的名称，是指老子有关道的学说，内容包括哲学（道家）、宗教学（道教）、属于人体科学的内丹学。在儒、道并举的学术分类或艺文志书里，《宋史》立"道学传"同时他还专研了大量论证道家、道教、内丹学三者关系并揭示道学基本内容的专家学者的著作。

道家是中国先秦时期诸子影响力最大的两家之一。汉代司马迁评论"六家要旨"时曾经说过："道家使人精神专一，动合无形，瞻足万物。其为术也，因阴阳之大顺，采儒墨之善，撮名法之要，与时迁移，应物变化，立俗施事，无所不宜，指约而易操，事少而功多。"每当哈立德看到这样的语句，就会激动万分，在他看来"精神专一，动合无形，瞻足万物。其为术也"。这就是他追求的那种术，可是哈立德明白没有坚实的基础，这些是不能实现的。

"道"是中华民族在人类长期进化中智慧的集中体现。老道长在课堂上告诉大家："从黄帝，到先知大德悟出河图、洛书，道学思维就已经注入了这个民族的意识思维之中，道学是中华的本土众文化的核心，有很多借鉴道学思想延伸的一些学说，也是围绕华夏民族意识可以接受的思维形式而发展起来的。"哈立德慢慢地懂得："道"是对自然万物客观认识的方式，道包含天地之间正确认知的观点，道分阴阳，也就是说世间万物，都是有正确与不正确、好与坏、美与丑。道长说："相对应的学说，把这个观点归纳一个符号也就是道……"

那些课本中也深入浅出地介绍了"道"的渊源久远，从人类利用自身的智慧创造图形，演绎一个很久远的图腾，那就是伏羲立道的象形学说，远古最有智慧的鼻祖，就是伏羲作为华夏人群智慧的代表，传说中的伏羲是人首蛇身，依照传说中伏羲的形象创造出了"道"。道字中的"首"是伏羲的头，辶字旁，就是伏羲的躯干，更形象地记载着人类的智慧，伏羲也就是"道"。"道"的真正含义，就是中国人的智慧。

时间过去得真快，在武当山上已经是第二年了。哈立德开始深入学习《道解》，在师父的指点下他开始懂得，整个道教学术体系的形成，

是通过漫长的历史阶段，同时衍生了众多的学术流派，产生诸子百家的空前盛况。华夏文化犹如大浪淘沙，把一家一说的绝对学术一次次地整合，使每家学术体系最终体现的是道。道学也就是华夏民族的智慧学，道学被众多学术流派沿用本意，也是道家得以完善继承流传的重要客观条件。

哈立德对"道"的学习，开始进入哲学，老道长讲课时说："道是中国古代哲学的重要范畴。用以说明世界的本原、本体、规律或原理。在不同的哲学体系中，其涵义有所不同。"按照哈立德的理解，老子所写的《道德经》是关于"道"的经典著作，是宇宙的本原和普遍规律。而孔子所说的"道"，是指"中庸之道"，是一种方法论，而释家（佛）所说的"道"，是"中道"，是释家的最高真理。他们所述道理，不堕极端脱离两边，即为中道。佛家的道是中观的思想，中观思想涉及"中道"和"空"。"空"的思想似空非空，不能著空相求空。让哈立德牢记的是：道就是"第一次走的路、第一次用的方法才叫道，重复别人做过的事不叫道。走不一样的路，坚持创新才能生道"。而天道就是"众生为鱼，道为网，河为天地。那捞网的渔夫，就是执掌命运的天地造化"。

一天道长授课，他讲的是《道家之道》："道是阴阳，请你们首先运用道教的思维方法，分析一下道字原来是这么写的……看到了吗？右上角的两点，就是首字上面的两点，在八卦里面代表的意思是阴，两点下面是一横，它代表着阳的意思，这就是所谓道以道阴阳，一阴一阳谓之道也。"哈立德立刻明白，师父讲的意思是……那个中心是一个自我的自，强调出道是要靠自己用心去体悟才能得到的。最下方是一个走字底，人若想要体悟出大道理，就需要懂得天地万物运行的规律，所以"道就是天道运行，阴阳造化"。

很快就开始了《道是过程》的学习，课堂上老道长讲："这是道的第一层含义。道不是一种静态的形而上实体，而是一个过程。道的过程性表现为道生万物的过程，即老子说的'道生一，一生二，二生三，三生万物'就是说，道转化为一，一转化为二，二转化为三，三转化为万物。在这一过程中，道循环往复，'周行而不殆'，它的运动周期是大曰逝，逝曰远，远曰反，它逐渐地离开，离开得越来越远，远到一定程度又返回来。"这时老道长问哈立德："怎样解释万物又复归于道呢……"哈立德回答："道的过程性，只能用混沌理论说明的各种关系构成的，因此，道也是关系。"

　　开始讲道的第二层含义《道是本原》，"道是天地万物之母，无和有都来自道，是道的不同角度的名称。这是最为玄妙和深奥的。"刚开始真是难以理解，"道是万物的本体和来源。天地万物都是由道演化而来。道作为本原，是浑然一体的东西"。老子指出，"无名，天地之始，有名万物之母"。"玄之又玄，众妙之门"，"玄牝之门，是谓天地根"，"天下有始，以为天下母"。就是说，道是天下万物的本原，这里"始""母""根""门"等都含有本原的意思，但是，它们有层次的区别。作为本原，它具有唯一性，它无前无后，无上无下，"吾不知谁之子，象帝之先"，它像是在天帝的前边，然而在它之前却没有什么存在。"有物混成，先天地生"，在没有天地之前，它就存在了。作为本原，它是物质的东西，"道之为物，惟恍惟忽……其中有物……其中有精。"对于这一番叙述，哈立德似乎领悟出，"这些描述和那些天体物理学家的理论，有着极为相似的地方，所以道的理论能够延续至今，是有它的合理性的……"

　　秋天到了，哈立德开始学习《道是规律》，这是道的第三层含义。老道长照例在黑板上写下："道是物质运动的规律，道是天地万物变化的终极原因。"老道长解释着，老子指出，"道者万物之奥"，就是说，道是万事万物运动的规律。道是普遍存在的，"大道泛兮"，道存在于一切事物之中，贯穿于一切事物发展过程的始终，万物从道起源，又回归于道，"各复归其根，归根曰静，复命曰常"，返回本性是事物发展

的永恒规律。作为规律的道，是看不见，听不着，摸之不得的。所谓"夷、希、微"，它是"无状之状，无物之象"，但是一切都受到它的支配和制约。道的规律是不可抗拒的，不能违反的。只有遵循道的规律，坚持"无为"的原则，才能把事情办好，否则，"物壮则老，是谓不道，不道早已"，违背了规律要受到规律的惩罚，下场是极其可悲的。哈立德认为："如果把道认作自然界的规律，那就像四季变换，生老病死……这就是规律，是人所不能抗拒的。"

武当山的冬季湿冷湿冷的，学习课程已经进入了《道是法则》，这是道的第四层含义。最近老道长有些感冒，但是他还是坚持给大家上课："老子把道视为必须遵循的法则，他曾经说过，故从事于道者，道者同于道，他要求人们要坚持，遵循道的法则。又说，执古之道，以御今之有，能知古始，是谓道纪。意思是要遵循古代的法则，驾驭现实的实有，以认识历史的规律，这就是遵循道的法则具体表现。"哈立德明白，要坚持道的法则，按道的法则做事，道也是观察事物的永恒法则。老道长讲："自古及今，其名不去，以阅众甫，吾何以知众甫之然哉，以此……就是说老子自己就是用道的法则，来观察万事万物的，给人们做出了榜样。"老道长特别强调："老子认为，人们对道的法则态度是有区别的。上士闻道，勤而行之，上等人能够坚持道的原则，而且身体力行。坚持道原则的人，才能把自己有余的奉献给社会。"哈立德清楚，是否按道的原则办事，结果是不一样的，坚持道的原则，天下和平安定，放弃道的原则，则会陷于兵荒马乱之中。"按道的法则去做道会成全你，同于道者道亦乐得之。我要认真地学习和领会，而且坚守下去，这样才能实现我的目标。"

时间过得真快，转眼来到山上已经是第三年了，哈立德开始深入学习《易经八卦》和《道学八大支柱》。

易经八卦是指易经和八卦，易经创始人为周文王，而八卦的发明者为伏羲。《易经》是天地万物变易之学，《八卦》是用八种符号来代表自然界的八种现象。哈立德在书中看到："《易经》是天地万物变易之学，易代表了变化，经是指道理。探究自然发展变化规律，揭示真理，进而引及人事，用于指导人们的生产生活的理论。而《八卦》，是用八种符号代表自然界的八种现象，并通过这八种自然现象的演变规律，进而推及人事规律，以达到天人合一的世界观。"他一下子就记住了那些符号和它们代表的意思。古人通过经年累月的观察、学习、归纳、总结，确认了自然界的六十四种发展、变化状况，并认为这六十四种变化状况，已经包罗了万象，这就是《六十四卦》。《易经》本来是反映变化的哲学古书，长久以来被用做随机数选取作筮辞用。《易经》的影响遍及中国的哲学、宗教、医学和天文、音乐、军事和武术。从 17 世纪开始，也用来算命和预测吉凶。《易经》也被介绍到西方，并作为变化的哲学运用于现实生活。

第一课　　"乾"是《天地人的哲学》

道学的哲学是一种究天人之际，通古今之变的学问，它包括道论、道的宇宙生成图式、时空观、气论、气的人体观以及辩证法、认识论等内容。简言之，可以用"人行道"三字概括起来，人是人学，行是实践哲学，而道是形而上的道家哲学。

道长在课堂上对大家说："在中国哲学史上，按西方关于哲学分类的规范，仅有道家才属于严格意义的哲学范畴。"他接着讲道："道家哲学，源于母系氏族以女性生殖崇拜为特征的，原始宗教巫史文化传统，三代之后经过先秦的老庄学、秦汉的黄老学、魏晋玄学、隋唐重玄学、宋元明清的内丹心性学五个发展阶段，至清末接引西方的自由主义，中国形成萌芽状态的启蒙哲学。"自汉武帝"罢黜百家，独尊儒术"以来，道家哲学受到儒家伦理学的压抑，至魏晋又被儒家学者曲解，使道家哲学的真实意义晦而不彰。《道藏》等道书中的哲学思想精华，也远远没

有发掘出来。难怪朱熹说："庄、老二书，注解甚多，竟无一人说得它本意出，只据它臆说。这需要跨世纪的新一代学者，重新审视道家的思想，将道家典籍中的真实含义发掘出来。"

第二课　"兑"是《管理学》

老道长介绍说："在社会观点上，道学的核心思想，是建构一个模拟自然界，或人体生命的自组织，以及自调节的最优自动化系统。这个系统依乎于天、地、人之道，无亲无疏大公大慈导人向善，像《道德经》里讲的那样，是一种万物自化的自然之治的社会。"哈立德看着书本理解着里面的精神，他觉得这和西方很多哲学家观点一样，"道学从来不反对每个人首先珍惜自己的生命和获得个人的幸福，但也鼓励人们根据自己的条件'参赞天地之化育'"。《庄子》描述了道学不以私心治天下的自然之治："汝游心于淡，合气于漠，顺物自然而无容私焉，而天下治矣。"

老道长对学生们讲："老子的《道德经》本来就含有君王南面的政术，道学是一种返本复初的学说，又是一种继往开来的学说，以之为政要因时制宜，能变能守，静可以无事无为因循自然，动可以力挽狂澜革故鼎新。"

第三课　"离"是《审美学》

第三课换了一个教师，一个非常严肃的人。他开门见山地讲道："道学渗透到中国文学艺术的所有方面，诸如小说戏曲、音乐诗词、书法绘画、雕塑等诸多领域，形成自然主义的审美意识，激发了文学艺术家的创造力。"他让学生们打开《中华道教大辞典》，那里辟有"道教文学艺术"专类，学生们都认真地查看着。老师接着讲下去："魏晋南北朝时期，道教开始成熟，道家自然主义的审美标准成为社会风尚，道家美学和道教美学开始形成。六朝时期是美的觉醒的时代，在各个领域开出美的花朵。在这个时代，山水文学、游仙诗、志怪小说、山水画、水墨画、壁画、模拟自然山水的庭园艺术，几乎同时出现，自然美的发现，反映了人的自然本性的觉醒。"

"美是人的情感对客观事物，在心理结构上的追求和价值判断，这种价值判断，取决于主体和客体在心理结构上和谐的程度。宇宙间万事万物，就是依靠同构的相互作用来进行信息传递的。"这些论断在哈立德看来，就是一般的美学观点，但是教师巧妙地把道教的观点和美学结合起来。哈立德慢慢感到："道认为，人的智慧主要来自后天，由群体的心理结构、文化结构将知识遗传下去。每个人需要接受这种历史遗传，即是说每个人的心理结构，必须要和其他人乃至社会、自然界发生相互作用，以达到和群体的心理结构同步，并和客体的社会结构、文化结构进行信息交换。"书中所讲老子谓："人法地，地法天，天法道，道法自然。"这是道家美学的总纲，"道"就是美学的最高境界，即文学艺术的最高境界。道学之美追求一种"天人合一"的境界，也即与道一体化的境界，它以回归自然、返璞归真为导向，以悟道的灵性，来激发文学艺术家的创造力，用来揭示宇宙内在运动美的节律。

第四课　"震"是《养生学》

"道学将整个宇宙，看作是一个生生不息的大生命，以道的生化原理来认识世界，认为宇宙是由道生成的，并处于不停的变化之中。生成、生长、生命、生存以及创造，变化、发展、转化、进化等内容，都集中了道的自然性。说明整个自然界，包括人类社会，都在生生化化自强不息地发展着。"这就是老道长为他们讲授的第四课的精神。"道

化生出先天一气，再化生出阴阳二性，生成信息、能量、物质三大要素，由此才生成万物纷纭的世界，这都是生化原理的作用。"哈立德惊奇地发现，老道长的内容里，把"先天一气就是宇宙中无处不在的原始自然力，是万事万物生化发展的驱动力，是生命的源泉"这个内容，顺理成章地结合到歌德曾经猜测到的那个"创造力"，而且把它定为来源于道。老师讲："是道无所不在，无时不有的发挥作用的道性。""生命"本身就是道的体现，道教更是一种认为养生就是修道，因之道教中汇集了中华民族几乎所有的防病治病、养生益寿的医药和方术。中华民族传统的中医学，实际上就是由方仙道的巫史医学和方士医学，逐渐演化而成的。道学中有独具特色的道教医学和道教药学，此外尚有行气、导引、内视以及武术、按摩、针灸、食疗等。《道教志》一书对道学中的医药养生学有详细论述。书中指出，中医学和中草药学理，应属于道学的范畴，它源于道学文化，像张仲景、华佗、扁鹊、葛洪、陶弘景、孙思邈等等大师都是道中之人，中医药学的基本理论体系就是术数学，因之中医药学本身就是道学，中国养生学也属于道学的范畴。

第五课　　"巽"是《伦理学》

已经到了秋天，哈立德他们开始学习《巽——是宗教伦理学》。盛教授是专门来授课的，他要讲的是五、六、七、八这四节，一共安排了三个月的时间。哈立德看到盛教授高兴极了，可是在课堂上，他还是极其认真听讲和学习。"宗教是人类文化的母体，是人类一切精神创造活动的资源，是文化的最高层次，是人类心灵的完整状态，它是伦理学的精神支柱，伦理学是由宗教派生出来的。"盛老师讲完上面的几句话之后，就开始解释道教这种古老的宗教："它以道作为人的终极信仰，并将这种信仰积淀在中国及其周边国家的民俗里，人们可以从周边国家的民俗学调查研究中，确认这些不同民族与中华民族之间的文化亲缘。""道是一种无限的本体，而对无限本体的信仰是宗教的特征。""信仰不含历史规定性及局部利益的无限本体，则可以产生一种悲天悯人的信仰情怀，一种敬畏和原罪的自我反省意识，从而发现人类心灵深处的良知，为社会造成一种慈善和宽容的价值观念，由此提高本民族的伦理素质和生存质量。"在伦理上，道学的要点就在老子《道德经》所说的"道生之，德畜之，物形之，势成之。是以万物莫不尊道而贵德。道之尊，德之贵，夫莫之命而常自然"这段话里，尊道贵德是道家伦理学的落脚点，"德"就是"得道"，是道在人类社会万事万物中的体现，无论宏观和微观的自然界，或人类社会都有趋向中和态的倾向。

第六课　"坎"是《生态学》

人类靠工具理性，几乎改变了整个地球的面貌，自然资源的高度开发，极大地丰富了人们的生活，但生态危机、环境污染、资源匮竭、气候异常等是必须面对的现实。

西方文化将人和自然处于对立的位置，三百多年前培根认为人类进步的标志，就是以科学的力量认识世界和征服宇宙，并提出"知识即权力"的口号，促进了西方的工业革命。西方自工业革命以来逐渐形成一种信念，认为大自然的资源是取之不尽、用之不竭的，人类可以在征服自然中，获得经济的无限增长和尽情的物质享受，而不需向大自然支付什么。

在 21 世纪以来终于遭到大自然无情的报复，使西方社会的人们，生态环境意识开始觉醒。当人类面临生态危机、环境污染等危及自身生存的世界难题时，不能不在文化的层次上寻求一种共同的智慧。近些年，世界各国的有识之士越来越重视中国古老的道家文化，先哲老子著的《道

德经》，也成为世界上哲学家们研究热点，中国道学回归自然的生态智慧，受到许多西方有识之士的欢迎。道学的自然生态学，主张"天与人不相胜"的天人合一的原则，提出"天与人一也"，"大地与我并生，而万物与我为一"，道学这种以大自然为友的回归自然思想，正确地解决了人与自然的关系。

天人合一

　　哈立德几乎是疯狂地学习内丹学，在他看来，这正是揭示他心中所渴望实现目标的生理状态。

　　盛老师的课程进行到"第七课　艮——无限的《性命学》"，正是涵盖了内丹学的大部分内容。盛教授在课堂上讲道："在道书中简称为丹道，是人体性命双修的学问，因之应称为丹道性命学。在丹道性命学里，道学主张人通过修道而达到真人的境界，而真人为纯真无瑕的人，也即道教里的仙人。道学将修道看作是技术问题，认为只要通过丹道学的人体修炼系统工程，按法诀完成内丹筑基、炼精化气、炼气化神、炼神还虚四个修炼程序，最大限度地开发个体生命和心灵的潜能，使自身的精气神与道一体化，与大自然的本性契合，便是体道合真的仙人，是一种至真、至善、至美的，最能体现人类生命价值的真人境界。"盛教授指出：丹道学是中国学者数千年来，苦苦探究宇宙自然法则和人体生命科学的智慧结晶，是一种综合道、释、儒三教文化的宇宙论、人生哲学、人体修持经验为一体的，理论体系和行为模式。又是一项为探索生命奥秘，开发精神潜能而修炼的人体系统工程。丹道学是寓道于术的文化体系，道教经书中有上千卷丹经，都是古代丹家为了同死亡做斗争，以人体为实验室，以精、气、神为药物，为揭开生命现象的本质和人类心灵奥秘，而终生修炼的实验记录。历史上内丹家在异族进犯中原之际，为了延续中华民族传统文化的圣脉，将儒、释、道三教精华熔为一炉，当作道教的修持程序，以口诀秘传

的方式保存下来，因之丹道学像集舞蹈、音乐、武术等为一体的传统京剧艺术一样，是一种特殊的文化现象。

　　盛教授特意解释说："这些丹家把人的意识划分为三个层次，一是表层的常意识，就是日常的认知、推理、思维等理性心理活动，丹家称为识神。二是深层的潜意识，这是指非理性的欲望、梦、幻觉等，大致相当弗洛伊德心理学的范畴，丹功中的魔和真意属这一层次。第三是最底层的元意识，遗传的本能意识，即人的真性，丹家称为元神，佛教称阿赖耶识。这样，丹道学就成了一套凝练常意识，也就是识神可凝练为意念力。""开发元意识，就是识神退位则元神呈现的心理实验程序。"丹家把元神称作"主人公"，是真正的"自我"，当排除常意识（识神退位）进入无思维的虚灵状态时，称为真空妙有的境界，元神便呈现，从而找到了真正的自我，因之丹道学又是一项开发自我，认识自我的生命科学。哈立德想象着通过丹功修炼使自己的身心节律，与初始的宇宙根本节律相调谐，将先天一气招摄到体内，在恍惚杳冥的混沌状态中，与宇宙的自然本性契合，达到后天返先天的天人合一境界，他兴奋地自言自语："我要实现自己的体道合真，那样我就会在自己的发明创造中随心所欲了。"

　　盛老师说："现代科学对于宏观的宇宙，和微观的基本粒子，都有了较明确的认识，而对于人本身，人的大脑及其精神活动，对于生命和心灵的本质却知之甚少。"哈立德认识到，许多生命现象和心灵活动的效应，至今在科学界还引起一次次的争议，当代科学在这个同宗教交叉的领域，还被无知所笼罩着。丹道学的研究，是打开人体生命和心灵之秘的钥匙。内丹之谜的揭开，必将给现代生理心理学、心身医学、脑科学特别是认知科学带来突破性的进展。哈立德相信，丹道学的西传，必将引起一些医学家、心理学家、脑科学家的注意，从而调动东西方学者的智慧，共同攻开人体生命科学的堡垒，为全人类造福。

根据丹道学的理论，人的元意识则是人的真性，只有明心见性的人才能净化潜意识，去除人生的烦恼。哈立德发誓说："我就要开发出人的最高智慧和那台真、善、美的机器。"他意识到，对志在有所作为的人来说，修道将成为他人生的基本需要。

第八课　坤——天人合一的《方术学》

已经接近冬季，《方技术数学》是盛老师讲述的最后一部分内容。每堂课盛老师都要再三强调："前识是道学的智慧之花，是返璞归真的开端，因之道学本身，也是一种开发超前意识的学说。"哈立德知道，盛教授强调的含义一只有基础知识扎实，在后面的实践中，才能迅速地进入状态。中国古代的老子、庄子等哲人，游心于物之初，舍弃宇宙万物的一切具体属性，寻找宇宙的起始点和产生宇宙万物的总根源，体悟到宇宙万物之中最本质的共相，这就是道。道不仅是一切人间秩序，和价值观念超越的理想世界，而且是人类理性思维延伸的极限，它是唯一终极的绝对真理，因而同现代科学和哲学的研究成果遥相呼应。盛老师说："道在中国人看来，既是宇宙的本源又是人体的本我。作为宇宙的本源，道是一种绝对的真知，因而为符号指称所难以描述的客观存在。语言符号的指称只能描述相对知识，而道是可以体悟难以言说的绝对知识。"哈立德细细体味着这里的含义：作为人类心灵的本我，道是知觉者因而具有不可被知，不可当作测量的对象，即不可名和不可道的性质。"道是无分别相，它可以齐万物和等人我，不能被区分为过去、现在和未来。""但它却可以贯通过去、现在和未来……这些是为什么？"他开始悟道："道学既为中国文化的根基，又为嫁接外来文化之砧木，还是世界各种异质文化的交汇点……道的学说使道家文化，具有最高的超越性和最大的包容性。这种最大包容性，使道学不仅包容进中国百家思想的精华，而且还可以融汇进东西方，异质文化中的优秀思想。这种最

高超越性，使道家的学说在任何时代都是一种超前意识，道学的智慧不仅能反观人类，乃至宇宙创生之初的过去，而且能预见和创造人类乃至整个宇宙的未来。"

　　盛老师反复强调着："在道学中，方技术数学包括一些夺天地阴阳造化、改变人生命运和社会历史进程的方技，和各类占验术数。术数学是一种以周易象数体系为理论基础，以阴阳五行学说和天人感应原理作思想根基，以太极、阴阳、三才、四象、五行、六亲、七耀、八卦、九宫、十干、十二支、二十四气组成的形式系统。"盛老师特别指出，道学的八大支柱中，"天地人哲学"和"方技术数学"分别占据乾卦和坤卦的位置，而大家知道，乾坤二卦是父母卦，由此二卦衍生出长男、长女、中男、中女、少男、少女六卦。这就是说，哲学和术数学，分别是道学的两条腿，由它们分布开道学的八大支柱，二者在道学中，就如同哲学和数学在西方科学中的位置一样。

　　在最后一课的时候，盛老师对学生们讲："道学文化的精要在哪里？究而论之，道学在本体论上强调一个'生'字，主张宇宙万物生于有，有生于无。在世界观上突出一个'化'字，事物按照对立统一的矛盾规律，时时处于变化之中，所以在人的强与弱、祸与福，都是可以相互转化的。"他还强调："在促进事物向有利自己方向转化时，贵在一个因字，即因任自然，因循客观规律，因势利导来夺取胜利。"在调理人与人，人与自然，人与社会的关系上，重在一个"和"字。在个人处事应世上法在一个"忍"字，在人身修炼工程上，口诀就在一个"逆"字。道学的精要在参透自然、社会、人生的客观规律，以道术秉要知本，以无为为体，以无不为为用，贯彻以柔克刚、以弱胜强、以退为进的策略思想。哈立德明白，盛老师所强调的："道学追求人与自然的和谐，和人本身的超越性，反对人和社会的异化，以回归自然为目标。更进一步，道学体认为人在自然界，和社会上本身的存在价值，将自然规律和个人命运握之于掌中，就能进而悟透生死还虚合道融身大化，最大限度地开发人体生命和心灵潜能，追求人同道的一体化。"最后盛老师特意走到哈立德身边说："如果谁能在刻苦研读道书中，有了以上深切体验，并能按道的原则规范自己的行为，那么他便会将个人和天下过去未来的大势了如指掌，真正成为一个得道的人。"

盛老师回自己的学校去了，走的时候什么都没对哈立德说，只是给他留下一封信，然后看着他笑了笑。哈立德感觉到盛教授的笑是在鼓励自己"你学得不错，一切还要继续努力"。

理论课学了很多，随后就进入练功的阶段。哈立德打开盛老师给他留下的那封信，看到信里写着："要做到天人合一，就要学会采气。就是从天地宇宙之间、日月星辰及万物之中，将不同的能量流、信息采集到体内。盗天地夺造化，激发自身内在的潜能，补自身的不足，培养充实自身元气，加速天人合一最高妙境的早日实现。宇宙的正气不同于五谷之气，是人体生命的最大能源。学会广泛吸取万物之气，才能有取之不尽用之不竭的能量，以补充人体能量的消耗。采气的机理是要通过练功者一年的作用，使自己的全身穴位打开，这时人体吸收体外各类能量流及信息的本领加强，使体内的能量流、信息进行交换，纯化体内能量流，激发人体潜在能力，从而产生各种特异功能。一定要记住，打开自己全身的孔窍和穴位是关键，但是要千万小心不能大意……稍有不慎就会伤及自己的生命。"盛老师特别强调，"道，是宇宙的根本，而道家最关键的就是一天人合一。老子讲人法地，地法天，天法自然。道既规律，规律又有大小之分。一定时空下的规律，不是永恒不变的。例如冬天，北方零下十几摄氏度，而南方还是温暖如春。道法自然中的'自然'是指宇宙中的这个大规律，这种大规律是无始无终，小至精微，大到无穷。你看不见他，但是你又无时无刻不在体验着他。一年四季，春夏秋冬，风霜雨雪，寒来暑往……"如何达到天人合一的高层境界，是很多修行人追求的目标，天人合一除了深悟道家思想，还要练功将自己的状

态练到元神出现。哈立德开始在老道长的指导下，慢慢进入练功的过程。老道长对他说："很多人会练几年时间也不得要领，这不是个着急的过程……这个阶段，最快也要一年时间。要心通，身通……心能沉下来，元神就会出现……"

哈立德开始学习练功，他端坐椅子的前三分之一，沉肩伸腰含胸收腹，头微微前倾下颌内收，两眼轻轻闭合，双手自然置于膝上，掌心向下全身放松，气沉脚底。此时人的状态就是松、静、沉，凝神内视。在练静养元神丹胎功中，以灭动心为主。其练法是：入坐之后，把神光放到中下二田的虚境中，永照虚空不散，若一起动心，急速灭之。做到经常守中致虚，先存后忘，神自凝，息自定，达到入小定。练到祖窍穴出现跳动，遍及全身跳动，如同炒豆粒一样，从此全身毛窍都开，先天气充满全身，神气静定，元神日旺。这就是古人说：真空炼形，达到妄念不生，情意不起，内不见身心，外不见世界，粉碎形体的境界。在日常生活中，常动常觉，常应常静，不怕万事纷扰，都用元神主宰之。

然后练三遍"混元一气"，脑子里观想大地就是大海，自身站在海面上，两只手臂仿佛阴阳两条龙，将两手从身体两侧慢慢张开，与腋中线成四十五度角张开的同时，意念像阴阳两条龙将海水吸起成二束，含于"龙嘴"就是掌心，形成两股水柱。第一步：先将左手心连同水柱一起转向朝上，意念右手水柱向下划圆与左手联接，左手水柱向上划圆与右手联接，让它们联为一个大圆圈。这时左手心向上、右手心向下同时推动大圆圈运转起来，当左手臂划转到上方中点，右手臂划转到下方中点时，上下手心正好对上，此时将右手水柱用意念发送到左手心，用力顶住左手心，使其慢慢下降，当下降到手心与手心快接触时，两手自然回复到身体两侧。第二步：观想大地就是大海，自身站在海面上，两手臂仿佛阴阳两条龙，将两手从身体两侧慢慢张开，与腋中线成四十五度角，张开的同时意念像阴阳两条龙将海水吸起成二束，含于"龙嘴"，形成两股水柱。此时将左手水柱用意念发送到右手心，用力顶住右手心，使其慢慢下降，当下降到手心与手心快接触时，两手自然回复到身体两侧。随即，凝视黄庭处的金丹在发光、旋转，并观想整个宇宙也在旋转，接着意想旋转的中心逐渐与体内的金丹结合，以自身为中心，徐徐旋转增强意念，使得旋转越来越有力、越来越快，渐渐地"我即宇宙，宇宙即我"，自我融入宇宙中，仿佛唯有宇宙存在浩瀚无比，无声无息，浩浩荡荡势不可当。然后两眼慢慢睁开，将眼神送出去，极目远望，仿佛看到天边、白云、蓝天、大海、太阳，凝视须臾，将眼神收回，轻闭双眼少时，慢慢起身活动即可。

当哈立德做完一次功夫，时间已经过了整整一天。老道长过来看他，并对哈立德说："什么时候你的脑中无念之正觉，是谓元神出现。古代丹家常把元神叫作性，以它为生命活动的主宰。五脏精华皆聚于目，而人的一身皆属阴，唯有两眼属阳。因此，练内丹功时先练双目的神光。仰仗这点真阳，方能不被群阴所剥。古人云：要得谷神长不死，须从玄牝立根基。这就是说，借空洞的玄牝，养虚灵的元神，能养得元神长不死，自能长生不老，祛病延年。在我练功实践中，无论采取何功，无不靠元神之光观照之功。昔人云：目之所至，心亦至焉；心之所至，气亦至焉。"

就这样的每天起来就练，哈立德慢慢可以连续不间断地练功，每次三天，他觉得自己就在天空中飞翔，在大海上飘荡，他越来越觉得自己具有了灵巧的技能，"我能飞到宇宙里去吗……"

每次见到师父，哈立德都要把自己的感受讲给老道长听，哈立德对元神之光，也就是自己的眼光的用处有些不明了，老道长为他释疑解难："元神之光实有助于扫除周身的阴邪，使你阴尽而成纯阳之体。那么，元神之光怎样练成呢？这就要求你练功时，使二目合并视正中，不用意力的看祖窍穴外边的光，观到双目中心发胀，

或者目前模糊不清时，就是神和气集中的现象。再闭目转眼珠，聚成神气元形，沿眼眶周围按顺时针转圆圈，转九圈后，开眼吸天光入脑，再闭目转圈，如此四次后睁眼转眼珠，再转六圈闭目观祖窍穴，再睁眼转圈，如此四次。再闭目返光，内视祖窍穴内虚空境界，等待口中津液充满时，会同祖窍内之气，咽入脐下气穴中。然后用目光内视气穴十分钟，收功坐下。这样练百日之后，觉祖窍穴内含有小气丘，就是元神初光出现。"

哈立德抓紧时间练功，只觉有虚灵的元气而不显光，再用它照视气穴运通大小周天。在运转大周天过程中，入静的程度达到小定境界，不觉鼻息出入，只有内气细微缓慢活动的现象。老道长在身旁提示道："此为胎息产生的露象，此时元神之光悬照当空。切记如果心念稍动，元神即化为识神，入定的佳境即受到破坏。因胎息是修养元神的动力，必须特别注意。"胎息慢慢地达到化境，好像周身似有气机包住，浑如与太空同体。老道长慢悠悠地说道："发展到这种佳境时，要进行静养元神的丹胎功。因元神本来性体，万象空空，一念不起，六根大定，所以要灭动心，不灭照心。无论在虚极静笃，混混沌沌，或恍惚杳冥之中，这个觉照之心，总是起着主宰的作用。"

哈立德开始内外养元神，练到心内虚明昏睡全无，有光从下丹田升到眼前如月。他想起老道长的提示："恍惚中又有日光现出，性命二光合在一块，悬在祖窍穴前边，这是元神的神光显景，就需要用真意翕聚它，开目仰鼻吸神光入脑，会同口液咽入中丹田收存。"哈立德感觉祖窍穴里的神光圆大照满全身，生出极大智慧，一切洞明。哈立德明白："此时极须谨慎，必须有慧而不用，如果玩弄聪明，定伤元神，慧多定少，则发狂慧，要防这种危险。"哈立德不知道怎么，开始不想吃饭了，一连四五天一点都不饿。老道长对哈立德说："这种感觉就是辟谷，关于辟谷……是阴神采气后自然出现的，如果连阴神都没感受到就选择不吃东西，那叫绝食。但是不得不承认，绝食后，人的气感会极大幅度地增强，如果你们还没有做到退功的层次，就可以用绝食冲击一下。"看着哈立德奇怪的样子，道长笑了："即使按照我现在的采气量，都还是必须吃饭的。五谷化零又化毒，普通人不得不吃，确实是一种慢性毒药，修道者最终能斩断的时候，确实是有了长生不老的根基……"老道长说："关于心性，修为越高，看这个世界就越透彻，情欲就越来越淡，不用一开始就是圣人。那不可能，但是越到后面，心性就越纯粹高远。圣人定下礼法约束人之本性，确实为万世之功。礼在我等心中，使人不同于动物。还有阴神出游，原来阴神不仅仅可以从顶门出，真正打通全身之后，阴神可以在体内到处游走，然后从任何位置出体，换身之后，阴神就在不断地转阳。"现在哈立德已经可以让阴神短时间停留在物质界，不会一出体就到灵界了。哈立德明白："这一切都是真实的，只要我认真地修为，未来就可以上天入地……去遨游大千宇宙啦。"

哈立德明白，"达到顺其自然的境界，也就是真正开始接近了天地万物，才能够天人合一。"每个人都是一个小宇宙，各有自身的独到之处。而每个人又都或多或少地接受来自自然和大宇宙的信息和灵感。当人体的小宇宙，与自然的大宇宙十分吻合而毫无偏差的时候，也就是天人合一的最高境界，所以他每天都把自己的心情平静下来，然后努力使自己进入理想的境界，他在不断地改变自己的状态。

终于有一天，在自己收功的时候，恍惚中他似乎觉得口渴，然后嘴里念叨着："我需要水……"等他完全镇静下来的时候，手中真的握着宿舍里的瓷杯子，里面装满了清水。"这是谁给我递过来的呢……"思前想后他明白了："是我自己把房间里的水杯……凭空运过来的……"哈立德的心一阵怦怦乱跳，他意识到自己进入到元神状态，只不过还没有掌握稳定，"不能急……我要真正的天人合一，我要能与宇宙统一到一起……"原来隔空取物真的可以做到，哈立德慢慢地体会着，以前发外气一直都是用手掌上的劳宫穴，现在他意识到，只要让真气从手掌全

部进入五指，再从五指尖快速发出，指尖会有透劲，掌心会产生吸力。一开始可以吸来一些轻小物体，那是一种非常奇妙的感觉，哈立德自己总结着："不是风，类似于一种血肉联系的感觉，但又不是。回想起来把小周天，大周天，阴神，开顶，然后打通体表与外界，现在真的开始有物质方面的神通了。"

　　哈立德每天都要背诵道家的哲学，那就是：以"道"为核心，认为天道无为、主张道法自然，提出无为而治、以雌守雄、以柔克刚、刚柔并济等政治、军事策略，具有朴素的辩证法思想，是"诸子百家"中一门极为重要的哲学流派，存在于中华各文化领域，对中国乃至世界的文化都产生了巨大的影响。大量的中外学者开始注意到吸取道家的积极思想，故学者说："道家思想可以看为中华民族伟大的产物，是国民思想的中心，大有仁者见之谓之仁，知者见之谓之知，百姓日用而不知的气概。"他用这些警句来鞭策自己，使自己能够定心、定力、定神。在哈立德的心里，他修炼的目标就是："进入修真境界，完成炼精化气、炼气化神、炼神还虚、炼虚合道四个过程。如果进一步了却因果后，能够合道成圣，然后进入混元大罗金仙境界，做到超凡入圣，万劫不灭，因果不染，无所不知，然后实现无所不能。至于是否能进入天道不灭，继而达到圣人不死的状态，那就看我修行之后的造化了。"

第九章

创新奇人

　　科学假说就是敢于幻想……人们将自己的认识从已知推向未知，进而又把未知变为已知，这个必不可少的思维方法，就是推动科学发展的一种重要形式。但是，任何科学创造都是双刃剑，因为正义和邪恶都要使用它，那么谁掌握了新科技，它就具有明显善和恶的特点。

——沃斯达士

悟出真谛

　　时间过得真快，眨眼间四年就结束了。这一年的腊月，武当山上的雪下得特别大。早上起来哈立德看到，漫山遍野的大雪，像淡雅的外衣披在四周的群山上，隐约可见那些乡村的轮廓。飘飘落下的雪花，把巍巍群山里那些朱红色庙堂殿宇，都披上了银装。雪渐渐地停了，雾也慢慢地散去，缥缈的仙境似乎打开了帘幕，能看到一些山间素裹的模样。武当山的雄浑壮丽，因大雪的出现而收敛了许多，却以江南的秀气在高山之巅，点缀了许多婉约的平原小镇。看着看着，哈立德就来了灵感，眼前的景色使他诗兴大发：

武当雪景

苍松和翠柏傲立在山崖，
高山与巨石是武当剑侠，
彩云和霞雾交相地辉映，
覆盖在洁白的大雪之下。

白雪把世界变成了圣境，
喜鹊在松枝上叽叽喳喳，
山风在低声吟诵和浅唱，
赞颂武当山的千古佳话。

经过了诸多山脉的攀爬，
武当山的神奇独居天下，
山中的雪景与墨色涂染，
好一幅美妙的山水图画。

　　"好诗，看来你的心情很不错啊……"哈立德一听就知道是盛教授来了，"老师，这么大的雪您怎么又上山来了？"盛老师站在哈立德的面前看着他，自言自语地说："看来你的心还是有些急，要再好好地练功啊……"下午，盛老师和老道长一起给所有的学员，讲了一堂"关于道家的无为而治……"

　　盛老师先交代了一下这一课的目的："你们大家的学习已经四年了，开始进入练功的阶段，但是如果不把无为而无不为的道理牢牢地记住，那就会半途而废……就会像崂山道士里的王七，一事无成地下山而回……"说到这里，盛教授特意看了一下哈立德。接着老道长开始讲道家的无为而治："这里绝不是提倡什么也不做和不作为，这里的无为境界，是道家的最高境界。其深层次的内涵，是绝不能逆道而为，指的是不要人为地去乱为、胡为，去干预自然大道。"这时候盛老师插了一句："甚至不能用，这里请大家注意，那些未经过很好入静修炼的常人，甚至圣人之智，人为干预宇宙大道的运行。"哈立德心里非常清楚："这一句，不，今天这一堂课，那是盛教授特意来提醒我的……说明我还没有把自己的心沉下去，我的元神是不稳定的……我还需要继续修炼。"老道长接着说："只有彻底地领悟了，什么是不合道的行为，并善于放弃，才能达到无为而无所不为，达到随心所欲合于道的至高境地。透彻地领悟了无为的这一深层内涵后，就应当进一步明了所谓绝圣弃智、绝仁弃义、绝巧弃利、见素抱朴，少思寡欲。"老道长讲到这里转身走了出去，盛教授大声地强调说，"返璞归真有着深邃的内涵，通过高度的致虚极，守静笃，用心斋和坐忘的正静定修炼，而最终得道。"盛教授安静了一会儿，他环视着房间里的学员们："如此便能与宇宙大道全息相应和圆融为一，达到了随心所欲合于道，无所不能为的至地，这就是无为而无不为的精髓要义。"

从这天以后，哈立德静下心来，真正按照"天人合一"的功法继续着自己的修为。无论老道长来几次，对他讲什么话，哈立德都笑而不答，专心做自己的功夫。到了第五年六月的一天，他发现凝视黄庭处的金丹，在发光和旋转，并观想到整个宇宙在旋转。接着意想旋转的中心，逐渐与体内的金丹结合，以自身为中心，哈立德徐徐旋转增强意念，使得旋转越来越有力、越来越快。他渐渐地意识到"我即宇宙、宇宙即我"已经能自我融入宇宙中。他感觉到宇宙浩瀚无比，无声无息，浩浩荡荡势不可当。然后哈立德两眼慢慢睁开，将眼神送了出去，他极目远望，看到了天边，那里有白云和蓝天，还有大海和升起的太阳。接着哈立德又连续地进入了那种状态，每次都非常顺利地进入和脱离，他觉得这些很正常，只是平静地想："我已经进入了天人合一的初级状态，下面还要有第二、第三……很多的层级，还要继续练下去。"

哈立德感觉自己已经具有一些特异功能，他可以像盛老师那样，随意为自己的水杯满水，也可以用手一指树上的麻雀，那些鸟儿就会像中弹一样的掉下来。他的这些功夫却是那些学员中唯一的，因为只有他修炼成了天人合一。哈立德谦虚地对老道长说："这些都是很小的功力，我的功夫还不行，要继续来修炼……"不知道怎么回事，他的内心只是想着修炼，修炼，再修炼……

山上的道教学院正在建设，主体工程全都盖好了，正在进行一些设备的安装。一天哈立德的师父，就是那位老道长来找他，"道士哈立德，你可知道空调机的安装方法？"哈立德立刻就收了功："怎么，有什么问题？我来看看……"原来是新校舍的设备安装时出了问题，那位工人师傅不会弄了。随后哈立德把整个压缩机上的电线，重新安

第九章　创新奇人

287

装了一遍，又把制冷制热的几个开关调整到合适的位置，他向老道长报告说："师傅，修好了……"没想到从那次修理设备以后，每当哈立德练功进入"天人合一"的状态，宇宙中就会有一个声音提醒他："分子传递就是隔空取物……"一连几天的提醒使哈立德明白，自己的内心牢牢地记住，他来中国学习的使命——用隔空取物来实现分子传递。哈立德向老道长诉说自己内心在练功中的体现，老道长说："很多人学道是实现自己的愿望，那是对自己负责，而你的学道，是对科学创新的热爱，也是对世界科技进步的责任心，应该说是对大家负责。如果你真的意识到那就是你学道和练功的目的，可以停止自己的进一步修炼，而改作专门对隔空取物，也就是分子传递的另一种练功……不过这一定要想好，因为你的转弯，会把自己元神在宇宙里前进的道路堵塞，今后再也不会打通了。"

　　哈立德由此陷入了两难的困境，"是前进向第二阶段进发……还是停顿一下，向……"最后他决定继续练功，求得元神的决定。在练功的时候，哈立德继续在自己的小宇宙中遨游，他觉得自己的阳气越来越强大，终于哈立德可以在自己的椅子上轻轻地飘起来了，他感觉到自己飞到很高的天空，从那里能俯视武当山的全貌，哈立德看到了丹江口，他还看到了千折百回滚滚东去的长江……哈立德明白，修为到了自然而然就提气上涌，只要把握好时间人就能轻飘飘上去，轻轻提气整个人就身轻如燕了。哈立德现在全身和外界连通着，就好像在一片气的海洋里飘行。忽然，身边有人在说话，哈立德意识到："啊，是盛教授……"能感觉到盛老师在嘱咐他："哈立德，你会成功的，向前去那是修炼的顶峰……你会长生不老，你会具有比很多凡俗之人高超的能力……这些实现了你的作为。你现在的隔空取物只是小手段，道家的挪移大法，是用意念实现的物体传输，那才是真正比分子传递更为神奇的科学，你难道不想弄明白吗……可是要记住，这对你个人来说，可是真正的牺牲啊……"哈立德觉得自己立刻醒悟了，"是啊，我是要实现自己的理想……那个分子传输是我一生的追求……"转身看去盛老师并不在身边，只有阳光四射和白云飘飘，"老师是在召唤我，我们是心灵沟通……"

哈立德开始了自己新的练功修为，每当他进入天人合一的状态，元神出现的时候，他用意念指挥着，把自己宿舍里的东西一件件地隔空搬走，直到把自己睡的床搬到武当山的半山腰上，然后再一件一件地送回到自己的房间。可是当他回到屋子里，却看到床的四条腿，都是长短不齐歪七扭八的样子。他明白，"这是功力不到，物体复原的时候没有恢复到原来的状态。"老道长隔几天时间就对他进行特殊的引导教学："古代很多神话里都有隔空取物的法术，神仙们伸手就能变出一个物件来，有些甚至能变出大活人，凡人根本看不出其中的奥妙和意义，其实神话并没有那么神秘，隔空取物也是有原理的，他们也是提前设计全套流程的。"老道长提醒哈立德，"隔空取物是有归属限制的，历史上能够隔空取物的人很多，除了临时变化出的一些虚假物质，还能幻化出一些实际存在的东西。归属限制也是有规律的，山林里长的野果，河里游的鱼儿等无主之物能随便拿，自己放在家里的衣物，埋在某处的宝物等个人物品也能随意拿取，所以有人摇身一变就换了件衣衫……"这些哈立德体会很深，"因为只有你清楚的东西，才能取走。"老道长说："哈立德，一切都要靠自己的理解和体会，隔空取物要保证取之不尽，只能取预先放好的东西，或者能看见的东西，只能想一个可以循环的方案。隔空取物是由意念控制的，只要你记得自己的东西，在什么地方就可以。其余的嘛……那有取就要有舍，你应当从最艰难的方面着手，当你能将活生生的人——这个最复杂的生物实现隔空传递，那就是真正具有挪移大法的功力。现在这已经是道家失传的功法了，过去的道家最终都是以小环境对大方位，以改变和扭曲方位，换来小环境的改变。而你的愿望是用分子传递去改变世界和宇宙，所以这些都要靠自己去探索，在大小宇宙里去创新……"

哈立德抱着"我要寻找物体传递的真谛，要把后来出现的科学和先人们的经验实践相结合"的决心，开始尝试远距离测试自己"隔空取物"和"瞬间移动"的能力。他开始进入状态，眼前出现了迪拜的家，他记得在自己的房间里，床下有一个木盒子，那里放着童年哈立德的照片，还有一些小时候自己喜欢的东西。很快他宿舍的桌子上出现了一些照片，哈立德惊喜地看到"那是在美国阿拉斯加，爷爷奶奶和我的照片……还有爹地、妈咪、姐姐、哥哥和我的照片"。哈立德压抑在心底的温情，一下子就涌了上来，他的眼睛湿润了："爷爷、奶奶……你们还好吗？"他拿着全家人的照片，嘴里说着："爸爸，每天还忙吗？妈妈，您的身体怎么样？哥哥，是不是还在炼油厂里当工程师？"哈立德的心隐隐地作痛——他想家了，但是很快哈立德又安静下来，"不行，我的修为未到，绝不可以半途而废。"哈立德做的这个实验，其他学员们都十分羡慕，因为只有哈立德具有特异功能。当然上万公里的远距离，取这些东西还是很费精力的，哈立德每天只能做一次试验。他的这些举动，对那些一块儿学习的学员来说，简直就是在变魔术，用中国人的说法，"是在变戏法儿啊。"哈立德一直在努力想自己的房间里还有什么，"啊，我的那本杂志，登着我参与试验的文章……那是我五年前放在家里的。"终于，那本五年前的英国科技杂志，摆在了他的面前。

杂志的封面是一张大照片，那是来自西班牙纳瓦拉公立大学和英国布里斯托大学的教师和学生，哈立德就在人群里面。他们的试验做到了我们今天说的"隔空取物"。"隔空取物"的物理学解释指的是，隔着一定的空间（距离）、不与物体直接接触的情况下，取得物体。隔空取物也可以算作一种特殊意义上的传送能力，只是与一般的传送能力不同，传送前不需要与物体接触。

文章中写着："目前，科学家发明了声波操控器，可以实现在短距离内隔空取一个小球，并对小球做出可控的移动和旋转。声波，通俗来说就是我们平时听到的声音。声波是一种机械波，由物体的振动产生，而且，声波也是可以叠加的。所以，声波的本质就是空气、液体、固体等介质的振动，而这种振动其实就是一种力。当这种力足够大的时候，就可以令物体运动。"

文章评论说："这种制造无形的手的原理，被称为全息声波图像原理，也就是说通过这种技术，我们可以在介质中制造出由多个声波叠加组成的三维立体声波图像，前面动图中无形的手，就是其中一种三维声波图像。另外，由于声音可以在不同介质中传播，所以这种原理不单只在空气中适用，在液体、固体中也适用。再者，人体也是一种介质，未来做手术不用开刀，用这种技术可以实现人体内的一些医疗操作。"

哈立德从自己掌握的知识中认识到：我们的宇宙受到一些非常重要非常基础规则的支配，其中一条就是不确定性原理，即任何一个粒子的位置和动量不可同时被确定。你对粒子的位置或是动量测量得越精准，你对另一个参数知道得就越模糊。这一法则也被称之为"海森堡测不准原理"。如果没有这些信息的话，我们就不可能知道一个粒子的量子态，这样看来，要将人进行"瞬移"似乎是不可能实现的。"从物理学的意思就是传递过程中复杂物体的复原是无法实现的……可是中国的道，展示了几千年前就具有的神奇功能—挪移大法，恰恰说明了这种传递是可行而且真实存在的……"其实在西方的文化传说，像莎士比亚的《暴风雨》，《一千零一夜》的阿拉丁故事中，甚至在犹太教《塔木德经》就已经出现过那种"瞬间传递"的事情了。哈立德想："还是让我的元神出窍，在浩瀚的宇宙中，那些疑惑和期待……都会得到解决的，东西方的文化一定会有新的碰撞出现……"哈立德知道自己的功力还弱，决不能轻易地用活人来做实验，因为物体还原不了的话，"那可就是杀人啊。"

哈立德继续练功修为，每当他元神出窍的时候，他的内心就会发

出一种声音："我要寻找物体传递的真谛……要把后来出现的科学和先人们的经验实践相结合，一定会成功的……不过他们的结合点在哪里呢？"在停止练功的时候，他就使劲地回忆当年研究过的问题，忽然想起一件事："在家里，我读研究生时的笔记本，不就在衣柜下面的抽屉里吗……"第二天，笔记本摆到自己的宿舍里，哈立德开始重新阅读自己当年的笔记：

然而，现代科学一直未能将物体的瞬间转移变成科学现实，这是因为量子力学在科学家们的面前，放置了一些令人难以逾越的障碍。但即便如此，对于那些单个的微小粒子来说，量子隔空传输却是一个非常真实的物理现象。日前，人类有史以来第一次实现将一个粒子从地球隔空传送到了太空中的一颗卫星中。这样说来，人类的瞬间移动有可能实现吗？

他又翻了几页，这里记载着在英国实习时，一位教授在大家实验时讲述的记录："在一个预设的系统中放置一对纠缠粒子，并将它们隔开很长一段距离，我们可以通过测量一个粒子的量子态来瞬间传输另一个粒子的量子态信息，即便它俩之间隔着一段非常远的距离。你可以将这个东西打碎，将它分解成为组成这个东西的一个个独立的粒子。当你具备了这些粒子所有完整的信息，你就可以将这些粒子重新组装起来，造出一个和原来物体一模一样的新东西。然而不幸的是，我们的世界受到量子力学法则的制约，让这一操作在现实生活中，变得要复杂得多。当我们具备了足够数量的光量子，我们就没有理由不去相信，我们能将藏在量子态的终极宏观组合一活生生的一个人一里面的信息进行编码，然后传输出去。然而不幸的是，能编译出一个人类的信息，和从一堆原始粒子材料中，将一个活人构建出来，完全是两码事。"那位教授说："以我们目前的科技水平来说，我们要将活人用量子态构建出来，是完全不可能的。知道一个人的信息状态—包括组成他的所有粒子的信息——是一回事儿，但要重组这个人，完全就是另外一码事儿了。人身上一个粒子的信息，如果放大再去看的话，就会变得非常复杂，要知道人脑当中大约有一千亿个神经元，它们之间存在着一百万亿个联系。这就意味着我们需要考虑，大约二千一百万亿个可能存在的量子态组合，这一数字甚至要超过，我们已知宇宙中所有粒子的总数。"

哈立德当时的结论是明确的，他坚信："量子隔空传输是一个真实存在的物理现象，但它本身实际上并不会传输或是瞬移任何粒子，它们真正所能传输的其实是不确定量子态的固有信息，而这也正是我们需要传输过去的东西。"到现在，他已经能将很多的物体"瞬间传输"，当然这都是东方神奇的古老文化现象的结果，要是用现代科技，这是根本不能实现的事情。"但是，人——这个极为复杂的综合物质，道家在古代是怎么实现对人的传递呢……"

哈立德开始做功，他的元神在宇宙中遨游，忽然哈立德感觉大脑受到一阵强烈的刺激，他迅速地收功将元神回到丹田，这时一个清晰的概念在脑子里显现，"在道的世界里，人的精神和肉体完全可以分开，元神就代表了一个人的全部，剩下的只是躯壳。要知道精神和肉体的质量比例是九比一，要远远地重于身体，这和现实社会的观点完全是相反的。要实现挪移大法，只要解决这两部分的问题……"哈立德觉得，"这就是真神出现……他在告诉我，用道家的真神出窍，就是创造一个天人合一的环境，解决人的十分之九的真神问题，而剩下的十分之一，解决的只是人躯体所代表的信息而已……就是说传递过去的是身体所有信息（也可以说是影子）和元神的结合，最后还可以回到真身来合体……这应该是能做到的第一步。"哈立德马上行动起来，他根据信息传递的原理，在图纸上设计了一台庞大的机器："先要把包括影像等几千种身体的信息传递出去……"哈立德画了几千张

图纸，可是这些都是纸上谈兵，一是他没有场地，二是资金又从哪儿来呢？

　　一天，老道长来到他的宿舍，对他说："道士哈立德，到今天为止，你已经在武当山待了整整五年，该起身下山了……带着你的理想回家去吧，不要忘了父母的养育之恩。""师父，我……还没有全都弄明白啊？"师傅笑着："该明白的你都明白了，元神出窍会告诉你要知道的所有事情……未来的五年是你最重要的时间，一定要把握好。"那些师兄师弟都来送他下山，老道长再三嘱咐："速速回家，不管遇到什么困难自然都是有答案的……"

真相大白

在中国五年学道的经历，躺在病床上的哈立德整整讲了一天，弄得我也开始疑神疑鬼地觉得眼前的哈立德神秘莫测，"在古代，中国是有神仙的，他一定已经成为神仙了……"忽然哈立德向我问起中国的道教："布里斯，我知道你也是个华裔，我热爱中国喜欢中华文化，只想请教一下……你对中国的道有什么样的看法呢？"我慢慢地琢磨着回答他："道教是中国本土宗教，以道为最高信仰。认为天地万物都由道而派生，即所谓一生二，二生三，三生万物。社会人生都应依道而行，最后回归自然。具体而言，是从天地人鬼四个方面展开教义系统的，不过我这是照本宣科，可不是真的有深刻领会的。"他又问我："你阅读过这方面的书吗？"我使劲地想："小时候，像什么易经八卦之类的书，也接触过一些……"忽然我想到一本书："小时候看过一本《乾坤挪移大法》，这本书在中国的道界久负盛名，几百年来都是秘密传承，不闻于世的。"哈立德又问道："还有更深的道教学术吗？"一般来说我对书的阅读量是非常大的，然而此刻搜肠刮肚地想了又想，还是无法回答他。没想到哈立德非常流畅地，对我讲起了道教里的《法术装卦》："你知道法术装卦吗，这些都被中国道教视为秘中之秘的实用大法，无论你学过六爻、奇门、六壬、玄空、金口诀、相学等，均可装进法术调理，能量巨大灵验神奇……你说，这些都是真的吗？"这些稀奇古怪的词汇，用英语讲非常别扭，可是他却十分流利地讲了出来。对于我来说，这个哈立德简直就是个神人……

哈立德对我讲，他回到迪拜，美丽的迪拜已经建设得让人几乎不认识了，那个七星级的帆船大厦，吸引了世界上很多的游客，整个城市到处都是外国人。哈立德走在繁华的迪拜大街上，人们都认为这个穿着灰色长袍，留着长发的人是印度教徒。等进了家门，他的母亲愣住了："这难道真是我的孩子吗……"父亲也很快从办公室赶了回来，见了小儿子真是老泪纵横："五年……怎么就不打一个电话来，你的手机也不通，我一直给你续费，可就是打不通啊……"他们殷切地想了解，哈立德这五年都干了什么，是怎么过来的。哈立德只是说："这五年里我一直在学习，学习……东方文化，这些对我的研究有很大的帮助。"父亲问道："你这身衣服是……怎么回事？难道你加入了什么宗教？"哈立德开着玩笑："父亲，您知道武当山吗……这是中国老家学校里的校服……"哈立德的父亲在美国出生，没有去过中国，他只知道上海那是自己的"老家"。在父母的坚决要求下，哈立德剪短了头发刮去了胡子，换上了一身西装。妈妈帮他整理着领带，嘴里念叨着："孩子，你已经是成年人，要去努力了……"每天吃饭的时候，父母就坐在长长的西餐桌旁，不动自己的刀叉，而是眼巴巴地看着自己的儿子，用生硬的方式在切牛排。妈妈眼泪都要掉下来了："你在中国……难道是用手抓着吃饭吗？"哥哥回家来了，兄弟俩拥抱着互相致意。哈立德问道："嫂子和孩子们好吗？""他们都好，就是想回美国去……你呢，还是单身？我还以为你在那儿成了家，就定居在中国了呢……"一周以后，父亲正式和他谈话了，"我不知道你是怎么想的，但是根据公司的业务发展，需要你去中国接手我们的业务。前年在中国惠州成立了分公司，但是业务一直达不到要求，现在你的学习已经结束，怎么样，说说你是怎么想的？"哈立德开门见山地回答说："我还是要进行自己的研究，物体的瞬移，就是量子力学中的粒子转移。我现在已经逐渐在提升自己的水平，很快就会有结果了。"他的父亲是一个说一不二的人，在家里就像所有的华人一样，家长作风极为强悍，这大概是从爷爷那里遗传下来的。"难道我的话你没有听清？"哈立德坚决不让步："我坚持自己的权利和想法。"父亲看他的态度十分坚决，就兜了一个圈子说："这样吧，你先去中国工作五年，然后再干什么我就不管了……再说，你也需要研究经费，难道不需要自己去挣一些吗？两手空空拿什么去做你的研究呢？"哈立德没有作声，他确实没有考虑过，"是的，做研究制造设备还需要用钱呢……可是师父说过，未来的五年，对于我来说是最关键的……"父亲看他的样子，决定给哈立德一些时间去思考，"给你一周时间，自己好好考虑一下吧。"这时候哥哥回来了，炼油厂新安装的炼油设备，出现了一个大的故障，试产一周就停产了。父亲着急地问："英国的设备工程师呢？他们的厂家要负责的……"哥哥说："他们要求更换新的部件，不过要我们先把五百万美金的尾款交清，再汇五百万美金的押金，然后才能维修。那个史密斯总工程师认为，这一切都是由于我们的技术人员的水平低造成的……"哈立德这时还在想："如果父亲不答应……那我就自己出去闯，找大学的同学们一起来做。"听到哥哥的话他决定去帮忙："我先帮哥哥看看工厂的设备，到底是什么问题？"父亲有些不解地看着哈立德，鼓励地跟了几句话："好吧，你帮助哥哥解决了设备的问题，我就资助你的研究……"

来到炼油厂，那些高高的裂解装置和一排排的管道闪闪发光，那些工程技术人员围着图纸正在找问题，哈立德站在旁边，仔细地把图纸看了一遍，然后来到哥哥的办公室，桌子上有一个英国合同文本，哥哥在最后条款画了一条红线："设备安装后，正式运行十个工作日即为交付……"他看了一下时间，今天是最后一天。要求哥哥暂时出去一下，"让我安静地思考……"然后从里面把门插住，自己坐在哥哥的椅子上开始发功。哈立德进入了天人合一的状态，他的元神出窍钻进了设备顺着管道查看，最后在一个巨大的圆釜里，发现动力装置的内齿错位，这个用电子装置指挥的精密仪器，竟然角度偏离大于图

纸上正常锁定的两个齿间。他又沿着管道一直走下去，最后从废气燃烧口出来，哈立德从开始到收回元神，大约用了五分钟时间。然后他把哥哥叫进办公室，告诉哥哥问题在哪里应该如何解决……哥哥用怀疑的目光盯着哈立德好半天，这才把英国厂家的总工程师叫来，对他说："请检查圆釜内动力装置驱动内齿的角度……"那个英国厂家年轻的总工程师傲慢地说："根据我的经验，问题绝不在那里，而是你们在试车时弄坏了设备……"哈立德平静地说："那就让我们开始检查吧……事实会说明问题的。"史密斯领着他的人打开了圆釜的进口，当他们出来的时候，脸色白得就像一张纸，那是他们发现了设备问题，竟然和哈立德讲的一模一样。那些人的眼神就像看着"神"或者一个什么奇怪的东西。这时候哈立德的哥哥站起身对史密斯说："史密斯先生，我代表本公司正式向你们公司索赔，由于你们设备的问题，给我们的生产和名誉造成了巨大的损失，请向你的公司转达这一要求，随后我们会把书面文件发到贵公司的邮箱里。"这个结果让大家对哈立德刮目相看，那些英国人对哈立德一直鞠躬，直到他们走远。后来英方赔偿了炼油厂五百万美金，尾款也全部免掉了。由此哥哥简直把弟弟当成了神，父亲虽然一直惊奇，但还是不肯承认，觉得他就是碰巧解决而已，而母亲却极为自豪地天天打电话，不停地向自己的亲戚们夸耀小儿子。

　　一周时间过去了，哈立德对父亲说："我还是不能答应您对我的要求，要知道我已经决定了，走自己的路去研究我的项目……"父亲还是很固执地说："不，我不改变原来的决定，你还是应该去中国……至少服务五年。"哈立德对父亲说："我只要您答应，用英国人赔偿的五百万美金做研究经费，今后一定不给家里找麻烦……"父子俩越闹越僵，哈立德决定离开家，"走得越远越好……"就在他闷闷不乐地坐在咖啡馆里，却意外地碰到了大学时期的好友艾哈迈德。我插了一句："艾哈迈德？就是那个恐怖分子，绑架你的那个恐怖组织的，头头？"哈立德点点头："就是他，他其实是到阿联酋招募暴恐分子去了……碰到了我，也就把我带到了他的家乡来。"艾哈迈德对哈立德讲，他是来迪拜见朋友的。而哈立德则把自己的苦恼和想法，都告诉了昔日大学时期的朋友。艾哈迈德热情地欢迎他："你到我的家乡来吧，那里的土地多得是，我们在那里建个工厂，你可以想做什么就做什么……发挥你的想象力，没有人能阻挡得了你。"就这几句话，一下子说动了哈立德，"好，明天我们就动身。哈立德告诉了母亲自己的决定："明天我就走，到埃及南部撒哈拉大沙漠里去……实现我的理想。"母亲悄悄地把自己手头上的钱都给了哈立德，她说："这里是一百万迪拉姆（阿联酋货币，合三十万美金），是给家里添置家具和生活用的，你先拿着，我还有一些首饰在地下室的保险柜里，你父亲拿着保险柜的钥匙，等他回来我取出后换成钱，给你寄去。"妈妈流着泪再三地嘱咐哈立德，"一定要打开手机，如果有通信地址，你一定要告诉家里……你和你父亲一样，都是固执不回头，可你爸爸是真心爱你的……"哈立德告别了母亲，趁着父亲还没有回来，扭头走了。

　　"唉，就这样，我来到了埃及和苏丹的边境，在这里扎下根来。"我看着哈立德，不由得想起了我在中国的父母，感慨着："人长大了，都要走自己的路，总是要离开父母的……"哈立德在这里租了一千公顷土地，艾哈迈德还借给他一部分钱，于是哈立德开始了他的科研创业。哈立德自任沙漠研究所所长，他从世界各地高薪招募了一百多人的科研团队，根据他在中国的设计图纸，他把"瞬移"的过程分作三个阶段，"一是精神的，二是肉体的，三是传输过程中的附带物品。在修炼时我已经掌握了元神主动出窍的功力，当时我想，难道不能做到去帮助那些没有功力的人元神出窍以达到精神转移？在武当山上，我和师兄弟就偷偷地练过，而且确实可行。这样设备就分成三块儿来设计制造。我的设备间你进去过，大概有个印象吧？那是个直径八米、六层楼高、

透明的圆形筒状装置，顶层就像射电望远镜，那是要和轨道卫星连接信息的。但是要记住，我的设备是三级五段，最关键的还是要通过我的意念指挥……"

哈立德接着讲起他神奇的设备来："最底层的是第一级设备，是一台大功率反地心引力装置，该装置无须借助任何外力，如弹跳力、推动力、飞行动力或爆炸力等，就可以轻松地把物体飘浮起来，无须借助任何外力就抵制了地心引力的作用，而且会产生一个圆形浮力通道，借助轨道卫星把通道延伸到万里之外。记住，这是瞬移的先决条件，就是有了一个通道。许多专家致力于反地心引力的研究，并提出反地心引力的理论和方法，但是我已经做到实践了。要是讲它的原理一美国科学家在特殊装置中，将一个超导电体放置在磁体之上，这个超导电体便可在空中悬浮起来。这一原理被称作梅肯尔效应。依据这种作用原理，这个超导电体系统可以建立一种作用场，这个作用场可使超导电体失重。"哈立德相信，依据这种作用原理，可以成功建立一种反地心引力系统。"我的设备不仅成功了，而且已经加强了它的功率，使设备能轻松地托起五吨重的东西。"我知道世间有很多的神秘事物，很多心理学家至今也无法破解已知的悬浮现象，像那些瑜伽修行者的印度教，他们的禅定派也懂得悬浮术。可以把衣物和一些器件，像隔空取物那样的传输。哈立德接着讲："在这里我告诉你，道家同样可以做到升空悬停，但是你要在自己的元神出窍，身体变轻了以后……当然那和我的发明是有关联的。这台设备的反地心引力极大，每次开动后，它在空中就形成了一个巨大的圆形通道，一直保持到人员收回，然后机器关闭。"

"第二级设备，是人体信息集约采集传递装置，在后台有一个速度极快的中央电脑。关于人体信息传送，现在我的设备还是不太完善的，目前采用的是多线并行的方式传递数据。在它环形的墙壁上，布满了各种信息采集的探头，一共有五千八百个，用来分析人身体几十亿个数据，然后利用多个声波叠加，组成的三维立体声波图像，用这个无形的手，把人的三维声波图像，传递到固定的通信卫星上去，再由通信卫星沿着反地心引力通道传递到目的地。我一开始做了一台卫星跟踪器，正好有一个气象卫星符合我的需要，就一直利用了它，足球队的影像就是从那里转过去的。但是我需要卫星上有能够把信号放大的装置，就是能把瞬移通道输向远方的坐标位置，这就要由专门的间谍卫星来操作了。可好，CIA 找上门来我就同意了，从此我不用想任何人、财、物的事情，专心一致地解决我的物体传递课题……"

"第三级设备，就叫天人合一，这里使用经过电脑控制的程序，把道家修炼的状态环境模仿出来，使传送人的阳气上升，产生像练功修为那样的状态。关键是引导被传递人，开始凝视自己黄庭处的金丹，设备会发光和旋转，并使被传递人感觉到整个宇宙在旋转。接着旋转的中心，逐渐使人体内的金丹结合，而且以自身为中心徐徐旋转增强意念，设备会旋转得越来越有力越来越快，渐渐地被发送人意识到：我即宇宙、宇宙即我，这样就能自我融入宇宙中。他会感觉到宇宙的浩瀚无比，无声无息，浩浩荡荡，势不可当，就像道家修炼成功一样。他们两眼慢慢睁开极目远望，会看到天边那里有白云和蓝天，还有大海和升起的太阳。只要两次连续地进入这种状态，就是已经非常顺利地进入和脱离，他已经进入了天人合一的初级状态。"

"我这里必须强调的是，这台设备完全是被动的，首先把人的精神——就是每个人的元神抽取出来，当然这只能用中国道家的方法。而其余的设备，就是把所有人体物质及所有的表现信息，分类分解到最小单位传递出去，然后又在原来的通道里分离接收整合回来。而传递的精神通道则是道家所单独具有的。最后还要有两个程序，一是，要明确投送地点的精确位置坐标，二是完全在我的意念指挥下，完成

全部传输和回传过程。在他们进入设备以后，我的元神要随着他们出行，那样我的身体还在，但是元神必须出窍。意念也叫心灵感应，是一种超能力也被称作直觉、第六感等等，指的是人之间不用视听、嗅味和触觉这五种传统感觉，而用'第六感'来传递思维信息。在宇宙里由我安排他们的通道顺畅，物体的粉碎和合成，在他们执行完任务决定返回的时间。否则那些被传递的人，就有可能永远地被粉碎而消失在宇宙里。"

当然对于心灵感应，我知道一个真实的故事："第二次世界大战结束后，一位叫珍妮的女孩儿，收到了美国军方签发的丈夫死亡通知书，此后，珍妮无数次梦到，丈夫在一个迷雾笼罩中的狭小房间里呼唤自己，她开始了漫长艰辛的寻找之路，辗转数年后，终于在法国的一个废弃庄园里，找到了和她梦中一样堆满尸骨的地窖，其中一具遗骸左手的无名指上，有一枚刻着 J&M 的戒指，正是她丈夫莫林的……"我问哈立德："难道不能让设备再升级，使人员发送回收自动化吗……"他回答我："美国中情局的专家们也这样建议，他们需要那种任何人都能操作的，独立运行的物体瞬移机器……对军事上的作用更大。"我插嘴说："这样的发明无论从什么角度，对人类社会的各行各业都是极大的进步。"哈立德点着头说："已经有了新的构思和方案，如果不耽搁的话，半年以后就能进行试验了……"我看着床上躺着的哈立德，觉得自己和他有很多相似的地方，"我们都是那种聪明又努力的年轻人，为了确定的目标孜孜不倦地去追求……有独立的人格……还有就是中国人的基因在起作用。"我的心里还在判断着："这个聪明的头脑，结合了中国的古老道法，他能为这个世界带来什么样的变化呢……"

这时一位男护士来了，他为哈立德换了药重新包扎一遍。等那位护士走了以后，哈立德又开始讲起来："一开始三种设备都被装配起来，可是刚开始时，每台设备在使用时总是出错，要不停地调整才行……

直到一年以后，开始利用一颗大功率的通信卫星把三者合一，到第三年才成功了。"我在想，大概人们抱怨公路上出现的那些笨重的机器，瞬间丢失的羊群，周围部落里不见的东西，都是那些设备出现的差错造成的。哈立德想起了一件事："艾哈迈德也算作股东，对我的工作多少知道一些。"然后他说："我和母亲一直有联系，我有一台卫星电话，一天母亲告诉我父亲后悔了，他觉得没有把承诺的资金给我，那是他做人的耻辱……我正好急用钱，就隔空取物把家里保险柜里的现金，和妈妈的首饰一股脑都取来了，当然，我也留下了一张收据，避免父亲猜疑母亲和因为东西的失踪而惊慌。"可是他这个举动，恰恰被艾哈迈德看到了，"艾哈迈德正好来我的办公室，你要知道隔空取物，是根据距离和物体大小，决定当时还是过一会儿能够取到的。那天家里保险柜的东西，有母亲的首饰还有十块金砖，我只是觉得距离远而且定位准确，就多发了一会儿功，几分钟后，也就是艾哈迈德正好进来的时候，那些东西噼里啪啦地掉在桌子上……有一个金砖把办公桌的桌面砸了一个大坑。当时艾哈迈德几乎惊呆了，他指着桌子上的金砖问我是怎么回事，我对他说，那是家里人资助我做研究的。他一直奇怪地看着我的房顶，以为我把东西藏在办公室的顶棚里了。后来我对他讲了我能做到的事情，艾哈迈德两次请我把他家里的钱隔空取来，距离大约是两千公里，我告诉他隔空取物一定要有准确的定位坐标，后来我两次小搬运，大约为他取到了三千万美金……当时我问他，你的家里这么有钱，干吗还回来当这个酋长？他也没说什么只是笑了笑……"有了钱艾哈迈德欣喜若狂，他和哈立德商量要组织一个足球队，"有个叫费萨尔的阿拉伯富翁，要以他的名字组建一个足球俱乐部，条件是参加欧洲联赛，只要赢一场就付一千万美金……我们赢他三场，咱们的经费不就有了吗？"我听哈立德这么一讲，立刻感觉到："这不就是我们需要调查的幽灵球队的情况吗？"在征得哈立德的同意之后，我把自己三个组员都叫进来，认真地做了记录。

哈立德说道，艾哈迈德提供了一个方案：利用相邻的安保公司基地人员做球员，"我经常和他们一起赛球，基地的球队水平相当高，要是能把他们传输到欧洲，替我们踢几场球，那三千万不就到手了吗？"哈立德也想实际操作一次三台机器的总协调，但是人体传输的机器还没有完善，可艾哈迈德已经对人家承诺了，这样哈立德能做到的只是，把4D投影通过卫星传递到球场。为了必保赢球，哈立德又设计了一个机器人球员鲁菲克，还请了基地的两个队长到比利时实地指导，"那两个可是真人哪……"整场球赛都是在万里之外用电脑进行的："球员们看着对方的投影进行比赛，那颗带电脑的足球被我们买通的裁判调换了，除了进球机器人鲁菲克后来出了点问题，应该说，三场比赛都是表现最好而毫无破绽的。"总之能想到的所有可能产生的漏洞，他们都进行了设计。我问道："那些运动员在比利时球场为什么身上会有七彩光环呢？"哈立德说："因为传递过去只是他们身体的信息，不是真实的肉身，经过通信卫星将信号放大，最后就出现了身上的彩条……"萨科齐连忙问："那球队是怎么踢球的呢？"哈立德回答："在比利时赛场上整个球队都是4D投影，所以开场和结束的时候，只能显得球队毫无礼貌，既不打招呼又不握手，而足球是在电脑的指挥下，自己寻找路径，然后选最佳位置跑到鲁菲克那里，他会自动将球踢进大门……"我们的第一个问题弄清楚了，露西娅看着我说："和我们前期做的分析是一样的，不过，那些坐着大巴车被拉来拉去的足球队员……可是真的人哪。""这些人都是艾哈迈德事先安排好的，只要比赛的队员影子一出来，那些人就从四面八方赶来跑上汽车……这些都是艾哈迈德事先安排的人，做得天衣无缝。"伊娃又向哈立德提出一个问题："哈立德先生，您知道阿尔贝和他的两个助手的死是怎么回事吗？"哈立德点点头："后来我就全都知道了。"

原来艾哈迈德是一个恐怖组织埃及分支的头目。艾哈迈德在开罗上大学的时候，就加入了具有极端思想的组织。大学毕业六年后，艾哈迈德在迪拜碰到了从东方回来的同学哈立德，这个科学奇人正好和家里人闹别扭，艾哈迈德对他表示了同情，帮他在自己的家乡建起了"沙漠研究所"哈立德用"隔空取物"从家里弄来了钱，这种奇怪的东方独门绝技，使艾哈迈德大吃一惊，他后来欺骗哈立德，提供了两个富翁家藏钱的坐标，由此得到了大量的金钱。艾哈迈德意识到哈立德的价值一是个绝对可以利用的"科学奇人"用哈立德隔空取物拿来的钱，艾哈迈德扩大了他的武装组织。为了能够用足球赚钱，他收买了法国裁判阿尔贝和他的两个助手，由他们来操纵进球机器人鲁菲克，当确实赢了三场之后，为了事情不败露，艾哈迈德残忍地干掉了阿尔贝和他的两个助手，消除了所有的证据。同时在拿到钱以后，竟然血洗了那位阿拉伯富翁的家，杀死了富翁全家七口人，带走了将近两亿美元的财产。哈立德懊丧地说："后来艾哈迈德交给我一千五百万美金，说是公平交易，我也就没有拒绝，因为研究所真的需要大量的资金。"艾哈迈德发现了法国国际刑警在跟踪足球案件，于是迅速做出反应，他首先启动了在欧洲的卧底，删除了在西班牙海外领地的游艇纪录，并且攻击了法国国际刑警的电脑网络。我从兜里掏出那面游艇的旗帜，拿出来给哈立德看："这面旗是艾哈迈德家族的吗？"他摇摇头："不是……不过我好像见过这个徽记……哦，我想起来了，是那个富翁费萨尔的，他给我们出具的合同文本，上面有这样的标志。"

后来设备的调试越来越成功，哈立德的技术也越来越成熟。一开始哈立德隔空取物，能将一群四百只羊，从百里之外取到研究所的墙外。又把一台上次掉到半道上十吨的机器，挪回了几千里之外亚洲的生产厂家。也就在这个时候艾哈迈德又来找哈立德，要求他启动两个试验计划，也就是"取来"和"送走"计划。哈立德说："这两个计划一个是将关押在监狱里，暴恐组织的一个高级领导人取出来，另一个是远程将一个

炸弹模型投掷到巴黎，而且这个实验要立刻开始。"艾哈迈德威胁说："一个月后，我要派武装人员来监督你的具体实施。"艾哈迈德对哈立德说："好好想想吧，你的手上已经有了几条人命，你花的钱也是沾着鲜血的美金……再说你在我的地盘上也跳不出我的手心，自己好好考虑一下吧。"哈立德在床上捶胸顿足地说："都怪我太轻率，自己主动钻到狼窝里，我这才知道艾哈迈德竟然是一个凶残的暴恐分子。他已经排列了一个表格，将阿拉伯各国的一些有钱人逐步杀掉，攫取他们的财产。一天我无意中发现，排在他计划里第三位的就是我的父母，我看到备注上写着'美国人'。"

哈立德立即行动起来，他安排了一个计划假装认真地准备试验，当艾哈迈德又来到研究所的时候，哈立德领着艾哈迈德来到设备里，假装为他讲解自己的操作计划……就在艾哈迈德兴致勃勃地听着的时候，哈立德抽身从设备里出来把门锁死，"我的那只黑狗总是不离我的左右，当时就把它和艾哈迈德一下子都送了出去。原来我打算把艾哈迈德送到没有人烟的北极，很可能是太紧张了，坐标位置调试得不准确，没想到他只是到了比利时……"我问他："那个名单在哪里？必须通知国际刑警保护好这些人……"哈立德说："我当时就打电话给家里了，名单随后交给美国中情局，他们表态会立刻采取行动。"

哈立德的发明，早就被美国中情局注意到了，正好此时他们来和哈立德接触，双方马上确定"沙漠研究所"由美国安保公司收购。"这样对研究所里人员的安全就有了保障，我们对外宣布研究所撤销搬走，一切就在我们重新走上正轨时，收到了地中海货船的信号……"作为第一次正式发送和接收多个武装人员，那几个突击队员宣誓，愿意面对任何意外的状态。哈立德冒险开动了机器，自己在地中海上空观察，没想到突击队大获成功，出奇兵救出了货船上所有的人，基本准确地远距离到达和回收了突击队人员。就在前几周的夜里，又一次成功地

输送了八名武装人员，再次解救了我们几位法国警察。哈立德叹着气
"唉，真没想到，在我的身边有 ISIS 的内应，而且还是英国军情五处
的女特工……"

巨大阴谋

　　我们的"幽灵球队"案件结束了，现在案件主凶艾哈迈德作为暴恐组织的负责人，我把他的材料通过安保公司的渠道，交由美国 CIA（中情局）和埃及军方来处理，整个案件可以合卷了。我琢磨着："为了这个案件，我们全组出动，在外面耽搁的时间也太长了……"我用电话把整个案子的过程，向处长进行了汇报，阿尔弗雷德处长又一次向我们祝贺："大家干得太好了，等你们回来以后，会有意想不到的好事等着你们呢……"

　　这几天，我们分别上门告别了安保公司基地的各个部门，特别是基地医院的医生和护士。走的那天基地好些人都来送行，我在门口看来看去没见到哈立德，大家都坐上了汽车，司机也按着喇叭催我，而我还在车下张望—因为没有看到哈立德。这时哈立德一拐一腐地快步从院子里走了出来，他来到我的面前和我拥抱着，我不知道为什么心里沉甸甸的。哈立德对我说："布里斯，我们是好朋友吗？"我肯定地回答他："当然……是很好的朋友。"哈立德于是拿出一张纸，那上面是他用中国宋词的格式，为我们写的送行诗词：

渔家傲·致友

雪里寒梅衬青松，

桃杏片片缀迎春，

长白山峰擎天地，

震华庭，

东方新妆有奇人。

道德造化偏有意，

故教明月巧玲珑，

此树不与群花比，

莫推辞，

又出元阳显金尊。

　　我看了，明白他是在写诗夸奖我，就对他说："原谅我，什么都没准备……"哈立德笑了："写那些中国的古诗词，你肯定不是我的对手……"告别之后，我坐在汽车上想："哈立德对我的感觉和我对他的一样，也难怪我们会惺惺相惜啊……"当汽车掀起滚滚黄尘的时候，露西娅忽然说了一句："怎么，那个怪人哈立德……难道就在这沙漠里过一辈子吗？"这时候伊娃讲了一句话，把大家都吓了一跳："我们为什么不让哈立德……把我们直接送回巴黎呢？"露西娅第一个反对："我……还是别让他送了……万一到了天堂回不来呢？"萨科齐这一回倒是冷静得很："其实他的那台设备我倒不担心，主要是哈立德伤还没好，万一他意念不牢固，把巴黎弄成电子游戏《世界大战》里的巴黎，那我们可就惨了，永远回不到人类社会了……"

　　基地的吉普车把我们送往阿斯旺，在那里我们将换成火车顺河而下，到开罗以后再坐飞机返回巴黎。想着这一路上的千辛万苦，我感慨着："差一点把大家的生命贡献给刑警事业……真是万幸啊。"到了阿斯旺，我决定改坐游船到开罗，正好船期也是两天以后，"这样能让大家好好地玩儿一下，也算是对他们工作辛苦的补偿。"有两天时间让大家好好轻松，两位女士特别高兴。把酒店安排好以后，人们立刻就开始了阿斯旺两日游的行程。

　　阿斯旺是埃及最南部的大城市，也是阿斯旺省的首府，它位于尼

第九章　创新奇人

309

罗河的东岸，人口约二十万。由于阿斯旺水坝的修筑，这里变成了全国电力基地，同时有纺织、制糖、化学、制革等工业，还开采铁矿石和建筑用石材。我们由一个叫赛义德的年轻导游兼司机陪同，来到阿斯旺大坝参观，赛义德介绍说："旧的大坝是1902年建成的，用于灌溉和发电。到了20世纪60年代，它已不能适应土地灌溉和电力供应的需要，于是政府在旧坝上游六公里处，开始修建我们脚下这座大坝，并于1971年完成。现在大坝的发电量，能够保证全国大部分的用电需要。"我们站在大坝东端观景台上，能够看到整个大坝及水面，站在气势雄伟的阿斯旺大坝上，大家不由得赞叹着："真美呀……""太壮观了……"

　　赛义德介绍着大坝的情况："大坝高一百一十一米，长三千八百三十米，宽四十米，它将尼罗河拦腰截断，从而使河水向上回流五百公里，形成蓄水量达一千六百四十亿立方米的人工湖—纳赛尔湖。它可以平定洪水，贮存足够用几年的富余水量。20世纪80年代尼罗河流域曾发生严重干旱，苏丹及埃塞俄比亚发生饥荒，但埃及却因有这座大坝而幸免于难。"导游小伙子说道："不过自从大坝修建以后，从2006年开始，阿斯旺就没有任何降水，是世界上已经测到最干旱的地方之一。"萨科齐问："是不是这座大坝造成的？"赛义德摇了摇头："这些是气象科学……那我就不懂了。"

　　随后我们来到菲莱神庙，在船上赛义德为我们讲解："菲莱是一个小岛，位于阿斯旺大坝南面的尼罗河中，原来岛上建有神庙。1902年英国人修建阿斯旺大坝时，淹没了菲莱岛。198。年埃及政府决定将岛上的古迹，转移到现在这个岛上，以还其原来面目。"我们在菲莱神庙里，看到了象形文字的碑文，以及一些形象生动样子精美的浮雕。赛义德说："在这里，富庶之神哈索尔和生育之神艾西斯，都是被尊崇的神。女神艾西斯有一万个名字，她不仅掌管生育，还是所有人的庇护神，因而极受古埃及人的尊崇。"伊娃不解地问："一个神，为什么有那么多的名字……"赛义德耸了耸肩膀："大概……大概她管生育，要给每个人起名字吧……"

我们驱车又来到拉美西斯二世神庙，它也叫阿布辛贝神庙，整座神庙不是土石所建，而是在山岩中雕凿而出，它本身就是一座巨大而精美的雕刻作品。赛义德解释说："为了免遭因建造阿斯旺大坝而让上涨的尼罗河水淹没，在联合国教科文组织主持下，神庙被切割成两千多块，分别编号，在距离原址二百多米的地方拼合还原，还建造了一座假山来覆盖它。"神庙建于三千三百年前，正面四尊高达二十米的巨型拉美西斯二世坐像，其中一座被整体切下，现存于英国大英博物馆。在他的膝边和身旁还围绕着数座小型雕像，是他的妻子儿女们。这四尊雕像兼具支柱的作用，支撑着三十米高的神庙。神庙中的主体部分是一个六十米长的长方形大厅，那里有十六尊雕像，分两行左右排列，同样全部是拉美西斯二世本人，墙上也满布描绘拉美西斯二世武功的壁画和浮雕。大厅尽头是一间作为圣坛的石室，四座神像并排而坐，分别是黑暗之神、天空之神、拉美西斯二世本人和太阳神。我说道："堂而皇之地将自己平等地列于众神之间，这恐怕是任何一个君王都不曾有过的大胆之举。"赛义德解释说："这座神庙是为了供奉太阳神而建……"可我觉得这是埃及古代人，为了体现法老如神般至高无上的地位，而特意开凿的。导游讲道："神庙有个近乎奇迹的现象闻名于世，在每年二月二十一日和十月二十一日的日出时分，阳光从大门射入神庙内部，会穿过六十米长的大厅，直射圣坛上的神像。"赛义德特意在这里停顿了一下，他看我们都在认真地等着下面的话，于是接着说："但是那束光线，永远不会照射到最左侧的黑暗之神，他注定要永远藏在黑暗中。"我们议论着这项精巧的设计，"真是令现代人也不能不甘拜下风啊……"赛义德遗憾地说："可搬迁后的神庙，因为角度计算不够精确，太阳照入时间延迟一天，角度也没有那么精准了。"

　　我们转身到了旁边的哈索尔神庙，它就在拉美西斯二世神庙的左侧，是一座规模较小而格局相似的神庙，神庙的正面是六尊石像。赛义德说："四尊为拉美西斯二世本人，另两尊为王后妮菲他利。两者的尺寸完全一致，这在王权至上的埃及是绝无仅有的，体现出法老对王后的挚爱。"伊娃和露西娅被感动得眼睛湿湿的，"我要是能找到这样一个丈夫多好啊……"没想到萨科齐不知道为什么生气了："这是神，全世界唯一的神，你们想得也太离奇了……"我知道，姑娘们总是在爱情上看得很重，而萨科齐又想到别处去了。那两个大姐大要是在平时，早就把这个小子收拾得在地上求饶了，不过今天她俩只是看了看那个不懂事的见习警员，没有作声就走开了。

　　她们站在神殿的入口处，那里刻着"阳光为她而照耀"的铭文，赛义德走过来说："只可惜的是，神庙还没有建成王后就去世了。"他指着墙上的壁画："这是人与神的交流，是女神伊西斯和哈索尔握着王后的手，在侃侃而谈的情景。"我看到伊娃的眼睛又在流泪，"是啊，国际刑警的生活刺激而危险，对于那些珍惜生命和爱情的女孩子们，她们的感受我完全能够理解……"天色已经很晚，一天的旅游结束了，赛义德把我们送回酒店，他问我："先生，明天……怎么安排？"我告诉他："明天早上一起用餐，计划嘛……我们再商量，好吗？"

　　我们住的酒店规模很大，是一座十几层的白色大厦，里面有几百间房屋。晚饭的时候餐厅里人很多，听酒店的维特说，前天来了一个一百多人的考察团在这里下榻。"他们的老板是阿联酋人，要到新河谷省投资的，最感兴趣的是那条人工运河，就是从纳赛尔湖到哈里杰修一条人工河……那些勘测设备，拉了好几汽车……昨天好多人在阿斯旺水坝那里研究了一整天呢。"维特嘴里"啧啧"地响着："那该是多大的工程啊……"我有点奇怪："修运河研究什么水坝啊？那又不是起点。"听艾斯尤特警察局的纳赛尔局长讲过："新河谷省来了一位省长，他一到任就大力推行新河谷计划，这是埃及政府早于1997年，开始实施的一项引水工程。一个具有远见而且雄心勃勃的项目，主要是挖掘一条运河，帮助埃及应对其迅速增长的人口。这条运河将把水从纳塞尔水库引到埃及西部的撒哈拉沙漠，直到新河谷省的省会哈里杰。计划定在2020年完成，预计增加埃及10%的耕地，但在目前看似乎很难完成。根本问题在于西部沙漠的高盐度，以及该地区的地下蓄水层，这是灌溉项目的障碍，因为引入的水容易被沙子吸收。2012年完成了先期工程—谢赫·塞义德运河。"我们点菜的时候，饶舌的维特对我说："靠政府的钱当然不够用，外国财团愿意投入，而且又是我们的阿拉伯兄弟，何乐而不为呢？"

我们自从来到埃及，就深深感到埃及人的正直爽朗和宽容好客。酒店的晚餐十分丰富，这里以"耶素"为主食，"耶素"是一种不用酵母的平圆形埃及面包。有羊肉炖豌豆、洋葱、胡萝卜，还有鸡肉与南瓜、茄子、土豆等做的几道大菜。我尝了尝，口味上清淡甜香不油腻，"真的好吃……"还想说什么，不过看着邻桌那些人，手里举着的巨型烤羊肉串，我们每个人都惊呆了，露西娅小声说："妈呀……一串至少有五斤羊肉吧，能吃下去吗？"周围的埃及人用餐时忌讳交谈，很多人低头吃饭。在他们看来，吃饭时进行交谈，尤其是在吃"耶素"时，是对神的亵渎行为，因为那是在浪费粮食。饭后维特给每人上来一杯阿拉伯红茶，大家终于放松，高兴地聊着，享受了一个多小时惬意的时光。

不知道怎么，萨科齐又提起在西班牙飞地休达的事情："博士，我真恨那个该死的艾哈迈德，你说我多倒霉，那个裸着身子的录像在网上到处都是，最近还一直有同性恋组织联系我……可我……不是他们群里的人哪……"我安抚了他几句，看到伊娃和露西娅两个女士，互相说着皮肤的变化："这回防晒油带得少了……哎呀，你看我的脸，还有这手臂……回去都没脸见人了……""真是的，我的脸都有了雀斑，回到巴

黎第一件事，就是去做面部的美容……要不怎么见自己的老公啊……"伊娃抓住这句话，看着我说："这可是她自己说出来的……"然后转过身去对着露西娅笑嘻嘻地说："露西娅小姐……你有老公了，以后就别再和我争博士了，那是我一个人的……"看看，这一轻松，我就又成了两个大姐大的笑料。我对萨科齐说："这不，又开始了……"露西娅连忙说："我刚才的用词是 chéri（法语，亲爱的），博士可是 monamour（法语，我的爱）这能一样吗"伊娃可不买她的账，对着萨科齐说道："你来作证……露西娅女士在正式场合已经承认自己有 marin.m（法语，丈夫）。"露西娅嘻嘻哈哈地笑着："在定义上是有生理关系，但不一定有感情。"我趁着她们打嘴仗，赶快站起来和大家打了个招呼："诸位晚安，睡个好觉……明天见。"自己就钻到房间里冲了个澡，然后早早地打呼噜去了。

真是天有不测风云，半夜里外面就刮起了大风，那风也不知道从什么地方钻进了酒店，在我的房间里乱跑，除了风刮得肩膀冷飕飕的，还把我头顶上的天花板"哗嗒哗嗒"地抬起来放下去，弄得我怎么也睡不踏实。我索性站在床上，用手扶了扶天花板，嘿嘿，那块薄薄的胶合板，"哗啦"一下子掉了下来。我把地上的椅子搬到床上来，站在椅子上，我身子的一半儿都进到顶棚里去了。我发现十层整层的顶棚是个大的空间，所有房间的顶棚都是连着的，里面至少还有 1.5 米的高度。"这是20 世纪的装修风格……"我把头顶的天花板用纸塞住了它的边缝，这才停止了那种"哗嗒哗嗒"的动静。

在这世界上，中国的老话总是有先见之明，像形容高兴带来不幸的意思，就有"乐极生悲""物极必反""月满则亏"等一大串的成语。而伊娃讲着也不知道法国哪位潮人说过的一句话："沉沦的年代，快乐总会变成悲伤。"就代表了伊娃、露西娅和萨科齐此时的心情。原来，当我们早晨打开自己房门的时候，才发现，每个房客都被那些在走廊端枪的人关在了房间里……我们都被匪徒绑架了。好在房间的电话并没有被关掉，当挨个地问候了我的人之后，他们都答复我"没事……在房间里……现在安全"我这才放下了提着的心。接着，我用电话向巴黎中心局报告了我们的处境，我听到阿尔弗雷德长官一再地说："半个小时前，暴恐分子已经向世界宣布了此事，他们总共绑架了五百七十人，还在阿斯旺水坝安置了炸弹……我们正在想办法，千万不要着急……"

这时候我听到走廊里的人在大声地喊着："所有的人听着，我们是……组织的特遣队，你们已经是我们的俘虏，我们将用这所酒店里所有的人，和埃及政府交换一个叫作哈立德的人，他是我们的朋友，现在被扣押在沙漠的兵营里，我们将不惜用酒店所有人的生命，来换取他一个人的归来。希望你们把消息传递出去，我们给大家二十四小时的时间，如果时间一到埃及政府还没有反应，我们将每小时用斩首的方式处死一名俘虏，全世界都会看到这一幕幕刺激的场面。如果埃及政府不怕阿斯旺大坝被炸毁，那就率领他们的军队来进攻吧……"我们小组的人都明白，这回又落入艾哈迈德手中了。我懊恼地想："唉，什么都不能后悔，要是昨天不做这个决定，现在大家已经在飞往巴黎的飞机上了……"不过我还是很快就冷静了，我发誓：一定要带着大家顺利地回到法国。

占领酒店的就是艾哈迈德的暴恐分子。他们提前做了准备，甚至还在水坝的出水口下面，安装了战术核武器——B57核航弹，是从美国军队在印度洋上，迪戈加西亚空军基地的弹药库里盗窃来的。艾哈迈德自从假装半疯半傻的阿拉伯牧民，被比利时遣返以后，他就安排自己的部下，"必须在地中海上将货船劫持……"他发现法国国际刑警的人也在船上，狡猾的艾哈迈德想："他们一直在紧咬着我，这里是不是有什么其他的原因，难道已经发现了我的身份？"他决定继续隐藏下来，而指挥两个部下跳出来抢劫货船，果然后来劫持失败了，在埃及的亚历山大港，艾哈迈德被人指认是暴恐组织的成员。还是那些

潜伏在治安警察里的同伙，把艾哈迈德搭救了出来。他决定和这些警察一路同行，同时联络了一些部下，指示他们："一有机会，就干掉那些法国警察……"在尼罗河上，他假装大声朗诵诗歌吸引大家的注意，让那些匪徒爬上船来，在夜间制造了又一起"尼罗河惨案"……他们杀死了无辜的十位印度老夫妇。当艾哈迈德发现这些法国刑警是专门到迪普斯井去找哈立德的，他决定立即消灭这些人。艾哈迈德下定决心："哈立德对我太重要了，绝不能让他们找到哈立德，知道他的一切。"其实这个时候，哈立德已经和美国中情局合作了。就在沙漠中行驶的过程，艾哈迈德的部下开始了攻击，途中虽然击毁了装甲车，艾哈迈德也安全地脱身了，但是最后的结果是，突然出现的突击队员消灭了剩余的匪徒，这个匪首再一次失败了。可是艾哈迈德一下子明白过来："是哈立德机器的作用，他的试验成功了……可以一次瞬间传送八个武装人员……不管采取什么措施都要把哈立德弄到手，那台神奇的设备我得不到就炸毁它……"艾哈迈德铤而走险，他利用基地内部的内线安排，袭击了研究所抓走了哈立德。没想到在路上遇到了苏丹的军队，最后让人把哈立德又救走了。这一系列的失败，把艾哈迈德这个匪首气得暴跳如雷，他发誓："我要用最公开的方式，让埃及政府把哈立德老老实实地送到我的面前……"

几天前，埃及新河谷省省长收到一封电子邮件，是从阿联酋一家著名的国际大公司发来的。邮件提到该公司的董事长将于近日抵达埃及，对埃及的运河项目进行投资。他会直接到达阿斯旺进行考察，然后再去省会哈里杰市拜会省长。这件事顿时使整个埃及新闻界都知道了，电视报纸都在大谈改造沙漠，以及埃及未来的远景……接着有一百辆崭新的汽车，拉着被篷布严密包裹着的各种设备，一下子就挤满了阿斯旺市的大街小巷。那些人选择了城里最大的酒店，还把周围的几个小型酒店也全包了下来。这些人就是艾哈迈德的武装，一下子涌来了将近三百人，看来艾哈迈德真是要破釜沉舟了。他们以考察为名支开了大坝的警卫，把从美国在印度洋上军事基地偷来的"B57核航弹"，改造成了使用电子遥控的爆炸装置，将这个炸弹放在了泄洪闸的下面。一切布置好了以后，也就是我们到达的第二天早上，他们开始行动了。

这个爆炸性的新闻，吸引了全世界的战地记者蜂拥而至，埃及政府反应特别迅速，一个师的快速部队迅速空运到阿斯旺，相邻几个省近千名警察也部署在阿斯旺市区里。军队包围了这座酒店，派出工兵在大坝附近检查，虽然很快就发现了那颗大炸弹，但是出于谨慎没有去排除。政府派出代表与匪徒们谈判，而那个艾哈迈德就等着这个机会呢。我在窗户上能看到酒店外面的情况，大约有十几辆坦克和装甲车把酒店团团围住，士兵们设置了防御工事，据我估计政府军至少派出八千到一万名士兵和警察，里外三层紧紧包围着叛匪占据的酒店。

第十章

道德之美

　　"道"是天地万物之始之母，阴阳对立与统一是万物的本质体现，物极必反是万物演化的规律。伦理上……道主张纯朴、无私、清静、谦让、贵柔、守弱、淡泊等因循自然的德行。政治上，老子主张对内无为而治，不生事扰民，对外和平共处，反对战争与暴力。

——《道德经解释》

谈判失败

从窗户上我看到，军队的包围圈里走出一个人，那是和匪徒们谈判的代表来了。他把自己的武装带、手枪都解下来，转身交给身边的人，然后向前亮着两只手，径直向酒店的大堂走来。那里有匪徒的岗哨，肯定还要进行搜身等举动，可是从那腰杆笔直雄赳赳的样子和熟悉的脸，我一下子脱口而出："啊！是纳赛尔局长，他怎么来了？"随后又跑进去五六个电视记者，看来那些恐怖分子是想把事件弄得影响越大越好。不过我的分析是："谈判不会成功的……劫持者要的是哈立德，这个必须美国人和哈立德自己说了算，埃及政府只能谈人质和水坝的问题，可没有先决条件的承诺，这谈判就进行不下去。依我看……哈立德绝不会答应和艾哈迈德合作的，去为他们做那些坏事……而且美国人也绝不会同意，把那些高科技交给恐怖分子。"我把房间里的电视打开，劫持者允许埃及国家电视台、英国 BBC 电视台、美国 ABC 电视台、俄国 OPT 电视台、卡塔尔半岛电视台进行现场直播，现在几乎所有的电视节目都停播了，全部在转播谈判现场。我心想："艾哈迈德目的达到了，阿斯旺已经是全世界的焦点了……"

谈判在酒店的会议大厅里进行，能看到摄像机从好几个角度拍摄，谈判桌面对面坐着恐怖组织代表和埃及警察局那位纳赛尔局长。我忽然发现恐怖组织的代表竟然是个欧洲人，栗子颜色的头发，蓝色的眼睛，一个真正的日耳曼人。惊奇之余我想起来："他不就是运送难民的比利时货船上，那个德国大副兼轮机长吗……"这个世界真的是混乱了，很

第十章 道德之美

多人以为在中东，把国家搅得乱糟糟的是当地人自己在破坏，其实很多欧洲和世界各地的人都跑去添乱，那些人无论做了什么不人道的事，却都在振振有词地说："我是为了理想和信仰……"很多血淋淋残忍的斩首杀人的画面，让那些善良的人们虽然身上颤抖，但是带来更多的是憎恨……前些时候有篇报道，发现那个杀人最多的刽子手，竟然是个白色纯种的英国盎格鲁撒克逊人，他只是为了摆脱无聊的生活，寻求刺激而去做这些杀人的事情……

　　双方代表礼貌地客气了一下，然后就开始进入正题。绑架人的一方趾高气扬理直气壮，他一直在强调："你们必须……怎么……怎么样……"而代表埃及政府的纳赛尔局长，却表现得十分克制，他声音很低，语言用词斟酌，根本不像一个雄赳赳的军人。我气愤地敲着桌子，自己在房间里大声地喊道："这个世界还有公理吗？那些作恶多端的坏蛋，竟然像法官一样居高临下地作着裁决，而要求我们对他们的无理绝对服从……为了无辜的人们，那些军人解除自己的武装，面对丑恶的敌人却只能低声下气……"纳赛尔谈的第一件事就是人质的问题："你们无论要求什么条件，没有必要扣押这么多的人，希望你们能将老人、妇女和孩子先释放……"没想到对方回答得非常干脆："这是不可能的，我们的要求是先决条件，就是用哈立德来交换人质，用那台机器换大坝底下的炸弹……"纳赛尔说："关于你们和哈立德先生的事情，我们能不能折中一下……我觉得先将妇女儿童和老人释放，或者有助于问题的尽快解决……如果您坚持对人质数量的要求，我们可以进行交换。"那个暴恐分子奇怪了："交换……和谁交换？"纳赛尔局长大义凛然地说："我……还有数量相等的士兵……可以吗？"那个家伙似乎有些犹豫，可是他琢磨了一下又断然拒绝了："没有第二个方案，如果您拿不出哈立德出现的确切时间，那就请回去吧……我们会在下午三点开始，每小时交还两具尸体……按照你们的要求，先妇女然后是儿童，再就是老人。""怎么？不是明天上午六点吗？""我们决定提前了……"能看到纳赛尔局长的手，紧紧地攥成了两个拳头，他的眼睛里几乎冒出了火……可是他最后还是默默地转身走了。

我知道谈判失败意味着什么，"现在是十点钟，就是说五个小时以后……他们将杀人，而且是从女人开始……"现在对埃及政府来说，真是难上加难，匪徒们的炸弹如果炸毁了大坝，那倾泻而下的湖水，会将下游上千公里的土地全部淹没，而死亡的人数就不是几百人，而是几十万人，甚至更多。他们需要的是，评估炸弹是否真能损坏大坝……这就要和当初建设大坝的俄国人协商，另外请美国、英国以及中国的建筑和水利专家，共同协商大坝可能遇到的问题和对策。可是跨堵死了，现在只能面对现实五个小时……如果能预测炸弹的威力小于大坝的危险，那么特种部队就会立即进攻，把人质的风险降到最低。我在房间的地上转来转去，现在我们大家需要的就是时间啊。我想："趁着匪徒们不注意，想办法逃出去……或者，至少让伊娃和露西娅脱险，她们是女人还年轻……我必须保护她们。"想到这里我决定开始行动，我们几个人的房间都相距很远，好在都是第十层，这座酒店以电梯为中心，左侧是男宾，右侧是女宾。萨科齐在我房间的对面，而伊娃和露西娅则隔着十几个房间。我估计房间电话已经被监听了，不过一般问候的话，那些匪徒也听不出什么问题来。我给萨科齐打了电话："知道我在你的对面吗？""知道，怎么长官……有事吗？""没事，大家注意安全。""是的，难道您……有什么安排？"我"啪"的一下就把电话挂了，心里骂着："你小子啰唆什么……怎么笨成这个样子？"接着我给伊娃打通了电话："你的房间是几号？""1036……""露西娅呢？""我的隔壁1038……""那好，把门锁好注意安全。"伊娃把电话放下了，我觉得她已经明白我会有行动，"看来，事不宜迟，马上就开始。"

我的计划是：爬到房屋的顶棚里，通过那里把他们三个人都集中

在一起，我们商量一下假装有事……必须先夺取一个暴徒的枪支，然后把四个人都武装起来，再从电梯下到地下车库去……肯定有激烈的战斗，或许会有生的希望。虽然这个计划漏洞很多考虑得也很不成熟，但是我们绝不能坐以待毙。我钻到顶棚里，那里的高度也就1.5米左右，我哈着腰低着头，数着脚下的龙骨。每个房间四根龙骨，加上隔墙多一根，我数着数，心里觉得应该到伊娃的房间了。当我小心翼翼地掀起一块脚下的顶棚板，一下子看到一男一女正在接吻，那个男人说着："如果他们要杀人，我陪你一起去死……"原来是一对夫妻正在相互安慰，碰巧那位女士正好抬起头来，她看到房顶里的人立刻就打起哆嗦，我一看不好……不是要找的房间，也紧张起来。赶快把手指放在嘴上，示意她不要说话，同时放下了顶棚板。就这一紧张，加上顶棚里十分的黑暗，我的眼前一亮一黑，一下子就蒙了："哪个方向是西呢……"我也不敢掏出手机来照亮，万一失手掉了下去，那可就真的找不到了。顶棚里有八排细铁棍，一头焊接在上面的水泥预制板上，另一头固定在金属龙骨上，那些顶棚板则安装在龙骨搭成的方格架上。我跌跌撞撞地摸黑扶着铁棍希望能找到一面墙，这样我就能确定自己的位置。终于我摸到了混凝土的墙壁，我决定靠过去歇一歇，然后再开始下一步的动作。我十分谨慎地一步步来到墙边，然后转过身去向后靠，没想到身后是一个施工口，我没靠到墙上就摔了下去。我那时反应还真快，两只手在身边使劲地抓，终于抓住一根铁栏杆，摆了几下就吊在那里了。我用脚试着四处蹬着，在脚下又找到一个梯子蹬，原来我就在一个向上的铁制扶梯上。我也顾不上身上磕碰的疼痛，上下观望着："咦……这是怎么回事？"终于眼睛能看清楚了，原来这是一个直上直下半圆形的通道，往下看四五米就是地面。我干脆顺着梯子下去，这才明白："啊……这是酒店在墙外，又安装了一个观光电梯，半圆形的通道是观光电梯的玻璃外罩。"因为玻璃的两面，都贴着黑色的塑料保护膜，所以这里同样是不透光的。"好在电梯没安装，要不我这一下掉下来，身上不得穿几个窟窿才怪呢……"在一楼的位置上，向外有个小门，那是机械工人进出的通道，我看到通道外面 20 米左右是一个工棚，在那里已经有埃及军队的影子了。我一下子乐观起来："太好了……太好了，天无绝人之路啊……"真的感觉自己自从认识了哈立德，身上也就有了仙气儿。我安静了一下，头脑立刻清醒了："此事刻不容缓……快……"我也顾不上西装的衣服裤子被撕扯了好几条，顺着梯子向上爬，到了十楼那个施工口，我已经弄清楚伊娃和露西娅房间的位置。现在什么也顾不上了，我踩着龙骨跌跌撞撞向前走去，铁棍在腿和手臂上划了几个大口子。我掀起伊娃房间的顶篷板向下喊着："快上来……"伊娃端起椅子就上了床，我看她还回头看她的箱子，连忙说："什么都不要了……走！"拉上来伊娃又把露西娅也拽到顶棚上，我领着她们来到观光电梯的施工口："这里是十楼，顺着那个铁梯子向下爬，到了一楼有一个小门，你们要一刻不停地，向着 20 米外的工棚跑……"看着那两个女警还想说什么，我十分粗暴地命令着："快下去……滚……"真是千钧一发，这时候匪徒们已经发现了问题，有人已经爬进了顶棚。原来，我刚才走错了房间，那个女人当时就吓傻了，她的丈夫只好打开门要找大夫，走廊里的匪徒们，使劲地把两个人又推回了房间。这个时候正是我们在顶棚上走呢，一个机灵的匪徒觉得头顶上有动静，他们爬上来几个人，等到他们抓住我，两个女警已经跑进了施工棚，很快被军队救了出去。

匪徒们捆绑着衣衫褴褛的我，拉到电视机前面，对全世界宣布："抓住一个想逃跑的人，将用他来表明我们坚决的态度……"我知道这些凶残的人动了杀机，"那么我将是第一个被斩首的人……"说实在我真的不害怕，因为这样我就可以去天堂，和我的"公主"相会了……不过想了想遗憾还是很多的……中国长白山的父母，美国的同学，法国国际刑警中心局的同事们。"多想和他们能再见一面……"这时，觉得有人在和我说话，"放心……你不会受到伤害的，我会来救你的。

是哈立德的声音，我转着身子看不到他，我明白了："是心灵感应，哈立德在向我召唤……"我在想着和他交流："用你的挪移大法，能不能把所有的人质救出来？""不准确，大概可行。"那你为什么不动手呢？""因为水坝……""那个炸弹吗？""是的。"为什么？""那个炸弹他们做了改动，全电子流监控，我的挪移会有时间差，它的爆炸会炸毁宇宙。""什么……宇宙？就那个几吨重的炸弹？""若在挪移炸弹的时候，我在收气运行所在的空间，那里就在宇宙的中心，太危险了……"我沉默了，这时哈立德又说话了："一切都会消失的……丑陋、贪婪、仇恨和代表他们的生命……"忽然，哈立德声音没有了，我还在琢磨着："按照哈立德的说法，邪恶竟然能够威胁到宇宙的生存，这真是太可怕了……"

已经是下午两点四十分，那些战地记者们把设备扔下，都跑到军队那边去了，是啊，谁又能眼睁睁地看着同胞，被匪徒们血淋淋地割下他的头颅呢……忽然几个匪徒又推进来一个男人，他被匪徒用枪托打得满脸是血，嘴里的牙掉了好几颗。"你想和他一块儿死，好啊，来吧……"原来那是……见习警员萨科齐，他竟然赤手空拳要来救我，这不是送死吗？他对着我笑了笑，可他的笑比哭还难看，咧着没有门牙兜不住风的嘴说："我不能让你一个人死，我是来陪着博士上天堂的。"听到他的话，真是差一点就流下了眼泪，我强忍着不让泪水流下来，看着萨科齐说："好样的，没给我们法国刑警丢人。"

两个穿着黑色衣服脸上用黑布蒙着的刽子手，来到我们的身后，在他们的腰带上，插着那种世界有名的"大马士革弯刀"。我明白了，"看来时间到了,要准备行刑……"我的身高是1.85米，身后的刽子手个子低，他要揪着我的头发让我向后仰着，露出我的脖子他好使劲，可他却够不着就想要我跪下，我挣扎着仰着头挺着胸，看着我坚决的态度和使劲挺着的腰腿，最后指挥行刑的人只好换了一个高个儿，将就着让那个没杀过人的来动手。我想："唉，看来不会太顺利了……今天死得一定很难看。"恐怖分子的头头,那个德国人,可能是怕我们的血喷到他的身上,所以站到侧面,就在他举起手来对着摄像机准备下达命令的时候,"准备……"他的身边忽然出现了一个人影,用很大的声音在喊:"放下刀,我是哈立德,我来换他们了!"

舍身救国

　　下午两点五十八分，哈立德出现了，和他一起来的还有那条大黑狗。这只"外来客"使劲咬开捆着我的绳索，然后就不见了，我猜想大黑狗一定是去找那两个美女了。双方按照约定，匪徒们释放了所有被绑架的人，军队也打开几条通道，监视着那些武装匪徒乘车离开。事件看似平息了，但是大坝底下的炸弹并没有拆除，艾哈迈德下了指示："什么时候把设备运到我指定的位置，我就会把手里的遥控装置关闭。"

　　艾哈迈德指定把哈立德的瞬移设备，全部弄到叙利亚的拉卡，哈立德拒绝了："设备不像一般的物资，再说设备是要拆装的，而且只能用汽车一件一件拉到就近的地方，再安装起来……"艾哈迈德最后决定，把哈立德的设备全部运到恐怖分子苏丹营地，完成他的"一请一送"任务之后就破坏掉。"反正哈立德还在我的手上，下一步把他的家人全部抓来，然后让他做一台不就行了……"

　　我们法国国际刑警小组四个人，还有那只叫"远方来客"的大黑狗，被埃及军队护送到阿斯旺机场，一架军用直升机在那里等着，由纳赛尔局长亲自护送我们到开罗。我和纳赛尔真是英雄相惜，我们紧紧地拥抱着，感慨那危险的时刻，称赞着对方的勇气和胆略。我对他说："纳赛尔局长，面对凶残的匪徒，你去做谈判代表，那是多大的勇气，内心有多大的压力啊……"纳赛尔眼睛红红的："布里斯警官，你视死如归的样子，我一辈子都不会忘掉，当刽子手要你跪下……你却昂首挺胸坚决地站着，我当时的眼泪都止不住地流啊……"飞机把我们直接送到开罗内政部楼前，内政部的长官迎接了我们。四个人被立即送到医院做了检查，萨科齐的脸和嘴都肿了，四颗门牙也没了，他的伤是最重的。为了安全，大使馆把我们安排在法航回巴黎的飞机。在机舱里，我们受到了英雄般的欢迎，美丽的法国空姐，热情地拥抱了我们，飞机专门留出了一个区域，乘客们可以和我们拍照。几个小时，大家一直都沉浸在自豪、欢乐和被赞扬的气氛中。

巴黎到了，从飞机的舷梯下面，到走出候机楼的这一段路，到处是鲜花簇拥，人头攒动。我的脸上满满都是鲜红的唇印，那些送给我们的鲜花多得都把脸挡住了，而长官们到处在找我，以为这个布里斯·叶赫躲到哪儿去了。法国政府的官员和几乎巴黎所有的媒体，都在戴高乐机场的门口等着，最后还是一位机场工作人员帮我解了围，他推来一辆行李车，把鲜花都放在车上，我这才在耀眼的闪光灯和迎接的人们面前露出脸来。在戴高乐机场的门口，几万人自发地为我们举行了欢迎仪式，人们高唱《马赛曲》，喊着我们的名字，整个法国都把我们当作了英雄。内政部长在机场的欢迎仪式上说："你们是真正的英雄，表现了法兰西人民不屈服邪恶和恐怖主义的英雄气概，你们为法国警察做出了榜样……"

国际刑警法国中心局，为我们举行了专门的"法兰西勋章"授勋仪式，我获得了三等"高等骑士勋位"奖章，伊娃、露西娅和萨科齐获得四等"军官勋位"奖章。警察总局局长走到我们的面前，他看着我说："我原来就知道你是一个智力高超的年轻人，但是只适合在那些动脑筋的部门去苦思冥想。后来无论在德国，还是地中海上，无论是埃及的尼罗河，还是撒哈拉的沙漠里，在死亡威胁面前你都表现得毫不畏惧。这次的危险中，你救出部下自己慷慨赴死，我看到了你在敌人面前蔑视他们的样子，说实在的我当时流下了眼泪，我相信很多人会像我一样的痛

苦。可是你那衣衫褴褛浑身是血的样子，却像一尊英雄赫拉克勒斯的高大神像……"局长又对两个女警说道："我的美女们，我们的工作无处不是危险，往往这个时候我们会说，让妇女、儿童和老人躲开……而我们的女警却和所有的男警察一样，面临着严酷的环境、非人的待遇和死亡的威胁。在敌人面前，你们没有退缩，勇敢冷静机敏地应对，我为你们感到骄傲"萨科齐被暴徒打后面部肿得太难看了，用绷带把头部包起来露着双眼。总局局长拍拍他的肩膀："你是警校毕业从警才半年吧，为了长官你赤手空拳与匪徒搏斗，甘愿与长官一同去死，好，小伙子，你会成为一名出色警官的。"

阿尔弗雷德长官挨个地拥抱了我们，处长仰着他的大鼻子笑着看大家："好的……年轻人，你们是我的骄傲……先休息休息，这两个月你们太累了。"处里的人们都散开了，阿尔弗雷德长官把我叫到他的办公室："孩子，怎么……你有心事？"说实在的，从登上飞机以后，我的内心一直就像刀扎一样，那些鲜花，那些嘉奖，对我来说都是盛情之下其实难却……"处长，我不是英雄，真正的英雄是哈立德，是他救下了被绑架的五百七十人，在最危急的时刻解救了我和萨科齐。而且哈立德还在匪徒的手里，他为了阿斯旺水坝的安危……可以说为了埃及人民，一个人还在和匪徒们斗争呢……"处长默不作声只是静静地听着我在讲："我们的案件就涉及哈立德……他是美国人，十岁到了迪拜，从小在开罗受教育……直到大学、研究生毕业……他喜爱机械和创新，对分子转移几乎到了痴迷的境地……"我开始讲起哈立德的人生来，就好像在讲着自己的生活。我把哈立德在中国整整五年的学习，以及他刻苦修炼都讲给阿尔弗雷德长官，他虽然不太懂，但是看着他的面部表情，我知道"处长听明白了"。说了一阵，我停下来低着头，想着怎么对处长说出下面的话，长官问我："你是怎么想的呢……""我想再深入到苏丹的沙漠里，去帮助哈立德……"长官提醒我："你难道忘了，我们只是国际刑警，不是CIA（美国中情局），也不是 MI5（英国军情五处），甚至不是游泳池（法国对外安全总局，因设在巴黎图尔威尔游泳池附近，故有代称）人员，你也不是 007 詹姆斯·邦德。哈立德有他的非凡之处，而你一个人能解决阿斯旺的炸弹吗？所以你这些要求，我根本没有办法满足你，而且就是局长也不会同意的。"我想起一件事，于是向处长请求说："长官，既然哈立德能答应匪徒们的要求，就是说明 CIA（美国中情局）也同意了，中情局也一定在想办法，把大坝保护下来之后如何救出哈立德。我不为难您，只想能掌握 CIA 他们的进度……您能对我开放他们的情报吗？我只是想知道……哈立德现在怎么样了……"阿尔弗雷德长官想了想对我说："巴尔扎克讲过，只有弱者才不去把痛苦作为惩前毖后的教训，反而在痛苦中讨生活，自己沉浸在里面，天天回顾以往的苦难，用来不断地折磨自己。你要学会从痛苦中脱身出来，记住，只要是能做到的我会帮助你，但是，绝不能胡来……相信哈立德，他一定会有办法的。"

我知道自己即便去了，也发挥不了什么作用，可是一想到哈立德一个人在那里孤身奋战，就觉得内心无比的惭愧。"我是警察，一个捍卫公平正义的人，一个头顶着英雄桂冠的人，却躲在和平安逸的角落里，让那个手无寸铁的人，被那些残暴的几百号人欺侮摧残……"晚上我在自己的宿舍里，翻来覆去地睡不着觉，忽然想起埃及艾斯尤特警察局的纳赛尔局长，我拿起电话拨通了他的手机："纳赛尔局长吗，我是布里斯·叶赫，你还在阿斯旺吗……"纳赛尔听到我的电话高兴极了，他对我说，一直都在阿斯旺警戒，匪徒们早就撤退了，可是那个阴森森的炸弹，还固定在大坝的泄洪口上。"明知道大家在这里也是毫无作用的，可为了安抚民心我们还得坚持布岗派哨。"我急切地问他："哈立德先生那里有消息吗？"他回答说："还没有，我们的三架无人机一直在苏丹和埃及边界巡视侦查，并没有发现艾哈迈德叛乱分子的基地，苏丹方面我们也在沟通，他们的边境部队一千多人，一直在寻找

叛乱分子……"

从那以后的半个多月，每天都会有一张情报放在我的办公桌上，上面是美国中情局通报艾哈迈德组织的动态。到了一个月左右的时候，埃及纳赛尔局长给我打来电话："布里斯，阿斯旺水坝下面的炸弹被艾哈迈德匪帮派人拆除了，我们把那十几个人扣留了，原来那是匪徒们雇用的工人，他们按照电话指挥的步骤，拆掉了那个威力极大的战术核弹……我们了解清楚也就把人都放了，可奇怪的是拆下来的炸弹转眼间就没了，要知道那家伙好几吨重哪……可是我们发现，在泄洪口里面还有一个一模一样的炸弹。"我明白，这就是说："整个瞬移的设备，已经到达了艾哈迈德的营地……否则他不会把威胁着阿斯旺水坝那颗重磅炸弹拆除掉……"纳赛尔小声地说："但是他又留了一手，一次安装了两颗核炸弹……我们只能保密装作没有事，可那颗炸弹是战术核武器……"我忽然想起来，哈立德曾经对我说过："艾哈迈德要求我为他们做两件事：一是拿回来，要把关在美国一所戒备森严的监狱里恐怖组织的领导人，挪移到艾哈迈德这边来。第二是，把一颗象征炸弹，送到法国巴黎的埃菲尔铁塔。"我又想到："现在无论哈立德还是设备，都在艾哈迈德手里，他一定会逼着哈立德做一些事情的……"在一周左右的时间里，我的桌子上没有 CIA 的情报交流，给纳赛尔局长打电话，他们也是什么消息都没有……我每天都在胡思乱想……难道会有什么意外情况发生？终于又有新情况了，艾哈迈德恐怖组织发布新闻："将于九月一日使用多架无人机，现场转播引起世界轰动的大事，频率……希望全世界媒体关注……"

这几天我坐卧不安，可是心里却惦着九月一日，"艾哈迈德公开发布新闻，那天会发生什么事情呢？难道他们又会制造一个惊天大案？"

这个新闻引起全世界的关注，埃及和苏丹为了防止恐怖组织有新的破坏活动，全国立即处于紧急状态。联合国也迅速开会磋商，商量应对的策略。美国和北约组织做好了最坏的打算，当天我收到了 CIA 的情报显示，美国认为："哈立德的技术是迄今为止最不可思议的，同时会对宇宙产生极大影响的生物技术……目前只能静观事态发展之后，才能计算出应对的方法……"美国和中国、俄罗斯、欧洲各国都把自己的间谍卫星调动起来，对着这个不大的星球可能发生的地方，全方位地进行监控。时间到了九月一日，这是个星期天，世界上的几大电视台，都摩拳擦掌地等着爆炸性的新闻出现。

　　早上八点钟，我打开宿舍的电视机，忽然法国 F2 台停止了节目，主持人激动地扯着他那沙哑的嗓子："……出现画面了，艾哈迈德组织就要公开播送，他们宣布的重大新闻……""外来客"立在电视前面一动不动地看着，几个俯视的画面，出现了一些房子的屋顶，主持人也在揣摩着画面讲解："各位观众，大家看到的画面是一座圆形的……就像天文台一样的楼房……哦，可以看到是一个地面有六层的楼房……"带着摄像机的遥控飞机向下飞，画面越来越清楚，我越看越眼熟……"这不是安保公司的院子吗？还有那座楼……是哈立德的研究所……是他的瞬移设备间！"我不知道怎么心里一阵阵发紧，手里端着的咖啡杯也开始摇晃，洒出来的咖啡，把我穿着的浅色裤子染得左一块儿右一块儿的。"难道说……艾哈迈德的人攻下了安保公司的基地？不可能，安保公司有好几百人，他们的武器装备和战斗力，那些恐怖分子根本不是他们的对手……这到底是怎么回事？"紧接着艾哈迈德出现了，他穿着一件白色的袍子站在五楼的露台上，"汪汪汪……"，大黑狗对着电视里的艾哈迈德，就是一阵愤怒的狂吠。那个艾哈迈德这一回露出了本相。他得意扬扬狂妄地宣布："我就是艾哈迈德，就是绑架阿斯旺酒店五百多人的总指挥，也是我把两颗美国生产的战术核弹，放在阿斯旺水坝下面。我想，不仅埃及人要感谢我，全世界的人都应该感谢我，是我没有让那座伟大的水坝倒下，否则，今天的埃及、突尼斯、以色列都已经不存在了。今天……我亲自站到

全世界人的面前，是要大家看到我们掌握的超前科技……我不去解释，你们自己用眼睛来分析，在这个世界上谁强谁弱，然后你们就会断定，世界的未来，是不是属于我们的……"我愤怒地把手里的杯子摔到了地上，大声地骂着："无耻！……"大黑狗先是吓了一跳，后来也像我一样的愤怒地来回走动，还不停地叫着。可接下来的事情，在世人的眼里简直是不可思议……那个天文台似的楼顶慢慢地打开了，人们看不到里面的情况，艾哈迈德自己讲解着："我的一位战友，被美国人长期关押在世界上最严密的关塔那摩监狱里，今天他将在我的帮助下来到我的身边，请世界各国的电视台一定要转播这一段视频啊……"这时电视节目里，出现了美国关塔那摩监狱的外景，这大概是电视台编导临时抽出来的资料，就在这时候艾哈迈德大声地喊着："你们注意了……"就在这个时候，他的身边忽然出现了一个身穿囚服戴着脚镣的男人，那个家伙惊魂未定地四处张望着，艾哈迈德一下子抱住了他："我的兄长，我们又相见了，现在这里是非洲埃及和苏丹的边界……这里是我们军队的基地。"我一下子明白了，艾哈迈德还是让哈立德完成他的"一来一往"计划。我还在四处寻找着哈立德，可是他一直没有露面，"哈立德要操作机器……不过，他一定不愿意在这里露脸的……"接着画面上出现了几个匪徒，他们搀着那个囚徒走了，那是要去给他解开脚上的镣铐。

　　艾哈迈德把无人摄像机降低，拍到汽车上放着一个乌黑像一条小鲨鱼大小圆圆的东西，"大家看，这就是我手里的战术核武器一B57核航弹，一共两颗这样的宝贝，这是其中之一。我现在将要把阿斯旺水坝底下那颗收回来……"这时他把空中的摄像机对着一辆准备好的汽车，忽然那空空的车厢里一下子就出现了一颗黑黝黝的大炸弹。艾哈迈德对着镜头声嘶力竭地说："我将把它们送给亲爱的敌人，一枚投放到世界最美丽的城市一巴黎！另一枚送给纽约的百老汇剧场……"眼看着那电视屏幕一下子就变得歪斜了，吱啦吱啦地发着响声，这是艾哈迈德把法国电视台的人吓坏了……过了一会儿节目又正常了。那个从监狱里出来的人，已经取下了镣铐换上了西装，和艾哈迈德并肩站在楼房的露台上，由衷地笑着。

　　我看到哈立德从五楼的小门里走出来，那些匪徒们都向他鞠躬致敬。这时候"外来客"欢快地蹦跳着，它激动地扒到电视上想去舔哈立德，被静电打得啪啪的，只好躲到沙发上去了。哈立德把自己的长发盘在头上做成一个发髻，穿着武当山灰色的袍子，脚上是一双牛鼻子布鞋。他见到艾哈迈德就笑着拥抱在一起，两个人在摄像机镜头下，说说笑笑地商量事情，那些恐怖组织成员都躲在一边不敢打扰。看着艾哈迈德不断地点头，说明他们就组织的事情取得了一致，我极不情愿地猜测着："显然哈立德是这个组织的高级领导人……"这时候画面上出现了哈立德伸着手，在向艾哈迈德要什么东西，两个人交谈了几分钟，最后哈立德摊开两只手表示无奈……我好像看懂了："哈立德向艾哈迈德要什么东西，他表态如果没有那个东西，工作将无法进行下去……"终于，艾哈迈德让步了，他从自己的小包里掏出一件东西，又在自己衣服的兜里掏出一个像手机那样的小电脑，把两件东西组合在一起，艾哈迈德在手里掭了一下，然后递给了哈立德。这时哈立德对着摄像机意味深长地笑着，他好像在眨眼睛做了一个鬼脸儿，我忽然意识到："他这是对我打招呼吗？……不，他的父母和亲人也在看着呢……"我叹了口气："唉，现在有多少人憎恨他……那是因为他在帮助恐怖分子……难道……哈立德真的屈服了吗？"我的心里百味杂陈，有一种说不出来的滋味……就在这个时候，艾哈迈德得意扬扬地宣布："一分钟后，世界将由此变样……"就在这时一声巨响，电视画面什么都没有了，我感觉到全世界都屏住了呼吸，所有的人都不知所措……"难道核弹发射了吗……"我听到大黑狗从嗓子眼里发出了哀号的声音，它像是在哭……我过来抱住了"外来客"，小声地说："哈立德不会有事的，一定不会有事的……"

　　下午，阿尔弗雷德长官特意打来电话："布里斯，据卫星侦察，埃及南部沙漠里的安保基地，今天上午出现了两次小型核爆炸，目前损失情况还无法统计，不过 CIA 通报说，两枚 B57 爆炸会产生二十万吨 TNT 当量……"我在心里默念着："哈立德，我相信你……但是你为什么跑到恐怖分子那里，现在……我明白了，你为这个世界做了些什么……"

道法自然

事情过去一个多月，世界又恢复了往日的平静，人们早就忘掉了那两颗核弹威胁世界的事情。很快就到十一月了，接踵而来的万圣节、圣诞节、新年，又激起人们内心的欢乐。十一月的头一天是万圣节，无论哪里，都摆着用南瓜做的灯，还有门窗上挂着那些吓人的面具。其实这是欧洲一种古老秋收的庆典，也不知道什么时候，就变成了"鬼节"，孩子们装扮成各种恐怖的样子，挨门逐户地按响邻居的门铃，又跳又叫地喊着："Trick-or-treat（英语，不请客就捣乱）"，主人家便会派出一些糖果、朱古力或是小礼物，来安抚这些小捣蛋。有些家庭使用声音特效，还有制烟机器来营造恐怖气氛，吓跑那些敲门的孩子。大多数家庭则十分乐于款待这些天真烂漫的小孩。孩子们最高兴的事情，是一个晚上就能取得整整一小袋的糖果，然后扛回家去。

这些日子，在处长特批下，伊娃和露西娅两位小姐休假了，萨科齐还在医院里修补他的下巴。本来处长为我们小组全体都争取到很难得的休假，可我关注着哈立德的情况放弃了休假。组里就剩下我一个人，工作显得非常清闲，就有时间继续关注和分析哈立德的情况了。我收集各种渠道传来的信息，直到今天早上阿尔弗雷德长官把最新的 CIA 情报交给我，里面提供了美国间谍卫星的录音，我才完全打消了心中的疑惑，弄明白事情的真相。我给纳赛尔局长打电话说："现在终于可以把核弹事件弄明白，还哈立德真正的英雄形象了。"

要说这事，还得从恐怖组织头头艾哈迈德说起。自从艾哈迈德率领恐怖组织的人员里应外合，攻打安保基地劫走哈立德的行动失败以后，他就策划着更大的阴谋。对于艾哈迈德来说，他清楚地知道哈立德所具有的巨大作用。"他就是我们的财源，会为我们带来像下雨那样，噼里啪啦地掉下来无数的金钱。同样他还是我们的战争机器，他能把炸弹送到几千里之外，也把军队瞬间就送到任何地方，从而打败他们。可以说……有了哈立德和他的那台机器，今后我们就会无往而不胜。"现在，如何得到哈立德，继而使他成为组织的工具，是他们的头等大事。

艾哈迈德制订了严密的计划，首先派他的人，跑到印度洋上的美国迪戈加西亚空军基地，通过收买基地的军官，竟然把美国新型隐形轰炸机 B-1 所携带的 B57 战术核航弹偷了两枚，还运回了非洲的沙漠里。完成了这一步，艾哈迈德就装作阿联酋的富商，与埃及的官员联系，提出"要接着投资修筑从纳赛尔湖到哈里杰的运河"。就在埃及新河谷省上下欢呼，准备商谈下一步外商具体投资的事情，艾哈迈德率领他的几百号人，驾驶着崭新的工程车辆，浩浩荡荡地开进了埃及南部的阿斯旺市。他们选择了市里最大的酒店，这里旅客众多而且大部分是外国的游客。艾哈迈德派人一边联系新河谷省的官员，要求他们和阿斯旺水坝管理局打个招呼，"我们的工程技术人员要考察一下运河的接口……"随后两天的时间，这些假冒的"阿联酋工程技术人员"，就把那两个战术核武器，假装是测量工具，而全部安装到阿斯旺水坝的泄洪口。当绑架事件开始之后，美国这才发现丢了非常重要的核炸弹。美国五角大楼和中央情报局迅速评估局势，得出的结论是悲观的："B57 战术核航弹，一枚相当十万吨 TNT 当量，炸毁阿斯旺水坝轻而易举，而且他们现在拥有两枚核弹……如果真的爆炸，那么埃及河谷地区生活的几千万人甚至突尼斯、以色列都会受到被污染河水致命的破坏和打击。"

"怎么办……怎么办……"要想化解危机，就要回到匪徒们提出的条件上来："用哈立德来换取这五百七十个人质的生命……用哈立德的设备换取阿斯旺大坝的完整。"中情局埃及驻在组和安保公司的基地司令，紧张地和哈立德商量："大坝必须保住……它的重要性，那就是埃及国家的存在。那么交换的条件是那套瞬移的设备……当然也就是您一哈立德先生。哈立德说："要知道那套设备是不可拆卸的，它的调试用了两年时间，唯一的办法是基地全部撤走，交给艾哈迈德的组织……"看来这是唯一的办法，至于出面去换人质，哈立德已经完全考虑好了，"你们放心吧，我过去没有看出艾哈迈德残忍的那一面，现在一切都明白了，我会去解救人质和挽救埃及大坝……"说实在的，到现在CIA对哈立德并不完全相信，"他究竟是怎么想的……他和艾哈迈德这对同学之间，是不是还有默契……"可这些都是无法知晓的，现在已经没有更好的办法来解除当前的危机，只能放哈立德去艾哈迈德那里了。最后CIA提出了他们的要求："你要想尽一切办法把设备保留下来，这套技术对我们来说也是相当重要的。在有机会的时候一定要通知我们，派军队消灭这些恐怖分子……"

　　按照商量的结果，基地近一千人连同设备，在几小时之内全部撤走了，哈立德这才赶往阿斯旺，在最关键的时间出现在世界电视观众的前面。这时的哈立德主动地和艾哈迈德恢复友好关系，而为了利用哈立德，艾哈迈德也竭力讨好以前的伙伴。看到哈立德来了，艾哈迈德还是不想马上就撤退，他还想利用有利的局面再提一些条件，向埃及政府捞取更多的好处。哈立德劝他："我的助手都跑了，安保公司基地的人，一听说你的手里有两颗核弹，他们立刻就决定撤退……我希望尽快回到基地，不要让人把我的宝贝设备弄坏了……"艾哈迈德一听，立刻下令所有的人前往安保基地，在检查了空无一人的大院以后，他得意地宣布："从今天以后，这里就是我们组织的基地……不过很快，埃及、非洲……我们会成为世界的主人。"

　　经过上次的成功，艾哈迈德越来越狂妄，他让哈立德从指定的阿拉伯银行金库里"小搬运"了数次，获得了几千万的美元现钞。一个月后，艾哈迈德又想干一件震惊世界的大事了。他把想法告诉了哈立德，哈立德沉吟了好一会儿，然后抬起头来问他："艾哈迈德，你想好了吗？把监狱里的人弄回来就算了，可是核弹扔出去，虽然能杀伤很多敌人，可我们的威慑武器就没了，那时候全世界的军队，都会来集中消灭我们……"艾哈迈德自负地说："你以为我们只有这两颗炸弹？我已经又拿下了一架美国的B-52，那个弹仓里有十二枚AGM-86巡航核导弹，八枚AGM-69近距攻击核导弹，我们一下子就有了二十枚。我把钱已经付了，至于它的准确位置我会告诉你的。然后由你把基地的武器库装满，我看这个世界上谁还敢小瞧我们……谁也不敢轻易动我们一下子的！"哈立德心里一惊："这小子，两颗核弹已经非常难办了，要是他真的又弄回来二十颗，这世界就要遭受巨大的灾难……甚至毁灭。"这时他的脸上没有丝毫显露出来，哈立德开始想办法，但是已经根本没有CIA期望的那种机会，"只能再看看了……"哈立德把什么情况都想到了，也做好了最后的安排。

　　艾哈迈德决定了，他要在全世界的人们面前实施他"一收一放"的计划。这就有了那天使用空中摄像机，对全世界实时播放他的"挪移大法"。当天，哈立德先把被关在美国关塔那摩监狱里恐怖组织的一个头子"瞬移"了回来，立刻在全世界引起了惊慌。艾哈迈德随后就让哈立德"实施把核炸弹送出去的计划……目标是巴黎的埃菲尔铁塔……"哈立德知道阿斯旺水坝的危险还没有消除，就趁机向艾哈迈德建议："既然我们很快就会到手更多的核弹，干脆一东一西把两颗核弹都扔出去……也让全世界知道我们的能力。"艾哈迈德正处于兴奋的状态，于是就同意了，同时对哈立德说："把两颗核弹扔出去，我就告诉你新的坐标，再把我们的二十颗核弹全部放在武器库里……"哈立德立刻把水坝底下的核弹"瞬移"了回来，接着向艾哈迈德索要炸弹的释放密码：

"我要设置它们的飞行和爆炸时间，这是你无法操作和控制的……不然扔到法国的只是一个不会爆炸的铁家伙。"艾哈迈德思来想去："交给哈立德不放心，可是不交出密码，炸弹就不会起到作用……"最后他还是把控制码和操纵器交给了哈立德，随后的几秒钟……就发生了惊天的爆炸，哈立德把两颗战术核弹都引爆了，为了彻底消灭这些恐怖分子，哈立德引爆了核弹……和自己的生命。事后美国间谍卫星的照片，表示在埃及和苏丹边界附近，在几百平方公里之内，那里的沙丘全都不见了，除了两个巨大的深坑，再没有任何建筑物和生物存在。

　　我在宿舍的桌子上用书签折了一个中国式的牌位，上面写着哈立德的名字，把自己得到的奖章摆在那里，我心里念叨着："这才是你应该得到的，哈立德，你是拯救世界的真正英雄……"那只大黑狗，每天都在桌子前面卧着，它好像知道了哈立德主人的一切……看着哈立德给我的送行诗，我心里很不好受，"有谁知道那个被很多人们憎恨的哈立德，才是挽救世界的英雄呢……"我搜肠刮肚地写出了一首古诗词：

会稽怀古·忆壮士

沙海深藏通天路，
夜夜皆回顾。
道德人去，武当山在，
丰碑高处。
正邪相搏，丹心尽露，
驱魔清雾。
百里荷花，清风伟树，
明月相述。

　　我把诗词也摆在他的牌位下面，"这是我对你的怀念……"可是在内心里，还是觉得没有表达出对勇士真正的情怀。好几天夜里，我都恍惚觉得好像有人在床边和我说话，可我怎么也睁不开眼睛，躺在床上也起不来。隐约听到："布里斯，我回到武当山了，师父说我经历了五年小度，还要继续修炼，不过我现在不再是哈立德了……我的元神换了身体，再见面的时候，你也不会认识我了……"当我醒来，这一切就忘得一干二净，怎么也想不起来梦到了什么，我觉得这就是我过度想念朋友，而产生的梦境罢了……

　　我把所有涉及哈立德的情报资料汇总，然后写成一份报告交给处长，准备最后存档结案。阿尔弗雷德长官十分认真地看完了报告对我说："哲学家康德曾经说过，道德这一概念，就是善良意志概念的体现，虽然其中夹杂着主观限制和障碍，但这些限制和障碍，远不能把它掩盖起来使它不能为人之所识，而通过对比反而使它更加显赫，发射出更加耀眼的光芒。"我觉得处长对哈立德的感觉和我是一样的。我告辞了长官正要走出他的办公室，阿尔弗雷德处长忽然问我："布里斯，你说，哈立德在中国学到的神秘知识，以及他后来所做的一切，是不是代表了中国文化道德的真正内涵……"

后　记

　　自从长篇小说《关东秋叶》写作开始之后，我就为自己的文学创作规划了一个"历史、现在、未来"文学作品三展开的方式。我在写作《关东秋叶》长篇历史小说的同时，也着手去写注意百姓生活，反映普通群众的"现代"小说《叶赫食府》。从去年起，我又开始了写作"未来"小说的一部分。去年"秋叶奇案系列文学作品"的第一部《电脑骑士》脱稿之后，这本《幽灵球队》就接踵而至，这是系列小说的第二部。我的整个构思是一个华裔青年，在法国任职于国际刑警中心，他不断地接触国际上的各种案件，从而使故事不断地展开。那里面有各种案件，假以现代的奇思异想，有各国的风土人情，让人们的眼界大开。但是我的科学幻想，一定不是那些不着边际没有根据的胡编乱造，而是带有展望未来去实现的科学理想。

　　我从小就特别崇拜法国科幻作家凡尔纳，他的超乎寻常的思想，所掌握的丰富知识，胆大的科学幻想，都使我如痴如醉。他的科幻小说，使我在一生中充满了幻想，也使我的生活充满了活力。在那个饥饿的年代，我养成了吃书的习惯，可是不管腹中如何咕噜着，那只胃里伸出饥饿的手，也始终没有把凡尔纳的《格兰特船长的女儿》《八十天环游地球》《地心游记》和《海底两万里》这几部我接触到的书拿来吃掉。真的……我害怕会吃掉自己天真的幻想，而只留下枯燥无味的生活。今天当我也拿起写作的纸笔，去展现理想的时候，希望自己也能寻觅着凡尔纳大师的风格，沿着他行走大道旁边的小路，把自己

的作品陆续地创作出来，当作奉献给大师和读者的花朵，用它们来撒满读者前方的道路。

在这部《幽灵球队》中，我把人们渴望的科技进步—粒子传递和中国道教传说中的挪移大法结合在一起，展现了中国文化的源远流长和博大精深。说起中国传统的道教，大家都知道"易经和八卦"，但是更深入到中华文化的精髓里面，却很少人知道"中华文化这棵枝繁叶茂的大树，道学文化恰恰是它牢牢的根系……"大量的中外学者，已经开始注意到吸取道家的积极思想，故有一些学者评论说："道家思想是中华民族的伟大产物，是国民思想的核心，正所谓仁者见仁智者见智，而道深入了百姓的日常生活，人们每时每刻无不在用却熟视无睹，使道家文化在不知不觉中延续着……"

按照先写十本带有"未来"特点的小说的构想，把科学幻想、中国文化和世界各国的风土人情结合到小说中去，展望未来的科技发展，让读者享受到阅读的美好。如果有了积极的反响，我再进一步安排新的创作规划。

秋叶（赫连佳新）

2018 年 6 月于秋叶书斋